Le visiteur de la nuit

*

Le baiser du loup-garou

LINDA WINSTEAD JONES

Le visiteur de la nuit

NOCTURNE

éditions Harlequin

Titre original : LAST OF THE RAVENS

Traduction française de KAREN DEGRAVE

83-85, boulevard Vincent-Auriol, 75646 PARIS CEDEX 13.

Service Lectrices — Tél. : 01 45 82 47 47

www.harlequin.fr

ISBN 978-2-2802-1984-6 — ISSN 2104-662X

Merci à tous mes camarades de Heart of Dixie pour leurs rires, leur soutien et leur amitié.

Ma vie ne serait pas la même sans les manigances, les retraites et les enthousiasmes.

Prologue

— Tu n'as donc pas confiance en moi ? demanda Jessica en se tournant vers sa passagère.

Miranda s'agrippa à la poignée de la portière et retint son souffle tandis que la voiture amorçait une courbe à grande vitesse.

— Au volant d'une voiture, jamais ! dit-elle, les dents serrées.

L'été qui s'annonçait colorait les montagnes du nord de la Géorgie d'un vert lumineux et le ravin qui défilait derrière la vitre était bien trop proche pour qu'elle se sente en sécurité. Miranda s'abstint de tout commentaire à propos de la conduite de Jessica — elle avait abandonné cette tâche futile depuis bien des années — ce qui n'empêcha pas sa sœur aînée de rire de sa réaction.

Le soleil couchant qui basculait derrière l'horizon teintait le ciel de rose, de jaune et d'orange en ce beau soir d'avril. Les fleurs qui poussaient de part et d'autre de la route semblaient chanter un hymne à la vie. La nuit allait bientôt tomber sur les collines plantées de sapins anciens et indestructibles, mais ce spectacle éphémère était d'une beauté à couper le souffle.

Miranda venait d'obtenir son diplôme de décoratrice et avait échafaudé avec Jessica, sa seule famille, un projet excitant à Atlanta. Même si l'une et l'autre jouaient de malchance avec les hommes — Jessica appelait cela la malédiction des Lynch — Miranda savait qu'elle aurait dû être satisfaite. C'était une époque heureuse de sa vie.

Pourtant, un mécontentement inexplicable la rongeait. Au cours des derniers jours, elle s'était surprise à retenir son souffle sans raison et avait eu, de temps à autre, l'étrange impression qu'on l'épiait. Il lui était même arrivé de se retourner en pensant que quelqu'un la suivait, bien qu'il n'y ait aucune raison pour qu'on espionne une fille aussi ordinaire qu'elle.

Miranda avait l'habitude de se fier à sa première impression. Ses réactions spontanées étaient toujours très nettes : elle aimait ou détestait quelqu'un dès le premier regard. Les rares fois où elle n'avait pas écouté son instinct, d'ailleurs, elle l'avait toujours regretté.

Mais il y avait autre chose en elle. Quelque chose qui dépassait ses intuitions ordinaires et qu'elle s'efforçait d'ignorer. Même Jessica, qui connaissait les perceptions étranges de sa petite sœur, ne savait rien de cette autre bizarrerie.

Dans de rares occasions, il arrivait à Miranda d'avoir l'estomac noué et l'impression que quelque chose n'allait pas, alors que tout semblait normal. La dernière fois qu'elle avait éprouvé cette sensation remontait à bien des années. Une semaine plus tard, sa mère, qui semblait en parfaite santé, avait été emportée par un arrêt cardiaque.

Cette fois, il ne s'agissait que de nervosité, songea Miranda pour se rassurer. Son diplôme… Une nouvelle affaire… La vie ! Un avenir brillant l'attendait et rien n'aurait pu contrecarrer ses plans.

Une fois de plus, Jessica prit un virage trop rapidement et Miranda s'agrippa par réflexe à la poignée. Les phares du camion qui avait dévié de sa trajectoire l'aveuglèrent comme le soleil l'avait fait quelques minutes plus tôt. Les deux sœurs eurent à peine le temps de crier.

Bren se réveilla en sursaut. Quelque chose n'allait pas — vraiment pas. Pourtant tout semblait normal, le feu crépitait dans la cheminée et la télévision diffusait un programme quelconque à faible volume. Tout était à sa place dans cette maison inachevée au sommet de la montagne qu'il considérait comme son foyer.

La journée avait été épuisante, comme toujours, et il s'était endormi sur le canapé peu après avoir mangé à la va-vite. Tel le cordonnier mal chaussé, il passait sa vie à construire des résidences secondaires pour d'autres, sans avoir jamais le temps de finir sa propre maison. Celle-ci était achevée et impressionnante de l'extérieur, tout à fait habitable, mais il lui manquait encore des revêtements muraux, des portes et des dizaines de détails qui en feraient un jour un véritable foyer.

Incapable de se délivrer de la sensation de désastre qui l'avait assailli quelques minutes plus tôt, il se leva du canapé et sortit sur le balcon en passant ses doigts dans ses cheveux emmêlés. Un air doux de soirée printanière emplit ses poumons, éveillant en lui le désir de quelque chose qu'il ne pouvait pas nommer. Malgré cela, l'impression que le monde venait de basculer persista.

Bren menait une vie simple dans laquelle il ne pouvait pas se passer grand-chose de déstabilisant. Ses parents étaient morts et personne ne comptait vraiment pour lui. Il n'avait ni frères ni cousins, et certainement pas de femme ni d'enfants. Brennus Korbinian aimait sa vie, profitait pleinement de chaque journée, mais savait très bien qu'il était le dernier représentant d'une espèce en cours d'extinction. Le temps des êtres comme lui était révolu. C'était une idée qu'il avait acceptée depuis des années. Qu'aurait-il pu faire d'autre ?

Il retira sa chemise dans l'obscurité et se pencha par-dessus la balustrade pour observer le flanc escarpé de la montagne. Il n'y avait rien d'autre à voir que les cimes des arbres et une construction au toit rouge qui le contrariait. Il fronça les sourcils en fixant la cabane située très en contrebas, au bord de la route sinueuse qui descendait vers la nationale. Bren avait proposé au propriétaire jusqu'à deux fois la somme que valait la bâtisse, mais cet homme buté refusait toujours de vendre. Par chance, elle était rarement occupée. Bren avait besoin de discrétion — c'était la seule chose qui importait dans sa vie.

Cette nuit-là, la petite maison baignait dans l'obscurité. Il n'y avait pas de lumière aux fenêtres et Bren n'avait pas vu de voiture dans l'allée en rentrant chez lui, quelques heures plus tôt. Si quelqu'un malgré tout se trouvait à l'intérieur, il lui aurait fallu des jumelles ou un télescope pour l'observer en douce.

Pourtant, Bren tenait à s'approprier cette cabane. Ainsi toute la montagne serait à lui. Tout comme son père avant lui, il avait passé des années à acheter chaque parcelle, l'une après l'autre, pour qu'il en soit ainsi. Il ne manquait plus que ce terrain en bas de la colline pour jouir parfaitement de la solitude à laquelle il aspirait.

Bren acheva de se déshabiller, puis grimpa avec aisance sur la rambarde du balcon. Il plongea son regard dans la vallée, sentit l'air du soir frôler sa peau, retint son souffle et acquit la certitude que quelque chose avait changé. Il accepta aussitôt l'idée qu'il n'avait pas à savoir ce dont il s'agissait. Son monde était petit. Tout ce dont il avait besoin était réuni autour de lui.

Il plongea et goûta la caresse de l'air un instant avant de s'abandonner à la liberté. Si quelqu'un l'avait observé à ce moment, il n'aurait vu qu'une nuée d'oiseaux noirs là où se trouvait un homme l'instant d'avant. Puis il aurait suivi des yeux ces oiseaux qui frôlaient le flanc de la montagne en volant de concert, jusqu'à se convaincre que ce qu'il croyait avoir vu ne pouvait pas être vrai.

Tout en s'envolant dans les ténèbres sous cette forme qui lui était aussi naturelle que le corps humain, Bren songea à cette dissonance qui se produisait quelque part dans le monde.

Mais cela ne le concernait pas. Pas du tout. Il glissa sur une bourrasque et une cacophonie de croassements résonna dans la montagne qu'il considérait comme sienne.

Miranda se réveilla lentement en se demandant où elle se trouvait et comment elle était arrivée là. Quel jour était-on ? Quel était cet endroit ? Il ne lui fallut qu'un moment pour comprendre qu'elle était dans un hôpital. Alors le souvenir de l'accident lui revint brutalement. Elle ne se rappelait pas la collision proprement dite, mais elle avait un souvenir très net des phares du camion — et du cri qu'elle avait poussé.

Jessica !

— Tu es réveillée.

Miranda tourna vivement la tête sur le côté et le regretta aussitôt. Un épais bandage entourait son crâne sous lequel tambourinait une épouvantable migraine. Néanmoins, elle fut soulagée de voir Jessica indemne, vêtue du même T-shirt et du même jean que lorsqu'elle était passée la prendre.

Le flot de lumière qui se déversait par la fenêtre la faisait paraître presque irréelle. Comme l'accident s'était produit juste après le coucher du soleil, Miranda en déduisit qu'elle avait dû rester inconsciente toute la nuit.

— Ma petite sœur, murmura Jessica, une lueur d'inquiétude dans le regard.

Elle devait se sentir terriblement coupable pour s'abandonner à une telle émotivité. Jessica n'exprimait jamais franchement ses sentiments. Sauf dans les moments difficiles, l'amour qu'elle éprouvait pour les gens restait caché au fond d'elle-même.

— Approche-toi, répondit Miranda en tendant la main pour l'inviter à approcher.

Jessica resta immobile dans la lumière.

Miranda se rendit compte alors qu'en plus de la tête, elle avait le bras bandé, et ne put s'empêcher de se demander pourquoi elle était si gravement blessée alors que sa sœur n'avait pas une égratignure. La lumière était si intense qu'elle dut cligner plusieurs fois des yeux pour y voir plus clair. Les bruits de pas, de chariots et de conversations chuchotées qui résonnaient dans le couloir lui paraissaient lointains et sans importance.

— Jessica ?

— Tu es réveillée !

Miranda tourna la tête plus lentement que la première fois en direction de la porte et de la voix anxieuse. Autumn, sa colocataire et son amie, se précipita alors à l'intérieur, les yeux emplis de larmes.

— Mon Dieu ! J'étais si inquiète !

Miranda s'efforça de sourire, apparemment sans grand succès.

— Je vais bien, je t'assure. J'ai l'impression que j'ai seulement pris un coup sur la tête, répondit-elle en tâtant son bandage de la main qui n'était pas reliée à une perfusion. Qu'est-ce que tu fais là ? Est-ce Jessica qui t'a prévenue ?

Autumn se mordit la lèvre, pâlit, puis des larmes roulèrent sur ses joues.

— Mon cœur…

— Qu'y a-t-il ?

Miranda tourna encore la tête pour interroger sa sœur et ne vit personne devant la fenêtre. Elle cligna des yeux, puis se tordit le cou pour tenter de voir où Jessica était passée.

— Je ne voulais pas avoir à te l'annoncer, gémit Autumn en reniflant et en hoquetant.

— M'annoncer quoi ? s'inquiéta Miranda en sentant une boule se former au creux de son estomac. Où est Jessica ?

Autumn secoua la tête en essuyant une larme.

— C'était un camion. Les pompiers ont dit que vous l'aviez heurté de plein fouet…, balbutia-t-elle avant de prendre une profonde inspiration. Je suis désolée, mon cœur… Jessica n'a pas survécu. Elle est morte sur le coup, sans souffrir… Elle ne s'est sans doute même pas rendu compte…

Sa voix se brisa.

Miranda voulut s'asseoir sans y parvenir. Elle avait mal dans tous les os et tous les muscles.

— Qu'est-ce que tu veux dire ? Jessica était là il y a un instant…

Elle tendit la main vers l'espace vide devant la fenêtre. Autumn secoua la tête et versa de nouvelles larmes silencieuses tandis qu'une voix murmurait à l'oreille de Miranda. *Je t'aime, ma petite sœur.*

1

Quatre ans plus tard

Certains êtres n'auraient jamais dû être autorisés à se mêler aux innocents. On les appelait des monstres. D'après le chef de l'Ordre de Cahir, ils étaient le Mal incarné. C'était du moins ce qu'elle avait entendu répéter depuis qu'elle se trouvait dans cet endroit sombre et humide.

Roxanna était assise sur un petit lit de camp, les genoux repliés contre sa poitrine dans une position instinctivement défensive. Elle avait faim. Le vieil homme lui donnait de temps à autre des biscuits et du poulet frit, mais ce n'était pas de nourriture dont elle avait besoin. Au cours des dernières années, elle avait séduit une dizaine d'hommes et volé leur âme, ce qui lui avait permis d'accumuler un pouvoir inimaginable. Maintenant, elle avait de nouveau faim. Elle était beaucoup plus faible que le jour où ils l'avaient enfermée, et c'était bien ce qu'ils voulaient. Même si elle n'avait pas été enchaînée au lit, elle n'aurait pas pu courir bien loin.

Ils auraient plus de facilité à la tuer.

Roxanna releva la tête pour fixer celui qui avait les cheveux roux. Ils étaient seuls, à cet instant : un garde et une sorcière affaiblie. Pourtant, s'il avait participé aux tortures qu'on lui avait fait subir pour découvrir si elle travaillait avec d'autres semblables à elle, une part de lui la désirait. L'autre part la craignait. Si elle parvenait à l'attirer à elle et à voler son âme, elle retrouverait assez de force pour s'enfuir. Cette fois, ils ne la retrouveraient pas si facilement.

— J'aimerais boire un peu d'eau, chuchota-t-elle.

— Plus tard, répondit le roux.

— S'il vous plaît…

Il hésita, fronça les sourcils, puis versa de l'eau d'une carafe dans un gobelet jetable qu'il lui apporta. Si leurs mains se touchaient et si elle mettait en pratique tout ce qu'elle avait appris…

Leurs mains se touchèrent. Il sursauta. Elle fixa ses yeux écarquillés tout en caressant ses doigts. Encore quelques instants et il serait à elle.

— Tue-la, ordonna le vieil homme.

Elle ne l'avait pas entendu descendre l'escalier mais il se trouvait bien là, derrière le rouquin.

— Ça ne devrait pas être trop difficile, reprit-il, affaiblie comme elle est.

L'homme qui se tenait devant Roxanna, prêt à lui appartenir, ne réagit pas aussitôt.

— Tue-la ou c'est moi qui te tue.

Ces mots le firent réagir. L'eau éclaboussa la robe tachée qu'elle portait depuis presque un mois, puis l'homme tira un couteau d'un étui pendu à sa ceinture et le plongea dans sa poitrine sans hésiter. Il enfonça la lame encore et encore.

Roxanna retomba sur le lit de camp dans un cliquetis de chaînes. Elle avait toujours su qu'elle mourrait de mort violente. Elle en avait rêvé. C'était fait. Dans son dernier soupir, elle songea que ses actes et l'opinion de ces hommes importaient peu : elle n'était pas un monstre.

*
* *

— Je n'ai pas besoin de vacances, insista Miranda.

— Si ! lui répondirent trois voix à l'unisson.

Elle pinça les lèvres, mais il ne servait à rien de discuter avec ces trois-là. Autumn et Jared Sidwell, l'homme qu'elle avait épousé deux ans plus tôt, étaient debout côte à côte et la fixaient par-dessus leur verre de thé glacé. Cheryl Talbot hochait la tête en souriant.

L'agent du FBI Roger Talbot, qui retournait un hamburger sur le gril, joignit tardivement sa voix à celles des autres.

— Ce dernier cas m'a éreinté et pourtant je n'ai pas eu à faire ce que tu as fait. Tu es pâle, tu as les yeux cernés et tu as perdu du poids. Soyons francs : tu as une sale tête.

— Roger ! le gronda Cheryl. Inutile d'être aussi…

— … direct ? la coupa-t-il en levant la tête pour la regarder avec amour.

Miranda avait rencontré Roger Talbot trois ans plus tôt dans le cadre du travail qu'elle s'était mise à exercer après l'accident qui avait tué sa sœur et lui avait octroyé ce que certains appelaient un « don ». Quel don… Personne ne voulait d'une décoratrice d'intérieur qui voyait des fantômes. Personne ne voulait avoir affaire à une personne engagée pour choisir des rideaux et des couleurs de peintures et qui parlait avec sa grand-mère morte sept ans plus tôt. Miranda avait eu l'occasion de le vérifier lorsqu'elle avait tenté de conserver une vie normale. Mais les esprits qu'elle voyait depuis l'accident continuaient à la hanter. Elle avait compris qu'elle ne pouvait trouver la paix qu'en les aidant.

La première fois qu'elle avait rencontré le spectre de

la victime d'un meurtre, elle avait tenté de l'ignorer. L'homme avait refusé de la laisser tranquille. Elle était donc allée au poste de police où on l'avait prise pour une folle et renvoyée chez elle. Mais le fantôme ne s'était pas découragé pour autant, il avait continué à la harceler en exigeant une justice qu'elle seule pouvait rendre.

Elle ne pouvait se débarrasser de lui qu'en s'en déchargeant sur quelqu'un d'autre. L'homme voulait que son meurtrier soit puni, naturellement. Après de longues recherches, Miranda avait fini par trouver quelqu'un qui avait accepté de l'écouter. Ce quelqu'un était l'agent du FBI Roger Talbot. Ils travaillaient ensemble depuis ce jour, plus ou moins officiellement selon les circonstances. Elle était parvenue à cacher son don les deux premières années, puis le secret avait été éventé. La plupart des gens la prenaient pour une folle ou une dangereuse manipulatrice, mais nombreux étaient aussi ceux qui voulaient obtenir ses services.

Moins de cinq ans après la nuit fatale où sa sœur avait trouvé la mort, les clients se bousculaient à sa porte. Elle pouvait même se considérer comme célèbre dans certains milieux. Miranda Lynch était devenue une vraie star.

Ces derniers temps, elle ne se trompait certainement pas lorsqu'elle avait l'impression qu'on l'épiait. Roger et Cheryl, quoique plus âgés qu'elle, étaient devenus sa famille. Roger jouait les grands frères protecteurs et taquins et Cheryl avait adopté un rôle de mère de substitution, même si dix ans seulement la séparaient de Miranda. Cheryl cuisinait des repas équilibrés, la forçait à acheter des chaussures jolies *et* confortables, et s'assurait qu'elle allait voir le médecin quand elle était malade. Miranda se sentait également proche de leurs trois enfants, surtout de Jackson, l'aîné âgé de quinze ans, qui ressemblait tant à Roger qu'il paraissait en être un clone plus jeune et plus mince. Ils étaient au centre de la vie privée de Miranda — presque sa seule vie privée. La malédiction des Lynch semblait toujours agir, puisque tous les célibataires qu'elle rencontrait étaient soit effrayés par son don soit avides d'en tirer profit.

C'est Miranda qui avait présenté Autumn et Jared aux Talbot, et les barbecues et fêtes d'anniversaire s'étaient succédé au fil des années. Jared et Roger n'étaient pas très proches. Ils n'avaient pas grand-chose en commun : Roger était dans les forces de l'ordre et Jared dans l'informatique ; Roger aimait la chasse et la pêche, tandis que Jared ne s'amusait que de jeux électroniques et de combats de paint-ball. Mais Autumn aimait autant Cheryl que Miranda. Ces quatre personnes étaient la seule famille de Miranda et allaient sans doute le rester si rien ne changeait. Sa dernière tentative de relation avait échoué si lamentablement qu'elle s'était juré de ne plus approcher un homme. Elle était devenue une vieille fille déterminée de vingt-six ans qui se consacrait davantage aux morts qu'aux vivants.

Ce n'était pas tout à fait l'existence dont elle avait rêvé.

Elle savait bien qu'elle aurait dû écouter ses amis, mais elle avait des rendez-vous prévus et des engagements à tenir. Bien sûr, en dehors de son partenariat avec la police, la plupart de ses clients voulaient surtout retrouver un testament ou s'assurer que ceux qu'ils aimaient continuaient à exister quelque part.

— J'ai une cabane dans le Tennessee, déclara Roger.

— Je sais.

Cela faisait deux ans qu'il essayait de l'y entraîner, mais puisqu'elle n'avait jamais réussi à jouir d'un week-end entier, comment aurait-elle pu prendre des vacances ? Il y avait tant de choses à faire ! Des gens mouraient tous les jours. La plupart partaient bien pour la destination qui leur avait été assignée, mais il s'en trouvait toujours pour venir à elle.

— Je n'y vais pas assez souvent, reprit Roger en surveillant les hamburgers. Cheryl ne s'y plaît pas beaucoup.

— J'aime bien le centre commercial qui se trouve à trois quarts d'heure de voiture du chalet, riposta Cheryl avec un grand sourire. Mais je n'aime pas la salle de bains qui est de la même taille que le placard de mon entrée et je déteste que mon téléphone ne capte pas. C'est archaïque d'être aussi isolé. Et ça n'arrange rien que le seul autre habitant de cette montagne nous fusille du regard chaque fois que nous le croisons. Je suis sûre que ce psychopathe veut avoir toute la région pour lui. Je ne sais pas ce qu'il fabrique là-haut pour supporter aussi mal d'avoir des voisins, mais je suis certaine qu'il cache quelque chose.

Miranda se tourna vers Cheryl en espérant gagner son soutien.

— Il y a un psychopathe dans la montagne où ton mari veut m'envoyer en vacances ?

— Je n'en raffole pas, c'est vrai, mais je dois reconnaître que c'est joli et tranquille, et Roger a raison : tu as une tête à faire peur. Après deux semaines…

— Deux semaines ? l'interrompit Miranda. Je songeais plutôt à un long week-end…

— Donc tu *songeais* bien à prendre quelques jours, intervint Autumn, pleine d'espoir.

— J'ai dit *week-end*…

Avait-elle si mauvaise mine ? Ceux qui l'entouraient pouvaient-ils voir à quel point le fait de parler aux fantômes l'épuisait, gâchait son sommeil et la faisait se sentir bien trop vieille pour ses vingt-six ans ?

C'était probable. Elle avait l'impression d'éprouver les émotions des spectres qui s'adressaient à elle. Elle ne faisait pas qu'assister au drame de leur mort, elle ressentait aussi leur douleur. Elle était épuisée en permanence et en était venue à considérer quatre heures de sommeil comme une bonne nuit de repos. Pas étonnant que ses amis s'en soient rendu compte.

— *Week-end* est un début, déclara Roger en posant les hamburgers sur un plat. Nous aurions mieux fait de faire des steaks…

Enfin un changement de sujet…

— C'est mon anniversaire et je tenais à manger tes hamburgers, lui rappela Miranda.

— Et un gâteau au chocolat ! ajouta Jackson en sortant de la cuisine avec un énorme gâteau d'anniversaire glacé et décoré de roses jaunes.

— Qu'est-ce qu'une femme pourrait vouloir de plus ? conclut Miranda en regardant Autumn et Jared, puis Roger et Cheryl.

Ces deux couples avaient des manières si différentes d'être proches… Tous faisaient partie de quelque chose d'intime et de spécial qu'elle s'était résignée à ne jamais connaître. Son regard s'arrêta finalement sur Roger.

— Très bien, soupira-t-elle. Mais un long week-end suffira largement.

— Il vaudrait mieux deux semaines, insista-t-il. L'air pur, le calme, le centre commercial…

— … un psychopathe, ajouta Miranda.

— Korbinian n'est pas un psychopathe, corrigea-t-il en jetant un regard légèrement réprobateur à sa femme. Il est juste un peu bizarre et franchement contrarié que je ne veuille pas lui vendre le chalet. Si tu ne t'occupes pas de lui, il ne viendra pas t'ennuyer. Je t'y dépose samedi prochain.

— Est-ce que je peux venir? demanda Jackson en jetant un regard furtif à Miranda.

Les garçons de quinze ans n'étaient pas très doués pour dissimuler leurs émotions, surtout en ce qui concernait les femmes. En conséquence, Miranda savait très bien que le fils de Roger en pinçait pour elle depuis quelques mois.

Un être humain vraiment mignon l'aimait pour elle-même. Malheureusement, ce n'était encore qu'un enfant avec des étoiles plein les yeux.

— Nous n'allons pas rester longtemps, le prévint Roger.

— Ça me va, assura Jackson.

Son père acquiesça.

— Très bien. Tu peux nous accompagner.

— Et toi, Cheryl? demanda Miranda.

— Non merci, s'empressa-t-elle de répondre. Je te confie aux hommes de la famille. Les filles ont un cours de danse, samedi, et on ne resterait pas assez longtemps pour faire un tour au centre commercial.

Elle soupira en feignant le désespoir.

— Une autre fois..., conclut-elle. Maintenant, à table!

Par la fenêtre ouverte de son camion, Bren perçut le changement dans sa montagne. Les oiseaux pépiaient nerveusement. Soit un touriste s'était perdu, soit Talbot était de passage dans sa cabane. Maudit entêté! De fait, il y avait une voiture familière dans l'allée de la bâtisse au toit rouge qui abîmait le flanc de sa montagne. Alors qu'il passait lentement devant, la porte s'ouvrit pour laisser apparaître le propriétaire qui refusait toujours de vendre malgré les sommes ahurissantes qu'il lui avait proposées.

Bren freina encore un peu en apercevant une femme à ses côtés. Il ne s'agissait pas de Mme Talbot, qui était une grande brune. Celle-ci était assez petite et très blonde. Etait-elle sa maîtresse ? Sa nouvelle femme ? Cette cabane isolée était l'endroit rêvé pour entretenir une liaison. Il n'y avait rien d'étonnant à ce qu'il ne veuille pas vendre !

En apercevant son camion, Talbot fit un signe de la main comme pour l'inviter à s'arrêter. Bren garda les yeux fixés sur la route. De toute façon Talbot ne pourrait pas le suivre au sommet de la montagne. Pour cela, il fallait un 4x4. Le fait que sa maison soit aussi difficile d'accès arrangeait Bren. Il n'aimait ni les visiteurs ni les surprises.

Un coup d'œil dans le rétroviseur lui permit de voir la blonde sortir sous le porche. Elle avait de longs cheveux raides, aussi pâles que les siens étaient noirs, et sa silhouette était petite sans être frêle. Elle avait même des courbes qu'il pouvait encore apprécier à cette distance. Joli… Il distinguait mal son visage, et pourtant elle éveillait en lui une étrange attirance et presque l'envie de faire demi-tour pour la regarder de plus près. Bren se ressaisit et poursuivit lentement sa route.

Derrière elle apparut un adolescent qu'il avait déjà vu. Si Talbot était venu avec son fils, la blonde ne devait pas être sa maîtresse. Sans savoir pourquoi, il en éprouva un certain soulagement. Peut-être n'avait-elle aucune attache… Il dut encore se ressaisir. Si la vue d'une charmante inconnue éveillait en lui de telles pensées, il était temps qu'il se trouve une liaison passagère.

Cette idée ramena ses pensées vers la femme de la

cabane. Si elle n'était pas la maîtresse de Talbot, que faisait-elle là ? Il s'en moquait, évidemment…

Sauf si Talbot envisageait de lui vendre la cabane après avoir refusé ses offres généreuses. Ces derniers temps, beaucoup de gens s'installaient de manière permanente à la montagne au lieu d'y passer seulement les vacances. Et si telles étaient ses intentions ? Malgré son charme, ce serait un vrai désastre.

Miranda s'installa après le départ de Jackson et de Roger. Il y avait assez de nourriture pour une semaine dans le réfrigérateur et les placards. Elle n'avait pas de véhicule — ce qui l'arrangeait plutôt car elle évitait de conduire depuis l'accident. De toute façon, Roger avait conclu un arrangement avec Duncan Archard, le propriétaire de la station-service située au pied de la montagne.

Le chalet était petit et meublé d'une collection disparate d'objets bannis de la maison des Talbot et peut-être même ramassés sur le trottoir pour certains. La plupart des meubles étaient en mauvais état, quoique toujours utilisables. L'absence de toute harmonie irrita malgré elle la fibre décoratrice de Miranda. Elle ne put s'empêcher de songer aux améliorations possibles en visitant la maison. Celle-ci comprenait quatre pièces et une salle de bains minuscule. Les deux chambres étaient strictement utilitaires et le salon confortable, bien que chichement décoré. Une bibliothèque remplie de vieux livres occupait tout un pan de mur. Miranda avait entassé les courses qu'elle avait faites en arrivant dans la petite cuisine, qui contenait déjà des produits de première nécessité. Son unique fenêtre était ornée de rideaux dont les ribambelles de canards la firent frémir.

Cette cabane était sans doute trop petite pour qu'on puisse y réaliser des merveilles de décoration mais un peu d'imagination et de travail auraient pu en faire un adorable refuge perdu dans les bois du Tennessee.

Mauvais goût mis à part, l'endroit était paisible. Le lit, tout comme le canapé, était assez confortable. Conformément aux prévisions de Cheryl, son téléphone ne captait pas. Miranda l'éteignit donc avec un soupir de soulagement et le rangea dans le tiroir de la table de nuit. C'est alors seulement qu'elle prit conscience de son besoin de se couper du monde. Même si ses amis l'avaient compris avant elle, elle reconnaissait à présent à quel point il lui était nécessaire de se reposer. Elle n'allait sans doute pas avoir besoin de sortir de la semaine, ce qui allait lui permettre de faire la grasse matinée, de lire et de se coucher tôt. Comme il n'y avait pas de télévision, elle n'allait pas être submergée par les malheurs du monde. Si elle se montrait prudente en consultant ses mails, elle pourrait même échapper à la politique, aux désastres et aux histoires tristes. Tout ce qui se produisait hors de cette montagne pouvait attendre une semaine.

Le psychopathe qui vivait au bout de la route ne l'inquiétait même pas. Roger lui avait expliqué que Brennus Korbinian possédait une entreprise de construction. La brève vision qu'elle avait eue de lui lorsqu'il était passé dans son camion coûteux l'avait étrangement rassurée. Elle avait aperçu des cheveux noirs et une mâchoire volontaire, et l'avait trouvé jeune pour un solitaire endurci. Ce n'était qu'un homme riche affublé d'un nom bizarre et contrarié de ne pas posséder toute la montagne. Ce n'était pas un psychopathe et il n'allait pas gâcher sa semaine de congé. Elle n'allait sûrement pas le revoir, à moins de se trouver sous le porche pendant l'un de ses passages. Puisqu'il y avait un immense balcon à l'arrière de la maison, elle n'avait pas de raison de lui préférer l'étroit perron. Il était donc à peu près certain qu'elle ne connaîtrait de lui que le bref aperçu qu'elle venait d'en avoir.

Puisque les fantômes avaient tendance à rester près du lieu de leur mort, elle pouvait même espérer avoir une semaine calme sur ce plan. Cette région était isolée, difficile d'accès et faiblement peuplée. Or il lui était encore plus nécessaire de se reposer de ses fantômes que des vivants. Les spectres qui lui parlaient n'avaient aucun sens de l'écoulement du temps et une fâcheuse tendance à apparaître vers trois heures du matin, alors qu'elle cherchait le sommeil, si elle se trouvait dans un rayon de quelques kilomètres autour du lieu de leur mort. Leurs émotions et leurs requêtes l'épuisaient. Peut-être qu'en se retrouvant si loin des zones peuplées…

— J'ai bien cru que tu n'arriverais jamais!

Miranda fit volte-face pour découvrir une vieille femme assise dans le fauteuil à bascule près de l'âtre froid. En général, les fantômes n'étaient pas assez substantiels pour paraître réels. Elle n'en avait pas vu d'aussi consistant depuis l'apparition de Jessica après sa mort.

— Qui êtes-vous?

Mieux valait découvrir vite ce qu'elle voulait pour s'en débarrasser au plus vite — sans quoi, sa semaine de repos était fichue. Miranda s'attendit à être assaillie par la colère, la tristesse ou le désarroi, ce qui était le cas la plupart du temps. Tous les fantômes attendaient quelque chose d'elle.

Malgré la brutalité de ses paroles, elle fut surprise d'être submergée par une vague de paix et d'amour. La femme brune assise devant elle lui souriait.

— Il t'attendait, mais il ne l'a pas encore compris.

— Qui… ?

Le fantôme disparut sans lui laisser le temps d'achever sa question, en emportant son flot d'amour et de paix avec lui.

Miranda laissa échapper un juron. Sa semaine de repos tombait à l'eau.

— Tu as intérêt à me laisser dormir tranquille, grommela-t-elle en fixant le fauteuil vide.

Il faisait nuit noire lorsque Bren grimpa sur la rambarde du balcon, nu, curieux et vaguement contrarié. Derrière lui, la maison était plongée dans l'obscurité. Aucune lumière ne risquait de révéler son secret à ceux qui auraient pu l'observer. La seule clarté venait de la lune et n'était pas suffisante pour percer les ténèbres de sa montagne.

Il y avait de la lumière dans la cabane qui était le tourment de son existence. Qui était cette femme ? Que faisait-elle là ? Etait-elle seule ou en compagnie de Talbot et de son fils ? Plusieurs heures après l'avoir aperçue, Bren était toujours dévoré du désir de mieux la voir. Pire que cela : il n'avait pas cessé de penser à elle depuis son retour chez lui.

Peut-être en apprendrait-il davantage grâce aux sens des corbeaux qu'avec ceux des humains. Sous cette forme qu'il dissimulait au monde, il allait voler autour du chalet, regarder par les fenêtres avec cent cinquante-quatre yeux et peut-être comprendre pourquoi il n'arrivait pas à chasser cette blonde de son esprit.

En la voyant de plus près, il ne la trouverait peut-être pas aussi jolie et attrayante.

Bren se laissa tomber de la rambarde et vola vers la

cabane sous forme d'une nuée de corbeaux. Il sentit le vent sur ses ailes, se fondit dans la nuit et goûta une forme de liberté comparable à nulle autre.

Les lumières de la maisonnette lui semblaient plus brillantes et la présence de la femme presque palpable. Celle-ci l'aimantait même sous cette forme. Elle était seule. Il en prit conscience bien avant de voir que la voiture de Talbot n'était plus dans l'allée. Personne ne lui avait jamais fait tant d'effet et il ne tarda pas à découvrir que son cœur et celui de la femme battaient à l'unisson. Il pouvait sentir son souffle sur ses plumes et n'aurait pas demandé mieux que d'entrer par la fenêtre pour l'envelopper de ses ailes soyeuses et contempler son visage de tous ses yeux.

La nuée tournoya autour de la cabane pour épier l'intérieur. La plupart des rideaux étaient tirés mais pas ceux de la grande baie vitrée qui ouvrait sur le balcon. Quel homme aurait pu regarder la maison sous cet angle ?

La blonde était assise sur le canapé avec une couverture en crochet sur les genoux. Elle lisait un livre, le visage à moitié recouvert par ses cheveux. Alertée par les battements d'ailes ou par son instinct, elle releva la tête. Lorsque son regard se perdit dans la nuit, Bren eut l'impression d'être transpercé par ses yeux bleus.

La femme posa son livre, se leva, s'enveloppa dans la couverture et se dirigea vers la baie vitrée. Incapable de s'arracher à sa contemplation, Bren continua à tournoyer autour de la cabane au lieu de s'éloigner prudemment. Pourquoi l'attirait-elle tant ? Il ne s'agissait ni de sa curiosité ni du fait qu'il était resté trop longtemps privé de la fréquentation des femmes.

Elle aussi était curieuse. Même si elle ne devait pas y voir grand-chose dans les ténèbres, elle ouvrit la porte-fenêtre et sortit sur le balcon. Comme celui-ci n'était accessible que par la maison, elle devait se sentir en sécurité. Elle avait entendu quelque chose — peut-être même *senti* quelque chose — et voulait comprendre de quoi il s'agissait.

Elle avança jusqu'à la rambarde et découvrit la nuée d'oiseaux qui volaient comme si une volonté unique les animait. Au lieu d'être effrayée par leur nombre et leur proximité, elle se mit à sourire.

Miranda contempla les oiseaux noirs qui passaient devant le disque lumineux de la lune. C'était le spectacle le plus fascinant qu'elle ait jamais vu, une image d'une beauté à couper le souffle pour une fille qui, comme elle, avait grandi en ville.

Elle n'avait pas d'animal domestique et n'aurait jamais songé à en avoir un d'aussi exotique qu'un oiseau. Cependant, elle avait toujours eu un faible pour les corbeaux. C'était peut-être à cause d'une histoire, d'une image ou d'un poème qui avait marqué son esprit lorsqu'elle était petite, mais elle ne pouvait pas résister à une émission ou à un livre les concernant. Sa collection s'était étoffée au fil des années. Sa fascination pour cet animal n'avait rien d'étonnant : il était dangereux, élégant, surprenant, impressionnant, intelligent et sauvage. Et beau.

Elle n'allait pas tarder à se coucher, mais elle était heureuse de jouir de la nuit, des corbeaux, du calme et de l'absence de fantômes. Par chance, le spectre qu'elle avait rencontré dans l'après-midi n'était pas réapparu. Elle s'accouda à la rambarde. Pourquoi Roger et Cheryl ne venaient-ils pas ici plus souvent ? Cette montagne avait quelque chose de mystérieux. Elle l'émouvait sans qu'elle comprenne pourquoi. Même si elle n'était pas encore prête à l'admettre, elle éprouvait de la gratitude à l'égard de ses amis qui l'avaient forcée à venir là.

Les oiseaux changèrent de direction pour disparaître dans les bois qui s'étendaient en dessous et autour du chalet, qui semblait dangereusement bâti au bord du vide. Miranda alla se pencher par-dessus la rambarde sur un côté du balcon mais il faisait trop noir pour distinguer quoi que ce soit en contrebas. Elle entendit encore des battements d'ailes dans les buissons pendant quelques instants, puis tout devint paisible. Elle se redressa, tendit l'oreille, mais le silence était complet.

Puis elle entendit un nouveau bruit, qui ne pouvait provenir que d'un gros animal — ou d'un homme.

— Qui est là ? appela-t-elle en s'attendant à obtenir un grognement ou un aboiement pour réponse.

Le silence revint mais elle était certaine qu'il y avait quelque chose ou quelqu'un dans les buissons.

— Je vous le demande une dernière fois avant d'aller chercher mon arme : qui est là ?

Même si elle en ignorait tout à fait le maniement, elle regrettait amèrement de ne pas avoir emprunté une carabine à Roger.

Après quelques instants et de nouveaux bruissements, une voix lui répondit.

— Je suis votre voisin du bout de la route.

Korbinian, le constructeur psychopathe.

— Mais qu'est-ce que vous faites là ?

— C'est ma montagne, répondit-il avec une pointe de mauvaise humeur.

— Pas entièrement, répliqua Miranda avant de secouer un doigt en direction des ténèbres. Ne bougez pas de là.

Elle courut à l'intérieur, se débarrassa de la couverture et attrapa la lampe de poche qu'elle avait posée sur la table basse. Les coupures de courant devaient être fréquentes, vu le nombre d'objets similaires et de bougies qu'elle avait trouvés dans les placards. Comme les ténèbres devaient être épaisses, dans ces cas-là...

Miranda ressortit sur le balcon et éclaira dans la direction d'où provenait la voix. Après avoir balayé la zone pendant quelques instants, elle le trouva.

Korbinian, loin en contrebas, était à moitié dissimulé par les buissons. Elle ne pouvait voir de lui que ses longs cheveux noirs, son visage solennel et son torse nu. Sans que l'air soit glacial, il faisait trop froid pour sortir ainsi à demi nu — même avec un torse et des bras aussi merveilleusement musclés.

Elle était face à un étranger à peine vêtu qui n'avait rien à faire là, et elle prenait le temps de s'intéresser à son physique ? Elle devait être en train de perdre la tête.

— Approchez-vous, lui ordonna-t-elle en désignant de son faisceau une zone découverte à quelques pas de l'endroit où il se trouvait.

— Je préférerais rester là, répondit-il.

— Pourquoi ? insista-t-elle en braquant la lampe sur son visage.

— Parce que je suis nu, expliqua-t-il en levant la main pour se protéger les yeux.

Miranda ne trouva rien à répondre sur le coup. Elle sentit son cœur manquer une pulsation et sa température s'élever légèrement.

— Pourquoi sortez-vous ainsi ? demanda-t-elle finalement.

— Je suis un naturiste.

— Un quoi ?

— Un nudiste, expliqua-t-il. J'aime me promener nu.

Miranda observa les buissons avec désarroi en se demandant comment l'idée avait pu lui venir de s'y promener sans vêtements. Elle songea à faire une plaisanterie sur le froid, la nudité et les égratignures, mais le fait de connaître à peine Korbinian la retint. Un peu d'humour aurait pourtant été bienvenu…

— Que faites-vous là ? demanda Korbinian.

Elle se pencha de nouveau par-dessus la rambarde sans écarter le faisceau de son visage. Il était peut-être nu, mais il était loin d'elle et il la croyait armée.

— Je suis une amie des Talbot. Ils m'ont proposé de passer quelques jours dans leur cabane.

— Vous êtes en vacances.

— Oui.

— Pour le week-end ?

— Pour une semaine.

Ses amis l'avaient facilement convaincue qu'un week-end ne suffirait pas. La mâchoire de Korbinian se crispa de contrariété.

— Peut-être deux, ajouta-t-elle. C'est si paisible, ici… Je pense appeler Roger pour lui dire que je vais rester un peu plus longtemps.

— Vous allez vous ennuyer, affirma Korbinian.

Elle aurait dû être agacée, effrayée ou du moins inquiète. Ce n'était pas le cas.

— Ça m'étonnerait. J'ai cru comprendre qu'il y avait un centre commercial formidable pas très loin.

— Je n'ai pas vu de voiture.

Pourquoi Korbinian discutait-il avec elle ? Pourquoi restait-il là au lieu de disparaître, embarrassé d'avoir été surpris nu ? C'était elle qui aurait dû mettre un terme à cette étrange conversation. Il lui suffisait d'éteindre la lampe, de rentrer et de s'assurer que toutes les portes étaient fermées.

Elle n'en fit rien.

— Roger m'a laissé le numéro d'un homme qui se chargera de me conduire où je voudrai.

— Je le ferai, dit-il avec empressement comme s'il se hâtait de prononcer ces mots avant de changer d'avis.

Cette situation était vraiment bizarre. Miranda balaya brièvement son torse et ses bras nus de son faisceau. Son physique avantageux lui fit supposer qu'il consacrait plus de temps à construire des maisons qu'à les vendre. Avec un corps pareil, il n'y avait pas à s'étonner qu'il n'ait pas honte de sa nudité !

— Non merci, répondit-elle prudemment. Je vais peut-être rester ici, finalement.

Pour dormir, lire et ne rien faire du tout.

— Avez-vous un nom ? demanda-t-il tout à coup.

— N'est-ce pas le cas de tout le monde ?

— Rien ne vous oblige à me le donner si vous n'en avez pas envie... J'aimerais seulement pouvoir vous appeler autrement que « la blonde ».

— Pourquoi vous soucier de moi ?

— Vous êtes sur ma montagne.

— *Notre* montagne, riposta-t-elle. Du moins pour cette semaine.

Elle se pencha encore un peu en espérant trouver un meilleur angle. Tant d'audace et de curiosité ne lui ressemblait pas, mais elle éprouvait une attirance inexplicable pour Korbinian. Son instinct s'était encore développé depuis l'accident et elle était certaine de n'avoir rien à craindre de cet homme.

— Je m'appelle Miranda. Miranda Lynch.

— Appelez-moi si vous changez d'avis, Miranda Lynch. Je m'appelle Korbinian. Je suis dans l'annuaire.

Korbinian recula pour échapper au faisceau et se fondre dans les ombres de la forêt. Dommage… Il dut déranger les oiseaux qui s'étaient posés, car ceux-ci se mirent à croasser et s'envolèrent bientôt.

Miranda éclaira lentement la zone où elle avait vu Korbinian disparaître sans plus le voir nulle part.

— Vous avez effrayé les oiseaux, murmura-t-elle dans la nuit.

En se retrouvant seule dans les ténèbres, Miranda sentit son estomac se nouer. Elle s'agrippa à la rambarde et prit une profonde inspiration pour se calmer. Alors qu'elle s'était sentie paisible jusque-là, sa conversation avec Korbinian venait de lui faire prendre brusquement conscience de sa solitude.

2

Bien qu'on soit dimanche et qu'il n'ait rien de précis à faire, des années d'habitude tirèrent Korbinian du lit à l'aube. Il prit sa voiture pour descendre lentement la montagne. Son regard se fixa sur le chalet dès qu'il s'en approcha. Que lui avait-il pris de proposer à Miranda Lynch de lui servir de chauffeur? Ses journées étaient assez chargées pour qu'il ne s'amuse pas à jouer les taxis pour cette intruse…

Néanmoins, il ralentit et s'arrêta en découvrant la jeune femme sur le balcon en train d'admirer la vue, une couverture sur les genoux et une tasse de café à la main. Il hésita un instant, puis fit marche arrière pour s'engager dans l'allée en se maudissant mentalement. Furieux de s'arrêter mais incapable de résister à l'envie de voir en pleine lumière la femme qui l'avait attiré là la nuit précédente, il coupa son moteur et ouvrit sa portière.

Comme il ne pouvait pas accéder au balcon depuis la route sans prouesses acrobatiques, il alla se poster sur le terrain escarpé qui tenait lieu de jardin. Le balcon était supporté par de solides piliers plantés dans le flanc de la montagne. Il lui suffisait de se transformer pour s'y poser en un instant. L'idée lui sembla aussi tentante que stupide puisqu'il avait passé des années à dissimuler sa nature. Il se contenta donc d'appeler la femme — avec peut-être un peu trop d'empressement.

Miranda Lynch s'approcha du bord du balcon comme la nuit précédente. Cette fois, elle garda sa couverture autour de ses épaules et sa tasse à la main. Ses cheveux blonds étaient encore emmêlés et l'air matinal colorait ses joues d'une intéressante nuance de rose. La couverture dissimulait ses formes, mais il l'avait suffisamment observée la veille : elle était petite avec des courbes sensuelles. Son visage en forme de cœur était encadré de cheveux blonds et illuminé par le regard intense de ses immenses yeux bleus. A cette distance, il put remarquer de très légères taches de rousseur sur son nez. Miranda Lynch était jolie sans être divine, et pourtant il ressentait encore pour elle une attirance peu naturelle.

— Monsieur Korbinian, lança-t-elle en souriant avant de boire une gorgée de café. Quelle surprise…

— Je vais à l'épicerie. Puisque vous n'avez pas de voiture, je me demandais si vous aviez besoin de quelque chose.

Il avait prononcé ces mots avec plus de brusquerie qu'il n'était nécessaire, sans bien comprendre pourquoi il l'avait fait.

Les sourcils de Miranda se haussèrent de surprise.

— Je ne vous avais pas rangé dans la catégorie « voisin idéal »…

— Puisque vous ne me connaissez pas, pourquoi voulez-vous me cataloguer ?

Il imaginait aisément comment Talbot avait pu lui parler de lui. Ils n'avaient pas été dans les meilleurs termes, ces dernières années…

Elle ne répondit pas et but une longue gorgée de café. Il ne put s'empêcher d'imaginer le liquide coulant sur sa langue… Une femme en train de boire une gorgée de café n'aurait sûrement pas dû l'exciter à ce point !

— Je n'ai besoin de rien mais je vous remercie, dit-elle finalement. C'est très gentil à vous de vous en être inquiété, monsieur Korbinian.

Il ne se souvenait plus de la dernière fois où on l'avait remercié pour sa « gentillesse ». Cela ne s'était peut-être jamais produit.

— Appelez-moi Bren.

Miranda tourna vivement la tête comme si un bruit l'avait alertée. Alors que son ouïe était excellente, lui-même n'avait rien entendu. Elle marmonna quelque chose ponctué d'un « sûrement pas ! ». Lorsqu'elle se tourna de nouveau vers lui, ses yeux étaient encore plus grands et son visage plus pâle que l'instant d'avant.

— C'était vraiment gentil à vous de vous arrêter mais j'ai tout ce qu'il me faut et je suis venue ici pour être au calme, alors...

— ... alors merci et passez votre chemin, conclut Bren en reculant d'un pas.

— Je ne voulais pas être aussi brutale, mais c'est à peu près ça.

Elle tourna encore la tête pour murmurer « Allez-vous-en ! » si faiblement qu'un homme n'aurait pas pu l'entendre.

Soulagé de s'enfuir, Bren remonta dans son camion. Miranda Lynch était jolie et l'attirait inexplicablement, mais c'était aussi une cinglée qui parlait toute seule. Cela faisait longtemps qu'il n'avait pas eu de relation suivie. Le désir qu'elle éveillait en lui prouvait à quel point la compagnie féminine lui manquait, mais il n'avait certainement pas besoin d'attirer dans sa vie une blonde avec une case en moins.

*
* *

— Tu l'as effrayé ! lui reprocha le fantôme. Rappelle-le ! Il n'est pas trop tard…

Le spectre agita sa main fine comme si Miranda avait dû sauter du balcon pour se lancer à la poursuite de Korbinian.

Miranda attendit d'entendre le camion s'éloigner avant de se tourner vers elle. Elle avait vu de nombreux fantômes ces quatre dernières années. Des victimes de meurtres, des mères éplorées qui avaient abandonné leurs enfants trop jeunes, des gens qui ne comprenaient pas qu'ils étaient morts, d'autres qui voulaient dire adieu à ceux qu'ils aimaient… Cette femme était la première à jouer les entremetteuses.

— Je suis en vacances, lui répondit-elle calmement. Revenez la semaine prochaine si vous voulez qu'on parle.

— Certainement pas ! Je t'ai attendue pendant tout ce temps et tu voudrais que je patiente encore une semaine ? s'écria le fantôme en plantant ses poings sur ses hanches. Tu dois t'approcher de Bren assez pour le toucher. Alors il saura que c'est toi. Dès que vous vous serez effleurés…

— Je n'ai pas l'intention de toucher Brennus Korbinian, s'exclama Miranda en se détournant d'elle pour retourner s'asseoir.

La vue du balcon était d'une beauté à couper le souffle, mais il était difficile d'en jouir en se faisant harceler par un fantôme. Elle essaya tout de même d'ignorer ses bavardages sans pouvoir s'empêcher de les entendre.

— J'aimerais bien qu'il se rase plus souvent et aille de temps à autre se faire couper les cheveux, disait-elle, accoudée à la rambarde comme si elle avait besoin de son soutien alors qu'elle pouvait aussi bien flotter dans le vide. Néanmoins, c'est plutôt un bon parti. Il est riche, beau et très attentionné quand on le connaît.

Dérangé par sa forme assez consistante pour lui cacher la vue, Miranda agita la main dans l'espoir de la chasser.

— Il est très seul, tu sais... C'est pour ça qu'il lui arrive d'être bougon.

— Ecartez-vous !

Le fantôme, qui paraissait aussi réel qu'un être vivant, se contenta de lui sourire.

— Si tu avoues que tu trouves Bren séduisant, je te laisse jouir de la vue pendant quelque temps.

— C'est du chantage.

— Et je veux que tu sois sincère. Je le saurai si tu essaies de te débarrasser de moi.

— Si je vous dis que je trouve sincèrement Brennus Korbinian séduisant, vous allez me laisser tranquille ?

— Pour un temps.

Miranda pinça les lèvres. En cédant au chantage de ce spectre, elle créerait un précédent fâcheux. Néanmoins, elle voulait être en paix et savourer le spectacle superbe de la montagne.

— Très bien. Il est séduisant.

— *Très* séduisant ?

— Oui. Très séduisant.

— Qu'est-ce qui te plaît le plus en lui ?

— Allez-vous-en !

Le fantôme obéit enfin et la laissa seule face à une vue magnifique, mais avec une boule au creux de l'estomac qui l'empêchait d'en profiter.

Tout en jetant machinalement une boîte d'agrafes dans son chariot, Bren se disait qu'il avait visiblement besoin de la compagnie d'une femme. Mais quelles possibilités s'offraient à lui ? Sans avoir vécu comme un moine, il s'était toujours bien gardé de rester avec la même femme trop longtemps ou de faire des promesses qu'il ne pourrait pas tenir. L'un des mauvais côtés qu'il y avait à être le dernier Korbinian était la certitude de ne jamais rencontrer la femme qui lui donnerait des enfants et partagerait sa vie. Celle-ci n'existait pas.

Il pouvait évidemment se marier, mais aucun enfant ne sortirait de cette union. De toute manière, il n'avait jamais rencontré de femme à qui se fier suffisamment pour dévoiler son secret. Il n'avait jamais pu livrer que son corps.

Afin de poursuivre la vie solitaire qu'il désirait mener, il était forcé de n'entretenir que des relations brèves. Il avait bien eu quelques liaisons plus longues mais chaque fois elles s'étaient mal terminées.

Bren avait presque fini de ranger ses courses lorsqu'il prit conscience que la caissière lui faisait du charme. Elle souriait, commentait tous ses achats et se penchait pour mettre sa poitrine en valeur. Il ne l'avait jamais vue auparavant. Elle avait un visage et un corps qu'il était impossible d'oublier et de longs cheveux noirs serrés en une épaisse queue-de-cheval. Tammie — comme le lui apprit son badge — était la solution à tous ses problèmes. Il lui fallait une femme qui n'allait pas l'obséder, avec laquelle il allait pouvoir s'amuser un temps avant de disparaître sans remords.

Le problème était que la femme magnifique qui se trouvait en face de lui ne lui faisait aucun effet, alors qu'il suffisait à Miranda Lynch de boire une gorgée de café pour le mettre en émoi. Tammie pointait ses seins dans sa direction, s'humectait les lèvres et lui lançait des regards hautement suggestifs. Bon sang.

*
* *

Il fallait marcher longtemps le long de la route sinueuse pour atteindre la station-service et le petit magasin attenant, mais la journée était printanière et Miranda en avait eu assez de rester assise après seulement quelques heures. Apparemment, elle n'avait pas besoin de se reposer plus longtemps. En tout cas, elle se répétait que sa nervosité n'avait rien à voir avec la visite matinale de Korbinian.

Tout en marchant prudemment au bord de la route, elle songea une fois de plus que ses amis avaient eu raison de la forcer à prendre des congés. Elle travaillait toujours à la limite de ses forces, et s'imaginait honorer la mémoire de Jessica chaque fois qu'elle contribuait à faire arrêter un meurtrier. Elle avait l'impression de se délivrer d'une part de son propre chagrin en libérant les autres du leur. Sa sœur bien-aimée n'était peut-être pas morte en vain si elle faisait bon usage du don qu'elle avait acquis.

Mais elle n'aimait pas pour autant revivre des morts violentes et consoler les vivants. Ce n'était pas l'existence qu'elle avait projetée, c'était celle qu'elle s'était construite. Mais avait-elle seulement eu le choix ?

Miranda prit subitement conscience qu'elle n'était pas seule sur la route.

— Tu es triste, constata le fantôme en réglant son pas sur le sien.

— Je croyais que vous deviez me laisser tranquille, répliqua Miranda en poursuivant son chemin. Vous me l'aviez promis.

— Ta tristesse m'a fait revenir, expliqua la femme. Nous pouvons éviter de parler de Bren, si tu préfères.

Miranda soupira.

— Je préfère.

Elle tourna la tête vers le spectre étonnamment solide qui marchait à ses côtés. La femme devait avoir la cinquantaine et quelques mèches grises se mêlaient à ses cheveux noirs. Elle était jolie et avait peut-être été d'une grande beauté autrefois. Contrairement à Miranda, elle était grande et avait un port altier auquel une femme d'un mètre soixante ne pouvait pas prétendre.

— Avez-vous un nom ? demanda-t-elle.

— Bien sûr, répondit la femme. N'est-ce pas le cas de tout le monde ?

C'était la même réponse désinvolte qu'elle avait fournie à Korbinian la veille au soir. Ce fantôme envahissant les espionnait-il ? Probablement…

— Et comment vous appelez-vous ? insista Miranda.

Si cette femme avait l'intention de la harceler, il était plus simple de savoir comment elle se nommait.

— Mes amis m'appellent Dee, répondit-elle en fixant Miranda d'un regard incroyablement lumineux et vivant. Comme j'espère te compter au nombre de mes amis, je t'autorise à m'appeler ainsi.

— Vous me hantez, lui fit remarquer Miranda en devant bien admettre que ce spectre ne l'avait guère tourmentée. Des amis ne se hantent pas les uns les autres.

Peut-être cette femme avait-elle été entremetteuse de son vivant et avait-elle conservé cette habitude après sa mort ? La plupart des fantômes avaient des raisons plus graves de s'attarder sur terre, mais Miranda s'imaginait que tout était possible.

— Je ne te hante qu'un petit peu, se défendit Dee avant de rire joyeusement. Je n'aurais pas été aussi pressée par le temps si tu n'avais pas eu un tel retard !

— Comment puis-je être *en retard* ? s'étonna Miranda.

— Ça fait deux ans que je t'attends. Deux ans!

Elle ne semblait pas en colère, seulement frustrée. Dee prit une profonde inspiration — ce qui surprit Miranda, puisque les fantômes avaient cessé de respirer.

— Mais ne parlons pas de ça pour le moment. Parlons plutôt de la raison pour laquelle tu es si triste.

— Ma sœur me manque, expliqua Miranda en estimant inutile de s'en cacher.

— C'est normal, répondit Dee avec compassion.

Miranda ne se laissait jamais aller à dévoiler ses sentiments, mais puisque personne ne voyait Dee, quelle importance cela avait-il? La plupart des fantômes lui confiaient tout ce qu'ils avaient sur le cœur. Pourquoi ne ferait-elle pas la même chose, pour changer?

— Jessica était ma seule famille. Sa mort a été soudaine, injuste et... elle me manque, répéta-t-elle. Même si plusieurs années se sont écoulées depuis, il m'arrive de me sentir terriblement seule. J'ai des amis merveilleux, et pourtant je me sens isolée, séparée des autres... Est-ce que vous comprenez?

— Tu auras une nouvelle famille un jour, lui assura Dee. Tu ne seras pas toujours seule.

Miranda secoua la tête. La malédiction des Lynch pesait toujours sur elle et son don n'avait généré que des complications supplémentaires.

— Tu verras, insista le fantôme face à son silence.

Elles continuèrent à marcher sans un mot. Miranda faisait de petits pas prudents pour ne pas glisser et Dee s'adaptait parfaitement à son allure variable en fonction de l'inclinaison de la pente. Miranda se surprit à apprécier de ne pas être seule, même si sa seule amie dans la région était un fantôme envahissant qui prenait le solitaire local pour le parti du siècle. Korbinian n'était peut-être pas un psychopathe, mais ce n'était pas non plus le prince charmant. Qui l'était à présent?

La route qui permettait d'accéder à la cabane, puis à la maison de Korbinian était étroite. Deux voitures ne pouvaient pas s'y croiser sans mordre dangereusement sur le bas-côté. Cette bande de terrain poussiéreuse était elle-même étroite et plongeait à pic vers des profondeurs allant de quelques mètres à de véritables abîmes. Puisqu'il n'y avait aucune circulation, Miranda jugeait plus prudent de ne pas quitter la chaussée.

Du moins, il n'y avait *presque* aucune circulation. En entendant un bruit de moteur, elle devina qu'il devait s'agir de Korbinian. Comme plusieurs heures s'étaient écoulées depuis sa visite, il n'avait pas dû aller qu'à l'épicerie, songea Miranda avant de se rappeler à elle-même qu'elle s'en moquait éperdument. Miranda s'écarta sur le bas-côté autant qu'il était prudent de le faire et baissa les yeux vers la pente couverte de buissons qu'elle surplombait. Elle fit quelques petits pas en attendant que la voiture l'ait dépassée. Si elle avait de la chance, son voisin ne se sentirait pas d'humeur à lui proposer de la conduire quelque part.

Elle aperçut l'avant du camion noir de Korbinian. Il allait la voir dès qu'il aurait pris le virage et serrer l'autre côté de la route. Du moins, elle ne risquait rien tant qu'il ne quittait pas la chaussée. La situation allait être inconfortable mais sans danger. La tête du conducteur apparut dans son champ de vision avec ses cheveux noirs et son menton volontaire. Il avait son portable collé à l'oreille et une discussion passionnée avec son interlocuteur. Il devait s'agir d'une conversation de travail, à moins qu'il ne soit en train de se disputer avec sa petite amie. En tout cas, ce n'était pas une conversation joyeuse.

Pourquoi son portable captait-il un signal et pas le sien ? C'était criant d'injustice. Ce fut la dernière pensée de Miranda avant que Dee ne crie « Attention ! » en la poussant. Les fantômes ne pouvaient pas concentrer assez de force pour agir physiquement sur les vivants. Sauf elle. Miranda sentit sa poussée, perdit l'équilibre et battit frénétiquement des bras. Korbinian tourna la tête, la vit et changea aussitôt de trajectoire, mais il était trop tard. Miranda bascula dans le ravin.

Bren coupa la communication sans prévenir, écrasa la pédale de frein et courut vers le précipice en abandonnant son camion portière ouverte en travers de la route. Il s'efforçait d'achever sa conversation d'affaires avant le prochain virage, au-delà duquel son téléphone ne captait plus et conduisait sans grande concentration sur cette route où il ne croisait jamais de voitures et encore moins de piétons.

Il se pencha à l'endroit où il avait vu Miranda Lynch disparaître et fut soulagé de la découvrir étendue sur le sol un peu en contrebas. Elle avait eu le souffle coupé par sa chute et des brindilles s'étaient accrochées à son pull et dans ses cheveux, mais elle semblait indemne.

— Mais que faisiez-vous à pied sur cette route ? aboya-t-il.

La jeune femme leva vers lui ses grands yeux bleus lui permettant ainsi de découvrir à quel point on pouvait être fusillé du regard.

— Je vais bien, merci, répondit-elle froidement sans faire un geste.

S'estimant réprimandé à juste titre, il descendit de

quelques pas le long de la pente pour aller l'aider en prenant garde de ne pas glisser sur les éboulis.

— Etes-vous blessée ? lui demanda-t-il.

— Merci de vous en soucier, mais c'est un peu tard, riposta-t-elle en se redressant.

Comme le terrain n'était pas très escarpé à cet endroit, elle devait être capable de remonter sur la route par ses propres moyens malgré les éboulis. Il lui tendit tout de même une main, qu'elle ignora pour tenter de se relever sans son aide. Comme elle l'avait fait quelques heures plus tôt, elle tourna vivement la tête sur le côté et se mit à chuchoter comme si quelqu'un se trouvait là.

— Il n'est pas question que je prenne sa main ! L'imbécile m'a fait glisser de la route.

Elle avait de toute évidence pris un coup sur la tête, même s'il n'était pas certain que cela venait de se produire. Elle ne lui apportait qu'inquiétudes et contrariétés, pourquoi dans ce cas son corps réagissait-il aussi vivement à sa présence ?

Elle parvint à se remettre debout seule et il songea que cela lui aurait été beaucoup plus facile en se servant de lui comme point d'appui. Elle était donc entêtée en plus d'avoir un grain. Un instant plus tard, Bren se surprit à réprimer un sourire. Apparemment, cette femme était prête à tout pour éviter de le toucher. Une brindille à laquelle étaient encore attachées quelques feuilles s'était emmêlée dans ses cheveux et un trèfle à quatre feuilles s'était posé sur son pull. Bren parvint à rester de marbre et continua à lui tendre la main au cas où elle changerait d'avis. Cependant elle semblait déterminée à s'en sortir sans son aide.

Lorsqu'elle eut retrouvé son équilibre, elle le chassa de son chemin pour pouvoir remonter sur la route. Il obéit et remonta la pente en deux grandes enjambées, puis se retourna pour voir comment elle allait s'en sortir malgré sa petite taille. Après quelques pas, une glissade jusqu'à son point de départ, puis une nouvelle tentative infructueuse, elle leva vers lui un regard toujours furieux et tendit la main pour demander son aide en silence. Bren approcha pour la serrer fermement dans la sienne.

Dès que leurs peaux se touchèrent, Bren eut l'impression qu'un courant électrique lui parcourait tout le corps. Avant qu'il n'ait le temps de comprendre ce phénomène, une nouvelle surprise le frappa. Subitement, toute la lignée de ses ancêtres défila devant ses yeux comme s'ils se trouvaient près de lui à cet instant. Il vit les Korbinian qui avaient vécu des millénaires avant lui quitter leur forme humaine pour former une nuée d'oiseaux si vaste qu'elle obscurcissait le ciel. Comme s'il y avait participé en personne, il vit un temps où sa race, unie et puissante, régnait sur le ciel et sur la nuit.

Alors il sentit et vit la femme qui se trouvait devant lui, cette femme qui était une partie de lui et lui était destinée depuis sa naissance. Elle lui souriait avec amour et l'accueillait en elle pour lui offrir un plaisir tel qu'il n'en avait jamais connu.

Il se vit lui-même sur le balcon de la maison qu'il habitait déjà, sauf qu'il s'y tenait avec ses fils qui étaient, comme lui, à la fois humains et plus qu'humains. Dans sa vision, ils se transformaient tous ensemble pour s'envoler d'un même mouvement et masquaient la lune en planant au-dessus de cette montagne qui était la leur.

C'était elle. Elle était sa Kademair. L'attirance irrépressible qu'elle éveillait en lui n'avait vraiment rien d'étonnant — pas plus que son impression d'être sur le point de devenir fou dès qu'il l'apercevait. Miranda Lynch était la seule femme au monde avec laquelle il pouvait tisser des liens, la seule femme qui pouvait lui éviter d'être le dernier de sa race alors qu'il s'était depuis longtemps résigné à ce sort. Il avait toujours cru que cette femme unique, dont sa mère lui avait prédit la venue, n'était qu'un mythe. Pourtant, voilà qu'elle se tenait devant lui, avec sa main dans la sienne.

— Un peu d'aide? demanda-t-elle avec agacement.

A cet instant, il se rendit compte qu'il tenait sa main depuis bien trop longtemps.

Il tira doucement sur le bras de Miranda pour l'aider à rejoindre la route. La jeune femme lâcha sa main dès que cela lui fut possible, puis secoua violemment la tête. Ce mouvement délogea quelques-unes des feuilles qui s'étaient prises dans ses cheveux mais n'arrangea rien au désordre général de sa tenue. Bren tendit le bras pour la débarrasser avec douceur de la plus grande brindille. Trouvant sans doute son geste trop intime et déplacé, elle l'en empêcha du revers de la main.

— Vous devriez regarder où vous allez, le gronda-t-elle.

— Vous ne devriez pas vous promener à pied au bord de cette route, lui répondit-il avec beaucoup plus de douceur dans la voix. C'est trop dangereux.

— Dangereux? Et que pensez-vous du fait de parler au téléphone tout en conduisant un énorme engin sur une route pareille? *Voilà* qui est dangereux! Quel est votre opérateur? ajouta-t-elle en chassant le trèfle à quatre feuilles de sa poitrine. Mon propre téléphone ne capte rien.

— Il n'y a plus de réseau après le prochain virage, répondit-il en s'efforçant d'oublier l'image mentale de leurs ébats.

Sa vision avait été si frappante qu'il croyait encore la sentir sous lui et inspirer son odeur. Il connaissait désormais la sensation de sa chair contre la sienne et savait comment elle donnait et recevait du plaisir. Même s'il n'était pas certain de vouloir ce qu'elle avait à lui offrir, il ne lui serait plus possible de l'oublier.

Il n'y avait plus de place dans ce monde pour les Korbinian. Leur temps était révolu. En théorie, il pouvait se détourner de Miranda Lynch et sa raison lui répétait qu'il n'avait entraperçu qu'un rêve impossible. Mais son instinct le plus primaire, qu'il n'était pas en mesure d'ignorer, avait reconnu cette femme comme la sienne et la désirait tant qu'il ne lui était plus possible de penser à autre chose.

3

Lorsque Bren insista pour la ramener à la cabane, Miranda ne protesta qu'une fois et faiblement. Elle n'avait plus envie de marcher jusqu'au magasin. Sa chute avait été sans gravité mais elle l'avait secouée, tout comme le fait d'être restée immobile avec la main de Bren dans la sienne, tandis qu'il la fixait avec l'air d'avoir été frappé par une révélation soudaine.

Au moins, Dee avait disparu. Ce fichu fantôme avait intérêt à ne pas se montrer après l'avoir poussée hors de la route… Perturbée sur bien des plans à la fois, Miranda s'agita sur le siège passager du camion de Bren. Dee devait être très puissante si elle était capable d'agir physiquement sur le monde. Les fantômes ordinaires, qui avaient le plus grand mal à interagir avec le réel, étaient loin de pouvoir mobiliser assez de force pour déséquilibrer un être humain. Si Dee avait en tête de continuer à la harceler, elle n'allait sans doute rien pouvoir faire pour l'en empêcher. Que se passerait-il si elle était assez puissante pour prendre les transports en commun jusqu'à Atlanta ? L'idée qu'elle puisse n'être jamais débarrassée de cette entremetteuse la fit frémir.

Bren s'arrêta brutalement dans l'allée de la cabane, puis se tourna vers Miranda avec une expression sévère et un regard accusateur. Elle ne put s'empêcher de songer une fois de plus que sa brusquerie ne le rendait pas moins agréable à regarder. Agréable à regarder, mais pas beau… Il n'y avait aucune douceur en cet homme, ni dans la forme de son visage ni dans ses yeux brûlants dont elle remarqua à cet instant qu'ils avaient la couleur du chocolat noir. Ce qu'elle avait vu de son corps n'évoquait pas davantage la douceur. Il avait un physique de travailleur manuel, musclé et impressionnant. Si elle l'avait rencontré quelques années plus tôt, avant que son existence ne prenne un tournant dramatique, il l'aurait peut-être attirée. Peut-être.

De qui se moquait-elle ? Comme si le fait de remarquer la couleur précise de ses yeux et de s'extasier sur ses muscles n'était pas de l'attirance…

— Pourquoi marchiez-vous au bord de la route ? demanda-t-il abruptement.

— Pour faire de l'exercice et acheter quelques canettes de soda à la station-service.

Son air réprobateur était aussi dur que tout le reste de sa personne.

— J'avais proposé d'acheter ce qui vous manquait en descendant en ville.

Elle jeta un coup d'œil aux sacs de courses amoncelés sur le siège arrière. Ils avaient souffert de son arrêt brutal et s'étaient vidés de la moitié de leur contenu. Quelques canettes avaient roulé sur les sièges et une boîte de céréales gisait par terre la tête en bas.

— Je suis tout à fait capable de…

— Visiblement pas, l'interrompit-il sèchement. Je reviendrai dans une heure pour vous conduire au magasin.

— Je n'ai vraiment pas besoin…

Il la coupa encore.

— Je serai là dans une heure. Je vous emmènerai faire

des courses ou je m'installerai dans votre allée au cas où il vous prendrait encore la fantaisie d'y aller à pied.

— Vous n'oseriez pas !

— Vous pariez ?

Miranda ouvrit sa portière en soupirant et sortit dans l'allée. Elle était encore un peu secouée, mais lorsqu'elle tourna la tête et rencontra encore le regard envoûtant de Bren, elle s'autorisa à écouter son instinct qui l'avait si rarement trompée. Brennus Korbinian était grognon, agaçant et pratiquait le nudisme dans des lieux où c'était très malavisé. Il conduisait sans regarder devant lui et avait un puissant instinct de domination.

Pourtant, même si elle avait encore du mal à l'admettre, il était aussi attirant que Dee le prétendait. Cela faisait bien longtemps que Miranda n'avait pas accepté de rendez-vous, or c'était bien ainsi qu'il semblait concevoir sa proposition de l'emmener faire des courses.

Comme elle n'allait rester que quelques jours, elle pouvait sûrement se permettre d'aller à l'épicerie avec un homme attirant. Une semaine était un délai trop court pour qu'une rencontre ponctuelle se transforme en quelque chose de plus sérieux.

— Très bien, déclara-t-elle. Dans une heure.

Elle claqua la portière et se dirigea vers le porche en cherchant les clés de la cabane dans sa poche.

Korbinian ne quitta pas l'allée avant qu'elle n'ait refermé la porte derrière elle. Elle résista à son envie de l'observer par la fenêtre mais l'écouta s'éloigner, puis inspecta la pièce en époussetant son jean.

— Montre-toi, Dee ! cria-t-elle, estimant que le fantôme lui devait quelques explications.

Mais la pièce resta déserte. En se dirigeant vers la salle de bains pour retrouver une apparence humaine, elle en conclut que la chute qu'elle venait de faire était un prix acceptable pour avoir la paix.

Bren fut de retour devant la cabane des Talbot cinquante-huit minutes après y avoir déposé Miranda. Pendant qu'il était chez lui, il avait rappelé le plombier au nez duquel il avait raccroché, rangé ses courses et tenté vainement d'oublier ou de s'expliquer les visions qu'il avait eues en tenant la main de Miranda.

Il resta assis dans sa voiture en se demandant si l'élégance lui commandait d'aller sonner à la porte. Miranda attendait-elle qu'il se manifeste, assise sur son canapé? S'imaginait-elle qu'il allait lui tenir sa portière, porter ses courses et se montrer aimable? Il tapota nerveusement son volant sans quitter la porte des yeux. Il n'était pas connu pour son amabilité. La solitude à laquelle il tenait avait un prix, dont faisait partie la maladresse en société.

Malgré la surprise qu'elle lui causait, l'apparition de cette femme n'était pas tout à fait inconcevable. Le père de Bren, lui aussi, avait longtemps cru être le dernier Korbinian et s'était trompé. Le vieil homme avait près de soixante ans lorsqu'il avait rencontré Denise Brown, une femme divorcée sans enfants, de vingt ans sa cadette. Ils s'étaient mariés trois semaines après leur rencontre et Bren était né moins de deux ans plus tard. Il aurait peut-être eu des frères s'ils s'étaient rencontrés plus tôt, mais le destin en avait décidé autrement et Bren était enfant unique, comme son père avant lui.

D'après Joseph Korbinian, le nombre des femmes destinées à devenir leurs compagnes diminuait dans les mêmes proportions que celui des représentants de leur espèce. Autrefois, lorsque les Korbinian étaient florissants, les Kademair, ces femmes génétiquement conçues pour donner naissance à leur progéniture, l'étaient aussi. Joseph avait expliqué à son fils unique que le déclin des deux espèces était simplement naturel. Il n'y avait plus de place en ce monde pour des hommes capables de voler, que l'on respectait jadis pour leurs talents de messagers et de guerriers. Après les avoir honorés, les hommes qu'ils servaient s'étaient mis à les jalouser et à se méfier d'eux, il y avait environ un millénaire de cela. Ceux qui pouvaient voler sous forme de corbeaux avaient perdu une guerre sanglante et les rares survivants de l'espèce étaient entrés en clandestinité.

A présent, il ne restait qu'un seul représentant de cette race fière et noble. A moins d'obéir à l'instinct qui lui commandait de prendre Miranda pour compagne, d'en faire la mère de ses enfants, Bren était le dernier de son espèce. La décision qu'il avait à prendre allait déterminer le destin d'une race entière. Mais sa race devait-elle être sauvée si elle n'avait plus sa place dans le monde moderne ? Devait-il plutôt la laisser s'éteindre, comme la nature semblait le suggérer ?

Il devait aussi prendre en compte les doutes qui perturbaient sa réflexion. Miranda était-elle vraiment sa Kademair ? Son père pouvait avoir raison. Son instinct était-il frustré au point d'avoir inventé ce scénario commode à propos de la première femme qui lui semblait séduisante depuis un moment ?

Miranda sortit sous le porche. Plus rien dans son apparence ne trahissait la chute qu'elle avait faite et elle ne semblait pas contrariée qu'il soit resté dans son camion au lieu d'aller sonner à la porte. Elle s'était changée et portait maintenant un jean noir, des bottes noires, un pull turquoise foncé et un curieux petit chapeau noir qui lui allait à merveille. Il contribuait à mettre en valeur la forme de son visage et ses cheveux blonds, dont il savait à présent qu'une infinité de nuances s'y mêlaient. Un sac à main pendait à son épaule au bout d'une longue chaîne. En la regardant approcher, il remarqua aussi qu'elle s'était maquillée. Elle l'avait fait avec beaucoup de discrétion, mais ses lèvres étaient rose pâle et ses cils plus foncés qu'une heure plus tôt. Il n'y avait plus la moindre brindille dans ses cheveux qu'elle avait brossés jusqu'à leur donner l'aspect d'un voile soyeux.

Bren se pencha pour ouvrir sa portière de l'intérieur. Puis il la regarda monter sur le marchepied et se hisser sur le siège, sans pouvoir s'empêcher d'admirer ses cheveux légers, ses lèvres appétissantes et ses formes moulées dans son jean. Cela dit, dans l'état où il se trouvait, il l'aurait trouvée aussi renversante en pantalon de jogging.

Non, « renversante » était un terme trop faible pour désigner ce qu'elle lui inspirait. Même s'il ne savait pas encore s'il allait y céder, il devait reconnaître qu'il n'avait jamais éprouvé une telle attirance pour personne. Sauf qu'il n'était pas question qu'il laisse la biologie ou la mythologie diriger sa vie. Puisque leurs deux existences étaient entre ses mains, il ne devait prendre aucune décision à la légère.

— Avez-vous besoin d'aller ailleurs qu'à l'épicerie ? lui demanda-t-il en s'engageant sur la route après qu'elle eut refermé sa portière.

Elle poussa un soupir qu'il trouva charmant.

— Y a-t-il un antiquaire ou un magasin de meubles décent dans les environs ?

— Il y en a un ou deux au bord de la nationale.

— J'aimerais remercier les Talbot de m'avoir prêté la cabane en leur offrant quelque chose pour la décorer.

— Comme quoi ?

— Peut-être quelques lampes… ou encore un guéridon. Quelque chose de joli. La cabane est agréable mais elle est… pauvrement meublée.

Le rire qu'elle réprima en prononçant ces derniers mots donna à Bren une vague idée de ce à quoi elle était confrontée. Il ne put s'empêcher de sourire.

— Y a-t-il des canards ?

Elle tourna vivement la tête.

— Oui ! Comment le savez-vous ?

— L'animal « mignon » est une faute de goût commune dans la région.

Il la sentit se détendre autant qu'il le vit sur son visage.

— Vous semblez critique. Vous n'avez pas de canard dans votre maison ?

— Aucun, répondit-il avec assurance. Je n'ai pas non plus de têtes de cerfs, d'animaux empaillés ni — puisque nous abordons le sujet — de fruits en plastique dans la cuisine.

— Vous avez dû employer un décorateur éclairé, le taquina-t-elle.

— Non. J'ai tout fait moi-même.

Il la sentit poser sur lui un regard insistant et critique.

— La plupart des hommes ont une conception purement utilitaire de l'aménagement intérieur.

— J'imagine qu'il va falloir que vous passiez chez moi pour juger par vous-même, répondit Bren en haussant les épaules.

Elle se tut, sans doute aussi mal à l'aise à l'idée de lui rendre visite qu'il l'était en prenant conscience qu'il venait de l'inviter.

*
* *

Il ne fallut pas un quart d'heure à Miranda pour comprendre qu'elle avait commis une grave erreur en acceptant de laisser Brennus Korbinian lui servir de chauffeur. Leur promenade ressemblait beaucoup trop à un rendez-vous galant, même si le magasin où il la conduisit manquait de romantisme. Le long entrepôt de l'antiquaire était poussiéreux et encombré d'ancien et de nouveau. Certaines pièces étaient des trouvailles et la plupart des horreurs.

Néanmoins, elle adora l'endroit et fut surprise de constater que Bren s'y sentait visiblement à son aise. Il semblait bien connaître la propriétaire des lieux, une femme d'un certain âge prénommée Mabel qu'il avait saluée cordialement en arrivant. Sans aller jusqu'à se montrer extraverti, il avait cessé d'être désagréable en sa présence. Mabel, qui aidait un autre couple à trouver un objet précis, les laissa se promener seuls dans l'entrepôt.

— Alors, comment connaissez-vous Roger Talbot? demanda presque aussitôt Bren en s'efforçant de prendre un air détaché.

Miranda l'interpréta comme une question innocente. Elle avait fait l'objet de nombreuses coupures de presse dans la région d'Atlanta, certaines élogieuses, la plupart insultantes et quelques-unes qui se voulaient drôles. Mais même si son travail la faisait souvent changer d'Etat, Roger avait réussi à garder son talent secret aux yeux du grand public. Il n'avait pas eu autant de chance là où ils vivaient tous deux.

Comme personne ne devait lire les journaux d'Atlanta dans cette région, Miranda fut tentée de s'inventer une biographie vraisemblable qui n'impliquerait ni crimes ni fantômes. A moins d'avoir la curiosité d'entrer son nom sur Google, il allait probablement croire tout ce qu'elle lui dirait. Comme elle haïssait internet, certains jours ! Cet outil rendait presque impossible de garder des secrets.

Elle connaissait ce scénario. Elle rencontrait un homme, qui lui plaisait et à qui elle plaisait. Tout se passait bien jusqu'à ce qu'il découvre son don et que l'enfer commence.

Miranda examina un petit bol de verre pour éviter le regard de Bren et tâcha de se convaincre qu'il ne lui plaisait pas tant que cela, de toute façon. En le terrifiant dès cette minute, elle n'allait pas perdre grand-chose.

— Je me rends sur des scènes de crimes pour parler aux fantômes des victimes. Je transmets ensuite les informations qu'ils me communiquent à Roger pour lui permettre d'arrêter le coupable.

Il y eut un long silence. Tout en continuant à examiner le bol à la lumière de la fenêtre, Miranda écouta avec angoisse une vieille pendule égrener les secondes. Bren ne riait pas, il n'avait pas sursauté et, à moins de s'être déplacé sans un bruit, il ne s'était pas non plus enfui de terreur.

— Ce travail semble éprouvant, finit-il par commenter à voix basse. Pas étonnant que vous ayez besoin de vacances.

Miranda tourna légèrement la tête pour scruter son visage. Non, il ne se moquait pas d'elle — pas plus qu'il n'était terrifié ou submergé de dégoût. Il y avait une pointe de compassion dans son regard mais aucune condescendance. Elle avait horreur qu'on ait pitié d'elle. Autant, si ce n'était plus, que de passer pour folle ou manipulatrice.

Lorsqu'il secoua un doigt dans sa direction, elle remarqua qu'il avait des mains d'ouvrier — puissantes, calleuses et magnifiques.

— Vous n'étiez donc pas en train de parler toute seule ce matin, ni après votre chute. Vous parliez à un fantôme.

— C'est vrai. Ça n'a pas l'air de vous surprendre…

— Il en faut beaucoup pour me surprendre, répondit-il avec un sourire d'autant plus délicieux qu'il souriait rarement. A vrai dire, je suis soulagé. Pendant un moment, j'ai cru que vous n'étiez pas tout à fait saine d'esprit et que vous parliez toute seule.

— Il m'arrive de parler toute seule, précisa-t-elle en éprouvant un vif soulagement.

— Peut-être, mais je doute que vous cherchiez à vous chasser vous-même.

Une vague inquiétude la saisit.

— Vous avez entendu ça.

Pendant leur entrevue matinale, elle n'avait fait que chuchoter en s'adressant à Dee, et Bren était si loin...

— Oui, répondit-il en désignant l'une de ses oreilles. J'ai l'ouïe des Korbinian. Rien ne m'échappe.

Comme il lui plaisait... Le psychopathe de Cheryl, le voisin hostile de Roger qui voulait s'approprier toute la montagne, l'homme qui avait failli la renverser avant de lui reprocher de s'être trouvée là... Il était tout cela, et pourtant il lui plaisait bien plus qu'il n'aurait dû. Il était tour à tour drôle, songeur, bougon, aimable, et son jean lui allait à merveille. L'idée qui jaillit subitement dans son esprit réveilla toute sa méfiance.

— Vous vous montrez aimable envers moi pour que je persuade Roger de vous vendre son chalet ! s'écria-t-elle en reposant le bol. J'aurais dû le savoir...

— C'est faux, se défendit-il sans paraître vexé.

— C'est vrai ! C'est pour ça que vous m'avez proposé de m'emmener et que vous vous êtes arrêté après m'avoir fait tomber dans le ravin, insista-t-elle en levant les mains au ciel. Si vous n'aviez pas voulu acheter cette cabane, vous m'auriez sûrement laissée me débrouiller toute seule en vous amusant de ma mésaventure.

Ses sourcils se soulevèrent.

— Vous ne pensez pas grand bien de moi, n'est-ce pas ? commenta-t-il avec un calme stupéfiant.

— Effectivement.

Miranda croisa ses bras sur sa poitrine et adopta une posture ostensiblement défensive. Pourtant, Bren ne sembla pas comprendre le message.

— Voulez-vous savoir pourquoi je vous ai proposé mon aide ? lui demanda-t-il en faisant un pas vers elle qui l'incita à reculer. Voulez-vous savoir quelle était la véritable raison de ma présence près de votre cabane la nuit dernière ?

Et nu, ajouta-t-elle mentalement.

Il avança encore en la forçant à battre en retraite jusqu'à ce qu'elle se retrouve piégée entre une vieille armoire et une pendule bruyante.

— Voulez-vous savoir pourquoi je ne me suis pas détourné de vous alors que vous me l'aviez expressément demandé ?

— Oui, murmura-t-elle.

Il se pencha, souleva son menton et pressa ses lèvres contre les siennes. Son geste la surprit tant qu'elle ne réagit pas aussitôt. Elle se contenta de rester immobile et d'accepter ce qu'il lui offrait. Cela faisait si longtemps qu'on ne l'avait pas embrassée... Or ce baiser était extraordinaire. Il la fit vibrer de la tête aux pieds, la paralysa et éveilla en elle une vague de désir primitif et tout à fait inattendu. Elle entendait le tic-tac de la pendule et les battements de son cœur ; elle sentait les lèvres de Bren, ses genoux qui tremblaient et un frémissement de tout son être qu'elle n'avait plus éprouvé depuis longtemps.

Le désir... Même s'il ne lui était pas inconnu, elle ne s'y était plus abandonnée depuis des années et ne l'avait jamais éprouvé si pleinement ni si rapidement. Les lèvres de Bren caressèrent doucement les siennes, puis s'entrouvrirent avec elles. Miranda resta pétrifiée, le souffle coupé, sans comprendre pourquoi elle éprouvait tant de plaisir. Lorsqu'il s'écarta finalement d'elle, il lui fallut mobiliser toute sa volonté pour ne pas tirer sur sa chemise et prolonger ce baiser.

— Voilà pourquoi, conclut-il avant de se détourner d'elle et de s'éloigner en la laissant abasourdie, troublée et très tentée de lui courir après.

Bren aida Miranda à porter ses courses dans le chalet qu'il convoitait depuis si longtemps. S'il n'avait tenu qu'à lui, il l'aurait rasé sans regret. Le premier coup d'œil qu'il jeta à l'intérieur le conforta dans son idée.

Quelques lampes décentes et un bol décoratif n'allaient pas changer grand-chose. C'était d'un bon incendie que cette cabane avait besoin.

— Confortable, commenta-t-il en observant le canapé orange et le fauteuil assorti. Affreux, mais confortable.

Miranda éclata de rire.

— Pourquoi ne pas me dire ce que vous pensez vraiment ?

Ils étaient parvenus à ignorer leur baiser, du moins ouvertement. Bren n'arrivait pas à l'oublier et savait très bien qu'elle non plus. Il aurait pu jurer qu'un courant électrique circulait désormais entre eux — un courant qui les attirait l'un vers l'autre tout en les incitant à se fuir, et qui altérait jusqu'au parfum de l'air qu'il respirait.

Bren avait compris qu'elle lui était destinée dès leur premier contact. Sexuellement, biologiquement, par l'âme et par la chair, Miranda lui appartenait. Dès cet instant, il avait eu l'impression d'être entraîné vers une vie qui lui était prédestinée et de perdre sa capacité à prendre des décisions. Enivré par leur baiser, il avait oublié ses doutes pour un instant et s'était senti prêt à se livrer corps et âme à son destin. Mais ses doutes étaient revenus et il refusait de se voir privé de sa liberté dans une affaire aussi délicate.

Il se demanda si Miranda sentait aussi ce que leur union avait d'extraordinaire. Le fait qu'elle soit sa Kademair n'impliquait pas qu'elle en ait autant conscience que lui. Ni qu'elle comprenne au premier regard qu'il était, au moins biologiquement, destiné à devenir le père de ses enfants. Cette possibilité nouvelle l'inquiétait-elle autant que lui ? Peut-être baignait-elle dans une bienheureuse inconscience et ignorait-elle à quel point leur rencontre était improbable.

Le choix qui s'offrait à lui était aussi simple que terrifiant : provoquer un renouveau de son espèce ou laisser sa race s'éteindre avec lui après une vie de solitude. Même si l'un des choix lui semblait infiniment naturel à cet instant, il méritait pourtant d'être mûrement réfléchi. Il ne devait en aucun cas céder à la tentation de se retrouver dans le lit de Miranda Lynch. Même s'il aspirait de tout son être à lui arracher son jean pour la goûter, l'embraser et la posséder comme il n'avait jamais possédé aucune femme.

S'il n'avait été qu'un animal, il n'aurait pas eu de décision à prendre. Mais il était un homme. Malgré la difficulté de l'exercice, il allait tenter d'envisager la situation rationnellement. Il lui fallait donc tenir en bride son attirance naturelle pour cette femme jusqu'à ce qu'il soit certain de ses intentions.

Sa vie parfaitement ordonnée pouvait être bouleversée en un instant. Désirait-il vraiment connaître les changements radicaux que pouvait entraîner l'apparition de celle qui lui était destinée ?

Miranda lui montra où il devait poser les lampes avant d'aller ranger ses canettes et son lait écrémé dans le réfrigérateur en maugréant contre la grossièreté de la caissière de l'épicerie. Elle n'affabulait pas. Tammie semblait vivement contrariée de le voir revenir en compagnie d'une femme. Même s'il avait à peine jeté un coup d'œil à la caissière, ébloui comme il l'était par Miranda, il n'avait pas pu s'empêcher de le remarquer.

— Pourquoi tenez-vous tant à racheter cet endroit, au fait ? lui demanda-t-elle alors que son activité la dispensait de soutenir son regard.

— C'est une horreur.

— Cette cabane n'est peut-être pas à la hauteur de vos exigences esthétiques, mais ce n'est pas une horreur pour autant, répliqua-t-elle en refermant le réfrigérateur pour se tourner vers lui. Etes-vous vraiment asocial au point de vouloir posséder toute cette montagne ?

C'était une question à laquelle il ne voulait pas répondre trop vite. Etait-il toujours asocial ?

— Pourquoi votre ami Talbot tient-il tant à la garder ? La somme que je lui ai proposée était bien suffisante pour qu'il s'achète quelque chose de plus confortable ailleurs.

— J'imagine que ce chalet a une valeur sentimentale à ses yeux, répondit-elle en contournant le comptoir de la cuisine. Elle appartenait à son père. D'après ce qu'il dit, votre propre maison n'était pas beaucoup plus grande qu'elle à cette époque…

— C'est vrai, reconnut Bren en se rappelant la cabane de son père où il avait passé l'essentiel de son enfance.

Sa mère avait exigé davantage de confort pour elle-même et pour son fils. En conséquence, ils avaient passé plusieurs années à cheval entre cette cabane et leur maison de Townsend. Celle-ci était jolie et douillette, mais il ne s'y était jamais vraiment senti chez lui.

Ils ne parlaient de la montagne et de la cabane que pour entretenir la conversation et oublier l'électricité qu'il y avait dans l'air. Le baiser qu'ils avaient échangé et l'attirance instinctive qu'ils éprouvaient l'un pour l'autre pesaient sur eux. Tout avait changé et pouvait encore changer. Comment Miranda ne l'aurait-elle pas senti d'une manière ou d'une autre ? Bren était un piètre séducteur. Il ne savait ni flatter ni poursuivre une femme de ses assiduités ni séduire subtilement. Surtout, il ne savait pas ce qu'il voulait faire de cette femme qu'il avait déjà dans la peau. Son trouble était immense.

Comme il était franc et direct dans tout ce qu'il entreprenait, il alla droit au but.

— Avez-vous un petit ami ?

— Non, s'empressa-t-elle de répondre.

Il avait déjà constaté qu'elle ne portait pas de bague, mais il savait que cela ne constituait pas une garantie suffisante.

— Un mari ou un fiancé ?

— Non, répéta-t-elle sans lui demander pourquoi il tenait tant à le savoir. Et vous ? Il y a-t-il une femme quelque part qui se demande ce que vous faites en ce beau dimanche après-midi ?

— Non, répondit-il aussi simplement qu'elle.

— Une Mme Korbinian ?

— Pas encore, déclara-t-il en la regardant droit dans les yeux.

Les joues de Miranda se colorèrent à cette réponse. Elle essaya de faire retomber la tension qui régnait dans la pièce par un éclat de rire qui sonna faux, puis retira son chapeau et le lança sur le canapé comme un frisbee.

— Quel est notre problème, d'après vous ? Mes histoires de fantômes ont tendance à tenir les hommes à l'écart, mais vous, Korbinian ? Pourquoi êtes-vous toujours célibataire ?

— Je vous le dirai peut-être un jour.

S'il restait un instant de plus, il n'allait plus pouvoir partir. Malgré toutes ses bonnes intentions, il n'allait bientôt plus être capable de tenir son instinct en bride et la décision qui le faisait tant hésiter se trouverait prise indépendamment de lui. Bren se dirigea vers la porte, puis se tourna encore une fois vers Miranda. Il était difficile de la quitter.

— Venez dîner chez moi demain soir. Je passerai vous prendre à six heures.

Alors il s'empressa de sortir sans lui laisser le temps de refuser — et tant qu'il en était encore capable.

4

Bien décidée à jouir du repos qu'elle était venue chercher, Miranda se doucha et enfila son pyjama tôt dans la soirée. Elle allait bien finir par réussir à se détendre ! Comme se mettre en cuisine était contraire à l'idée qu'elle se faisait du repos, elle se prépara une soupe chinoise au poulet pour dîner. Elle n'avait pas très faim, à vrai dire, mais elle se força quand même à en avaler quelques cuillerées.

Après sa soupe, elle sortit sur le balcon pour admirer la vue et se surprit trop souvent à lever les yeux vers le sommet de la montagne. Puisque la maison de Korbinian — qui n'avait plus rien d'une cabane — avait été construite pour se fondre dans l'environnement, elle ne sautait pas précisément aux yeux. Le toit était vert foncé et le balcon, qui courait sur toute la longueur de la maison, semblait faire partie du paysage. Sans les lumières tamisées qui éclairaient les fenêtres, on aurait presque pu croire que le chalet de Bren était un élément de cette montagne qu'il aspirait à posséder.

Elle n'arrivait pas à comprendre Brennus Korbinian. Il la regardait comme s'il voulait la dévorer toute crue, et en même temps il semblait vouloir garder ses distances avec elle. Pourtant, tous deux étaient célibataires et bien portants ce qui, en ce monde, suffisait à bien des gens. Miranda n'avait jamais apprécié les aventures d'une nuit, mais beaucoup de gens de son âge leur trouvaient du charme. Et quitte à essayer, Bren était le candidat parfait.

Par ailleurs, si elle savait très bien pourquoi il l'attirait, elle comprenait mal ce qu'il pouvait lui trouver. Korbinian avait un physique attrayant, une situation confortable et il ne devait pas lui être trop difficile d'intéresser les femmes. Malgré son manque de galanterie, les maîtresses potentielles devaient se bousculer au portillon. Il ne ressemblait pas à ces hommes qui éprouvent le besoin de conquérir toutes les femmes qu'ils rencontrent et qui semblent considérer le sexe comme un jeu. Elle avait déjà rencontré ce genre d'hommes qui agissaient trop vite, se tenaient trop près et souriaient trop largement. Bren n'était pas l'un d'eux. Il s'était d'abord montré hostile et se situait encore très bas sur l'échelle de l'amabilité. Il s'était aussi promené nu autour de sa cabane, ce qui aurait dû l'inquiéter s'il ne l'avait pas déjà un peu intéressée.

Avec le temps, il avait progressivement adopté une attitude plus amicale, quoique prudente. Rien à voir avec la manière de faire d'un tombeur.

Avec le temps... Quelle blague! Elle ne le connaissait que depuis la veille, si l'on pouvait appeler « connaître » le fait d'avoir une conversation distante avec un homme nu.

Même si elle avait un instinct supérieur à celui de la moyenne en matière d'hommes, elle n'était pas infaillible. Pouvait-elle s'y fier en ce qui concernait Bren? Ses hormones lui avaient-elles fait perdre tout bon sens?

Les lampes qui éclairaient les fenêtres au sommet de la montagne s'éteignirent bien trop tôt dans la soirée en lui faisant perdre de vue la maison de Korbinian. Alors tout devint obscur et mystérieux. Bren se couchait si tôt ? Il fallait le croire. Il travaillait dans la construction, après tout, et devait se réveiller aux aurores.

Pas elle. Elle était bien décidée à faire la grasse matinée jusqu'à midi ! Cela faisait trop longtemps qu'elle n'avait pas pris soin d'elle-même.

Comme la veille, une nuée de corbeaux se mit à tournoyer autour de la cabane. Miranda savait que les oiseaux faisaient peur à certaines femmes, mais ils l'avaient toujours fascinée. Ils volaient alors qu'elle-même ne le faisait qu'en rêve. Ils étaient parfaitement libres, contrairement à elle qui était surchargée de responsabilités et affublée d'un don qu'elle n'avait pas voulu.

Les corbeaux, en particulier, l'avaient toujours attirée sans qu'elle comprenne pourquoi. Ils étaient beaux et intelligents. Ils avaient forcément quelque chose de mystérieux pour hanter ainsi tant de poèmes et de légendes. Peut-être se sentait-elle proche d'eux parce qu'ils étaient symboliquement associés à la mort qui tenait tant de place dans sa vie… Cette explication était d'autant plus plausible que son attirance pour ces oiseaux s'était accrue après l'accident. Peut-être avait-elle pressenti que l'existence allait l'entraîner dans le monde de l'au-delà bien avant que cela se produise…

Les oiseaux se posèrent sur un arbre tout proche, et la lune dessina leurs silhouettes en ombres chinoises. Certains étaient calmes, d'autres se déplaçaient le long des branches. Ils jouaient, l'observaient, battaient des ailes et croassaient comme s'ils cherchaient à lui parler. Miranda se surprit à sourire, comme s'ils ne s'étaient posés là que pour la divertir.

Les corbeaux étaient-ils des oiseaux de nuit ? Elle n'en était pas certaine, malgré leurs deux apparitions nocturnes. Ils venaient la visiter à la faveur des ténèbres…

Elle éprouvait l'étrange impression que ces créatures sauvages lui appartenaient un peu.

Un puissant croassement déchira le silence, puis tous les corbeaux s'envolèrent à la fois, aussi subitement qu'ils étaient venus, comme pour obéir à un ordre incompréhensible pour elle. Elle crut d'abord qu'ils allaient s'éloigner, mais ce n'était visiblement pas leur intention. Ils se mirent à exécuter une chorégraphie devant ses yeux sur fond de ciel étoilé, si fascinante qu'elle ne put s'empêcher de se pencher par-dessus la rambarde comme pour prendre part à leur danse mystérieuse. Son cœur tambourinait dans sa poitrine et elle ne pouvait plus s'arrêter de sourire.

Elle tendit une main qu'ils ignorèrent, ce qui la fit éclater de rire sans raison.

Malheureusement, les oiseaux finirent par s'élever en tournoyant jusqu'à des hauteurs où il ne lui était plus possible de les voir. Puis ils disparurent aussi vite qu'ils étaient venus. Miranda perdit son sourire, frissonna dans l'air nocturne et rentra dans la cabane.

Pourquoi leur départ la rendait-il aussi triste ?

Elle avait promis à Roger de ne pas travailler mais cela ne lui interdisait pas de consulter ses mails. Comme il n'y avait pas davantage de connexion haut débit que de réseau dans cette montagne, elle avait remis cette tâche à plus tard depuis son arrivée.

L'accès à internet mit sa patience à l'épreuve, mais elle finit par l'obtenir. Ses mails lui parvinrent avec une lenteur désespérante. La plupart d'entre eux provenaient d'anciens ou de futurs clients. Elle en lut quelques-uns et se lassa très vite. Elle était en vacances, après tout… Cela pouvait bien attendre.

Elle avait aussi un message long et perturbant d'Autumn. Une jeune mère de famille qui vivait dans le quartier résidentiel paisible où habitaient Autumn et Jared avait été assassinée dans la nuit de vendredi à samedi. La police, qui avait d'abord cru à un cambriolage, interrogeait à présent le mari. Même si cela ressemblait à un drame familial, Autumn n'aimait pas rester seule chez elle pendant les voyages d'affaires de Jared. Elle dormait mal et avait entendu des bruits étranges pendant la nuit. Elle concluait en avouant qu'elle ne retrouverait pas sa tranquillité d'esprit tant qu'elle ne saurait pas ce qui était arrivé à la pauvre femme. Sans le demander explicitement, elle espérait que Miranda irait parler à son fantôme en rentrant de vacances.

Il y avait aussi un message de Roger qui lui reprochait de lire ses mails, bien certain qu'elle n'allait pas pouvoir s'en empêcher. Elle répondit brièvement à Autumn et négligea Roger, préférant lui faire croire qu'elle suivait sagement ses conseils.

Elle ne put s'empêcher de se demander ce que Cheryl et lui allaient penser de son étrange rencontre avec Bren. S'agissait-il seulement d'une relation ? Pas vraiment. Ils s'étaient parlé. Il avait failli la renverser avec son camion. Il l'avait accompagnée en ville et embrassée une fois en public. Cela correspondait mal à l'idée qu'elle se faisait d'une relation.

Après le départ des oiseaux, Miranda trouva le silence peu naturel et inconfortable. On n'entendait ni bruits de la ville, ni téléviseur, ni battements d'ailes, ni croassements. Un silence aussi profond avait de quoi donner la chair de poule. Elle envisagea un instant d'écouter un disque pour avoir quelque chose à entendre, mais choisit finalement d'accueillir le silence, qui était la musique de cette montagne.

Elle se sentait souvent seule, comme elle l'avait avoué

à Dee, mais elle ne s'était jamais sentie aussi isolée. C'était sans doute inévitable devant un paysage aussi sauvage. D'ailleurs, exception faite de l'homme qui vivait au sommet de la montagne, elle était effectivement coupée du monde, aussi bien physiquement qu'affectivement. Elle se demanda si les hommes qui vivaient à l'époque lointaine où le monde n'était pas si peuplé éprouvaient ce sentiment. L'isolement. La vulnérabilité.

Miranda s'apprêta à éteindre son ordinateur portable, puis hésita. Elle n'était pas certaine de vouloir rompre son dernier lien avec le monde. Alors, au lieu de se déconnecter, elle tapa « Brennus Korbinian » dans un moteur de recherche. Elle en fut un peu honteuse. Elle détestait que l'on fasse des recherches sur elle et voilà qu'elle enquêtait sur le passé de Korbinian. Néanmoins, sa curiosité lui semblait justifiée. Cet homme sortait clairement de l'ordinaire et il était prudent qu'elle en sache davantage sur lui si elle devait dîner en sa compagnie le lendemain.

Que se passerait-il s'il l'embrassait encore ? S'il attendait davantage d'elle ?

Les résultats mirent un temps fou à apparaître — plusieurs minutes au lieu de quelques secondes. Elle y découvrit avec surprise des articles de journaux qui vantaient l'implication de Bren dans la communauté locale. Il ne voulait pas seulement s'approprier cette montagne. Même s'il gagnait sa vie en construisant des maisons — très belles et très chères, d'après ce qu'elle vit sur le site de sa compagnie — il militait activement contre le surdéveloppement. Elle trouva aussi une liste d'agents immobiliers sur laquelle il n'était pas mentionné. Apparemment, il se contentait de construire des maisons et laissait à d'autres le soin de les vendre. Elle esquissa un sourire. Il était évident que Bren aurait fait un très mauvais vendeur. Elle l'imaginait aisément en train d'exiger de ses acheteurs potentiels qu'ils se décident vite ou qu'ils aillent au diable.

Elle poursuivit son enquête jusqu'à tomber sur l'article nécrologique de la mère de Bren, Denise Korbinian, qui était décédée près de deux ans plus tôt. Se sentant plus honteuse que jamais, elle ouvrit le lien pour lire l'article, qui était accompagné d'une photo.

— Dee ! s'écria-t-elle avant de jeter des regards inquiets autour d'elle, de peur que le fait d'avoir prononcé le nom du fantôme le fasse apparaître.

Visiblement pas. Dee, *la mère de Bren*, devait encore se sentir un peu coupable pour l'avoir poussée sur la route. Et elle avait raison.

Elle découvrit aussi des articles rédigés en une langue étrangère, ainsi que l'article nécrologique concernant le père de Bren. Celui-ci avait précédé son épouse dans la tombe de six ans, presque jour pour jour. Poussée par la curiosité et malgré son envie d'oublier que son fantôme était la mère de Bren, Miranda poursuivit ses recherches.

En arrivant sur un site qui fournissait la signification des noms propres, elle découvrit qu'à la fois *Brennus* et *Korbinian* voulaient dire *corbeau.* Un frisson étrange la parcourut. Son propre nom signifiait *admirable.* Quel manque d'originalité… *Corbeau* était bien plus intéressant, et étrange — surtout si l'on songeait à sa fascination pour cet oiseau et à ceux qui lui avaient rendu visite par deux fois.

Etrange, mais pas vraiment inquiétant. Ce n'était qu'un nom, après tout ! Sur cette pensée, elle éteignit son ordinateur et tourna les yeux vers l'horloge accrochée derrière elle. Elle avait passé beaucoup trop de temps à espionner sur internet l'homme qui allait la nourrir le lendemain. Evidemment, la lenteur de la connexion y était pour quelque chose…

Miranda rangea son ordinateur sous le bureau et fit le tour de la cabane pour éteindre les lumières. Elle crut un instant apercevoir Dee mais ne vit personne en tournant la tête.

— Espèce de lâche, grommela-t-elle.

Malgré l'agitation de son esprit, Miranda sombra vite dans un profond sommeil et rêva d'oiseaux noirs et d'ailes soyeuses qui la caressaient avec la tendresse d'un amant.

C'était à la fois un rêve et bien plus que cela, une confirmation du lien ancestral qu'il y avait entre eux et un fantasme d'une puissance inouïe.

Bren grimpa sur la rambarde de son balcon, comme il le faisait si souvent, et se transforma instantanément en une nuée de corbeaux qui plongea sans la moindre hésitation vers la cabane en contrebas. Comme il s'y attendait, il trouva la chambre de Miranda ouverte et s'engouffra à l'intérieur. Elle ne fut pas surprise de le voir sous la forme d'une nuée de corbeaux volant, observant et pensant à l'unisson. Elle l'attendait, nue sur son lit, et lui offrit un sourire en lui faisant signe d'approcher.

Comme s'il avait besoin qu'elle l'y incite… Il fondit sur elle pour caresser sa peau délicate de ses plumes noires. Soixante-dix-sept corbeaux tournoyaient autour d'elle pour la plonger en état de ravissement du bout de leurs ailes. L'acceptant tel qu'il était, elle écarta les bras en souriant pour lui permettre de la caresser tout entière. Elle ne tressaillit pas une fois, pas même lorsqu'il s'approcha de son visage. Elle savait qu'il ne lui ferait aucun mal et que tout son être lui appartenait.

Son sourire épanoui lui disait combien elle aimait ce qu'il lui faisait. Elle comprenait parfaitement sa nature et ne la craignait pas. Elle ne *le* craignait pas.

— Ma Kademair, murmura-t-il d'une voix qu'elle seule pouvait entendre.

— Mon corbeau, répondit-elle à voix haute.

Il caressa d'une dizaine d'ailes son ventre et sa poitrine en s'attardant sur ses pointes de seins douces et roses. Miranda ferma les yeux et rejeta sa tête en arrière pour découvrir une gorge délicate qu'il effleura de ses ailes qui l'avaient porté jusqu'à elle dans la nuit. Il entendait battre son cœur et se prélassait dans sa chaleur.

— Mon Bren, murmura-t-elle en se cambrant.

Alors, le temps d'un battement de cils, il redevint un homme face à une femme, prêt à unir la chair à la chair. Ses lèvres et ses mains se substituèrent aux plumes. Il n'avait jamais rien éprouvé de semblable au contact de leurs deux corps, mais elle était sa Kademair. Le lien qui les unissait était inconnu des simples mortels et plus puissant que tout ce qu'ils pouvaient imaginer.

Elle plaça ses mains sur ses hanches tandis qu'il embrassait sa gorge avec délectation, la caressant des lèvres et du bout de la langue après l'avoir effleurée de ses ailes. Il s'abandonna à la chaleur de son corps tout en refrénant son désir de la prendre trop vite. Il trouvait tant de plaisir dans ces simples caresses... Elle pressa sa poitrine contre son torse et poussa un soupir qui lui parut le son le plus merveilleux qu'il ait jamais entendu. Il était sur le point de prendre possession d'elle, mais c'était encore trop tôt. Elle s'ouvrait entièrement à lui et il était plus que disposé à la satisfaire... mais elle ne savait pas tout. Elle ne comprenait pas à quel point leur rencontre était providentielle.

Elle enroula ses jambes autour de sa taille et se pressa davantage contre lui. Son désir était si puissant qu'il en devenait douloureux. Il avait besoin d'elle, autant que d'air pour respirer et d'un ciel nocturne dans lequel s'envoler. Il était entraîné vers elle, en elle, par une puissance qui le dépassait, comme si leur nature les dépossédait de toute liberté individuelle. Mais sa liberté avait-elle la moindre importance ? N'avait-elle toujours été qu'une illusion ?

— Est-ce que tu sais ? murmura-t-il à son oreille.

— Je sais que j'ai envie de toi, répondit-elle en se pressant encore. Je n'ai jamais rien désiré d'autre que toi. C'est un besoin si impérieux qu'il me gouverne tout entière.

Sa peau était chaude et douce contre la sienne et la seule présence de son corps l'enivrait. Où était-elle jusqu'alors ? Pourquoi se cachait-elle de lui ? Sa beauté était stupéfiante, et son désir un aphrodisiaque si puissant qu'il ne pouvait plus songer à rien d'autre qu'à la posséder.

Lorsqu'il se pressa contre sa chair la plus tendre, la pénétrant presque, elle poussa un gémissement de délectation. Elle avait les yeux fermés, le corps offert, les lèvres entrouvertes, le cœur affolé… Elle était sienne. Bren ne se souciait plus de rien d'autre. Ils appartenaient l'un à l'autre. La passion brûlante de leur union était invincible et il avait été stupide de se croire libre de prendre une décision. Le destin avait ordonné ce qui était sur le point de s'accomplir. Il la pénétra en lui arrachant un nouveau gémissement. Elle souleva ses hanches, l'emprisonna de ses cuisses et l'attira au plus profond d'elle.

Bren tourna vivement la tête en entendant des coups insistants frappés contre la fenêtre. La femme offerte qu'il tenait dans ses bras s'évanouit, le laissant seul et frustré, tandis qu'une voix résonnait dans sa tête.

Sauve-moi.

*
* *

Miranda se réveilla en nage. Elle avait été tirée du rêve le plus délicieux et le plus inattendu par un cliquetis insistant contre la vitre, qui ressemblait à des coups d'ongles ou de bec, ou encore au bruit qu'auraient fait des petits cailloux lancés contre ses carreaux.

Lorsque le bruit recommença, elle s'assit dans son lit en s'efforçant de revenir à la réalité. Pendant un instant, elle crut avoir été réveillée par un cauchemar que lui aurait inspiré le message inquiétant d'Autumn à propos d'un assassin qui rôderait dans son quartier. Alors le bruit se fit entendre une nouvelle fois. Il n'appartenait à aucun rêve : il y avait bel et bien quelqu'un dehors. Et ce quelqu'un ne frappait pas à sa fenêtre pour attirer son attention — il essayait d'entrer par effraction dans le chalet. Miranda jeta un coup d'œil à son réveil et le trouva éteint. Le courant était coupé. Elle retrouva le téléphone de la table de nuit à tâtons, décrocha et constata que la ligne était coupée, elle aussi.

Comme elle aurait préféré qu'il ne s'agisse que d'un cauchemar ! Elle n'avait aucun moyen de communication et il n'y avait pas âme qui vive dans les environs en dehors de l'homme dont elle venait de rêver. Elle n'arriverait jamais à crier assez fort pour qu'il l'entende du sommet de la colline. Que cela lui plaise ou non, elle était livrée à elle-même et absolument seule.

Le cœur tambourinant dans la poitrine, Miranda quitta son lit dans d'épaisses ténèbres. Elle connaissait la position de l'intrus grâce au bruit qu'il faisait en essayant d'entrer par la fenêtre d'une autre chambre, qui donnait sur l'allée. Elle aurait aimé se persuader que le cambrioleur croyait entrer dans une cabane déserte, mais, cela avait été le cas, aurait-il pris la peine de couper la ligne téléphonique et l'électricité? S'il la découvrait, il comprendrait aussitôt qu'elle était à sa merci. Alors il ne lui servirait pas à grand-chose de l'accabler de menaces impossibles à exécuter... Mieux valait fuir vite et discrètement. Mais comment?

Miranda quitta sa chambre en se déplaçant dans une obscurité totale grâce à sa mémoire, au contact des planches sous ses pieds et à ses mains qui battaient l'air devant son visage. Il y avait des lampes électriques dans presque tous les tiroirs de la cabane, mais elle ne pouvait pas en allumer une sans informer le cambrioleur de son réveil. Alors il abandonnerait toute prudence pour se précipiter à l'intérieur. Sa discrétion lui offrait un peu de temps.

Grâce aux rayons de lune qui entraient par la baie vitrée, l'obscurité était moins complète dans la pièce principale. Elle prit une lampe de poche dans un tiroir, fit coulisser la porte-fenêtre et sortit sur le balcon pour se retrouver face à un paysage vaste et désert doucement éclairé par la lune. Les arbres, d'un vert intense dans la journée, paraissaient noirs et menaçants dans l'obscurité. L'arbre mort où les corbeaux s'étaient posés pour lui parler avait pris un aspect lugubre et décharné. Elle leva les yeux vers le sommet de la montagne et la maison de Bren, dont aucune fenêtre n'était éclairée et qu'elle ne pouvait situer qu'approximativement.

— Tu pourrais venir me sauver, chuchota-t-elle avec aigreur en se dirigeant vers la rambarde sur la pointe des pieds.

A quoi pouvait bien lui servir d'être courtisée par un voisin musclé si elle ne pouvait pas compter sur lui pour la protéger? Un coup d'œil en contrebas lui donna le vertige. Ce qu'elle voulait tenter était périlleux, mais avait-elle vraiment le choix ? Un bruit de verre brisé lui apprit que le cambrioleur s'était impatienté, avait eu un surcroît d'audace ou s'était laissé emporter par son avidité. Elle n'avait plus de temps à perdre.

Miranda se dirigea vers le côté du balcon, à l'endroit où l'abîme qui s'ouvrait sous ses pieds était un peu moins vertigineux qu'ailleurs. De là, elle avait contemplé Korbinian nu en se sentant parfaitement en sécurité parce qu'elle était si loin de lui et du sol. Etait-ce seulement la nuit précédente ? A présent, elle allait essayer d'y descendre sans se casser quoi que ce soit.

Cessant d'écouter les bruits de la cabane pour se concentrer sur sa fuite, elle glissa la lampe de poche dans la ceinture de son pyjama et enjamba la rambarde. L'air de la nuit, plus froid qu'elle ne s'y attendait, dissipa les dernières images de son rêve érotique et lui fit regretter de ne pas avoir pensé à prendre un pull ou un peignoir en quittant la chambre. Elle n'aurait rien eu non plus contre une paire de chaussures mais rien, pas même le manque d'équipement approprié, n'aurait pu l'inciter à retourner dans la cabane.

Elle avait vécu seule pendant des années sans jamais s'être vraiment souciée des dangers qu'elle courait. Bien sûr, elle verrouillait sa porte et fermait ses fenêtres, mais elle n'imaginait pas qu'il puisse lui arriver quelque chose de ce genre. Pourquoi fallait-il que cela se produise ici et maintenant, alors qu'elle n'avait aucun moyen d'appeler à l'aide ?

Miranda fit une courte prière avant de se laisser glisser de la rambarde jusqu'à l'un des piliers qui soutenaient le balcon en s'enfonçant dans la roche, très loin en dessous d'elle. Tandis qu'elle s'y agrippait, elle entendit des pas dans la cabane. La gorge serrée, elle étreignit le pilier de toutes ses forces, certaine que le cambrioleur la découvrirait au moindre bruit. Etait-il armé ? Probablement... Il devait avoir au moins un revolver. Peut-être un couteau bien aiguisé... S'il se penchait par-dessus la rambarde avec une arme à la main, elle ferait une cible idéale.

Miranda s'efforça donc de se laisser glisser le long du pilier, lentement, prudemment et en silence. Des échardes s'enfoncèrent dans ses bras tétanisés et elle s'écorcha les pieds contre le bois mal dégrossi. Une chute d'une telle hauteur n'aurait pas manqué de la tuer ou de l'estropier. Malheureusement, maintenant qu'elle se trouvait là, elle n'était plus certaine de pouvoir descendre jusqu'en bas. Ses jambes enveloppaient le pilier comme elles s'étaient enroulées autour du corps de Bren dans son rêve et Miranda se réjouit que son pantalon de pyjama soit plus épais que son haut à bretelles, qui ne lui offrait pas grande protection en ces circonstances.

Une idée terrible lui fit oublier tout à coup la douleur qu'elle ressentait aux jambes et aux bras. Et si son mystérieux cambrioleur n'était autre que Bren ? S'il était vraiment le psychopathe que lui avait décrit Cheryl ? Son goût de la solitude était-il le symptôme d'un quelconque désordre mental ? Si c'était le cas, son goût en matière d'hommes était devenu franchement désastreux. C'était la première fois qu'elle rencontrait quelqu'un depuis des années et il fallait que sa conquête entre chez elle par effraction avec des intentions peu rassurantes. Etait-ce parce qu'elle parlait aux morts qu'elle en était arrivée à si mal juger les vivants ?

Miranda retint son souffle lorsque les pas qui résonnaient dans la cabane se firent entendre sur le balcon. Elle se figea comme une proie sans défense. A travers les planches, au-dessus de sa tête, elle distinguait vaguement la silhouette d'un homme. Il marchait lentement et les talons de ses bottes claquaient contre le bois à chacun de ses pas. Elle n'osa pas reprendre son souffle lorsqu'il se dirigea vers la rambarde pour observer la vallée.

— Où te caches-tu, Miranda Lynch ? chuchota-t-il dans la nuit.

Les interstices du plancher n'étaient pas assez larges pour lui permettre de distinguer son visage et sa voix ne lui semblait pas familière. A vrai dire, c'était un chuchotement si faible qu'elle n'était pas certaine qu'il soit possible de l'identifier. En tout cas, une chose était certaine : il avait prononcé son nom. Il la connaissait et il était venu pour elle.

Comme il devenait vital qu'elle reprenne son souffle, elle le fit aussi discrètement que possible. Elle commençait à avoir des crampes dans les bras mais n'osait pas bouger. Elle serra le pilier de toutes ses forces pour se raccrocher — littéralement — à la vie. Ses muscles faiblissaient et elle commençait à trembler. Combien de temps pourrait-elle encore tenir ? L'homme qui se trouvait au-dessus d'elle finit par se détourner de la rambarde. Par une fente entre deux planches, elle aperçut l'objet de ses craintes frappé par un rayon de lune. Il possédait effectivement un revolver.

Son travail l'avait amenée à rencontrer de nombreux fantômes de gens tués de cette manière. Aucune mort violente n'était agréable, mais on lui avait si souvent raconté quel effet produisait une balle brûlante qui déchirait les chairs et brisait les os qu'elle avait fini par développer une peur irrationnelle des armes à feu. Au lieu de rentrer dans la cabane, l'intrus s'arrêta au milieu du balcon pour tendre l'oreille. Il tenait vraiment à la localiser…

Même si ses forces l'abandonnaient, elle n'osait toujours pas bouger. Ses bras tremblaient de plus en plus. Ses jambes, plus musclées, l'empêchaient encore de faire une chute mortelle, mais pour combien de temps ? Ses tremblements irrépressibles étaient si violents qu'elle commençait à craindre qu'ils ne la trahissent.

Et tout à coup, elle ne fut plus seule. Des bras puissants l'enveloppèrent pour la soutenir et la réconforter.

— Tiens bon, murmura Dee d'une voix qu'elle seule pouvait entendre. Il arrive…

Miranda fit un mouvement infime qui eut pour effet désastreux de libérer la lampe de poche retenue par la ceinture de son pyjama. Elle ferma les yeux et fit la grimace en entendant l'objet s'écraser contre la roche avant de rouler vers la vallée. L'homme qui se tenait sur le balcon fit un pas dans sa direction. Sa respiration haletante trahissait son impatience et son excitation. Quelle mort serait la moins pénible ? La balle du revolver ou la chute vertigineuse ?

Elle entendit les oiseaux avant de les voir. Leurs croassements déchirèrent la nuit et elle éprouva une vague de soulagement inexplicable à leur approche. Elle avait l'impression que sa détresse les avait fait venir et qu'ils communiquaient avec elle à travers l'air qu'ils déplaçaient.

La nuée plongea vers le balcon et enveloppa l'intrus bien avant qu'il n'atteigne la rambarde sous laquelle elle se cachait. Leurs croassements belliqueux et les cris de surprise de l'homme qu'ils attaquaient à coups de bec et de serres couvrirent le bruit qu'elle fit en se laissant glisser le long du pilier. Miranda n'était pas certaine de pouvoir atteindre le sol sans l'aide de Dee. Si la force stupéfiante du fantôme l'avait contrariée un peu plus tôt, elle lui apparaissait désormais comme une bénédiction. Loin au-dessus d'elle, elle entendit l'intrus courir se réfugier dans la cabane et claquer la porte-fenêtre derrière lui. Ses talons résonnèrent quelques instants à l'intérieur, puis il se précipita dans l'allée. Presque aussitôt, un moteur de voiture se mit à rugir au milieu des croassements de protestation des oiseaux qui tournoyaient autour de la cabane.

Elle aurait pu jurer qu'ils prononçaient son nom en séparant les syllabes. *Mi-ran-da...*

Miranda avait presque atteint le sol lorsque ses forces l'abandonnèrent. Le soutien de Dee ne fut plus suffisant alors pour empêcher sa chute et elle tomba en criant brièvement par réflexe tandis que le moteur de la voiture qui descendait en trombe rugissait d'une manière presque obscène dans le silence de la nuit.

Elle atterrit lourdement sur sa jambe gauche, puis roula le long de la pente avant de s'immobiliser enfin. Le bruit du moteur diminua puis mourut, en même temps que les battements d'ailes se rapprochaient. Puis le silence se fit. Miranda n'y voyait strictement rien, elle prit une profonde inspiration et tendit l'oreille. La voiture avait-elle bien pris la direction de la vallée, comme elle en avait eu l'impression? Etait-il possible qu'elle soit au contraire remontée vers le sommet de la montagne?

La voix sortit de nulle part.

— Etes-vous blessée?

Miranda parvint à se mettre à genoux. Bren, dont le corps apparaissait zébré d'ombre et de rayons de lune, était aussi nu que la veille — et que dans son rêve. Elle ressentit d'abord un vif soulagement. Il n'était pas dans la voiture qui s'éloignait puisqu'il se tenait devant elle et ne portait pas de bottes.

Après le soulagement vint le trouble. Bren était nu, beau, attirant, musclé et très viril. Malgré les circonstances, son corps réagit à cette vision. Quelque chose se mit à vibrer au plus profond d'elle et elle crut presque le sentir la pénétrer aussi lentement que fatalement. Elle ne souffrait plus du froid, tout à coup. Elle avait même plutôt chaud… Les battements de son cœur ne s'étaient pas encore calmés, elle était encore terrifiée et allait se réveiller couverte de bleus et d'égratignures, mais elle était en sécurité pour le moment. Elle l'était grâce à une nuée d'oiseaux qui n'auraient pas dû être réveillés à cette heure et à un homme qui aimait se promener nu dans la montagne au milieu de la nuit — un homme pour lequel elle éprouvait une attirance d'une intensité terrifiante.

— Etes-vous blessée? répéta-t-il d'une voix plus inquiète en s'approchant.

— Je crois que je vais bien.

Elle leva le bras, la paume tournée dans sa direction, pour lui demander de rester où il était. Il lui obéit. Les bandes d'ombres qui masquaient son corps étaient placées judicieusement et elle n'était pas certaine de vouloir en découvrir davantage sur son anatomie — pour le moment, du moins. Elle avait acquis la certitude qu'il ne manquait pas de virilité, mais ne voulait pas encore savoir à quel point.

— Un homme s'est introduit dans la cabane, lui expliqua-t-elle. L'avez-vous vu?

Bren secoua la tête.

— Mal. Il faisait sombre et quelque chose dissimulait son visage. Il s'est enfui, ajouta-t-il pour la rassurer.

— Que faites-vous là ? lui demanda-t-elle sans essayer de se relever.

— Je n'arrivais pas à dormir. J'ai pensé qu'une promenade me calmerait.

— Je t'avais dit qu'il allait venir, chuchota Dee en apparaissant un bref instant.

Puis elle disparut et Miranda se retrouva seule face à Bren une fois de plus.

5

Caroline du Nord, près de la ville de Silvera

Duncan Archard présenta solennellement son rapport en tâchant de dissimuler l'excitation qui n'avait pas cessé de croître en lui ces dernières heures. Il venait de passer quinze des trente-six années de son existence à épier le dernier Korbinian, à rassembler des informations éparses sur son espèce et à regarder l'ultime représentant d'une race de monstres vivre sa vie. S'il abusait, ne serait-ce qu'une fois, de ses pouvoirs, Brennus Korbinian devrait être éliminé.

De l'avis de Duncan, les faits qu'il rapportait étaient pires qu'un abus de pouvoir.

Ward Quinn, qui dirigeait depuis longtemps la cinquième division de l'Ordre de Cahir, pencha sa tête grise pour lire attentivement son rapport, les doigts crispés sur le papier. Lorsqu'il eut terminé, il le lut une deuxième fois, plus lentement. Duncan attendit patiemment les questions qui n'allaient pas manquer de venir.

— En êtes-vous certain ? demanda finalement Quinn d'une voix autoritaire.

Les deux hommes étaient seuls dans la cuisine de sa ferme. Mme Quinn, qui ignorait toujours la véritable activité de son mari après toutes ces années, dormait à l'étage. D'autres guerriers de l'Ordre, des hommes aussi dévoués que Duncan, étaient postés de par le monde pour remplir des missions assez semblables à la sienne. Observer. Rédiger des rapports. Préserver la paix à tout prix.

Il existait d'autres quartiers généraux comme celui-ci, d'autres chefs comme Ward Quinn qui avaient consacré leur vie à combattre toutes sortes de monstres. L'Ordre comprenait au moins seize divisions à la connaissance de Duncan, mais comme il était encore trop bas dans la hiérarchie pour tout savoir, il pouvait très bien y en avoir davantage.

— Absolument.

— Korbinian s'est déjà intéressé à des femmes avant celle-ci, fit remarquer Quinn en plaquant le rapport sur la table en chêne. Il a même eu quelques liaisons qui ont duré un certain temps, comme on pouvait s'y attendre de la part d'un homme de son âge… Pourquoi êtes-vous si sûr qu'il s'agit de sa Kademair ?

Le vieil homme n'aurait pas hésité un instant à éliminer un être monstrueux qui pouvait se révéler dangereux pour autrui — et l'avait d'ailleurs fait bien des fois — mais il avait tendance à laisser les sujets poursuivre leur existence lorsque celle-ci était paisible.

— Elle est arrivée samedi, déclara Duncan. Dimanche après-midi, ils étaient déjà ensemble à l'épicerie. C'est un comportement anormal pour un homme qui cultive la solitude.

— Ça ne constitue pas une preuve.

Duncan tira une photo de la poche de sa veste.

— C'est la femme en question. La reconnaissez-vous ?

Quinn, qui semblait contrarié, jeta un bref coup d'œil à la photographie.

— Evidemment.

— Rien ne prouve que toutes les Kademair ont un don, bien sûr, mais cette particularité est mentionnée dans plusieurs textes anciens et...

— ... Et le fait de pouvoir parler aux morts est incontestablement un don, le coupa Quinn. Ce n'est pas celui que j'aurais pris si j'avais eu à choisir, néanmoins... Voilà qui change bien des choses.

Duncan éprouva une nouvelle vague d'excitation. Il était entré dans l'Ordre pour tuer des monstres, pas pour les observer.

— Effectivement, accorda-t-il d'une voix qu'il parvint à garder calme.

Quinn l'observa de ses yeux bleus étrangement pénétrants pour un homme de son âge.

— Néanmoins, nous n'avons pas pour habitude d'éliminer des sujets par mesure de précaution.

Duncan secoua la tête. Il n'avait pas la finesse de son patron et mentor. Il aurait très bien pu faire ce rapport par téléphone ou par mail, mais la ferme de Quinn ne se trouvait qu'à quelques heures de chez lui et il tenait à regarder l'homme dans les yeux au moment de défendre sa cause.

— Pour le moment, Brennus Korbinian est le dernier représentant de son espèce. Contrairement à son père, qui avait la soixantaine quand il a rencontré sa Kademair, il a à peine trente ans... Il peut avoir une dizaine d'enfants avec Miranda Lynch. Qui nous dit qu'ils seront aussi discrets et respectueux des lois que leur père ? Arriverons-nous seulement à tous les surveiller quand ils seront adultes ? Comment ne pas craindre que l'un d'eux n'abuse de ses pouvoirs ou — pire — ne dévoile son existence au public ? Vous savez qu'il suffit d'un, Ward...

Il se dispensa d'ajouter que lorsque ces Korbinian auraient eux-mêmes une progéniture, l'Ordre allait devoir se lancer dans un sérieux programme de recrutement pour garder les choses sous contrôle — et il n'était pas question de passer des petites annonces dans les journaux. Au lieu d'être le dernier individu de son espèce, Brennus Korbinian pouvait devenir le patriarche d'une race de monstres en plein essor.

— Mieux vaut résoudre le problème dès maintenant, conclut-il.

Quinn le regarda droit dans les yeux. Ward Quinn, qui était toujours vêtu avec une grande simplicité, ressemblait à un grand-père ordinaire. Mais son regard était vif, et même dur. C'était un homme qu'il ne fallait pas sous-estimer.

— Je ne dirais pas cela de toutes les divisions de la planète, mais la nôtre n'a jamais commis de meurtre par simple confort. Ce que vous suggérez est une mesure prophylactique visant à empêcher Korbinian de se reproduire.

Duncan n'essaya pas d'argumenter.

— A juste raison.

Quinn martela la table de ses doigts noueux. C'était une discussion étrange pour la cuisine traditionnelle dans laquelle Mme Quinn avait préparé d'innombrables repas — mais pas la plus étrange à laquelle Duncan ait assisté dans cette même pièce.

— Lorsque nous avons étudié le cas de Mlle Lynch, vous n'avez pas suggéré que nous l'éliminions, lui rappela Quinn sur un ton accusateur. Vous n'avez même pas défendu cette mesure quand son don est devenu public.

— Elle ne peut pas prouver qu'elle parle aux fantômes, répliqua Duncan, agacé. Ses succès ont d'autres explications possibles et les gens ne croient pas toujours ce qu'ils voient. En revanche, il serait difficile de trouver une explication convaincante si un homme se transformait en nuée de corbeaux devant des caméras. Leurs situations sont très différentes. D'ailleurs, il n'est pas nécessaire de les éliminer tous les deux. Ils ne sont vraiment dangereux que réunis…

Korbinian se tenait tranquille depuis des années. Le fait de perdre sa Kademair allait-il l'inciter à la révolte ? Même s'il ne comptait pas l'avouer à Quinn, Duncan préférait nettement le voir éliminé lui, plutôt que la femme.

Il comprit que Quinn n'était pas convaincu avant même que celui-ci ne lui réponde. Ses yeux se rétrécirent et une ride se creusa sur son front.

— Il faudra plus qu'un tour à l'épicerie pour me convaincre que Lynch est la Kademair de Korbinian. Retournez les observer. Si elle est bien ce que vous croyez, les choses devraient évoluer rapidement.

— Et alors ?

Les mâchoires de Quinn se crispèrent.

— Alors nous en reparlerons, conclut-il avant de se lever en lui offrant un sourire de grand-père aimable qui lui donna la chair de poule. Une tasse de thé ?

Il n'osait plus approcher. Miranda était effrayée, lui était nu, et le fait qu'elle soit sa Kademair n'empêchait pas qu'ils se connaissaient à peine. Elle ignorait de quelle nature était la force qui les poussait l'un vers l'autre. Si seulement il avait pu emporter des vêtements dans ses déplacements…

— Appelons le shérif, suggéra-t-il raisonnablement.

— Cet homme… a dû couper le fil du téléphone,

répondit-elle en levant la tête vers lui. Il n'y avait plus de tonalité quand j'ai essayé d'appeler.

Elle était terrifiée, en état de choc… Bren enrageait à l'idée que quelqu'un lui ait fait cela. Il éprouvait un besoin instinctif de la protéger de tout ce qui pouvait la blesser ou lui faire peur.

— Allons appeler de chez moi, proposa-t-il en dissimulant sa colère.

Il n'était pas encore temps de la lui révéler.

Miranda tourna la tête vers sa maison en songeant probablement à la longue marche qui l'attendait. Elle n'était pas en état d'aller loin et ce trajet était éprouvant même par une belle journée.

— Si vous ne voyez pas d'inconvénient à rester seule quelques minutes, je vais aller chercher mon camion, que j'ai garé un peu plus haut sur la route.

Elle acquiesça, visiblement soulagée.

— Et avez-vous des vêtements dans votre camion, par hasard ?

— Oui.

Bren avait entendu le véhicule de l'agresseur de Miranda s'éloigner en direction de la nationale et ses sens lui assuraient qu'ils étaient de nouveau seuls dans la montagne. Miranda ne courrait aucun danger le temps qu'il vole jusqu'à chez lui, enfile un jean et revienne la chercher.

Elle agita la main pour le chasser.

— Alors allez-y, conclut-elle en croisant ses bras sur sa poitrine pour lutter contre le froid. Mais ne soyez pas trop long, s'il vous plaît.

Bren repartit en direction de la route en sentant son regard dans son dos. Heureusement qu'il n'avait jamais été timide…

Dès qu'il fut certain qu'elle ne pouvait plus le voir, il s'envola vers chez lui, puis se posa sur son balcon et reprit forme humaine avant de se précipiter à l'intérieur pour enfiler un jean. Moins d'une minute plus tard, il ressortait par la porte, pieds nus, torse nu, mais décent. Alors il redescendit vers la cabane à une allure qui aurait été suicidaire s'il n'avait pas connu la route par cœur. Quelques minutes plus tard, il se garait dans l'allée. Miranda, qui était remontée par le côté de la cabane, l'y attendait, les bras toujours croisés sur la poitrine.

Lorsqu'il sortit du camion, elle observait la fenêtre brisée et la porte que son agresseur avait laissée grande ouverte dans sa fuite.

— Je devrais prendre quelques affaires, murmura-t-elle en frissonnant. Mon sac à main, mon ordinateur, des vêtements…

Bren lui prit le bras et l'entraîna vers la porte en remarquant avec colère qu'elle boitait légèrement.

— Ne touchez à rien. Ne prenez que votre sac et votre manteau. Nous fermerons la porte derrière nous. Tout le reste peut attendre que le shérif soit venu inspecter les lieux.

Toujours abasourdie, Miranda acquiesça. Bren regrettait presque de ne pas avoir poursuivi celui qui avait fait cela, mais il savait qu'il n'aurait pas pu se résoudre à laisser Miranda toute seule. Qu'elle soit sa Kademair ou non, il ne pouvait pas l'abandonner dans cet état.

Qu'elle soit sa Kademair ou non… Pouvait-il avoir encore le moindre doute après le rêve qu'il venait de faire ? Elle n'était pas venue dans cette montagne par hasard. Elle était là pour lui — sauf qu'elle l'ignorait encore. Ils ramassèrent son sac, les clés de la cabane et un gros pull qu'il l'aida à enfiler, puis il la ramena jusqu'à son camion dans lequel il l'aida à s'installer. Elle tremblait encore et allait peut-être continuer toute la nuit.

Le moment était mal choisi pour lui annoncer qu'elle était destinée à donner naissance à une progéniture surnaturelle.

La maison de Bren était encore plus impressionnante de près que de loin. Miranda ne vit pas grand-chose de l'extérieur, mais l'intérieur lui coupa le souffle.

La grande pièce dans laquelle il la conduisit était confortable et meublée avec goût. Les couleurs — un mélange d'orange foncé, de brun et d'or — étaient chaudes et accueillantes. Une cheminée occupait le centre de l'un des murs et un feu, allumé plus tôt dans la soirée, y jetait ses dernières flammes. Bren l'installa dans le fauteuil qui lui faisait face avant d'appeler le shérif. Puis il revint pour ajouter une nouvelle bûche et ranimer le feu. Les reflets des flammes dansaient sur ses bras et son torse nu. Au moins, il portait un pantalon, ce qui lui évitait d'être obsédée par des pensées qu'un homme qu'elle connaissait si mal n'aurait pas dû lui inspirer.

Elle n'était pas une fille facile. Elle s'était toujours montrée prudente en matière de relations amoureuses, et plus encore ces dernières années. Ce n'était pas une croqueuse d'hommes et elle ne fantasmait pas sur les inconnus.

Après avoir ranimé le feu, Bren s'assit à ses pieds et leva les yeux vers elle.

— Le shérif passera demain matin, annonça-t-il.

— Demain matin ? répéta-t-elle, la gorge serrée.

— Puisque personne n'est blessé, il a préféré retourner dormir pour inspecter les lieux à la lumière du jour.

Pas de blessé... Quelle blague ! Elle s'était écorché les bras contre le pilier, sa jambe gauche lui faisait mal et elle était certaine de se réveiller couverte de bleus. Mais il n'y avait sans doute rien à faire pour le moment. Après tout, elle était en vie, à peu près indemne, et son agresseur avait disparu.

Bren esquissa un sourire beaucoup moins convaincant que celui qu'elle lui avait vu dans la journée. Il devait vouloir la réconforter...

— C'est probablement quelqu'un qui s'est perdu, ou qui devait croire la cabane déserte, comme elle l'est la plupart du temps, commenta-t-il.

Miranda secoua la tête.

— Non. Cet homme me cherchait, expliqua-t-elle en frémissant. Il a prononcé mon nom.

— Quoi ? s'écria Bren en bondissant sur ses pieds. Vous en êtes sûre ?

— Evidemment ! Et il avait une arme. Il n'était pas perdu et il savait très bien qu'il y avait quelqu'un dans la cabane.

— Je rappelle le shérif.

Miranda le retint par le poignet lorsqu'il passa près de son fauteuil. Elle le connaissait à peine, et pourtant ce simple contact la rassura. Elle qui n'avait jamais compté sur personne...

— Non. Le shérif a raison. On ne peut rien faire cette nuit. Il y a trop d'endroits où cet homme a pu se rendre, et je ne peux fournir une description ni de lui ni de sa voiture.

— C'était une Toyota à trois portes de couleur sombre, annonça Bren.

— Avez-vous relevé son numéro d'immatriculation ?

demanda Miranda sans lâcher son poignet tant elle avait l'impression d'y puiser des forces.

Bren secoua la tête.

— Alors ça peut attendre demain.

Tout comme le coup de téléphone qu'elle allait devoir passer à Roger et Cheryl.

Miranda finit par lâcher le poignet de Bren pour retirer son pull, que le feu rendait superflu. De toute manière, son pyjama n'était pas assez sexy pour qu'elle se soucie de sa pudeur. Et puis elle l'avait déjà vu nu. Deux fois. Pourquoi un nudiste serait-il embarrassé de voir une femme en pyjama ?

Bren poussa un juron en découvrant ses bras. Il lui prit le poignet comme elle avait pris le sien pour exposer ses plus graves écorchures à la lumière.

— Nous allons devoir nettoyer ça pour que ça ne s'infecte pas, déclara-t-il.

Les reflets du feu exécutaient une danse fascinante sur les muscles de ses bras et de son torse. Ses longs cheveux noirs cachaient une partie de son visage, mais elle le voyait assez bien pour savoir qu'il s'inquiétait pour elle. Il n'aurait pas dû. Ils n'étaient encore que des étrangers l'un pour l'autre. Un baiser et un rêve érotique ne suffisaient pas à créer un lien.

— Dans une minute, murmura-t-elle sans pouvoir détacher son regard de son visage. J'aimerais rester près du feu encore un peu, si ça ne vous dérange pas. J'ai l'impression que je commence à peine à reprendre mon souffle.

Il hocha la tête sans lâcher son poignet.

— Pourquoi êtes-vous si gentil avec moi ? lui demanda-t-elle.

— Peut-être que je suis gentil, tout simplement.

Miranda, qui n'en croyait pas un mot, esquissa un sourire.

— Quelles que soient vos raisons, merci.

Un instant, elle se demanda si elle devait lui dire que sa mère la hantait en jouant les entremetteuses depuis l'au-delà et qu'elle l'avait aidée à s'enfuir en déployant une force exceptionnelle pour un fantôme.

Et qu'elle l'avait poussée hors de la route.

Non. Elle avait dévoilé son don à Bren, qui l'avait accepté. Cela suffisait pour le moment. Il n'avait pas besoin de connaître des détails qui risquaient de le perturber. Il n'avait peut-être pas envie de savoir que le fantôme de sa mère le surveillait.

Quelques instants plus tard, il tira sur la main qu'il tenait pour l'aider à se lever, puis la conduisit par un long couloir jusqu'à une salle de bains qui était presque aussi grande que sa chambre dans la cabane. La pièce, carrelée de bleu foncé et de vert, était à la fois très masculine et d'une élégance un peu décadente. Les murs de la douche étaient recouverts de petits carreaux multicolores et trois pommeaux d'une taille impressionnante étaient placés à des angles différents. Cet endroit n'avait rien de la tanière d'un célibataire négligent. C'était une maison meublée et entretenue avec amour.

Tandis qu'elle admirait la salle de bains, Bren tira une lotion antiseptique, du savon et des lingettes du placard à pharmacie. Au lieu d'emporter le tout dans l'autre pièce, il humecta une lingette et entreprit de nettoyer son bras avec une concentration intense et une douceur dont elle ne le croyait pas capable.

Des images du rêve qu'elle avait fait avant que son agresseur ne la réveille se mirent à défiler dans son esprit, en incitant son corps à réagir intensément à ses caresses. Les battements de son cœur se précipitèrent et sa respiration devint haletante. Elle était hypnotisée par les mains de Bren qui se déplaçaient lentement sur son bras. Celles-ci étaient brunies par le soleil et rendues calleuses par le travail manuel, tandis que ses bras étaient pâles et presque délicats. Elle imagina ces mains puissantes caresser d'autres parties de son corps et crut presque les sentir sur elle.

Tandis qu'il nettoyait sa peau autour de ses blessures en paraissant captivé par ce travail, il se rapprocha lentement d'elle. Miranda se surprit à lever le menton pour qu'il puisse apprécier la finesse de sa gorge et à contempler elle-même ses puissants abdominaux. Comme elle aurait aimé le caresser juste sous le nombril… Elle voulait laisser ses doigts s'y attarder avant de descendre encore plus bas. Après avoir découvert une écharde, il la laissa seule quelques instants pour aller chercher une pince à épiler dans la salle de bains et la lui retirer d'une main experte. Lorsqu'il se fut assuré qu'il n'y en avait pas d'autre, il entreprit de désinfecter ses plaies. Le produit qu'il employa piquait un peu, mais Miranda s'en moquait éperdument.

Ils n'avaient pas cessé de se rapprocher depuis qu'il la soignait et leurs corps se touchaient presque. Il lui aurait suffi d'incliner légèrement la tête pour la poser contre son torse comme elle rêvait de le faire. La salle de bains lui parut tout à coup minuscule, comme si ses murs se rapprochaient pour l'étouffer. Elle respirait à peine, son corps était en feu et son cœur n'allait pas tarder à éclater dans sa poitrine.

Elle devait faire un choix — un choix très simple. Soit elle reculait d'un pas, remerciait Bren et mettait un terme à leur intimité perturbante, soit elle avançait et s'abandonnait à ce que l'avenir lui réservait. Elle avait reculé toute sa vie, contrairement à Jessica, qui n'avait jamais perdu une occasion de jouir de l'existence. Miranda voulait analyser les situations sous tous les angles avant d'agir.

Si elle réfléchissait trop, elle allait mettre son attirance pour cet homme sur le compte d'une poussée hormonale ou d'une réaction au stress qu'elle venait de subir. Elle allait appeler Roger le lendemain matin, lui expliquer que ses vacances étaient un cauchemar et lui ordonner de venir la chercher avant qu'elle ne commette une bêtise — comme se faire tuer ou atterrir dans le lit de Korbinian.

Mais qu'allait-elle manquer si elle agissait ainsi ?

Courageusement Miranda posa sa tête contre le torse de Bren et une main sur sa taille. Elle glissa le bout de ses doigts sous son jean, puis ramena lentement la main vers son ventre pour effleurer la chair dont elle rêvait depuis plusieurs minutes. Comme il était chaud et dur… Elle sentait son cœur battre aussi vite que le sien. Cet homme qu'elle connaissait à peine lui prodiguait du confort, de la sécurité et du plaisir dans un monde qui s'était souvent montré dur envers elle. Il était un refuge, *son* refuge.

Elle releva la tête pour presser ses lèvres contre son cou puissant et salé. Lorsque ses bras l'enveloppèrent d'un geste tendre et possessif, elle se pressa davantage contre lui en ayant l'impression qu'elle ne pourrait jamais en être assez proche.

Pendant un long moment, ils restèrent ainsi, immobiles et silencieux comme s'ils s'acceptaient mutuellement. Puis Bren écarta ses cheveux pour embrasser son cou et elle eut subitement l'impression de plonger ou de voler, de ne plus toucher terre… Sous ses lèvres, elle s'imaginait pareille aux corbeaux qui tournoyaient autour de sa cabane en se laissant porter par les courants aériens. Son sentiment familier de solitude avait disparu pour laisser place à une merveilleuse liberté.

Bren écarta sa bretelle pour l'embrasser avec une lenteur enivrante du creux de la gorge jusqu'à l'épaule. Chacun de ses baisers faisait naître des frissons qui la parcouraient tout entière, l'embrasait et affolait son cœur.

Il revint vers sa gorge, sur laquelle il s'attarda longuement comme s'il se gorgeait d'elle. Comme elle était prête à se livrer tout entière…

— Nous devrions arrêter maintenant, lui murmura-t-il à l'oreille tout en glissant une main sous son pyjama pour prendre possession de l'un de ses seins et en caresser la pointe du pouce.

— On devrait peut-être, mais je ne pense pas qu'on va le faire, répondit-elle sincèrement en ajustant encore plus parfaitement son corps au sien.

— Tu ne comprends pas…

— J'en sais suffisamment.

Miranda tourna la tête, prit son visage entre ses mains et posa ses lèvres sur les siennes. Leurs bouches s'entrouvrirent pour leur permettre d'exprimer une ardeur que leur baiser public de l'après-midi n'avait jamais atteinte. Bren Korbinian, un étranger? Certainement pas! Même si elle venait tout juste de le rencontrer, elle le connaissait de toute son âme.

Physiquement, elle avait l'impression d'être entraînée vers lui par une tornade. Jamais elle n'avait éprouvé un désir aussi violent. Non, le mot *désir* décrivait mal ce qu'elle ressentait. Il supposait un souhait, un *choix*, or ce qu'elle découvrait en elle appartenait à une tout autre sphère. Elle avait désespérément *besoin* de Bren comme si, d'une manière qu'elle ne pouvait pas comprendre, il était une partie d'elle qui lui avait manqué toute sa vie. Elle avait l'impression de ne pouvoir devenir elle-même qu'en s'unissant à lui.

Bren la désirait aussi. Elle en fut certaine lorsqu'il lui retira son haut de pyjama en prenant bien garde de ne pas effleurer ses écorchures. Il la souleva sans effort pour l'asseoir sur le grand comptoir de marbre dans lequel étaient encastrés les lavabos et venir se placer entre ses jambes. Il était si brûlant qu'elle remarqua à peine la fraîcheur du marbre. Il pressa ses lèvres contre sa poitrine et s'y attarda comme il s'était attardé sur sa gorge en faisant encore croître son désir. Elle était tremblante et impatiente de le sentir en elle. Son avidité était presque douloureuse et elle s'abandonna à ses caresses, enivrée par le seul fait de perdre tout contrôle d'elle-même.

A sa demande, elle se pencha en arrière pour lui permettre de laisser ses lèvres glisser vers son ventre avec une lenteur qui la mettait à la torture. Malgré son impatience et ses tremblements, elle n'essaya pas de le presser. Son inspiration était la perfection même et chaque instant un délice dont elle aurait regretté de se priver. Ses caresses étaient d'une beauté et d'une tendresse stupéfiantes. Elle ferma les yeux et s'abandonna à ses sensations sans plus songer à rien d'autre qu'à leur justesse.

Finalement, Bren passa ses doigts sous la ceinture de son pyjama pour le faire glisser jusqu'à terre avant de remonter sa main en lui caressant doucement la jambe. Elle ouvrit les yeux pour découvrir qu'il la contemplait comme s'il n'avait jamais vu de femme nue avant ce jour. Il la regardait avec vénération et autant de désir qu'elle en éprouvait elle-même. Même si la lumière vive des néons éclairait crûment leurs ébats, elle ne ressentait ni timidité ni honte, rien que de l'impatience et de l'émerveillement. Elle n'avait jamais rien vécu de tel.

Elle tendit la main vers le jean de Bren pour le déboutonner et exposer son érection. Il était plein d'assurance et ne semblait pas plus dérangé qu'elle par la lumière. Enhardie par con contact, elle le caressa, puis l'attira vers elle pour mettre un terme à ses souffrances et conclure cette rencontre fulgurante. Son corps était en feu.

— Miranda, murmura-t-il d'une voix chargée de tension.

Il était sur le point de la pénétrer, exactement comme dans son rêve. Maintenant qu'il était presque en elle, elle ne voulait plus différer l'inévitable. Plus rien d'autre ne comptait que son besoin et l'imminence de leur union.

— J'ai envie de toi, gémit-elle.

Cette phrase chassa ses derniers doutes. Il la pénétra d'un seul coup et la prit avec ardeur avant de s'immobiliser tout à coup, profondément ancré en elle. Miranda s'agrippait fermement à lui pour compenser son équilibre précaire. Elle en voulait davantage et elle voulait que cela dure, mais son corps ne lui appartenait plus. Sa jouissance éclata en lui arrachant un grand cri et en faisant frissonner tout son être. Elle n'avait jamais imaginé qu'un plaisir puisse être aussi intense. Tandis que les dernières vagues la parcouraient, elle emmêla ses doigts dans les cheveux de Bren pour attirer sa bouche contre la sienne et goûter sa langue, ses lèvres et son propre désir insatisfait.

Alors il se remit à bouger lentement et tendrement, malgré sa fébrilité évidente, puis il poussa un gémissement et se retira d'un seul coup.

— Mais tu n'as pas..., murmura-t-elle, le souffle

court, tandis qu'il l'installait plus confortablement sur le comptoir avant de se détourner d'elle.

— Non, admit-il. Pas encore.

Elle voyait à son regard sombre, à la ligne de ses lèvres et à la tension de son corps qu'il s'était arrêté bien trop tôt.

Maintenant que son propre désir était satisfait, elle parvint à retrouver un peu de bon sens.

— Oh! As-tu un préservatif?

Ses sourcils se soulevèrent légèrement.

Miranda sentit ses joues la brûler. Il était bien tard pour se mettre à rougir!

— Je sais que j'aurais dû y penser plus tôt, mais ce n'est pas le moment que je tombe enceinte et…

Elle ne savait pas comment dire à cet homme qu'il lui faisait complètement tourner la tête. Miranda Lynch n'était pas femme à perdre le contrôle d'elle-même. Il ne lui arrivait jamais d'écouter son instinct au détriment de sa raison. Du moins jusqu'à ce jour…

Bren lui jeta son haut et son pantalon de pyjama avant d'entrer dans la douche pour ouvrir le robinet à fond.

— Ma chambre est au bout du couloir, grommela-t-il. Tu n'as qu'à y passer la nuit.

— Et toi? s'inquiéta-t-elle en descendant du comptoir.

Ses jambes étaient si faibles qu'il lui fallut quelques instants avant de retrouver son équilibre. Son corps tout entier était chaud, tremblant et plus comblé qu'il ne l'avait jamais été. La question qu'elle venait de lui poser pouvait être interprétée de bien des manières, mais elle renonça à s'expliquer.

— Je vais prendre une douche froide, répondit-il en lui jetant un regard incandescent par-dessus son épaule.

Sans la douleur qu'elle lut dans ce regard, elle se serait sans doute sentie embarrassée et aurait craint que Bren ne la désire pas du tout, finalement. Elle se sentit partiellement soulagée — et même un peu réjouie — à l'idée qu'il allait lui être terriblement difficile de se détourner d'elle.

6

Bren prit une douche glaciale qui ne lui fit pas grand bien tout en songeant à Miranda qui se glissait dans son lit satisfaite et encore ignorante des implications de l'attirance qu'ils éprouvaient l'un pour l'autre.

S'était-il cru capable de garder ses distances vis-à-vis d'elle ? Avait-il vraiment espéré que la raison pouvait triompher de l'instinct ? Il avait trouvé sa Kademair, comme son père et toutes les générations de Korbinian qui l'avaient précédé au fil des millénaires. Le monde moderne rendait peut-être ce processus plus délicat, mais visiblement pas impossible, contrairement à ce qu'il avait cru.

Sa vie était parfaitement ordonnée. Il s'était résigné à la solitude depuis longtemps. Il n'avait pas l'instinct grégaire et personne ne le prenait pour un joyeux drille, mais son existence lui convenait. Son travail lui plaisait, les affaires étaient bonnes et il ne vivait pas comme un moine. Voulait-il mettre tout cela en péril parce qu'il avait rencontré la femme qui pouvait lui donner des enfants, qui s'invitait dans ses rêves et lui faisait si facilement perdre la tête ? Il ne la connaissait que depuis la veille. Cela n'aurait pas été un problème à une époque ou dans une culture où les mariages étaient arrangés, mais il n'y avait plus que les imbéciles pour s'engager sur des fondements aussi peu solides de nos jours.

Malgré l'intensité de son désir pour Miranda, il n'était pas dans ses habitudes de se laisser dicter sa conduite par ses plus bas instincts.

D'ailleurs, même s'il décidait d'offrir un avenir à son espèce en s'unissant à sa Kademair, il n'était pas question qu'il aille plus loin avant que Miranda n'ait parfaitement compris la signification de ce qu'elle ressentait. Leurs instincts ancestraux les poussaient peut-être l'un vers l'autre d'une manière inexplicable, mais il pouvait encore faire des choix. Elle le pouvait aussi, même si la décision qu'elle allait prendre risquait de le briser.

Il y avait tellement plus en jeu qu'une attirance sexuelle et des changements de mode de vie…

Il lui aurait été si facile d'oublier ce qu'il savait et de s'abandonner à croire que les choses allaient se passer autrement pour Miranda et lui que pour tous ses ancêtres. Les temps avaient changé. Ce siècle était plus tolérant que ceux qui l'avaient précédé. Ni lui, ni ses fils, ni ses petits-fils ne seraient brûlés comme des sorciers ou torturés en vue de les délivrer du « démon » soi-disant responsable de leur transformation. Si leur secret était découvert, ils ne seraient ni vénérés ni craints.

Il était un homme comme les autres, comme ce moment pénible le prouvait. Son aptitude n'était que le fruit d'une particularité génétique.

Tout comme son attirance pour Miranda.

Comme il aurait aimé croire que l'humanité avait suffisamment changé pour accepter les êtres différents… Mais il savait au fond de lui que ce n'était pas le cas. Il y avait encore bien trop de gens terrifiés par ce qu'ils ne comprenaient pas ou dévorés de curiosité morbide. Que leur arriverait-il, à lui et à ses fils, si leur secret était connu ?

D'ailleurs, il avait déjà pris certaines décisions que les événements n'allaient pas remettre en cause. Qu'il intègre ou non Miranda à son existence, il allait continuer à vivre dans l'isolement. Il n'y avait pas d'autre solution pour un être tel que lui. Ce n'était pas une vie à laquelle il pouvait la condamner à la légère dans un moment d'égarement. Cette décision lui revenait autant qu'à lui et ne pouvait être prise qu'en parfaite connaissance de cause. S'il choisissait de la faire sienne, comment allait-il s'y prendre pour lui faire comprendre sa nature?

Le mieux était encore de la lui montrer.

Miranda enfila son pyjama et se glissa dans le lit de Bren fermement décidée à l'attendre. Ils avaient beaucoup de choses à se dire — et beaucoup de choses à faire qui n'exigeaient pas qu'ils se parlent. Cette pensée la fit sourire et une nouvelle vague de chaleur l'envahit. Comme l'oreiller était légèrement imprégné de son odeur, elle y enfouit son visage pour inspirer profondément.

Pourtant, son corps n'était plus capable de lutter contre la détente qui découlait inévitablement de sa poussée d'adrénaline et du plaisir intense qui l'avait suivie. Bercée par le son de la douche, Miranda s'endormit en serrant l'oreiller dans ses bras. Elle dormit d'un sommeil paisible et sans rêve, d'une profondeur qu'elle n'avait pas connue depuis longtemps.

Elle se réveilla en sursaut pour découvrir Bren debout au pied du lit et la chambre baignée de soleil matinal. Il avait une expression lugubre pour une si belle journée et les poings serrés. Il portait un vieux jean et un T-shirt blanc sur lequel était imprimé le logo de sa compagnie. Elle cligna des yeux. S'agissait-il bien d'un corbeau? Oui.

Même si la signification de son nom expliquait suffisamment ce choix, elle ne put s'empêcher de frissonner à la vue de l'oiseau qui volait sur son torse.

Le réveil posé sur la table de nuit l'informa qu'il était neuf heures et demie. Surprise que tant d'heures se soient écoulées depuis qu'elle s'était glissée seule dans ce lit, Miranda se redressa lentement en prenant conscience de ses courbatures. Comme elle s'attendait à souffrir à son réveil, elle fut soulagée de ne pas être en pire état.

— Tu aurais dû me réveiller plus tôt, lui reprocha-t-elle en tirant la couverture sur sa poitrine même si elle savait que c'était absurde.

La nuit précédente, Bren avait tout vu d'elle, tout touché, tout embrassé. Il l'avait fait jouir… puis s'était détourné d'elle, insatisfait. Etait-ce pour cette raison qu'il arborait une expression aussi sévère ? N'y avait-il aucun préservatif dans cette immense maison ?

— Le shérif nous attend à la cabane, annonça-t-il en lui jetant le pull qu'il portait la veille.

Elle le ramassa et l'enfila avec prudence et gratitude. Il était doux, chaud et délicieusement trop grand pour elle. Cette activité lui permit de détourner les yeux pendant quelques secondes de l'homme qui se tenait devant elle, tendu et frustré.

Miranda, qui se sentait si joyeuse un instant auparavant, sentit un poids immense s'abattre sur elle. Bren était mécontent et estimait visiblement qu'ils avaient commis une erreur. Au moins s'était-il montré assez responsable pour s'arrêter avant qu'ils ne courent le risque de devoir faire face à une grossesse. Le monde moderne lui offrait pourtant les moyens de se montrer plus prudente… Mais cela faisait si longtemps qu'elle n'avait pas laissé un homme la toucher que les caresses de Bren lui avaient fait perdre la tête. A moins que ce ne soit la joie d'être encore en vie... ou n'importe quelle autre raison.

Pourtant, même si elle comprenait mal ses propres motivations, elle n'avait qu'une envie en cet instant : saisir Bren par son T-shirt et l'entraîner dans le lit. Elle perdait vraiment la tête. C'était la seule explication.

Lorsqu'elle se leva, Bren recula d'un pas comme s'il craignait d'être trop près d'elle. Elle s'avança, poussée par le désir de ne pas être trop loin de lui. S'il la laissait faire, elle allait lui tomber dans les bras comme la veille au soir. Il ne semblait pas si sûr de lui, finalement...

— Il faut aussi que j'appelle Roger pour lui dire ce qui s'est passé, annonça-t-elle.

— Il viendra te chercher si tu l'appelles, lui fit remarquer Bren en ayant l'air encore plus mécontent.

Son regard troublé et sa mâchoire crispée donnaient à Miranda une folle envie de l'embrasser pour l'obliger à sourire.

— C'est bien possible.

Il inspira profondément et déplia les doigts.

— Alors ne l'appelle pas.

Miranda le regarda droit dans les yeux sans feindre la surprise. A son attitude, on aurait pu croire au contraire qu'il voulait la voir aller au diable.

— J'imaginais que tu serais soulagé que je m'en aille vite...

Il était évident qu'il ne voulait plus la voir dans les parages. Comment s'en étonner, puisqu'elle n'avait fait que semer le chaos dans sa vie ?

— Je devrais, mais ce n'est pas le cas.

— Ce qui s'est passé la nuit dernière...

— Ce n'est pas le bon moment pour en parler, l'interrompit-il brutalement. Le shérif nous attend et il n'est pas connu pour sa patience.

— Toi non plus, riposta Miranda.

Les lèvres de Bren frémirent.

— Je crois avoir prouvé le contraire.

Ce n'était pas de patience qu'il avait fait preuve la veille, mais d'une incroyable maîtrise de lui-même... Mais Miranda ne voulut pas prolonger cette conversation en le soulignant.

— Alors ne faisons pas attendre le shérif, conclut-elle en le frôlant pour se diriger vers le couloir.

Elle sentait au plus profond d'elle que ce qui avait commencé la veille au soir n'était pas fini. Elle le désirait toujours autant et s'il lui en offrait encore la moindre chance, elle ne le laisserait plus lui échapper aussi facilement.

Bren n'aimait pas du tout la tournure que prenait l'entretien. Le shérif Wayne Lawrence avait été l'ami de Joe Korbinian pendant des années. Dès qu'il l'avait vu faire les cent pas dans l'allée, les pouces glissés dans la ceinture de son pantalon, Bren avait compris que cette amitié était la seule raison de sa présence ici. S'il ne s'était pas senti lié aux Korbinian, il se serait contenté d'envoyer son adjoint, un homme plus petit et plus jeune que lui qui prenait à cet instant des notes derrière son patron. Aucun des deux ne croyait que les choses s'étaient passées comme Miranda le disait.

Le shérif arborait une expression condescendante et son adjoint avait l'air de s'ennuyer. Pour eux, l'intrus de la veille n'était qu'un drogué qui cherchait quelque chose à voler puis à revendre pour se procurer sa prochaine dose. Miranda ne s'était trouvée là que par malchance et son imagination avait fait le reste.

Sauf que Bren savait que Miranda disait la vérité. Elle n'exagérait pas les faits pour se donner de l'importance et n'avait rien d'une hystérique. Comme lui, elle préférait bannir de sa vie toutes les excitations superflues. Il ne pouvait pas expliquer au shérif pourquoi il en était aussi certain, même s'il avait déclaré qu'il se promenait au moment des faits et avait vu la voiture de l'agresseur s'éloigner. Une Toyota à trois portes de couleur sombre. Le shérif avait répondu que l'information était vague tout en les observant tour à tour d'un regard suspicieux. Apparemment, il s'était déjà fait son idée sur le motif de sa promenade nocturne et la raison pour laquelle Miranda pouvait être tentée d'embellir son histoire. Même les écorchures de ses bras n'impressionnèrent que modérément les deux hommes qui ne tardèrent pas à redescendre vers la vallée.

Ni Miranda ni Bren ne s'attendaient à obtenir une grande aide des autorités locales. Aucune brigade criminelle n'allait venir relever des empreintes et des échantillons. Personne n'était blessé : c'était tout ce qui comptait. Affaire classée.

Une question obsédait Bren. Lorsque Miranda avait dit au shérif que son agresseur l'avait appelée par son nom, celui-ci lui avait demandé : « Qui sait que vous êtes là ? » Certain qu'elle s'était laissée emporter par son imagination, il ne lui avait pas laissé le temps de répondre. Bren s'était presque attendu à le voir lui tapoter l'épaule en l'appelant « ma petite dame ».

Mais la question demeurait : qui était capable de retrouver ce chalet isolé au milieu de la nuit, connaissait le nom de Miranda et savait qu'il la trouverait seule ?

Après le départ du shérif, il suivit Miranda dans la cabane sans qu'elle l'y ait invité et claqua la porte derrière lui comme pour évacuer une partie de sa colère.

— Le shérif Lawrence se serait peut-être montré un peu plus zélé si l'homme m'avait tuée, grommela-t-elle en traversant le salon inondé de lumière.

Mais Bren pensait à autre chose.

— Connais-tu bien Roger Talbot ?

— Nous travaillons ensemble depuis près de trois ans, répondit Miranda en observant la pièce comme si on avait déplacé tous les meubles.

Apparemment, le soleil ne suffisait pas à dissiper ses souvenirs de la veille.

— Ça ne répond pas à ma question ! aboya-t-il. Talbot a-t-il une raison de vouloir ta mort ?

Miranda, toujours pieds nus et enveloppée dans le pull trop grand pour elle, se tourna vivement vers lui.

— Non !

— Tu m'as dit qu'il avait insisté pour que tu viennes ici. Tu aurais pu prendre des vacances n'importe où dans un hôtel charmant, mais il s'est assuré que tu serais seule au milieu de nulle part. Tu ne trouves pas ça un peu louche ?

— J'étais surmenée et...

— Peu de gens savent que tu es ici et il en fait partie.

— Roger est mon *ami*, insista-t-elle.

C'était si facile pour Bren d'attribuer le rôle du méchant au voisin dont la présence le dérangeait.

— Peut-être qu'il voulait juste te le faire croire. Peut-être qu'il prépare son coup depuis des années...

Miranda avança résolument vers lui.

— C'est parce que Roger ne veut pas te vendre cette

cabane que tu en fais le premier suspect sur ta liste. Comme c'est pratique…

— Dans ce cas qui est-ce?

— Je ne sais pas mais ce n'est pas lui.

— Tu montres beaucoup d'empressement à le défendre…

— Je *sais* qu'il ne me ferait jamais de mal.

Bren sentit une crainte irrationnelle s'éveiller au fond de lui, ou plutôt une terreur telle qu'il n'en avait jamais connue. Le monde, sorti de son axe, tourbillonnait follement et il ne pouvait rien faire pour l'en empêcher.

— Je n'ai pas confiance en Talbot. Pas si ta vie est en jeu.

Bren vit la colère de Miranda se dissiper et son expression s'adoucir. Elle était si vulnérable, si fragile… L'idée que quelqu'un puisse lui vouloir du mal le rendait fou. Il n'était pas le genre d'homme à se laisser assaillir par des terreurs irrationnelles, mais il n'avait jamais eu personne à protéger. Il y voyait une raison de plus de ne pas la laisser partir.

— Tu n'as pas besoin de veiller sur moi, Bren. Tu n'es pas responsable…

— Eh bien, si! Je me sens responsable de toi.

Il ne pouvait se mentir à lui-même que jusqu'à un certain point et pendant un certain temps. Il la désirait encore plus que la nuit précédente. Il était ravagé par le besoin de la posséder, de la garder près de lui, de la protéger… Il n'avait jamais rien éprouvé de semblable — et le fait de l'éprouver à cet instant le contrariait terriblement.

Il ne savait pas comment lui dire qui il était et ce dont il était capable si les choses devaient en arriver là. Il n'avait jamais eu à le faire. Il n'avait partagé le secret de sa famille qu'avec ses parents, qui étaient morts l'un et l'autre. Peut-être s'étaient-ils retrouvés dans l'au-delà, comme on prétendait que les Korbinian et les Kademair étaient destinés à le faire… Peut-être leurs esprits étaient-ils encore intimement liés l'un à l'autre. La relation qui avait été la leur était le point d'appui d'une forme de bonheur que Bren pensait ne jamais connaître. Or voilà que Miranda se tenait devant lui, parfaitement ignorante des conséquences qu'allait avoir leur rencontre s'ils choisissaient de s'aimer.

Elle enroula ses bras autour de sa taille et Bren l'attira contre lui en fermant les yeux. Elle ne pouvait pas manquer de sentir son érection malgré leurs vêtements. Pourtant elle ne fit aucun mouvement, ni pour s'écarter ni pour se frotter contre lui. Elle se contenta de rester immobile, comme si elle ne voulait plus jamais se trouver ailleurs que dans ses bras.

Miranda croyait naïvement qu'un préservatif allait résoudre leurs problèmes, mais il était certain qu'aucune forme de contraception ne l'empêcherait de tomber enceinte. Rien ne pouvait aller à l'encontre du destin. S'ils choisissaient de rester ensemble et d'obéir à leur instinct, ils allaient forcément donner le jour à la prochaine génération de Korbinian. Il pouvait faire l'amour à n'importe quelle autre femme sans craindre une grossesse mais avec celle-ci, sa Kademair, la conception était inévitable.

Rien ne pouvait s'opposer au désir qui les poussait l'un vers l'autre. Il n'aurait jamais dû la suivre à l'intérieur de la cabane, songea-t-il en lui retirant le pull qui masquait ses formes pour le laisser tomber sur le sol. Il n'aurait jamais dû rester auprès d'elle après le départ du shérif. Il n'était pas prudent qu'ils se retrouvent seuls tant qu'il n'avait pas pris une décision et ne lui avait pas dévoilé la vérité. Ils étaient en train de jouer avec le feu, de courir le risque de ne plus pouvoir interrompre la marche du destin avant qu'il ne soit trop tard.

Mais il était déjà trop tard. Les lèvres de Miranda se promenèrent lentement sur sa gorge. Elle avait le souffle court, leurs deux cœurs battaient au même rythme et il n'avait qu'à plonger son regard dans le sien pour y lire un désir aussi puissant, aussi vital que celui qu'il ressentait au plus profond de lui.

Avait-elle rêvé de lui la nuit précédente ? Une part d'elle avait-elle déjà compris ce qu'il était ?

— Je n'ai jamais rien vécu de semblable, murmura-t-elle. Je ne suis pas… Je n'ai pas l'habitude…

Elle se pressa davantage contre lui en gémissant.

— Mais que m'as-tu fait ? se lamenta-t-elle.

Ce qu'*il* lui avait fait ? Il aurait pu en rire si la situation n'avait pas été aussi dramatique. Cette femme était en mesure de bouleverser radicalement son existence si bien ordonnée. Sa décision devait prendre tant de choses en considération… Voulait-il d'une vie qu'il avait toujours crue impossible ? Etait-il prêt à concevoir, élever et protéger la prochaine génération de Korbinian ? Comment pouvait-il réfléchir sereinement en tenant Miranda dans ses bras, en respirant son parfum et en baignant dans sa chaleur ?

Bren se raccrocha désespérément à sa raison. Même s'il était certain de le vouloir — et ce n'était pas le cas — il ne pouvait pas lui dévoiler sa nature ici et maintenant. Si cette conversation était inévitable, elle devait avoir lieu dans un endroit calme, où ils pouvaient espérer être maîtres de leurs pensées. Or il sentait bien que toute logique l'avait provisoirement abandonné. Il s'était aussi rendu compte qu'il n'était pas prudent de lui *montrer* ce qu'il était, tout simplement, comme il l'avait envisagé la veille. Pas avant qu'elle ne se soit remise de ses émotions…

Après la scène traumatisante qu'elle avait vécue, c'en était sans doute trop pour son système nerveux.

Il avait besoin de davantage de temps et l'impression d'en manquer terriblement.

Elle tendit la main vers son jean dont elle défit le bouton, puis descendit la fermeture Eclair. Il pouvait toujours prétendre qu'il ne la désirait pas, mais il était certain qu'elle refuserait de le croire. Il avait toujours été doué pour garder ses secrets, pour dissimuler ses pensées et ses émotions à ceux qui n'appartenaient pas au cercle très restreint de ses intimes. Mais ce qu'il éprouvait à cet instant était bien trop puissant et Miranda en était le centre. Elle devait forcément le voir et le comprendre…

Il lui saisit le poignet pour interrompre ses caresses. Il ne pouvait plus espérer la pénétrer avec l'espoir d'être encore capable de s'arrêter. Il jouait trop avec ses limites et s'approchait trop du point où il allait perdre toute maîtrise de lui-même.

Mais avant d'imposer une nouvelle fois un terme à leurs ébats, il pouvait au moins la toucher, lui — et ne manqua pas de le faire. Il caressa sa gorge du bout des doigts, le point sensible qu'elle avait derrière l'oreille avec les lèvres, ses hanches de la paume de ses mains. Même ses caresses les plus légères la faisaient vibrer. Il lui suffisait de la posséder immédiatement pour que la décision soit prise indépendamment de leur volonté. Alors ils n'auraient plus le moindre choix ni l'un ni l'autre.

Dans cette pièce baignée de soleil que Miranda avait traversée quelques heures plus tôt en proie à la terreur, elle s'abandonnait à présent à la chaleur de ses caresses et au plaisir. Il avait l'impression de la sentir fondre dans ses bras, et attendre lui semblait encore plus difficile.

— Je te veux tout entier, murmura-t-elle en tendant résolument la main vers son érection.

— Pas encore, répondit-il d'une voix plus rauque et moins assurée qu'il ne l'aurait voulu.

— Pourquoi ?

— Ce n'est pas encore le moment.

Miranda parut accepter cette idée alors même que son corps était pressé contre le sien et prêt à l'accueillir. Ils étaient faits l'un pour l'autre. Même si cette femme, sa Kademair, ignorait encore qui il était — et qui *elle* était — elle ne pouvait pas manquer de pressentir ce que leur union avait de légitime et d'inévitable.

Pouvait-il la posséder sans en faire sa compagne ? Pouvait-il obtenir ce qu'il désirait sans concevoir un enfant qui allait bouleverser son existence ?

Leurs deux corps tremblaient de désir. Bren la serra contre lui, puis ils restèrent un long moment immobiles et silencieux. Finalement, Miranda releva la tête pour plonger son regard dans le sien.

— Est-ce que c'est de l'amour ? lui demanda-t-elle naïvement.

— Non, répondit-il, soucieux de se montrer sincère.

L'attirance qu'ils éprouvaient l'un pour l'autre était purement physique. C'était la ruse qu'employait la nature pour permettre la survie de son espèce. Il s'agissait d'une harmonie sexuelle, doublée d'un lien spirituel propre à son espèce, mais certainement pas d'amour.

— Je n'ai jamais rien désiré autant que toi et je te veux tout entier, Bren. Je veux ton cœur, ton corps et ton âme. Je ne serai pas satisfaite avant que tu ne m'appartiennes pleinement, avant que nous ne soyons ensemble et que je ne connaisse tout de toi.

Elle secoua pensivement la tête.

— Je ne comprends pas pourquoi j'éprouve ça. Nous nous connaissons à peine… Est-ce à cause de l'isolement de cette montagne? Est-ce une réaction à ma terreur d'hier soir? Crois-tu que je ressentirais la même chose si nous nous étions rencontrés à l'épicerie en choisissant des tomates?

Il avait une réponse à chacune de ses questions, mais ce n'était ni le moment ni l'endroit pour tout lui révéler. Peut-être valait-il mieux qu'il la renvoie chez elle en lui interdisant de jamais revenir… Alors leurs existences resteraient ce qu'elles étaient — et il passerait sa vie à regretter ce qu'il aurait laissé échapper.

Bren s'écarta d'elle à contrecœur. Il n'avait pas encore décidé d'en faire sa compagne et de lui révéler la vérité mais il savait une chose : tant que Miranda était là, il était responsable de sa sécurité.

— Fais ton sac. Tu viens t'installer chez moi.

Ses sourcils se haussèrent légèrement.

— Ne crois-tu pas que tu devrais m'*inviter* chez toi au lieu de m'ordonner d'y venir? répliqua-t-elle en s'efforçant de paraître vexée.

Peu importaient la génétique et le destin, il ne voulait pas courir le moindre risque.

— Le shérif est un idiot. Quelqu'un est entré dans cette cabane la nuit dernière avec l'intention de te tuer. Je n'aime pas ça. Alors fais ton sac… et vite!

— Oui, maître, répondit-elle avec un sourire forcé avant de ramasser son pull et de se diriger vers la salle de bains.

— Et habille-toi! lui cria-t-il. J'ai des choses à faire et je ne compte pas te laisser toute seule!

Tant qu'il n'avait pas découvert qui voulait lui faire

du mal et pourquoi, il n'était pas question qu'il la perde de vue.

Miranda enfila un jean confortable et un chemisier. Elle mit un peu de rouge à lèvres rose pâle et une touche de mascara, puis se brossa vigoureusement les cheveux avant de mettre son chapeau préféré. Elle n'était peut-être pas sublime, mais elle pouvait se rendre séduisante avec un peu d'efforts...

Face à Bren, elle se sentait sublime. Il la regardait toujours comme si elle était la plus belle femme de la terre.

Lorsqu'elle fut prête, elle fourra tout ce qui lui semblait utile dans son sac à main et prépara un sac de vêtements à emporter chez Bren. Comme il était étrange qu'elle trouve aussi naturel d'aller s'installer chez un homme qu'elle connaissait à peine... Elle n'avait encore jamais vécu avec personne et n'y avait même pas songé. Même si elle ne devait durer qu'une semaine, la situation était troublante.

Avant de quitter la chambre, Miranda regarda autour d'elle.

— Alors, es-tu satisfaite, Dee ?

Elle n'obtint pas de réponse.

Bren l'attendait. Il lui prit son sac des mains, la regarda de la tête aux pieds et marmonna quelque chose qu'elle ne comprit pas tout à fait et où il était question d'une intention qu'elle aurait de le tuer. Elle récupéra son ordinateur portable sous le bureau, sortit après Bren et ferma la porte derrière elle. Même si c'était inutile, puisque la vitre cassée était visible depuis la route, elle aurait eu l'impression de faire quelque chose de mal en laissant la porte ouverte. Elle décida de faire changer le carreau dès que possible. Bren devait bien connaître quelqu'un qui pouvait s'en charger...

Tandis qu'ils descendaient vers la vallée entre les arbres qui semblaient trop proches et jetaient des ombres épaisses, Miranda sentit une boule se former au creux de son estomac. Elle agrippa la poignée de la portière par réflexe.

Bren se rendit compte de son malaise sans même jeter un coup d'œil dans sa direction.

— Est-ce que ça va?

— Oui, répondit-elle d'une voix mal assurée. Je vais bien.

Sa terreur de la veille la rattrapait brutalement. Pourquoi n'avait-elle rien pressenti avant que l'inconnu n'entre dans la cabane? Pourquoi son instinct ne l'avait-il pas prévenue que quelque chose n'allait pas? Pourquoi maintenant?

Bren posa sa main sur sa cuisse et la caressa négligemment du bout des doigts en éveillant en elle une nouvelle vague de désir. Alors Miranda comprit pourquoi son instinct l'avait trahie la veille. Ce qu'elle éprouvait pour cet homme était plus puissant que n'importe quelle crainte et mobilisait son esprit tout entier.

— Est-ce que tu en as pour longtemps? demanda-t-elle.

— Quelques heures.

Miranda songea qu'ils devaient absolument s'arrêter dans une pharmacie pour acheter des préservatifs. Elle ne voulait plus être prise au dépourvu, et s'il existait un homme au monde capable de lui faire perdre la tête, c'était bien lui.

S'agissait-il d'amour? Peut-être. D'attirance physique? Incontestablement — et d'une puissance qu'elle croyait impossible.

*
* *

Appuyé contre la portière de sa voiture, Duncan observait le nouveau chantier de Korbinian à travers une paire de jumelles. Le monstre donnait des ordres tandis que Miranda Lynch, assise dans son camion, le dévorait des yeux comme si elle était physiquement incapable de tourner la tête.

Compte tenu de ce qu'il avait appris en arrivant en ville après avoir roulé presque toute la nuit, il ne fut pas surpris de reconnaître un numéro familier lorsque son portable sonna.

— Archard, répondit-il sèchement sans cesser d'observer ses sujets au cas où il leur aurait pris l'envie de s'éclipser pendant qu'il était occupé à fournir des explications.

Pour la millième fois, il se répéta qu'il était entré dans l'Ordre pour faire le bien et non pour observer des oiseaux.

— Etait-ce toi ? lui demanda brutalement Quinn.

— Non, répondit Duncan sans mentir. Même si j'avais voulu le faire, je n'aurais jamais pu me rendre aussi vite de chez vous à la cabane.

— Tu aurais pu acheter les services de quelqu'un, lui fit remarquer le vieil homme. Tu aurais pu venir me voir uniquement pour te fournir un alibi… Tu sais que l'Ordre a horreur des agents qui prennent des initiatives.

Duncan serra les dents.

— Personnellement, j'aurais plutôt choisi d'éliminer Korbinian que Lynch. Qu'elle soit ou non un monstre, elle se sert de son don pour faire le bien. Il serait plus logique de se débarrasser de l'autre.

— J'ai pensé que tu avais pu choisir la cible la plus facile.

— Non, monsieur, répondit Duncan que cette supposition insultait et qui n'hésita pas à le faire sentir. Ma seule implication dans ces événements a consisté à appeler le shérif dès que j'ai appris la nouvelle pour l'inciter à croire Mlle Lynch un peu instable et mythomane. Comme nous ne savons pas ce que l'avenir nous réserve, il m'a semblé plus prudent que les autorités locales ne s'intéressent pas trop à elle.

Le vieil homme soupira.

— Soit. Je suis bien obligé de te croire pour le moment. Es-tu sûr que c'est elle ? lui demanda-t-il comme il l'avait déjà fait tant de fois la nuit précédente.

— Positivement.

— Ont-ils… tu sais quoi.

Quinn, qui était d'une autre génération, était parfois étonnamment prude.

— Je pense qu'ils ne se sont pas encore accouplés, répondit Duncan sans y mettre les formes. Mais ça ne devrait plus tarder. Ils n'arrêtent pas de se tourner autour et sursautent au moindre bruit. J'ai l'impression qu'ils exécutent une parade nuptiale qui ne devrait pas être très longue. Ils sont nerveux, ils ont les traits tirés… Mais je parie qu'on ne les reverra pas en public pendant quelques jours quand le moment viendra.

Non, ils allaient se terrer chez Korbinian et s'accoupler du matin au soir jusqu'à ce que Miranda Lynch soit enceinte d'un rejeton monstrueux qui ne devait pas voir le jour.

— Le temps presse, ajouta-t-il. Que voulez-vous que je fasse ?

— J'ai eu une idée, annonça Quinn sur un ton qui prouvait à quel point il était content de lui. Elle m'est venue ce matin, en buvant ma deuxième tasse de café. D'après ce que nous savons de Miranda Lynch, je pense que mon plan devrait fonctionner à la perfection. Surtout, il n'implique la mort de personne. Je sais que cette idée ne va pas te réjouir, mais tu as dû comprendre, à présent, que toute élimination risquait de coûter cher à l'Ordre. Ton arrestation nous ferait beaucoup de mal, Duncan. Tu es trop précieux pour que nous courions un tel risque.

Quinn exposa alors son plan à Duncan qui l'écouta sans cesser de surveiller ses proies. Même s'il n'était pas d'accord avec le vieil homme, c'était un bon soldat qui savait obéir aux ordres, et les menaces voilées de Quinn ne lui avaient pas échappé. C'était à lui qu'il pouvait « coûter cher » de perdre la confiance de l'Ordre. Le fait que le vieil homme soit déjà au courant des événements de la nuit prouvait qu'il était lui-même surveillé.

— Si vous pensez que c'est une bonne idée, je vais essayer, conclut-il lorsque Quinn eut fini d'exposer son plan. Mais vous pariez sur le sentimentalisme de la fille… Il n'est pas certain qu'il aura le dernier mot, surtout si elle est gouvernée par un puissant instinct de reproduction qu'elle ne comprend pas tout à fait.

— J'en ai parfaitement conscience, mais je pense tout de même que ce plan devrait fonctionner.

Lorsque Duncan raccrocha, il était encore plus agité qu'au moment de décrocher. Le shérif avait répété à qui voulait l'entendre que l'homme qui s'était introduit dans la cabane de Miranda Lynch était un simple voleur, probablement un drogué. Rien de plus. Si c'était la vérité, c'était bien dommage… L'inconnu lui aurait facilité la vie en éliminant Miranda Lynch au lieu de la précipiter dans les bras de Korbinian. Si le monstre perdait tout moyen de se reproduire, Duncan n'aurait plus qu'à le surveiller pour s'assurer qu'il ne dévoilait pas sa nature au public.

Il était même possible que l'on assigne une nouvelle recrue à cette tâche simple et laborieuse pour lui offrir un poste plus intéressant. Il avait entendu parler de vampires dans le Montana et les êtres capables de changer de forme étaient un sujet d'inquiétude constant dans le monde entier. Duncan aspirait à changer de vie. Il avait besoin d'action et n'était entré dans l'Ordre que pour tuer les monstres qui menaçaient la vie des innocents.

Korbinian était un monstre, mais il n'était pas dangereux. Lynch, même si elle était loin d'être normale, n'aurait pas fait de mal à une mouche. Malgré cela, Duncan allait sans doute devoir les tuer tous les deux si le plan de Quinn échouait.

Bren n'avait plus guère de doutes sur ce que la nuit leur réservait. Ils avaient acheté des préservatifs, il avait touché Miranda dès qu'il en avait eu l'occasion et elle n'avait pas cessé de le regarder comme si elle voulait le dévorer tout cru. Comme il ne supportait pas l'idée de la perdre de vue, il n'envisagea même pas de l'emmener dans un endroit sûr, auprès de gens en qui il avait confiance. Il la garda donc auprès de lui toute la journée, afin de n'avoir qu'à tourner la tête pour s'assurer qu'elle était en sécurité, belle et excitante. Chaque regard et chaque caresse plus ou moins innocente rendaient leur union de plus en plus inévitable.

Néanmoins, les doutes revenaient parfois l'assaillir. Tout se passait trop vite. Leurs deux vies seraient bouleversées s'il s'abandonnait à son instinct et laissait Miranda en faire autant. Il la désirait, c'était certain. En revanche, il n'était pas sûr de vouloir ce qu'elle pouvait apporter dans sa vie. Par moments, il arrivait presque à se convaincre qu'il allait réussir à ne la garder dans son lit que deux ou trois nuits avant de la renvoyer chez elle — sauf qu'il savait très bien, en son for intérieur, que deux ou trois nuits n'allaient pas le satisfaire. Dès qu'il l'aurait possédée, il ne serait plus capable de s'éloigner d'elle avant qu'elle ne porte sa progéniture.

Il restait conscient de l'immense part d'incertitude de la situation, même lorsqu'il la caressait ou lui volait un baiser. Miranda parlait aux fantômes. Avait-elle d'autres secrets ? Que se passerait-il s'il la laissait entrer dans sa vie pour qu'ils découvrent qu'ils ne s'entendaient pas dès que leurs instincts de reproduction les auraient laissés en paix ? Les Korbinian étaient destinés à se reproduire avec leurs Kademair, mais la mythologie ne parlait ni d'amour ni d'intérêts communs. Même s'ils ne s'étaient presque pas quittés depuis deux jours, il ne connaissait pas Miranda Lynch — et elle le connaissait encore moins.

Pourtant, peu importait ce que la nuit leur réservait, il avait l'intention de veiller attentivement à la sécurité de Miranda. Quelqu'un avait essayé de la tuer. Que cela lui plaise ou non, elle était sous sa responsabilité tant qu'elle séjournait sur sa montagne.

7

Les affaires de Bren, qui ne devaient les occuper que quelques heures, leur prirent plus de la moitié de la journée. A chaque heure qui passait, à chaque *minute* qui passait, son envie de se jeter sur lui s'intensifiait. Pendant quelques secondes enivrantes, elle était allée jusqu'à envisager *sérieusement* de le faire à un feu rouge.

Il la regardait comme s'il voulait la dévorer, et cela n'avait fait qu'empirer après leur arrêt dans une pharmacie pour acheter des préservatifs. Il l'avait caressée avec ardeur sur un parking, mais s'était écarté d'elle trop vite. Alors les doutes qui troublaient son regard ne lui avaient pas davantage échappé que la tension de son corps.

Il était parfaitement évident que Bren la désirait. Mais si elle interprétait correctement le langage de son corps, si son instinct ne l'avait pas *tout à fait* abandonnée, il était ravagé par les doutes à propos de leur relation, qui s'intensifiait beaucoup trop rapidement à son goût. Il était étourdi par les événements qui se précipitaient — ce qu'elle comprenait très bien, puisqu'elle l'était elle aussi.

Après le déjeuner, Miranda se répéta une fois de plus que l'intensité de l'attirance qu'elle éprouvait pour Bren n'était pas naturelle — au moins pour elle. L'avait-il droguée ? Hypnotisée ? Avait-elle perdu la tête à cause de sa terreur de la nuit précédente ? Etait-elle en proie à un dérèglement hormonal ou victime d'une forme étrange de dépression nerveuse ?

Ou bien s'agissait-il de tout autre chose ?

Elle avait employé le mot *amour* le matin même. Même si Bren lui avait assuré que ce qu'ils éprouvaient l'un pour l'autre n'avait rien à voir avec cela, il ne s'était pas enfui en courant pour autant. Ils se connaissaient depuis si peu de temps qu'il aurait probablement dû le faire…

Elle ressentait une vague de désir et d'adrénaline chaque fois que ses yeux se posaient sur lui. Elle avait encore l'impression de le sentir en elle et s'était juré de ne pas le laisser lui échapper aussi vite si c'était amené à se reproduire. La prochaine fois, elle obtiendrait tout de lui. Elle en mourait d'envie ; il fallait que cela se produise. Dès qu'ils se retrouveraient seuls dans sa maison, elle entendait bien dissiper tous les doutes qu'il pouvait nourrir à son sujet.

Etait-ce l'amour qui la mettait dans cet état ? C'était une interprétation qu'elle préférait de beaucoup au dérèglement hormonal et à l'instabilité mentale.

Lorsqu'il eut enfin terminé ce qu'il avait à faire, ils reprirent le chemin de sa maison. Qu'allait-il se passer lorsqu'ils arriveraient ? Allait-il encore essayer de la laisser dormir seule ? Elle n'en avait pas l'impression, mais comment en être sûre ? Miranda se fiait assez peu à ses talents de séductrice mais, puisqu'il s'agissait de Bren, elle allait devoir essayer.

La jauge d'essence du camion de Bren indiquait que le réservoir était presque vide et le voyant lumineux ne tarda pas à s'allumer. Il était nécessaire de s'arrêter pour faire le plein avant de s'engager dans la montagne. Il n'y avait pas la moindre place pour le doute dans l'esprit de Miranda : elle allait passer la nuit suivante chez

Bren. La force qui la poussait vers lui, même si elle en comprenait mal la nature, était aussi puissante, peut-être même davantage que la nuit précédente. Son cœur tambourinait dans sa poitrine et elle avait la gorge sèche. Ce qui allait bientôt se produire l'obsédait tant qu'elle n'avait accordé qu'une pensée ou deux aux événements de la veille pendant toute la journée.

Avant d'aller remplir le réservoir, Bren avait baissé les vitres du camion pour lui permettre de jouir de la brise printanière pendant son attente. Bien sûr, l'air était chargé d'odeurs d'huile et d'essence, mais on y distinguait aussi nettement les parfums piquants de la montagne. Pourquoi n'avait-elle pas accepté plus tôt la proposition que Roger lui faisait depuis longtemps de venir passer des vacances dans la région ? Que de journées plaisantes elle avait manquées... Combien de moments passés avec Bren avait-elle perdus à jamais ?

Lorsque Bren entra dans la station-service pour payer, un homme assez corpulent et au visage engageant se dirigea vers le camion. Il portait un jean élimé, une chemise boutonnée jusqu'au col et une casquette de base-ball. Il s'était arrêté à la station quelques instants après Bren et avait passé son temps ensuite à ramasser des détritus pour les jeter à la poubelle. Même s'il ne ressemblait pas à un agent de maintenance, elle s'était imaginé qu'il devait travailler là. Et comme Bren ne semblait pas inquiet de la laisser seule avec lui, elle imagina que cet homme souriant était digne de confiance.

— Vous devez être Miranda Lynch, lança-t-il sur un ton amical en approchant du camion. Je m'appelle Duncan Archard. Roger m'a dit que vous vous étiez installée chez lui pour quelques jours. J'ai été navré d'apprendre les ennuis que vous avez eus la nuit dernière.

— Je vous remercie.

Alors qu'il n'y avait aucune raison pour que cet homme la mette mal à l'aise, Miranda sentit une boule se former au creux de son estomac.

— Roger m'a donné votre carte de visite, précisa-t-elle. Il m'a dit de vous contacter si j'avais besoin de me rendre quelque part.

— Je vois que vous avez trouvé un autre chauffeur, répondit-il en évitant son regard.

Il jeta ensuite un coup d'œil par-dessus son épaule en direction de Bren qui parlait avec la caissière. Lorsque son regard revint se poser sur elle, il était devenu dur et hostile. En découvrant son expression qui n'avait plus rien d'amical, Miranda se rendit subitement compte que la corpulence de cet homme était due à sa musculature, non à une surcharge pondérale.

— Nous n'avons pas beaucoup de temps, alors écoutez-moi attentivement. Il ne doit rien se passer entre Korbinian et vous. Nous ne le permettrons pas.

Miranda ne put s'empêcher de frémir.

— Mais qu'est-ce que vous…

— Vous êtes un monstre, Miranda Lynch, la coupa Archard d'une voix dure. Le problème est que Korbinian est encore plus monstrueux que vous. C'est un être contre-nature auquel il ne doit pas être permis de se reproduire.

Miranda jeta un coup d'œil en direction de la boutique vitrée. Comme le moteur était coupé, il ne lui était pas possible de remonter la vitre électrique. Le fait d'être séparée de cet homme menaçant par une vitre l'aurait sûrement aidée à calmer les battements précipités de son cœur et la terreur qui la gagnait. Dès que Bren sortit de la boutique, son regard se fixa sur l'homme penché à sa portière. Archard glissa sa main à l'intérieur du camion et s'approcha beaucoup trop au goût de Miranda. De là où il se trouvait, Bren ne devait rien voir d'anormal dans cette scène.

Il n'arriverait sans doute pas plus vite si elle se mettait à crier et elle craignait qu'une telle réaction n'incite Archard à refermer sa main sur sa gorge. Elle s'écarta donc de la fenêtre ouverte en retenant son souffle et en se demandant si cet homme, qui n'avait visiblement pas toute sa raison, était son agresseur de la veille.

— Rentrez chez vous, Miranda, chuchota-t-il. Rentrez à Atlanta, et oubliez votre rencontre avec Korbinian. Ne revenez jamais dans la région. Si vous faites ce que je vous demande, je n'aurai pas besoin de le tuer.

Elle n'était plus capable de prononcer un mot et son cœur battait à tout rompre. Le regard fixe et menaçant de cet homme ne laissait pas planer le moindre doute : il était sérieux.

— Si vous lui expliquez la raison de votre départ ou si vous lui parlez de moi, quelqu'un — moi ou un autre — se chargera de le tuer. Il ne verra même pas le coup venir.

— Je ne comprends pas.

— J'aurais aimé avoir le temps de tout vous expliquer mais ce n'est pas le cas.

Cet homme menaçant se tourna une nouvelle fois vers Bren qui approchait à longues enjambées beaucoup trop lentes au goût de Miranda. La haine qu'elle vit briller dans le regard d'Archard la fit frémir.

— Demandez donc à votre ami Talbot depuis combien de temps il vous surveille… Demandez à votre gardien pourquoi nous devons empêcher des monstres tels que Korbinian de se reproduire.

Miranda ouvrit la bouche pour tenter une nouvelle fois d'avoir une explication. Son *gardien* ? Mais la haine qui brillait dans les yeux d'Archard disparut aussi subitement qu'elle était apparue et il salua Bren comme une vieille connaissance sans plus se soucier d'elle.

Dee, qui était restée discrète depuis la veille, apparut sur la banquette arrière.

— Il le ferait, j'en suis sûre…, commenta-t-elle tristement. Le salaud ! Je savais que quelqu'un montait la garde mais je ne savais pas qui… Et je ne savais pas qu'ils étaient prêts à avoir recours à des mesures aussi expéditives pour s'assurer de l'extinction des Korbinian.

— « Ils » ? demanda faiblement Miranda.

— Il tuera Bren sans la moindre hésitation s'il l'estime nécessaire…

Dee se mordit la lèvre.

— Et s'il n'arrive pas à se débarrasser de Bren, c'est toi qu'il tuera — soit lui soit l'un des autres, ajouta-t-elle mystérieusement.

— Les « autres » ? gémit Miranda.

Elle renonça finalement à satisfaire sa curiosité pour essayer de retrouver un peu de bon sens. Sa terreur était si fraîche et son esprit si affolé que ce n'était pas une tâche facile. Comment devait-elle réagir face à la menace immédiate ? Archard était-il l'homme qui était entré par effraction dans la cabane pour l'y chercher, une arme à la main ?

— Je vais le dire à Bren, murmura-t-elle. Lui saura quoi faire…

— Non ! s'écria le fantôme avec tant de force que Miranda se demanda si les gens qui se trouvaient à côté du camion l'avaient entendue. Si tu en parles à Bren, Archard le saura. Bren n'a jamais été doué pour dissimuler ses émotions et il risque de prendre très mal le fait que quelqu'un ait osé te menacer. Dans ce cas, Archard ne manquera pas de mettre sa menace à exécution. S'il ne s'en charge pas lui-même, quelqu'un d'autre le fera.

Voilà que les *autres* réapparaissaient...

— Mais qui sont ces gens dont tu parles ?

Et Roger était-il vraiment l'un d'eux, comme Archard l'avait laissé entendre ?

Dee rejeta sa question d'un geste agacé.

— J'ai besoin de réfléchir, déclara-t-elle avant de disparaître.

Alors que Bren ouvrait sa portière, Archard l'interpella encore d'une voix faussement amicale.

— J'ai informé Mlle Lynch que Roger passerait bientôt la chercher. L'incident de la nuit dernière l'a beaucoup inquiété.

Les lèvres de Bren s'amincirent.

— Vous avez appelé Talbot ?

Archard secoua la tête.

— Non. C'est le shérif qui l'a fait pour l'informer de l'incident. C'est sa cabane et son invitée, après tout... Naturellement, ça l'a beaucoup contrarié.

— J'imagine, conclut Bren en démarrant le camion.

Archard s'écarta pour le laisser rejoindre la route étroite qui allait le ramener chez lui.

— Tu as le numéro de Talbot sur toi, n'est-ce pas ? lui demanda-t-il alors qu'ils roulaient depuis quelques minutes. Appelle-le pour lui dire que tu restes. Il est peut-être encore assez près de chez lui pour faire demi-tour sans perdre la journée.

Miranda se repassait en boucle les paroles d'Archard en regardant par la fenêtre. Elle ne croyait pas que Bren était un monstre, mais cet homme savait trop de choses et n'allait pas hésiter à recourir à la violence si elle lui désobéissait. Dee, à qui sa nature de fantôme permettait de savoir beaucoup de choses, en était certaine elle aussi. Elle ne pouvait rien dire à Bren sans risquer de le conduire à sa perte.

C'étaient les « autres » qui l'inquiétaient le plus. Archard n'agissait pas seul. Même si ses propres affirmations n'avaient guère de poids, les craintes de Dee en avaient beaucoup plus. Raconter tout cela au shérif n'aurait été qu'une perte de temps. Même s'il la croyait, ce qui était peu probable vu la manière dont il l'avait traitée le matin même, il ne pourrait rien faire. Elle n'avait aucune preuve.

Archard avait appelé Roger son « gardien ». Pour lui, ce n'était ni son ami, ni son collègue, mais quelqu'un qui veillait sur elle ou la surveillait simplement. Selon ses dires, c'était lui qui pouvait répondre à ses questions.

— Tu ferais bien d'appeler avant qu'on atteigne le virage, insista Bren. Sinon tu vas devoir attendre qu'on soit arrivés.

Miranda tourna la tête vers Bren sans esquisser le moindre geste vers son sac à main et son portable, qu'elle n'avait même pas allumé de la journée alors qu'il captait parfaitement en ville. Roger avait-il essayé de l'appeler après avoir parlé au shérif? Tel qu'elle le connaissait, c'était certain.

Mais elle avait des problèmes plus urgents à résoudre. Roger pouvait attendre. Elle avait prononcé le mot *amour* le matin même en se demandant sérieusement si c'était ce qu'elle éprouvait. Malheureusement, il était encore trop tôt pour qu'elle distingue ce sentiment de la simple attirance physique. Néanmoins, il lui suffisait de regarder Bren pour savoir que son existence rendait le monde plus beau. Si le fait de rester auprès de lui, même quelques jours seulement, mettait sa vie en danger, il n'y avait pas à hésiter.

Mais elle n'arrivait pas à imaginer comment on pouvait le considérer comme un monstre. Elle savait que c'était un homme bon.

— Je ne devrais peut-être pas l'appeler, dit-elle en sentant son cœur manquer un battement. Je devrais peut-être... rentrer chez moi.

Le regard de Bren se durcit aussitôt.

— Et tes vacances?

Miranda se retourna vers la fenêtre parce qu'elle se sentait incapable de lui mentir en face. Pouvait-elle rendre leur rupture légère, comme si tout ce qui s'était passé depuis son arrivée dans la montagne n'avait aucune importance à ses yeux? Elle devait essayer.

— Je ne considère pas les folles journées qu'on a vécues comme des vacances. Je vais repartir avec Roger, me remettre au travail pour prendre de vrais congés dans quelques mois. Pourquoi pas la Jamaïque? Hawaii? Une résidence avec un spa et un bon service d'étage...

— Je n'ai pas confiance en Roger Talbot, déclara Bren sans essayer de dissimuler la passion qui l'animait. Il n'est pas question que je te laisse monter dans sa voiture pour...

— Ce n'est pas à toi de prendre cette décision, coupa-t-elle sèchement. C'est à moi. Et Roger est le seul homme au monde en qui j'aie confiance...

Bren resta silencieux.

— Je croyais que tu avais confiance en moi, dit-il finalement lorsqu'ils franchirent le virage au-delà duquel on ne captait plus aucun signal.

— Je ne te connais même pas, murmura Miranda en prenant conscience de la vérité de ces mots.

— Tu me connais bien assez, répliqua-t-il, visiblement contrarié.

La cabane apparut au bord de la route.

— Dépose-moi ici, lui ordonna-t-elle.

Miranda savait parfaitement qu'ils ne pouvaient pas se retrouver seuls dans sa maison sans qu'ils n'atterrissent dans le lit de Bren et qu'elle ne finisse par changer d'avis. Elle allait encore perdre la tête et s'abandonner au chaos de ses émotions. Le matin même, elle avait employé le mot *amour* devant un homme qu'elle avait rencontré moins de deux jours plus tôt ! Dans un tel état d'esprit, elle pouvait très bien s'offrir quelques heures de plaisir au prix de sa vie. Elle n'allait pas se montrer plus rationnelle que la veille et allait prendre tout ce qu'il serait disposé à lui donner sans se soucier des conséquences. Elle devait profiter de cet instant où ses craintes pour la sécurité de Bren avaient provisoirement supplanté son avidité sexuelle, pour mettre un terme à cette étrange relation.

— Je ne veux pas te laisser seule, annonça Bren en s'engageant dans l'allée.

Miranda passa son bras dans la chaîne de son sac à main, puis se pencha vers la banquette arrière pour récupérer son sac et son ordinateur.

— Et je ne veux pas t'avoir dans les pattes, répliqua-t-elle d'une voix qu'elle voulait froide et trouva peu convaincante.

— Miranda…

Elle ouvrit sa portière pour jeter son sac par terre.

— N'insiste pas. J'ai changé d'avis, c'est tout. Les femmes font ça en permanence. Tu sais aussi bien que moi que ce qui se passe entre nous n'est pas normal — en tout cas, pas pour moi. Je ne vais pas chez des hommes que je connais depuis deux jours, et encore moins pour m'y installer une semaine.

Elle descendit du camion, son ordinateur portable à

la main, sans ajouter qu'elle n'était pas le genre de fille à faire l'amour dans une salle de bains sans songer à la contraception. Elle n'était pas du genre à perdre la tête.

— Après ce qui s'est passé la nuit dernière, je suis inquiet de te laisser seule, se défendit Bren. Laisse-moi au moins rester jusqu'à l'arrivée de Talbot.

Miranda soutint son regard. Malgré son trouble elle le désirait toujours. La tristesse qu'elle voyait dans ses yeux lui brisait le cœur, mais elle ne pouvait pas lui dire la vérité si celle-ci devait mettre ses jours en danger.

— Non. Je préfère rester seule. Je te propose un marché, ajouta-t-elle en s'efforçant de paraître désinvolte. Si tu rentres chez toi tout de suite, j'essaierai de convaincre Roger de te vendre sa cabane. C'est ce que tu as toujours voulu, n'est-ce pas ?

Miranda vit les mâchoires de Bren se crisper et s'empressa de fermer la portière avant qu'il ne puisse lui répondre. Elle détestait l'idée d'attendre seule dans cette maison où elle avait failli mourir la veille — mais elle détestait encore plus celle que Bren pouvait perdre la vie parce qu'elle n'était pas capable de le laisser s'éloigner d'elle.

Que s'était-il passé ? L'instant d'avant, Miranda était souriante et impatiente d'atterrir dans son lit, celui d'après elle était glaciale et impatiente de le quitter. Duncan Archard lui avait-il dit quelque chose qui l'avait fait changer d'avis ? Peut-être avait-elle simplement retrouvé son bon sens pour leur bien à tous.

Tout était allé trop vite avec Miranda. Il ne voulait pas être gouverné par ses instincts ni prendre une décision qui pourrait bouleverser sa vie. Que ce serait-il produit s'il avait ramené Miranda chez lui comme il en avait l'intention.

En réalité, il le savait très bien : ils auraient fini dans son lit et n'auraient plus eu la moindre décision à prendre. Mieux valait que les choses se passent ainsi. Sa vie allait reprendre son cours normal dès que Talbot viendrait la chercher. Son existence redeviendrait calme, productive, satisfaisante et solitaire.

Néanmoins, malgré son soulagement d'être bientôt débarrassé de Miranda et l'insistance avec laquelle elle lui avait demandé de partir, il n'était pas question qu'il la laisse seule s'il y avait un risque que son agresseur de la veille revienne et s'en prenne à elle. Elle avait peut-être confiance en Talbot, mais ce n'était pas son cas.

Il ne pouvait cependant pas la suivre et veiller sur elle jusqu'à la fin de ses jours… Tant qu'elle aurait confiance en cet homme, il ne pourrait rien pour elle — à part s'assurer qu'elle quittait sa montagne saine et sauve.

Bren retira sa chemise, ses chaussures et son jean, puis se dirigea vers son balcon sans attendre le couvert de la nuit pour la première fois depuis très longtemps. Il fit coulisser la porte-fenêtre, puis sortit sans prendre la peine de la refermer derrière lui pour empêcher la fraîcheur du soir d'envahir sa maison. Alors il plongea dans le vide pour se transformer en une nuée de soixante-dix-sept corbeaux.

Les oiseaux filèrent vers la cabane en une formation serrée. Les trois corbeaux qui se trouvaient de chaque côté de la formation exécutaient des acrobaties aériennes comme un être gigantesque aurait plié et déplié les doigts. Cela ne demandait aucun effort à Bren, pour qui voler était aussi naturel que respirer.

Les deux parts de lui étaient poussées vers elle avec la

même puissance et il la savait tout autant poussée vers lui par son instinct. Pourtant, elle semblait prête à le fuir sans regret. Etait-elle vraiment sa Kademair? Avait-il pu se tromper depuis le début? Si elle était vraiment la compagne qui lui était destinée, elle n'allait pas pouvoir s'éloigner de lui et il n'allait pas pouvoir la laisser partir. Peut-être n'était-elle qu'une femme séduisante face à un homme qui était resté trop longtemps sans jouir de la compagnie de ses semblables? Peut-être que son rêve érotique et la puissance de son désir étaient parfaitement normaux?

Miranda sortit sur le balcon de sa cabane comme si l'approche de la nuée de corbeaux l'avait attirée. Elle s'approcha de la rambarde et tendit ses mains blanches vers le ciel pour saluer sa venue.

Parfaitement normaux? Non. Rien, ni chez lui ni chez elle, ne l'était.

Les corbeaux qui approchaient de la cabane n'étaient pas de charmants volatiles mais des créatures magnifiques, aux yeux noirs pétillant d'intelligence, aux becs meurtriers, aux ailes puissantes et dont les croassements ressemblaient étrangement à des voix humaines. Miranda supposa qu'un occupant précédent de la cabane avait dû les nourrir pour qu'ils y reviennent si volontiers.

Elle en savait assez sur les corbeaux pour être certaine qu'on n'avait pas pu les attirer avec des miettes de pain. C'étaient des charognards. Miranda frémit à cette idée mais n'alla pas pour autant se réfugier à l'intérieur, pas même lorsque cinq corbeaux se posèrent sur la rambarde pour l'observer tandis que les autres continuaient à tournoyer autour de la cabane.

D'aussi près, il était impossible d'ignorer leur puissance. Leurs becs étaient pointus et redoutables, leurs yeux vifs et leur plumage d'un noir profond avec des reflets bleus et verts. C'étaient des oiseaux puissants et splendides.

— Etes-vous venus me dire au revoir ? leur demanda-t-elle.

Elle préférait de beaucoup la compagnie de ces oiseaux au silence et à la solitude. Leur présence et leur beauté allaient peut-être l'aider à chasser Bren de son esprit pendant quelques instants. Elle n'avait pas la moindre idée de l'heure à laquelle Roger allait arriver et les minutes s'étiraient de manière désespérante depuis le départ de Bren.

L'un des corbeaux poussa alors un croassement qui résonna comme une plainte.

— Je sais ce que vous ressentez, murmura Miranda en levant les yeux vers la maison de Bren, au sommet de la montagne.

Mais elle ne pouvait pas laisser ses pensées s'attarder trop longtemps sur l'homme qui s'y trouvait, parce qu'elle le désirait encore de tout son être malgré sa terreur et sa confusion.

Elle avait de très bonnes raisons de le laisser s'éloigner d'elle. En plus de la menace qui pesait sur sa vie, bien suffisante pour la décider à partir, il lui avait assuré que ce n'était pas de l'amour qu'ils éprouvaient l'un pour l'autre. Leur attirance était purement physique et ne durerait qu'un temps. Pourtant, elle n'aimait pas ce que son départ imminent lui faisait ressentir. Son instinct, auquel elle avait appris à se fier, s'y opposait farouchement. Pourtant, à cet instant elle n'avait plus confiance en rien ni en personne — pas même en elle-même.

Elle avait tant de questions à poser à Roger qu'elle ne savait par où commencer. Non : elle savait *exactement* par où commencer. Qu'est-ce qui faisait de lui son gardien, tout d'abord ? Ensuite, il allait devoir lui expliquer pourquoi son ami avait proféré des menaces à l'encontre de Bren et l'avait traité de « monstre ». Il était aussi temps qu'elle comprenne un peu qui étaient ces « autres ».

Miranda se pencha par-dessus la rambarde pour regarder la vallée. Là où elle se trouvait, au centre du balcon, le flanc rugueux de la montagne descendait à pic. L'arrière de la cabane dépassait au-dessus du vide comme un appendice hideux. Comment s'étonner que Bren veuille la démolir ?

L'un des corbeaux s'approcha d'elle en marchant sur la rambarde. Miranda ne songea pas un instant à s'écarter et encore moins à aller se réfugier à l'intérieur de la cabane.

Au lieu de cela, elle tendit une main amicale vers lui, persuadée que l'oiseau s'envolerait bien avant qu'elle n'effleure ses plumes. A sa grande surprise cependant, il resta parfaitement immobile et se laissa caresser. La proximité de son bec puissant n'inquiétait pas Miranda. Elle fixa l'oiseau qui l'observait attentivement.

— J'ai un corbeau en terre cuite à la maison, lui dit-elle en écartant sa main. Je l'ai trouvé dans un vide-grenier et je n'ai pas pu m'empêcher de l'acheter. Il n'est pas très réussi et l'une de ses ailes est écaillée, mais il me parle sans que je comprenne pourquoi. En un sens, je le trouve magnifique — mais il est beaucoup moins beau que toi. J'ai aussi un livre ou deux sur les corbeaux que je laisse traîner sur ma table basse pour les regarder de temps à autre et un petit tableau que j'ai acheté chez un antiquaire.

Elle ne put s'empêcher de jeter un nouveau coup d'œil en direction du sommet de la montagne.

— Vu son aversion pour les animaux décoratifs, Bren serait horrifié de le savoir ! Ceci dit, je ne classe pas ma collection de corbeaux dans la même catégorie que les ours dansant et les rideaux ornés de canards.

Pour la première fois depuis qu'elle avait rencontré Duncan Archard, Miranda esquissa un sourire.

— Est-ce pour ça que vous venez me voir ? Vous avez senti que je faisais partie de vos admirateurs ?

Son sourire s'évanouit.

— Les dessins et les photographies ne vous rendent pas justice. Vous êtes beaucoup plus impressionnants dans la réalité.

Plusieurs corbeaux s'étaient perchés dans l'arbre mort, à l'ouest de la cabane. D'autres étaient juchés sur la rambarde, et d'autres encore continuaient à tournoyer dans le ciel comme s'il y avait eu une charogne sur le toit de la cabane ou sur le balcon.

Miranda frissonna, puis elle alla s'asseoir dans le fauteuil à bascule. Il était lourd, rustique et craquait un peu mais c'était son siège favori. Elle commença à se balancer, s'attendant à voir les oiseaux s'envoler. Ils étaient venus chaque jour depuis son arrivée mais n'étaient jamais restés très longtemps. Cette fois, ils ne semblaient pas vouloir la quitter et ne s'agitèrent même pas lorsqu'elle rentra pour aller chercher une couverture sur le canapé.

Elle s'enveloppa dedans, retourna s'asseoir et laissa son regard se perdre au loin. Elle n'avait jamais contemplé de vue aussi magnifique, et n'en aurait sans doute plus l'occasion. Lorsqu'elle regardait ces montagnes qui ressemblaient à des rides gigantesques creusées dans la terre, elle parvenait à oublier le monde surpeuplé, bruyant et souvent hostile de la ville. Si elle avait joui d'une telle vue, elle aurait pu supporter d'être tout à fait seule.

Le regard de Miranda revint se poser sur les oiseaux et elle se mit à douter d'avoir pris la bonne décision en cédant au chantage d'Archard et en se détournant de Bren. Ni les corbeaux ni ses inquiétudes à propos de Roger ne parvenaient à chasser de son esprit l'homme qu'elle venait d'éloigner d'elle sans lui fournir la moindre explication.

Bren et elle ne partageaient rien de plus qu'une étrange alchimie qui les avait pris l'un et l'autre par surprise. Il n'était pas son genre et elle n'était pas le sien. S'ils avaient obéi à leur instinct, ils n'auraient pas manqué de le regretter. Bren quant à lui l'avait fait. Il s'était interrompu, puis avait refusé de la rejoindre dans son lit.

Elle se dit que si elle avait autorisé Bren à rester auprès d'elle, même assis sur les marches du perron, jusqu'à l'arrivée de Roger, il lui aurait été encore plus difficile de se séparer de lui. Ils auraient été ensemble à cet instant — probablement nus, en train de faire l'amour. Elle frissonna. Elle n'avait jamais rien désiré avec une telle intensité. Cet homme lui avait fait perdre la tête.

Pour tâcher une fois de plus d'oublier Bren et ce qu'elle avait manqué en le renvoyant chez lui, elle se remit à penser à la conversation qu'elle allait avoir avec Roger. Par où commencer? *Qui es-tu? Es-tu vraiment mon ami? Pourquoi as-tu insisté pour que je vienne ici?* Elle finit par fermer les yeux, inspirer profondément et s'endormir d'un sommeil agité.

Alors elle rêva. Et quel rêve! Il lui semblait presque réel… La nuée de corbeaux venait l'entourer dans le fauteuil à bascule pour la caresser de leurs plumes en répétant son nom comme s'ils se faisaient écho.

Mi-ran-da… Mi-ran-da… Elle aurait dû avoir peur en sentant ces oiseaux impressionnants se poser sur ses genoux et ses épaules. Même si leurs serres et leurs becs étaient dangereusement proches, elle était certaine qu'ils n'allaient pas lui faire de mal. Elle les écoutait croasser autour d'elle en se sentant absolument paisible.

Comme tout était possible dans les rêves, Bren apparut en un clin d'œil à la place des corbeaux. L'instant d'avant, elle était entourée de grands oiseaux noirs, celui d'après, elle tenait un homme nu dans ses bras.

— Ne m'abandonne pas, lui murmura-t-il à l'oreille.

— Je n'ai pas le choix…

Comme il ne s'agissait que d'un rêve, elle ne craignait plus pour sa vie. Elle n'essaya pas de le chasser et il ne s'écarta pas d'elle. Elle ne songea même pas à lui dire qu'un homme qu'il prenait pour son ami avait juré de le tuer s'il s'unissait à elle. Elle le laissa la déshabiller, presser son corps brûlant contre le sien, lui écarter les cuisses et plonger en elle. Rien ne lui avait jamais semblé si naturel et inévitable.

Ce n'était pas juste. Ils étaient passés si près d'obtenir ce qu'ils voulaient… Pourquoi fallait-il qu'une menace absurde les en prive? En quoi quelque chose d'aussi beau pouvait-il être dangereux?

Bren lui faisait l'amour avec lenteur et assurance en éveillant en elle des vagues de plaisir qui annonçaient l'immense jouissance qu'il allait lui offrir. Elle s'agrippa fermement à lui. Il n'était pas question qu'elle le laisse lui échapper encore… Cette fois, il allait jouir avec elle et son propre plaisir serait complet parce que partagé. Lorsqu'elle enroula ses bras et ses jambes autour de son corps, les mouvements de Bren commencèrent à s'accélérer. Il était en elle et tout autour d'elle.

— Miranda !

Le cri que Roger avait poussé de l'intérieur de la cabane la réveilla en sursaut. En ouvrant les yeux, elle vit un instant Bren nu et ardent, exactement tel que dans son rêve. Il disparut lorsqu'elle cligna des yeux. Effrayés par la voix de Roger, les corbeaux s'envolèrent de la rambarde et de l'arbre mort. Ils étaient déjà loin lorsque Roger fit coulisser la porte-fenêtre pour se précipiter sur le balcon.

Il jeta un bref coup d'œil dans leur direction avant de lui tomber dessus.

— Un homme entre par effraction dans la cabane et tu ne m'appelles même pas ? Tu t'enfuis en te laissant glisser le long d'un pilier au beau milieu de la nuit et il ne te vient même pas à l'idée de me dire ce qui se passe quand tu retrouves un téléphone ?

Miranda ne quitta pas le fauteuil à bascule. Elle se contenta de tourner la tête vers son vieil ami et de prononcer un simple mot qui le pétrifia.

— Gardien ?

Roger pâlit. Elle l'avait vu examiner des scènes de crimes atroces, garder son calme face à des coupables qu'il ne pouvait pas encore arrêter malgré ce qu'il savait et elle était là le jour où la plus jeune de ses filles s'était cassé la jambe. Elle ne l'avait jamais vu pâlir.

— A qui as-tu parlé ? lui demanda-t-il lorsqu'il retrouva l'usage de la parole, avant de jeter un bref coup d'œil vers le sommet de la montagne.

— Il ne s'agit pas de Bren, si c'est ce que tu penses, répondit Miranda en se levant, la couverture toujours serrée autour de ses épaules. D'ailleurs, je dois t'avouer qu'il ne me paraît pas très important que tu saches qui m'a fourni cette information. Ta réaction prouve qu'on m'a dit la vérité. Pour qui travailles-tu ?

Elle aurait tant voulu le savoir…

— Peu importe, éluda Roger en laissant courir ses doigts dans ses cheveux bruns coupés à la longueur réglementaire. Ce qui est important, c'est…

— Tu m'as menti, le coupa-t-elle. Voilà ce qui est important. D'autant plus que tu as fait semblant d'être mon ami.

— Je n'ai jamais *fait semblant* de l'être, se défendit-il.

— Tu as donc pour habitude d'espionner tes amis ?

Les mâchoires de Roger se crispèrent.

Miranda savait très bien pourquoi on la surveillait : elle parlait aux fantômes. Mais pourquoi Duncan Archard surveillait-il Bren ? Pourquoi le considérait-il comme un monstre ?

— Qu'est Brennus Korbinian ? Et pourquoi ton ami Archard menace-t-il de le tuer si je reste ici ?

Elle connaissait assez bien Roger pour savoir qu'il ne feignit pas sa surprise.

— Duncan a fait *quoi* ?

— Il a menacé de tuer ou de faire tuer Bren si je ne m'en allais pas. Il a vaguement parlé de reproduction et d'extinction… Je t'accorde que tout ça n'était pas très clair, mais il m'a terrifiée.

Les corbeaux effrayés par l'arrivée de Roger venaient de changer de direction et revenaient vers la cabane en un ballet gracieux. Roger jeta un nouveau coup d'œil dans leur direction, puis prit le bras de Miranda pour l'entraîner à l'intérieur. Il prit même la précaution de verrouiller la porte-fenêtre derrière eux. On aurait dit qu'il avait peur que les oiseaux ne l'entendent et comprennent ses paroles. Alors Miranda commença à se demander s'ils en étaient capables.

8

Sous la forme d'une nuée de soixante-dix-sept corbeaux, Bren tournoya autour de la cabane en regardant Miranda charger ses bagages dans le coffre de la voiture de Talbot. Celui-ci proposa plusieurs fois de l'aider, ce qu'elle refusa systématiquement avec un agacement évident. Se pouvait-il que quelque chose l'ait effrayée au point qu'elle ne se fie plus à personne pour le moment ?

A moins qu'elle n'ait simplement retrouvé sa lucidité, ce qui expliquerait sa mauvaise humeur. Il était temps : ils avaient été sur le point de commettre une terrible erreur. Si Miranda n'était pas sa Kademair, ils n'avaient fait que renoncer à une passion physique éphémère. Si elle était sa Kademair, alors leur union aurait pu changer le monde en commençant par sa propre vie. Même s'il avait parfois essayé de se convaincre que les temps avaient changé, il savait bien, au fond de lui, qu'il n'y avait pas de place pour les Korbinian dans le monde moderne. Mieux valait qu'elle s'éloigne de lui avant qu'ils ne commettent l'irréparable.

Lorsque la voiture dans laquelle se trouvait Miranda prit la direction de la vallée, la nuée de corbeaux remonta vers la maison au sommet de la montagne. Celle-ci lui appartenait de nouveau. Quel besoin avait-il de la partager avec quelqu'un d'autre, ou de désirer des choses qu'il ne pouvait pas obtenir ? Il avait été stupide de croire, ne serait-ce que durant quelques heures, qu'il pouvait dévoiler à une femme sa véritable nature et son pouvoir.

Miranda fixait la fenêtre, incapable de regarder Roger. Il choisissait bien ses mots et racontait son histoire avec une horrible précision. Il l'avait prévenue qu'il ne pouvait pas lui apprendre grand-chose, mais lui avait promis d'être le plus sincère possible, puisque son anonymat était d'ores et déjà perdu.

Il commença son récit par le jour de leur rencontre, qui ne s'était pas produite par hasard. On l'avait assigné à sa surveillance. Ses sourires, ses paroles réconfortantes, la manière dont il l'avait soutenue et le fait de l'intégrer à sa famille… Tout cela avait été prémédité. Il ne le lui révéla pas sous cette forme, évidemment. Il essaya au contraire de la convaincre qu'il éprouvait vraiment de l'amitié pour elle, qu'il en était venu à la respecter, à l'aimer et à l'admirer… mais cela ne prenait pas. Pourquoi l'aurait-elle cru ? Il lui avait menti. Qu'il le reconnaisse ou non, il avait *fait semblant* pendant toutes ces années.

— Pour qui travailles-tu ? lui demanda-t-elle encore sans tourner la tête dans sa direction.

Elle ne voulait pas qu'il voie à quel point il lui était difficile de retenir ses larmes.

— Je travaille pour le FBI.

— Peut-être, mais tu ne travailles pas seulement pour eux, insista-t-elle. Tu peux tourner autour de la réponse autant que tu veux, je n'abandonnerai pas ma question. Ton ami Archard a menacé de tuer Bren si je ne repartais pas avec toi. Il a aussi dit que quelqu'un d'autre s'en chargerait s'il échouait. Quelqu'un comme toi.

Roger parvenait à conduire calmement malgré la nervosité qu'elle entendait dans sa voix.

— Il n'a pas le droit de le faire. Dès que je t'aurai conduite en sécurité, j'ai la ferme intention de faire un rapport sur lui...

— A qui? insista Miranda en le sentant hésiter.

Mais il pinça les lèvres et n'ajouta rien.

— L'homme que tu as *engagé* pour me surveiller pendant que j'étais en *vacances* menace de tuer Bren pour nous empêcher de... pour nous éloigner l'un de l'autre. Pourquoi? Veux-tu bien m'expliquer cela, s'il te plaît? Est-ce qu'Archard est chargé d'effrayer toutes les femmes qu'il approche? Est-ce que vous interdisez à Bren toute vie sexuelle et amoureuse? Ça m'étonnerait beaucoup qu'il soit puceau, tu sais...

Elle n'avait pas l'intention de donner des détails à Roger, mais un homme capable d'une telle maîtrise n'avait rien d'un débutant.

— Pourquoi tenez-vous tant à nous empêcher de...

Comme aucun mot ne décrivait ce qu'elle ressentait, elle opta pour la formulation la plus simple.

— ... de sortir ensemble.

— C'est donc vrai, murmura Roger. Du moins, Archard doit avoir de bonnes raisons de le croire pour avoir osé te menacer.

— Qu'est-ce qui est vrai? demanda Miranda en tournant la tête vers Roger pour observer son visage de traître aux derniers rayons du soleil. Arrête de tourner autour du pot! Je veux tout savoir! Au cours des deux derniers jours, j'ai dû me laisser glisser le long d'un très long pilier pour échapper à un homme armé, j'ai été menacée et ma vie a été bouleversée à un point que je ne croyais pas possible. Arrête de ne me livrer que des bribes. Si tu prétends être mon ami, alors explique-moi tout. Maintenant.

Roger mit un long moment à répondre. Son expression était stoïque, indéchiffrable. Mais il prit la sortie suivante et suivit des panneaux qui annonçaient un salon de thé.

— Si nous devons avoir cette conversation, il me faut un café et quelque chose à manger, grommela-t-il.

Duncan avait regardé une Miranda Lynch vivement contrariée disparaître avec Roger Talbot. Elle avait jeté un bref regard en direction de la station-service lorsqu'ils étaient passés devant. Quinn ne s'était donc pas trompé : Lynch était prête à quitter Korbinian pour lui sauver la vie. Dommage… A son avis, la disparition du dernier Korbinian aurait rendu le monde plus habitable. Il ne lui restait plus qu'à trouver un prétexte convaincant.

Avec un peu de chance, Lynch allait être ramenée dans la région par son instinct, inexorablement attirée par l'homme qu'elle ne pouvait pas avoir. Alors il pourrait exécuter la mission que Quinn n'avait jamais validée jusque-là.

Lynch et Talbot étaient partis depuis moins de deux heures lorsque son portable sonna. Il reconnut le numéro. Le vieil homme voulait sans doute se vanter de sa finesse.

— Archard, répondit-il.

— Il lui a tout dit ! aboya son interlocuteur.

Duncan leva les yeux vers la montagne par réflexe.

— Korbinian ?

— Non, idiot… Talbot ! Je les avais fait surveiller au cas où Korbinian aurait essayé de la rattraper. A l'instant où nous parlons, Lynch et Talbot se trouvent dans un salon de thé où il est en train de lui raconter ce que personne en dehors de l'Ordre ne devrait savoir.

Duncan savait depuis longtemps que Talbot n'était ni le plus puissant ni le plus dévoué des membres de l'Ordre de Cahir, mais il n'avait jamais imaginé qu'il puisse les trahir.

— Que voulez-vous que je fasse ?

Il y eut un long silence.

— Peux-tu neutraliser Korbinian ?

Duncan esquissa un sourire. Il avait envisagé ce scénario depuis des années, en avait même rêvé, et n'attendait que le moment opportun pour agir.

— Oui.

— Je le veux vivant. Amène-le à ma ferme. Je vais charger Talbot de m'amener Lynch, ajouta-t-il avant de pousser un soupir. Quel dommage, en vérité… Le garçon n'a fait de mal à personne pendant toutes ces années et la fille a rendu de grands services à la communauté. Séparément, ce ne sont que des bizarreries de la nature que nous pouvons nous contenter d'observer. Mais j'ai peur que tu n'aies raison, Duncan : nous ne pouvons pas les laisser unir leurs forces.

Miranda avait presque le vertige lorsqu'ils quittèrent le salon de thé. Talbot lui prit le bras et, malgré sa fureur, elle n'essaya pas de le repousser.

L'idée qu'il puisse exister une société secrète très vaste et très bien organisée qui s'était donné pour mission de surveiller les êtres doués de pouvoirs considérés comme surnaturels était déjà difficile à avaler. Mais ce que Roger lui avait appris sur Bren était tout à fait incroyable.

Les corbeaux qui étaient venus lui rendre visite à la

cabane… étaient Bren. Ils étaient des Korbinian. Roger se servait de ce mot comme s'il était plus qu'un nom propre. Si son histoire était vraie, c'était bien le cas… Malgré tout ce que son récit avait d'invraisemblable, il sonnait étrangement juste. Bren n'aimait pas se promener nu dans les bois : il n'avait simplement pas de quoi se rhabiller lorsqu'il reprenait forme humaine. Son regard perçant, ses cheveux noirs, l'acuité de ses sens…

Tout en buvant son café et en mangeant une gaufre, Roger lui avait expliqué que les Korbinian avaient vécu dans le Tennessee pendant des siècles. Leur nombre avait décru peu à peu jusqu'à ce que Bren se retrouve le dernier survivant. Roger avait précisé qu'il en savait davantage sur lui tout en jetant des regards suspicieux aux clients du salon de thé, mais qu'il valait mieux qu'elle commence par comprendre les bases. Tout comme elle, Brennus Korbinian n'était pas un être humain ordinaire. L'Ordre — l'organisation qui employait Roger pour l'observer comme un cobaye — les considérait l'un et l'autre comme des menaces pour le monde.

Bren était le dernier de son espèce et l'Ordre voulait que les choses restent ainsi. Elle ne comprenait toujours pas ce que cela avait à voir avec elle, mais Roger lui avait répété qu'elle possédait assez d'informations pour le moment et il avait raison. Elle en avait déjà le vertige.

Tandis que Roger l'aidait à remonter en voiture, son téléphone sonna. Il tira son portable de sa poche et consulta le numéro entrant. Tout solide gaillard et tout menteur qu'il soit, il ne put s'empêcher de s'adoucir un peu en l'identifiant.

— C'est Cheryl, lui annonça-t-il avant de refermer sa portière et de prendre l'appel.

Miranda l'observa à la lumière des fenêtres du salon

de thé, puisque le soleil s'était couché depuis leur arrivée et que le parking où ils s'étaient garés n'était éclairé que par un seul réverbère. Quelle journée interminable ! L'obscurité ne l'empêcha pas de remarquer que quelque chose n'allait pas. Les mâchoires de Roger étaient crispées, ses lèvres pincées par la colère. Il aboya quelques mots qu'elle n'entendit pas. L'appel terminé, il fixa son téléphone comme s'il s'était transformé en serpent venimeux avant de le glisser dans sa poche et de revenir prendre place au volant.

— Qu'est-ce qui ne va pas ? lui demanda Miranda.

— Rien ! grogna-t-il.

Il y avait bel et bien un problème et son refus de répondre le confirmait. Malgré ses beaux discours, Roger n'était pas son ami.

— Est-ce que Cheryl est au courant ?

— Au courant de quoi ?

— De qui tu es. De ce que tu fais.

— En partie, répondit-il distraitement. Elle ne sait pas tout. Il n'est pas prudent que les gens extérieurs à l'Ordre disposent de trop d'informations.

Il s'engagea sur la bretelle de l'autoroute. Ils en étaient déjà presque ressortis lorsque Miranda se rendit compte qu'ils roulaient dans la mauvaise direction.

— Tu t'es trompé de sens ! s'écria-t-elle.

— Tu en es sûre ? demanda-t-il en poursuivant sa route.

— Oui !

— Mon sens de l'orientation est abominable, se justifia-t-il d'un air absent. Nous ferons demi-tour à la prochaine sortie.

Miranda songea qu'elle se trouvait à quelques kilomètres de Bren. Elle avait encore l'impression qu'une force irrésistible l'entraînait vers l'homme-corbeau.

— Je ne m'étais jamais rendu compte que tu avais des problèmes d'orientation…

— Est-ce que tu veux bien me donner la carte qui est dans la boîte à gants, s'il te plaît ? lui demanda-t-il sans quitter la route des yeux. Je vais essayer de prendre un raccourci.

Miranda farfouilla parmi des papiers, découvrit un grattoir de dégivrage, un manuel technique, quelques crayons et de la petite monnaie, mais pas de carte.

— Je ne vois pas de…

Elle sentit la piqûre à son bras avant de comprendre ce qui lui arrivait. Abasourdie malgré la méfiance que Roger lui inspirait désormais, elle tourna la tête pour le voir finir de lui administrer le contenu d'une seringue. Sa tête commença aussitôt à tourner.

Le capuchon de la seringue et un sac en plastique éventré étaient posés entre eux sur la banquette. Si elle en avait été capable, Miranda aurait éclaté de rire. Elle aurait ri, pleuré, crié… sauf qu'elle en était incapable. Son ami gardait une seringue contenant une drogue à portée de main au cas où il aurait besoin de la neutraliser. L'homme qui venait de lui jurer qu'il se souciait d'elle s'apprêtait à l'assommer chimiquement. A moins qu'il ne l'ait tuée parce qu'elle en savait trop…

Lorsque Roger retira l'aiguille de son bras en poussant un juron, elle s'effondra contre le dossier de son siège. Son corps lui semblait si lourd qu'elle ne pouvait plus bouger un doigt. Elle était sans défense entre les mains d'un homme dont elle n'avait jamais songé à se méfier.

Son esprit s'affola inutilement tandis que des larmes silencieuses roulaient sur ses joues. Elle aurait dû prendre le car ou louer une voiture pour rentrer chez elle. Il aurait même été plus prudent de faire du stop que de monter dans la voiture de celui qui se prétendait son gardien! Roger ne lui avait pas fait peur, même après lui avoir avoué qu'il la surveillait. A présent elle était terrifiée.

— Est-ce que je vais mourir? demanda-t-elle en peinant à prononcer chaque syllabe.

Les lumières du tableau de bord et le visage du traître qui conduisait se brouillèrent.

— Non. Mais tu vas dormir un bon moment.

Roger mit le pied au plancher et les autres voitures parurent se figer tandis qu'il les dépassait en même temps que la sortie suivante. Il n'avait pas l'intention de faire demi-tour. Ce n'était qu'un nouveau mensonge…

— Où m'emmènes-tu? lui demanda-t-elle tant qu'il lui était encore possible de remuer les lèvres.

Elle sentait déjà les ténèbres l'aspirer.

— Je suis désolé, Miranda, murmura-t-il en évitant de répondre à sa question et en paraissant sincère. Je n'ai pas le choix.

Un sursaut de colère lui donna envie de relever la tête, ce dont elle n'était plus capable. Au lieu de crier, elle ne put que murmurer.

— On a toujours le choix, Roger. Toujours.

Sa vision s'assombrissait de plus en plus.

— Ils tiennent Jackson, l'entendit-elle grogner avant de sombrer dans le néant.

Bren faisait les cent pas depuis des heures. Il n'avait pas faim, il ne pouvait pas dormir et il n'avait même pas envie de voler. Comme l'air lui semblait étrangement chaud, il ne portait qu'un vieux jean pour arpenter les pièces vides de sa maison en parlant tout seul et en se demandant s'il aurait dû gérer la situation différemment.

Il avait voulu que Miranda s'en aille. Malgré l'attirance irrépressible qu'il éprouvait pour elle, sa présence générait trop de changement dans sa vie. Sauf qu'il avait maintenant l'impression qu'elle avait emporté une part de lui avec elle. Il espérait que son éloignement lui permettrait de retrouver son calme, mais il avait l'impression de perdre la tête.

Miranda, qui était peut-être sa Kademair, n'était plus là. A en juger par son expression lorsqu'elle était sortie de son camion, elle n'avait pas l'intention de revenir. Comme il l'avait toujours su, il était destiné à être le dernier représentant de son espèce. Alors pourquoi cette séparation le faisait-elle tant souffrir ? Pourquoi avait-il l'impression que Miranda avait emporté un morceau de son âme dans son sac ?

La sonnerie de la porte d'entrée le fit sursauter. Personne ne venait jamais le voir. Il espéra un instant que Miranda avait changé d'avis mais comprit aussitôt que ce n'était pas le cas. Si elle s'était trouvée de l'autre côté de la porte, il n'aurait pas manqué de le savoir grâce à l'excitation qui s'emparait de lui lorsqu'elle était dans les parages. Malgré cette certitude, il ne put s'empêcher de courir jusqu'à la porte.

Duncan Archard se tenait sur son perron, arborant un sourire ambigu.

— Il y a du nouveau sur l'effraction qui a eu lieu à la cabane des Talbot, déclara-t-il. Comme vous avez passé du temps avec la fille, j'ai pensé que vous aimeriez être tenu au courant.

— Bien sûr, répondit Bren en ouvrant grand la porte pour l'inviter à entrer. Mais vous n'aviez pas besoin de venir jusqu'ici de nuit pour m'en parler. Pourquoi n'avez-vous pas appelé ?

— J'ai essayé, mais votre ligne est coupée. J'ai préféré ne pas attendre jusqu'à demain pour vous dire ce que le shérif avait découvert.

Bren se dirigea vers le combiné le plus proche. Il arrivait — assez rarement — que la ligne soit en dérangement. Depuis combien de temps était-il injoignable? Miranda avait-elle essayé de l'appeler? Les nouvelles devaient être de taille pour qu'Archard se déplace ainsi au lieu d'attendre qu'il passe prendre de l'essence.

— Que se passe-t-il? demanda-t-il en décrochant le téléphone qui émit une tonalité puissante et régulière.

Il se tourna vers Archard et vit qu'il tenait un pistolet dont il avait l'air de savoir parfaitement se servir.

Bren lâcha le téléphone et plongea en espérant rouler derrière un meuble, mais il était trop tard. Archard appuya sur la détente et une fléchette terminée par une grosse aiguille se planta dans son torse avant qu'il ne touche le sol. Une vague de douleur le parcourut tout entier. Il atterrit lourdement sur le plancher et sa vision s'obscurcit aussitôt. Derrière lui, Archard tira un grand filet de son sac et le lança d'une main experte dans sa direction. Bren perdit conscience avant que le filet ne retombe sur lui.

Miranda se réveilla désorientée avec un mal de tête épouvantable. Elle ne se trouvait plus dans la voiture de Roger mais allongée sur un lit de camp. Ses poignets étaient attachés devant elle sans qu'on n'ait trop serré les liens. Elle ne s'était jamais sentie aussi perdue ni aussi coupée du monde. Elle ne savait pas où elle était ni combien d'heures s'étaient écoulées depuis que Roger l'avait droguée. Elle se rendit bientôt compte qu'elle n'était pas seule.

Deux voix chuchotaient à quelques pas d'elle et l'une des deux était celle de Roger.

Le traître.

Au lieu de se redresser pour exiger des réponses, Miranda resta immobile, les yeux fermés et la respiration aussi régulière que possible. S'ils la croyaient endormie, ils livreraient peut-être des informations qui lui permettraient de comprendre où elle se trouvait et pourquoi.

— Duncan devrait bientôt arriver avec Korbinian, dit la voix qu'elle ne connaissait pas.

— Pourquoi ? demanda Roger. C'est absurde ! Ni Korbinian ni Miranda n'ont fait de mal à quiconque. Si vous me demandiez de neutraliser un vampire, un loup-garou ou un démon, je serais votre homme, mais ces deux personnes…

— Ce ne sont pas des *personnes* l'interrompit l'autre. C'est votre faiblesse, Talbot : vous êtes trop tendre. Votre père avait le même défaut.

— Faire preuve d'humanité n'est pas un défaut.

Son interlocuteur répondit par un profond soupir.

— Voilà pourquoi nous avons dû enlever votre fils. C'était le seul moyen de nous assurer que vous alliez faire ce qu'on vous demandait.

— Vous ne m'avez toujours pas expliqué pourquoi vous vouliez qu'on vous amène Korbinian, reprit Roger après un long silence. Vous n'avez qu'à les tenir éloignés… Laissez-les poursuivre la vie qu'ils menaient ! Ils n'en savent pas assez pour nous inquiéter et ils ne sont une menace pour personne tant qu'ils restent séparés.

— J'ai d'abord été de votre avis, mais le fait qu'ils aient découvert l'existence l'un de l'autre change absolument tout. Maintenant qu'ils se sont rencontrés, ils ne vont plus supporter d'être séparés, malgré toute la bonne volonté qui pourrait être la leur. Kademair et Korbinian. L'un des deux finira par se lancer à la poursuite de l'autre et… vous connaissez la suite.

— Oui, répondit Roger avec aigreur. Ils vont tomber amoureux, fonder une famille et mettre au monde la prochaine génération d'une espèce qui n'est pas destinée à s'éteindre.

Il y eut un long silence.

— Vous le saviez ! Quand vous avez emmené Lynch dans votre cabane, vous saviez parfaitement ce qu'elle était !

Il savait *quoi* ? Comment Roger aurait-il pu prévoir que Bren et elle allaient avoir autant envie l'un de l'autre ? Il était loin de lui avoir tout dit.

— Je m'en doutais, admit Roger d'une voix si basse que Miranda l'entendit à peine.

Si elle lui reparlait un jour, il aurait beaucoup d'explications à lui fournir…

— Vous vous en doutiez, répéta l'autre d'une voix glaçante. Mais au lieu de me faire part de vos doutes, vous avez préféré mener votre propre expérience.

— Il n'a fallu que quelques heures pour qu'ils tombent l'un sur l'autre.

Il y eut un nouveau soupir.

— Elle en sait beaucoup trop, à présent. Sur l'Ordre, sur Korbinian, sur vous, Talbot… Il serait désastreux qu'elle décide d'unir ses forces à celles de Korbinian. Et s'ils disparaissaient ? Il nous faudrait peut-être des années pour les retrouver… Non, elle en sait trop, et nous allons devoir les tuer tous les deux parce que vous avez agi de votre propre initiative au lieu de venir me parler. Si nous l'avions fait déménager à l'autre bout du pays pour nous assurer qu'ils ne se rencontrent jamais, ces mesures n'auraient pas été nécessaires.

Miranda retint son souffle.

— Il me semble qu'une moitié de votre expérience s'est réveillée, ironisa l'étranger.

Miranda roula sur le côté et ouvrit les yeux. Roger, pâle et solennel, se tenait de l'autre côté d'une pièce grise et sans fenêtre. Elle le considérait toujours comme un traître pour lui avoir menti durant toutes ces années, mais elle comprenait maintenant pourquoi il avait agi ainsi. Les gens qui voulaient l'enlever détenaient Jackson, et elle savait qu'il aurait fait n'importe quoi pour sa famille.

L'homme qui avait commandité son enlèvement et celui de Bren, l'homme qui avait décrété qu'ils devaient mourir, se tenait près d'une volée de marches en métal et ressemblait à un grand-père banal affublé d'un léger embonpoint. Il était mal rasé, avait des cheveux gris clairsemés et des yeux bouffis. Son visage, qui pourtant lui souriait, était le plus antipathique qu'elle avait jamais vu. Il portait un pantalon kaki et un gilet gris auquel manquait un bouton.

— C'est un plaisir de vous rencontrer enfin, mademoiselle Lynch, déclara-t-il en s'approchant de son lit de camp. Je m'appelle Ward Quinn et je suis un compatriote de votre ami Talbot. On m'a tant vanté vos talents… Je suis impatient de discuter avec vous de l'au-delà et de ses habitants. Je suis navré que nous nous rencontrions dans de telles circonstances.

Son sourire s'élargit pour révéler des dents jaunies.

— Vous devez être assoiffée après un tel trajet. Aimeriez-vous une tasse de thé ?

*
* *

Bren se réveilla lorsque le véhicule qui le transportait roula dans un nid-de-poule. Il était dans une position inconfortable, recouvert d'un grand filet fixé au sol par plusieurs crochets.

Ainsi, il avait passé toutes ces années à protéger un secret qui n'en était pas vraiment un… La présence du filet, qui l'empêchait de s'échapper même sous forme de corbeaux, prouvait qu'Archard était au courant. Ses mains étaient attachées dans son dos sans que les liens ne soient trop serrés. Peut-être Archard s'était-il attendu à ce que son tranquillisant fasse effet plus longtemps, peut-être avait-il cédé à la paresse. En tout cas, Bren se débarrassa facilement de ses liens, puis glissa ses doigts entre les mailles du filet pour éprouver sa solidité. Il ne fallait pas qu'il soit dans une position aussi vulnérable lorsque le véhicule s'arrêterait. Il n'était pas question qu'il reste à la merci de l'homme qui l'avait enlevé.

Une idée terrible le frappa. Si Duncan Archard connaissait son secret, savait-il pour Miranda ? L'avait-il enlevée, elle aussi ?

L'aube approchait lorsque Duncan s'engagea dans l'allée familière et faussement calme de la ferme de Quinn. Grâce aux capteurs qu'il avait installés autour du portail, celui-ci était déjà informé de son arrivée.

Au fil des années, de nombreux êtres contre-nature avaient été étudiés dans le bunker habilement dissimulé sous la grange d'un rouge pittoresque qui s'élevait à côté du corps de ferme à deux étages. Celui-ci était prolongé par un porche massif sous lequel étaient suspendus des pots de fleurs. Certains membres de l'Ordre préféraient étudier les monstres plutôt que les éliminer. Duncan aurait trouvé plus pratique de les tuer tous, mais seules les créatures les plus dangereuses étaient abattues. Tout cela allait changer dès qu'il serait au pouvoir, se dit-il en se garant près de la grange.

Une fois le moteur coupé, il tendit l'oreille pour détecter des bruits éventuels à l'arrière du camion. Rien. S'il ne s'était pas trompé dans la dose, le tranquillisant allait encore agir une heure ou deux. Il songea avec satisfaction qu'on allait l'aider à déplacer le monstre… Il avait vécu un vrai calvaire en tirant le corps de Korbinian de sa maison au camion, et ses muscles s'en ressentaient encore.

Quinn et un Talbot très contrarié apparurent sous le porche. Le vieil homme tenait un fusil qui prouvait qu'il ne devait pas avoir grande confiance en lui.

Duncan les salua d'un hochement de tête, puis ouvrit les portes métalliques du camion pour révéler son prisonnier. Des dizaines d'oiseaux noirs jaillirent alors du véhicule.

Leurs ailes l'aveuglèrent tandis que leurs becs s'attaquaient vicieusement à la chair exposée de son cou. Duncan agita les bras quelques instants, puis se cacha le visage pour protéger les parties les plus vulnérables de son corps. Peinant à respirer, il finit par tomber à genoux. Ces maudits oiseaux étaient si nombreux… Ils continuaient à jaillir de l'espace où ils étaient confinés dans un tourbillon de plumes et une cacophonie de croassements pour s'enfuir.

Duncan n'aimait pas les oiseaux, quels qu'ils soient. C'étaient des créatures sales et vicieuses, qui ne paraissaient inoffensives que pour mieux crever les yeux des hommes l'instant d'après. Alors que les corbeaux — ce maudit Korbinian — auraient facilement pu le contourner pour s'enfuir, ils s'attardaient à tourbillonner autour de lui pour l'assourdir de leurs cris et l'attaquer sauvagement.

Soudain, l'attaque cessa. Après avoir légèrement écarté les bras pour s'assurer que les maudits volatiles avaient disparu, Duncan les laissa retomber le long de son corps et se tourna vers Quinn. Celui-ci leva son fusil vers la nuée d'oiseaux qui s'éloignaient presque paisiblement dans le ciel gris. Puisque Quinn ne faisait jamais rien au hasard, Duncan supposa que le fusil était chargé de grenaille. S'il parvenait à abattre suffisamment d'oiseaux, Korbinian n'arriverait sans doute plus à conserver cette forme…

— Allez-y, chuchota-t-il en portant sa main à sa nuque ensanglantée. Tuez-le !

Mais avant que Quinn n'appuie sur la détente, Talbot lui donna un violent coup d'épaule qui le déséquilibra. Le fusil roula dans la poussière et les oiseaux s'éloignèrent vers l'est, en direction des bois qui séparaient la ferme de la ville voisine de Silvera.

Quinn retrouva son équilibre et se tourna aussitôt vers Talbot.

— Pourquoi avez-vous fait ça ? demanda-t-il à Talbot sur un ton qui fit frémir Duncan.

— Pourquoi croyez-vous que j'ai permis à Miranda et Korbinian de se rencontrer ? s'écria Talbot avec emportement. Pourquoi vous ai-je caché ce que je savais afin d'assurer la survie de leur espèce ? Contrairement à certains des sujets que vous étudiez, Korbinian n'a rien d'un meurtrier. Ses talents peuvent nous servir, tout comme ceux de Miranda. Si nous arrivions à les convaincre de se joindre à nous, imaginez quels services ils pourraient rendre à l'Ordre !

Le vieil homme se dirigea vers Duncan les sourcils froncés. Talbot le suivait en défendant son idée absurde. Des monstres au service de l'Ordre ? C'était inimaginable.

Duncan montra ses mains ensanglantées à Talbot.

— Pas un meurtrier, hein ? Et qu'est-ce que vous dites de ça ?

Talbot grimpa dans le camion pour en tirer les débris du filet qui avait immobilisé Korbinian. Il avait été mis en pièces à coups de becs et de serres. Il n'en restait presque plus rien.

— Si Korbinian vous avait fait ce qu'il a fait à ce filet vous seriez mort à l'heure qu'il est, déclara-t-il en jetant les débris sur le sol. Quelques coups de bec ne me paraissent pas immérités après le traitement que vous lui avez fait subir.

En examinant les cordes déchiquetées, la main toujours posée sur la nuque, Duncan sentit la haine qu'il éprouvait pour Korbinian redoubler d'intensité. Il était aussi cinglé que n'importe quel vampire, démon ou sorcière — et il devait mourir.

9

Miranda était assise en tailleur sur le lit de camp placé contre l'un des murs de la cellule où on la retenait captive. Ses mains attachées reposaient sur son ventre. Si elle avait été capable de rétrécir jusqu'à disparaître, elle n'aurait pas hésité à le faire. Deux jeunes gens armés se tenaient près de l'escalier en métal et l'observaient avec méfiance. Ils étaient arrivés pour monter la garde quelques heures plus tôt, lorsque Roger et Ward Quinn l'avaient quittée. Etait-elle si dangereuse qu'ils estimaient nécessaire de la faire surveiller en permanence par deux gardes armés ? Que craignaient-ils d'elle ? Elle parlait aux fantômes : ce n'était pas un pouvoir bien inquiétant.

Au moins, ils ne l'avaient pas enchaînée au mur, malgré la présence du matériel adéquat. Les épaisses menottes en acier et les lourdes chaînes ne laissaient aucun doute sur l'usage de cette pièce — comme si elle avait eu besoin de cette vision macabre pour comprendre dans quelle affreuse prison elle se trouvait.

Il y avait des taches sur les murs gris, que l'on avait essayé d'effacer sans y parvenir tout à fait. La pièce contenait quatre lits de camp identiques à celui sur lequel Miranda était assise. Ils étaient durs, étroits et fixés au mur. Des chaînes de taille et d'épaisseur différentes pendaient au-dessus. Deux autres chaînes étaient fixées sous l'un des lits, comme s'il était réservé à un prisonnier dont il aurait fallu immobiliser les jambes aussi bien que les bras. Mais quel genre de créature pouvait exiger que l'on emploie des chaînes aussi épaisses ?

Cette pièce servait à emprisonner des créatures aux aptitudes surnaturelles jugées terriblement dangereuses. Miranda en était certaine, car plusieurs âmes perdues se terraient dans les coins, trop effrayées pour s'approcher d'elle ou lui parler. Même si elles gardaient le silence au lieu de lui demander son aide comme le faisaient la plupart des fantômes, elle sentait toute la violence qui les habitait.

Un pauvre hère s'était retrouvé piégé entre la forme d'un homme et celle d'un grand félin. Il pleurait doucement et se cachait le visage derrière ses mains griffues. Il y avait un homme immense qui présentait des traces de torture même sous sa forme de spectre et traînait encore les chaînes qui l'avaient emprisonné de son vivant. Une âme féminine et sombre observait Miranda depuis le centre de la pièce. Elle n'était ni troublée ni effrayée, mais prudente. Elle était jeune, belle, avec de longs cheveux noirs, de grands yeux verts et un visage pâle rendu encore plus austère par un excès de mascara. Ses lèvres décolorées étaient figées en un sourire triste et amer.

D'autres âmes, plus faibles, apparaissaient un instant dans son champ de vision avant de s'évanouir. Toutes avaient terriblement souffert. Certaines l'avaient peut-être mérité, les autres non.

Miranda regretta amèrement l'absence de Dee qui s'était toujours montrée amicale et douce et n'apparaissait que pour lui venir en aide. Malheureusement, elle ne savait pas convoquer les fantômes. C'étaient eux qui venaient à elle par terreur ou chagrin, en général dans un périmètre assez réduit autour du lieu de leur mort.

Quelques heures plus tôt, Quinn était venu personnellement lui apporter du thé dans une très jolie tasse en porcelaine accompagné de rondelles de citron, de sucre, d'un petit pot de lait entier et de gâteaux aux myrtilles faits maison. Elle ne toucha à rien, certaine que le vieil homme était capable de l'empoisonner sans cesser de sourire. Et Roger? Le laisserait-il faire? Etait-il capable de s'en charger lui-même? S'il lui avait longtemps inspiré une confiance aveugle, elle ne savait plus que penser de lui. Elle n'était plus certaine de rien.

Après un long moment, la femme qui se tenait au centre de la pièce prit la parole.

— Ils vont te torturer puis te tuer tout comme moi, chuchota-t-elle. Pour le bien de la paix, à ce qu'ils disent... Même lorsqu'ils infligent les pires tourments pour obtenir une information, même quand ils prennent une vie, rapidement ou lentement, ils se croient du côté du bien. Ils se prennent pour des héros. Les guerriers de l'Ordre...

— Qui es-tu et que veux-tu? lui demanda Miranda.

Le seul moyen de se débarrasser d'un fantôme était de résoudre son problème pour lui permettre de rejoindre la place qui était la sienne.

— Je m'appelle Roxanna, répondit le spectre. Et je veux juste te prévenir.

Elle jeta un coup d'œil en direction des deux gardes immobiles et silencieux.

— Le blond est toujours effrayé, reprit-elle avec une pointe d'amusement. Tu arriveras sûrement à le faire pisser dans son froc rien qu'en disant « Bouh! ». Le roux a plus d'expérience, mais il est convaincu comme les autres que le monde ne sera vivable que lorsqu'il sera entièrement peuplé de gens comme lui : dévoués, médiocres et ordinaires.

Elle esquissa un sourire.

— Il te plantera un couteau dans le cœur en étant certain de le faire pour le bien de tous.

Roxanna ouvrit son chemisier pour montrer à Miranda une poitrine pâle perforée d'un coup de couteau.

— Est-ce lui qui t'a tuée?

Le spectre acquiesça en silence avant de couvrir sa blessure qui ne guérirait jamais.

— Pourquoi? voulut savoir Miranda.

Roxanna haussa les épaules, ce qui fit trembler sa silhouette fantomatique. Elle paraissait tour à tour solide et éthérée et disparaissait presque par moments pour regagner en consistance l'instant d'après.

— Parce que j'avais tué quelques hommes qui ne méritaient pas de vivre, c'est tout. Je leur ai donné ce qu'ils voulaient de moi pour me nourrir de leurs âmes et gagner en puissance — pas suffisamment, comme tu peux le constater, ajouta-t-elle amèrement.

A mesure qu'elle parlait, d'autres fantômes étaient apparus, enhardis par le fait que Miranda pouvait les voir et les entendre. Ils avaient tous été torturés et chacun d'eux était unique. Tous avaient quelque chose de si particulier que Miranda se sentit tout à coup très ordinaire avec son maigre don. Archard les aurait traités de monstres. Certains étaient vraiment maléfiques mais d'autres, comme la créature à moitié humaine tapie dans un coin, n'avaient pas commis d'autre crime que celui d'être différents. Comme elle. Comme Bren.

Les spectres mâles et femelles, sombres et lumineux, continuaient à apparaître de plus en plus clairement à Miranda. Certains, comme celui qui pleurait, gardaient leurs distances. D'autres s'approchaient en comprenant qu'elle pouvait les voir. Ils se mirent à parler tous à la fois en criant, murmurant, suppliant… L'homme gigantesque qui traînait ses chaînes approcha à son tour. Il y avait des flammes au fond de ses prunelles.

Les esprits torturés continuèrent à approcher en s'adressant à elle avec de plus en plus d'insistance. Elle les supplia de la laisser tranquille, puis leur ordonna de reculer. Elle leur expliqua que ce lieu était fait pour les vivants, non pour les morts, et qu'ils devaient le quitter. Ils l'écoutèrent mais ne lui obéirent pas. Elle ne pouvait rien faire pour les chasser.

Bren se posa au cœur de la partie la plus dense de la forêt et reprit forme humaine. Pendant quelques instants, il resta à genoux, nu et solitaire, le cœur tambourinant dans la poitrine. Il avait observé la région depuis le ciel. Il y avait une petite ville toute proche, composée d'une église, d'une épicerie, d'une station-service, d'une école et de petites maisons proprettes qui se déployaient autour du centre-ville en cercles concentriques. Il allait pouvoir y voler les vêtements qui lui permettraient de s'enfuir. Il ne se laisserait plus jamais attraper. Maintenant qu'il savait que son secret était connu, il allait bien se cacher et ne plus se fier à personne.

Pourtant, au lieu de s'envoler vers la liberté, il se tourna dans l'autre direction, vers la ferme où ses ravisseurs l'attendaient. Miranda s'y trouvait et elle n'était pas en sécurité. Il le savait. Il le *sentait* comme si sa peur palpitait dans ses propres veines. Il ne doutait plus un instant qu'elle était sa Kademair.

Bren avait toujours accepté l'idée d'être le dernier représentant de son espèce. Son père le lui avait répété bien souvent en insistant sur le déclin constant de leur population et sur la différence d'âge qu'il y avait entre sa Kademair et lui, comme si la naissance de Denise Brown avait été une rectification tardive ou une erreur. Sa mère envisageait l'avenir avec plus d'optimisme, mais c'était dans sa nature. Elle ne voulait que le bien des gens qu'elle aimait. Comme elle souhaitait ardemment que son fils connaisse le lien qui unissait les Korbinian aux Kademair, elle avait réussi à se convaincre que cela allait se produire. Joe Korbinian était plus pragmatique et mieux informé sur l'histoire de leur espèce.

Comme il avait cru son père, Bren ne s'était investi que dans son travail aussi longtemps qu'il l'avait pu. Son activité avait occupé dans son cœur la place que d'autres réservaient à l'amour ou à leur famille. Il avait appris à aimer son existence — ou du moins à s'en satisfaire. Il devait maintenant prendre la décision la plus difficile de sa vie.

Une nouvelle existence solitaire et prudente l'attendait à l'ouest, Miranda et un avenir bien différent à l'est. Quelque chose au fond de lui murmurait qu'une vie sans elle ne serait qu'une simple survie. C'est ce qu'il avait fait pendant toutes ces années en construisant des maisons autour de cette montagne qu'il considérait comme la sienne et en volant seul, résigné à vivre et à mourir ainsi.

Il lui suffisait de fermer les yeux pour voir, sentir et goûter Miranda. En la faisant sienne, il renonçait à jamais à toute tranquillité d'esprit. Il lui faudrait protéger à la fois sa compagne et les enfants qu'elle lui donnerait. Le fait de fonder une famille dans ce monde allait exiger de lui une prudence infinie.

Bren éclata en soixante-dix-sept corbeaux qui prirent leur envol.

*
* *

Au moment où Miranda pensait ne plus pouvoir le supporter, alors que les plaintes des spectres qui hantaient ce lieu étaient sur le point de triompher de sa volonté, une étrange sensation de paix l'envahit. Les voix se calmèrent, puis se turent, et les fantômes disparurent l'un après l'autre.

Il ne resta bientôt plus qu'un seul spectre, assis sur le lit de camp derrière Miranda pour l'envelopper de ses bras et de son aura protectrice.

— Tu ne devrais pas être ici, murmura Miranda, aussi étonnée que reconnaissante.

Les fantômes ne s'éloignaient *jamais* du lieu de leur mort.

— Toutes les Kademair ont un talent spécial, lui expliqua Dee. Il se trouve que le mien ne s'est développé qu'après ma mort.

Elle soupira.

— Comme tu le sais déjà, je suis plus puissante que la plupart des fantômes. Peut-être ne s'agit-il pas d'une coïncidence. Peut-être m'a-t-on accordé ce don pour que je puisse venir en aide à la future mère de mes petits-fils.

— Qu'est-ce qu'une Kademair ? l'interrogea Miranda.

Ce mot, que Roger et d'autres avaient déjà prononcé devant elle, lui semblait familier, comme si elle l'avait entendu en rêve ou dans un lointain passé.

Dee lui sourit avec tendresse tandis que son aura devenait plus brillante et plus chaude.

— Personne ne te l'a encore dit…

— Quoi ?

— Tu es une Kademair. Tu es destinée à mettre mes petits-fils au monde.

Voilà qu'elle recommençait avec ses petits-fils... Miranda n'était pas d'humeur à recevoir des réponses incomplètes et cryptées, pas même de la part de ce fantôme chaleureux qui lui avait offert son aide et sa protection.

— Je te trouve très précise. Pourquoi n'aurais-tu pas des *petites-filles* ?

— Bren n'aura que des fils, affirma Dee. C'est la loi de l'espèce des Korbinian, celle de tous ses ancêtres. J'aurais adoré avoir une fille, mais tel n'était pas mon destin. Tu es ce qui s'en rapproche le plus, ma chère Miranda... J'aurais beaucoup aimé te connaître de mon vivant, mais tel n'était pas non plus mon destin. Il ne sert à rien de faire des vœux irréalisables...

Dee venait de lui fournir d'un coup plus d'informations qu'elle n'était capable d'en intégrer.

— Je viens à peine de rencontrer Bren. Pourquoi es-tu si certaine que nous aurons des enfants si j'arrive un jour à sortir d'ici ?

— Parce que les Kademair sont les mères des Korbinian, répondit simplement Dee. Et parce que tu es une Kademair.

Miranda n'arrivait pas à donner un sens à ces mots. Kademair. Elle ne s'était jamais imaginée enceinte, et ce fantôme la voyait déjà porter des triplés — tous des garçons, par-dessus le marché. D'un côté, des gens consacraient beaucoup d'énergie à faire en sorte que Bren n'ait jamais d'enfants. De l'autre, il y avait sa mère, qui semblait vouloir devenir grand-mère depuis l'au-delà. Miranda était certaine que Bren avait déjà connu des femmes, alors pourquoi tant d'agitation autour d'elle ?

— Une chose est sûre : je ne serai la mère des petits-enfants de personne si je ne sors pas d'ici.

— Il arrive, chuchota Dee comme si les deux hommes

qui montaient la garde à l'autre bout de la pièce, et semblaient s'être habitués à voir leur prisonnière parler aux fantômes, risquaient de l'entendre.

— Bren ? demanda Miranda en chuchotant à son tour.

Dee acquiesça.

— Non ! s'écria Miranda en essayant vainement de serrer le bras du fantôme que ses doigts pénétrèrent comme s'il était fait de brume. S'il vient ici, ils le tortureront simplement parce qu'il n'est pas comme eux, parce qu'il est lui…

Un homme. Des corbeaux. Le dernier représentant de son espèce. Archard s'était servi du mot « monstre » pour le désigner. Malgré ses dons hors du commun, Miranda était certaine qu'il n'en était pas un.

— Ils vont le tuer…, insista-t-elle.

— Je suppose qu'ils vont essayer, reconnut Dee sans perdre son calme.

— Tu dois aller le trouver et lui interdire de venir ! s'écria Miranda au désespoir.

La mère de Bren secoua la tête.

— Même si je le voulais, je ne pourrais pas. J'ai déjà essayé bien des fois de parler à mon fils. Mais mes pouvoirs exceptionnels ne changent rien au fait qu'il ne peut ni me voir ni m'entendre. De tous les vivants que j'ai vus depuis ma mort, tu es la seule à avoir ce don, Miranda.

Le fantôme renforça encore son aura pour l'envelopper de sa sérénité.

— Il arrive, répéta-t-elle tandis que Miranda ressentait comme en écho la terreur que l'on éprouve lorsqu'un être cher est menacé.

*
* *

Bren observait la ferme depuis l'orée de la forêt. Miranda se trouvait là, quelque part… Mais où ? Comment pouvait-il la délivrer sans savoir où on la retenait captive ? C'était une très grande ferme, qui avait deux étages, un grenier et sans doute une cave. La grange était immense, mais il lui serait sans doute plus facile de la fouiller s'il parvenait à y entrer. Il se transforma de nouveau en corbeaux pour tenter une expérience inédite. Au lieu de voler tous ensemble, les corbeaux se dispersèrent. Certains restèrent dans la forêt pour observer les lieux à distance. D'autres volèrent vers la ferme et la grange pour en épier l'intérieur par les ouvertures et les fenêtres et surtout essayer de retrouver le lien instinctif qui allait lui permettre de localiser Miranda.

Il n'ignorait pas à quel point sa manœuvre était risquée. Ces gens savaient qui il était et ce dont il était capable. Est-ce que la vue d'un seul corbeau suffirait à les alerter ? Allait-il voir réapparaître le fusil ? Il ne savait pas ce qui allait lui arriver si l'un des corbeaux était blessé ou tué. Cela ne s'était jamais produit. Pourrait-il retrouver forme humaine si le groupe n'était pas au complet ? Allait-il mourir si une part de lui était détruite ? Il n'en savait rien et s'en moquait éperdument. Miranda était retenue captive quelque part et il devait la faire sortir de là à n'importe quel prix.

Il ne la vit pas à travers les fenêtres de la ferme. En revanche, il vit Talbot et Archard parler avec l'homme qui avait essayé de tirer sur les corbeaux. Il aperçut aussi une femme aux cheveux gris qui reprisait distraitement une chemise d'homme dans une autre pièce. Bren se sentait de plus en plus attiré par la grange rouge. Aucune ouverture ne permettait d'en espionner l'intérieur. Elle était hermétiquement close, ce qui était inhabituel pour ce type de bâtiment. Il n'y avait que des fentes très étroites autour des portes et des volets clos.

On ne percevait pas non plus de bruits d'animaux à l'intérieur. Bren écouta attentivement sans rien déceler, pas même le trottinement d'une souris. Il s'approcha, écouta plus attentivement encore, mobilisa tous ses sens, et alors il sut : Miranda était là.

Brusquement, la porte de la ferme s'ouvrit pour laisser sortir les trois hommes qui discutaient avec animation. Les corbeaux restèrent immobiles et silencieux en espérant qu'ils allaient prononcer le nom de Miranda.

Ils se dirigèrent vers la grange, dont le vieil homme ouvrit le gros cadenas grâce à une clé tirée de sa poche. Talbot, le dernier à entrer, jeta d'abord un coup d'œil par-dessus son épaule. Bren, toujours immobile, comprit qu'il l'avait repéré. Allaient-ils tous se précipiter dehors ? Allait-il encore devoir fuir le fusil ? Mais la présence d'un seul corbeau ne sembla pas alarmer Talbot, qui suivit les autres à l'intérieur et referma la porte derrière lui.

Miranda était sur le point de s'endormir lorsque l'arrivée des trois hommes — Roger, Archard et Quinn — la ramena brutalement à la conscience en la terrorisant. Les fantômes lui avaient clairement fait comprendre ce dont ils étaient capables. Etaient-ils venus la torturer ? Allait-elle bientôt hanter cette prison, elle aussi ? Même la protection de Dee ne pouvait suffire à la calmer.

Il n'y avait ni porte ni fenêtre dans son champ de vision, rien que l'escalier qu'ils étaient en train de descendre. Miranda s'efforça de surmonter sa peur pour retrouver un peu de logique. Pouvait-elle courir jusqu'à l'escalier et la trappe à laquelle il menait ? Cinq hommes, qui tous voulaient sa mort, la séparaient de la liberté. Son regard s'arrêta sur Roger. Même lui, qu'elle croyait son ami, était capable de la condamner à mort pour sauver son fils.

— Elle a parlé à des fantômes, les informa le blond à voix basse.

— Vraiment ? répondit Quinn. C'est extraordinaire ! Je ne pensais pas que les sujets que nous avions éliminés avaient une âme qui pouvait s'attarder derrière eux...

Miranda ne voyait plus de raison de taire ce qu'elle savait.

— Certaines de vos victimes étaient innocentes.

— Je vous assure qu'aucune des créatures dont nous nous sommes débarrassés ici ne l'était, lui répondit le vieil homme.

— Nous n'avons pas besoin de parler..., dit Roger.

— Mais si, au contraire, le coupa sèchement Quinn. Il est trop tard pour se cacher et pour mentir. Si vous n'aviez pas raconté nos secrets à cette jeune femme, nous aurions pu l'autoriser à poursuivre sa vie dans la paix et l'ignorance, mais il a fallu que vous lui racontiez des choses qu'elle ne devait pas savoir... Et maintenant elle a parlé à l'ennemi, qui a pu la corrompre par ses mensonges. C'est de votre faute si nous en sommes arrivés là. C'est *vous* qui avez introduit Mlle Lynch dans la sphère de Korbinian, *vous* qui les avez presque présentés l'un à l'autre, et *vous* encore qui lui avez dévoilé des secrets que vous aviez juré de taire. Et voilà où ça nous a menés : Korbinian s'est enfui et votre médium a parlé aux spectres de nos ennemis.

Miranda se redressa en entendant les mots « Korbinian s'est enfui ». Ils avaient voulu capturer Bren mais celui-ci leur avait échappé.

— Il n'y a plus qu'une chose à faire, ajouta Archard

avec aigreur. Une fois débarrassés d'elle, nous n'aurons plus à nous inquiéter de voir apparaître de nouveaux monstres tels que Korbinian.

Miranda ne put s'empêcher de remarquer les deux gros pansements qu'il avait dans le cou et espéra que les corbeaux s'étaient servis de bon cœur dans sa chair puante.

— Même si nous ne retrouvons jamais Korbinian, le monde va bientôt être délivré de son espèce, conclut-il avec plaisir.

— Et si Korbinian revenait ? s'inquiéta le garde roux que haïssait le spectre de Roxanna.

— Il doit être loin à l'heure qu'il est ! répondit Quinn avec assurance. Je serais étonné qu'on le revoie jamais. Les esprits primitifs ont un instinct de survie très puissant. Il pleurera peut-être sa Kademair, mais son instinct de survie le tiendra loin de nous. Il va aller s'installer ailleurs et vivre dans la crainte qu'on le retrouve. S'il décide de se venger en rendant sa nature publique, nous saurons aussitôt où il se trouve et nous aurons ainsi une nouvelle occasion de nous débarrasser de lui avant qu'il ne pose trop de problèmes. Il nous sera facile de présenter cela comme un canular et le public finira par oublier ses exploits. Bien sûr, si elle reste en vie, il ne manquera pas de la retrouver et nos ennuis recommenceront.

Il soupira.

— Ce qui signifie que nous devons effectivement éliminer Mlle Lynch, conclut-il.

Bren ne pouvait-il donc pas trouver une autre femme pour avoir des enfants ? Miranda sentait que quelque chose lui échappait encore. D'abord Dee, puis eux...

— Ma suggestion..., intervint Roger.

— Que nous la recrutions ? l'interrompit Quinn. Nous

l'aurions peut-être fait si les choses n'étaient pas allées aussi loin. Mais il y a plus de Kademair que de femme en elle, et nous l'avons séparée de son conjoint. Elle ne nous le pardonnera jamais.

— Jamais ! s'écria Miranda.

Roger lui fit les gros yeux.

En retour, Miranda jeta un regard furieux à l'homme qu'elle prenait pour son ami.

— Vous pensiez vraiment que j'accepterais de vous aider à trouver et à éliminer ceux qui ont des pouvoirs que vous ne comprenez pas ? En tuant des innocents au passage qui plus est… Ce qui ne semble guère vous déranger, n'est-ce pas ?

Elle élevait la voix de plus en plus. Son regard revint se poser sur Roger.

— Je préfère mourir plutôt que devenir comme vous.

Archard se mit à sourire.

— Nous n'avons plus qu'à exaucer son vœu.

Une nouvelle vague de colère la submergea.

— Avant que les cinq hommes armés que vous êtes ne se chargent de la corvée d'éliminer une femme sans défense, est-ce que quelqu'un aurait l'obligeance de m'expliquer ce qu'est une Kademair ?

Les Kademair sont les mères des Korbinian, avait dit Dee.

— J'aimerais avoir cette information avant de mourir, si vous n'y voyez pas d'inconvénient, ajouta-t-elle.

Il était évident que les deux gardes n'allaient pas lui répondre. A vrai dire, ils semblaient ne pas le savoir eux-mêmes. Archard avait l'air furieux, comme toujours, et Roger prudent. Ce fut le vieil homme qui avança d'un pas.

— Les Kademair sont — ou *étaient*, devrais-je dire, puisque vous êtes la dernière — des femelles génétiquement capables d'enfanter des Korbinian. La nature fait naître une Kademair pour chaque Korbinian. Il en a toujours été ainsi.

Miranda déglutit péniblement.

— Etes-vous en train de dire que je suis *née* pour Bren?

— Vous êtes liés. Destinés à vous trouver… Vous êtes la seule femme au monde qui puisse lui donner des enfants.

— Je n'en crois pas un mot, murmura Miranda en ramenant ses genoux sous son menton.

Non, elle n'y croyait pas. Pourtant, cela aurait expliqué bien des choses : ses rêves, l'attirance irrépressible qu'elle éprouvait pour Bren… et jusqu'à sa fascination pour les corbeaux. Il lui suffisait d'admettre une idée absurde pour que tout prenne un sens…

— Que vous le croyiez ou non, c'est la vérité, cracha Archard.

— Vous comprenez donc pourquoi nous devons employer des mesures drastiques pour maîtriser cette situation, conclut Quinn comme si c'était la logique même. La race des Korbinian est sur le point de s'éteindre. Nous ne pouvons pas vous laisser la sauver.

Sur ces mots, Archard tira un long couteau d'un étui qui pendait à sa ceinture. Miranda recula instinctivement jusqu'au mur et prit conscience avec horreur que sa tête se trouvait tout près de l'une des taches. Elle ne pouvait pas fuir et personne n'allait la sauver… Dee avait bien dit que Bren arrivait, mais elle espérait de tout son cœur que le fantôme se trompait. Il n'avait pas une chance de s'en sortir face à ces hommes…

— Attendez! intervint Roger en se plaçant entre le couteau et Miranda. Vous ne pouvez pas vous débarrasser d'elle de la même manière que des autres. Elle est connue. On posera trop de questions si elle disparaît. Un professeur, dans l'Arizona, essaie de prendre rendez-vous pour étudier ses facultés paranormales. Il appelle au moins une fois par mois. Il y a un journaliste de la chaîne locale qui fait régulièrement des reportages sur elle. Miranda n'est pas comme les monstres qui se cachent déjà et qu'il est facile d'éliminer sans faire de vagues. Elle fait partie du monde que nous prétendons protéger. Elle a des amis, des clients et des voisins qui s'inquiéteront s'ils ne la voient pas revenir. Je suis le dernier à avoir été vu avec elle… Croyez-vous vraiment que sa disparition passera inaperçue ?

Une vague de soulagement submergea Miranda. Quelqu'un parlait pour elle. Malgré les doutes qu'elle avait à son sujet, Roger allait la protéger.

— Il vaudrait mieux que sa mort ressemble à un accident, conclut-il alors.

Miranda eut un haut-le-cœur. Et cet homme se prétendait son ami…

— Comment ? demanda Quinn.

Roger prit une profonde inspiration.

— Une chute, peut-être. Je pourrais la ramener à la cabane et…

— Non, nous allons faire ça ici, l'interrompit le vieil homme. Une chute du grenier de la grange devrait suffire. Je dormirai mieux cette nuit si je vois son cadavre de mes propres yeux. Non que je n'aie pas confiance en vous, Roger… Vous avez toujours été un guerrier de l'Ordre dévoué.

Il se racla la gorge.

— Cheryl s'en sort très bien, au fait… Elle a suivi nos instructions et n'a pas signalé la disparition de Jackson. Votre fils est plus impatient… J'avais l'espoir qu'il suive un jour votre exemple, mais je ne suis pas sûr qu'il soit à la hauteur de la tâche à accomplir. Comme j'en doute également en ce qui vous concerne…

Les mâchoires de Roger se crispèrent.

— Pouvons-nous en finir ?

— Mais certainement, répondit Quinn d'une voix suave en lui jetant un regard assassin.

Ce fut Roger qui se chargea de mettre Miranda sur ses pieds. Lorsqu'il voulut détacher ses bras, Quinn l'en empêcha.

— Ne courons aucun risque. Nous la détacherons quand elle sera morte.

— C'est ça, grogna Roger. On ne sait jamais… Cette fille de cinquante kilos et de un mètre soixante risque de découvrir des super-pouvoirs qui lui permettront d'assommer cinq hommes entre ici et le grenier…

— On a vu plus étrange…, lui fit remarquer Quinn.

Roger acheva de détacher les bras de Miranda pour le défier. Personne ne se donna la peine de la rattacher. Ils savaient tous que Roger avait raison : elle ne pouvait rien contre eux.

Roger l'entraîna dans l'escalier jusqu'à une grange remplie de foin et d'une propreté inaccoutumée. Quelques rais de lumière filtraient entre les planches et autour des portes, mais l'endroit était hermétiquement clos. Aucun animal ne vivait là et l'on n'y entreposait aucun équipement agricole. Cette grange ne servait qu'à couvrir les activités de ces hommes.

Celui qu'elle avait longtemps pris pour son ami l'entraîna vers une échelle de bois d'une hauteur vertigineuse appuyée contre le grenier et la força à grimper, barreau après barreau. Quinn et les deux gardes restèrent en bas, mais Archard suivit Talbot et sa prisonnière en haut de l'échelle avec l'air de se méfier autant de l'un que de l'autre. Dès qu'ils eurent atteint le grenier, Miranda regarda en bas. Le sol de la grange était très loin… Une chute d'une telle hauteur avait toutes les chances d'être mortelle. Ou elle serait juste blessée et il ne leur serait pas difficile de terminer leur sale besogne.

Mais Roger ne la poussa pas. A la place, il l'entraîna vers la porte fermée, au fond du grenier, qui aurait servi à faire tomber des balles de foin dans la cour s'il s'était agi d'une véritable exploitation agricole. Le rail en métal rouillé qui la surmontait apprit à Miranda que la ferme avait dû être vraiment exploitée avant que Quinn et son armée de malades n'en prennent possession.

Roger en tira le verrou et poussa les deux battants pour révéler une journée ironiquement printanière. Il n'y avait pas un nuage dans le ciel au-dessus de l'épaisse forêt qui s'étendait vers l'ouest. Son vieil ami la tenait fermement, comme s'il craignait qu'elle ne s'échappe. Où pouvait-elle aller ? Archard, armé, se tenait derrière elle. Devant… Miranda baissa les yeux et sentit sa gorge se nouer. Le sol était *vraiment* très loin.

Sans pouvoir détacher ses yeux de la cour en contrebas, elle entendit qu'on ouvrait les portes de la grange. Quinn et les deux gardes ne tardèrent pas à apparaître dans son champ de vision.

Alors que la brise jouait dans ses cheveux, Miranda se prépara au voyage que tout le monde devait accomplir, un jour ou l'autre, vers l'au-delà. Elle avait toujours su que cela se produirait, mais elle était loin d'imaginer qu'elle allait mourir trahie par un ami. Trouverait-elle la paix ou resterait-elle là à hanter les lieux ? Elle ferma les yeux et attendit la poussée fatale.

— Il est là, chuchota Roger à son oreille. Appelle-le.

Miranda rouvrit vivement les yeux.

— Quoi?

Archard, derrière eux, perdit patience.

— De quoi parlez-vous, tous les deux?

— Je dis adieu à une amie, répondit Roger. Si tu n'y vois pas d'inconvénient…

— Si, j'en vois un! Finissons-en!

— Appelle-le, chuchota encore Roger. Fais tout ce qui est en ton pouvoir pour faire venir Korbinian.

— Pourquoi?

— Fais-moi confiance, Miranda, rien que pour cette fois…

Même si elle savait ne plus pouvoir se fier à Roger, elle ne voyait pas ce qu'il y avait de mal à fermer les yeux, à penser à Bren et à murmurer son nom en espérant qu'il l'entendrait lui dire qu'elle l'aimait. Elle aurait tant voulu qu'il le sache… Ce qu'elle éprouvait pour lui allait bien au-delà de l'attirance physique, de la soif des plaisirs qu'il pouvait lui donner. Elle comprenait désormais que leurs âmes étaient liées. Qu'était-ce, sinon de l'amour?

Même si cela lui semblait encore extraordinaire, elle avait admis l'idée qu'elle était née pour cet homme, pour Bren…

— Dis à Cheryl que…

A ce moment, Archard perdit patience et se précipita vers eux pour la pousser, de sorte que ses orteils, sa tête et ses bras se retrouvèrent au-dessus du vide. Une bourrasque lui souffla au visage. Loin en contrebas, les hommes qui la regardaient s'écartèrent pour ne pas être éclaboussés de son sang. Ils voulaient assister à sa mort — mais pas de trop près.

Roger lui tenait toujours le bras, mais Archard faisait tout son possible pour lui faire lâcher prise. Alors que les deux hommes luttaient à côté d'elle et pour elle, Miranda arrivait à peine à penser à eux. Dans la confusion de la bagarre, Roger donna un coup au rail métallique qui se dressa hors du sol en grinçant.

Alors Miranda entendit au loin un son qui n'était destiné qu'à elle — celui d'ailes qui battaient l'air frénétiquement. Du coin de l'œil, elle vit soixante-dix-sept corbeaux fondre sur la ferme.

Les doigts de Roger finirent par se détacher de son bras, Archard la poussa une fois de plus, et Miranda plongea dans le vide.

10

Miranda parvint à s'agripper au rail. Sa prise n'était pas bonne, mais elle s'y raccrocha désespérément. Malheureusement, ses doigts glissaient sur le métal. Les corbeaux tournoyèrent autour d'elle lorsqu'elle lâcha prise et, l'espace d'une seconde, elle paniqua. Des serres et des becs se plantèrent aussitôt dans ses vêtements et elle se retrouva enveloppée par la nuée au point d'avoir l'impression d'en faire partie. Les corbeaux étaient si nombreux et si proches qu'elle ne voyait plus que des plumes noires tandis qu'ils s'assemblaient pour la rattraper et la soutenir.

Contrairement à ce à quoi elle s'attendait, Miranda ne heurta pas le sol. Les corbeaux ralentirent sa chute puis l'entraînèrent avec eux dans les airs. Elle n'avait plus aucune maîtrise de son corps et flottait sur un matelas de plumes. C'était la sensation la plus étrange qu'elle ait jamais éprouvée. Des hommes criaient en dessous d'elle — tous ceux qui assistaient à la scène sauf Roger qui lui avait promis que Bren viendrait à son secours. Il ne s'était pas trompé, mais comment avait-il pu le savoir ? Miranda ne voyait que les corbeaux et la sensation de voler était si perturbante qu'elle ne put s'empêcher de se tortiller pour essayer de retrouver la maîtrise de son corps. Privée de tout repère, elle ne savait même plus où étaient le haut et le bas.

Détends-toi, entendit-elle murmurer dans son esprit.

— Facile à dire pour toi! grommela Miranda.

Quelques corbeaux lui répondirent par des croassements et elle fit de son mieux pour se détendre et laisser la nuée — Bren — l'emporter. Même si elle ne voyait que des plumes, quelques becs et quelques serres, elle perçut un changement de direction. Sa position, le mouvement et l'absence totale de maîtrise de son corps commencèrent à lui donner la nausée. Elle avait la nausée et la tête commençait à lui tourner. Aucun bec ni aucune serre n'avait pincé sa peau et ses cheveux flottaient librement autour d'elle, mais ses vêtements étaient agrippés sur presque toute leur surface et d'autres corbeaux la soutenaient de leurs dos et de leurs ailes. Alors qu'elle était en plein ciel, elle ne courait pas le moindre risque en se faisant emporter loin de ces hommes qui l'auraient tuée sans aucun remords.

D'inquiétants coups de feu résonnèrent, mais ils semblaient venir de très loin. En entendant les corbeaux crier en réponse, Miranda sentit la terreur la gagner. Les visait-on? Bren était-il blessé?

Ou Roger venait-il de payer le prix de son évasion?

Elle ferma les yeux pour lutter contre la nausée, se détendit et laissa les corbeaux l'emporter. La sensation de se déplacer dans les airs à grande vitesse était à la fois très réelle et comme sortie d'un rêve. Elle se répétait inlassablement qu'elle devait respirer, se détendre et se fier à Bren comme elle ne s'était jamais fiée à personne.

Puis les corbeaux amorcèrent leur descente. Ils se déplacèrent tous ensemble pour la faire passer d'une position horizontale à une position verticale et son mal de cœur s'apaisa un peu. Sa nouvelle situation lui permettait à présent de voir la forêt qu'ils survolaient.

Elle retrouva immédiatement son sens de l'orientation. Les arbres poussaient très près les uns des autres et les corbeaux durent exécuter des manœuvres risquées et précises pour déposer Miranda dans une clairière. Lorsqu'elle eut retrouvé son équilibre, ils la lâchèrent tous à la fois pour s'envoler dans toutes les directions en lui donnant l'impression d'être au centre d'une explosion de plumes noires.

Sentant ses jambes la trahir, Miranda tomba sur les genoux et enfonça instinctivement ses doigts dans le sol. La terre à laquelle elle s'agrippait sembla vaciller encore quelques instants avant de retrouver sa merveilleuse stabilité.

Les corbeaux tournoyèrent tous à la fois, se rassemblèrent en exécutant une sorte de ballet, puis se rejoignirent pour se transformer.

— Es-tu blessée? s'exclama Bren en accourant vers elle sans se soucier du sol inégal et des cailloux qui risquaient de meurtrir ses pieds nus.

Alors Miranda se demanda comment elle avait pu être assez aveugle pour ne pas le comprendre plus tôt. Ses yeux sombres, sa grâce, sa puissance… Elle aurait dû deviner que Bren et la nuée de corbeaux ne faisaient qu'un.

Elle lui répondit en secouant la tête et il l'aida à se relever avec une infinie douceur. Puis il la prit dans ses bras et la serra contre lui comme s'il avait l'intention de ne plus jamais la lâcher.

Duncan poussa un juron en comprenant que les coups de feu qu'il avait tirés depuis la porte du grenier d'où Miranda Lynch était tombée avaient raté leur cible. Malgré le poids de la femme qu'ils emportaient, les corbeaux s'éloignaient rapidement en s'élevant haut dans le ciel.

Dans la cour, le vieil homme et ses nouvelles recrues les regardaient faire, bouche bée, incapables de parler ou d'avoir la moindre réaction. On aurait cru qu'ils n'avaient jamais assisté à un phénomène paranormal avant ce jour...

Talbot, lui aussi, avait les yeux fixés sur la nuée d'oiseaux noirs et la femme qu'ils emportaient.

— Tu le savais, n'est-ce pas? grogna Duncan en pointant son arme vers lui. Quand tu as suggéré qu'on se débarrasse d'elle de cette manière, tu savais que Korbinian la sauverait.

— Comment aurais-je pu le deviner? se défendit Talbot d'un ton peu convaincant.

Il n'eut aucune réaction lorsque Duncan pressa le canon de son arme sur ses côtes. Il savait déjà qu'il allait mourir. Pourtant, cela ne semblait pas l'effrayer suffisamment pour qu'il fasse preuve de soumission.

— Quinn tient toujours ton fils, tu sais, rappela Duncan. Il devrait bientôt arriver. Prie pour que le vieil homme croie à ton histoire...

Il se pencha vers Talbot pour adopter une posture encore plus menaçante.

— En tout cas, moi je n'y crois pas.

Bren ne pourrait jamais serrer Miranda assez fort. Elle était une part de lui. Elle l'avait toujours été. Même avant leur rencontre, lorsqu'il avait été assez stupide pour vouloir qu'elle s'en aille, quand il avait réussi à se convaincre qu'il avait le choix d'en faire ou non sa compagne... elle faisait déjà partie de lui.

Elle le serra tout aussi fort et lui assura une nouvelle fois qu'elle était indemne, puis ils restèrent un long moment immobile au cœur de la forêt profonde, se raccrochant l'un à l'autre, la respiration haletante. Les bruits de la forêt étaient discrets et naturels. Personne ne s'était lancé à leur poursuite. Du moins, il n'y avait personne dans les environs. Même si les hommes auxquels ils venaient d'échapper s'étaient lancés à leurs trousses sans perdre de temps, ils étaient encore loin. Il avait volé vite et loin pour leur arracher Miranda, survolé un torrent tumultueux et une falaise à pic pour atteindre le cœur de la forêt. Ils étaient en sécurité pour le moment.

Son intense soulagement laissa bientôt place au désir impérieux et primitif qu'il ressentait toujours lorsqu'il était près de Miranda. Nu comme il l'était, Bren ne pouvait pas dissimuler l'effet que lui faisait le fait de la tenir dans ses bras. D'ailleurs, pourquoi aurait-il voulu dissimuler quoi que ce soit à sa Kademair ? Son corps réagissait de la même manière que le sien. Il le sentait aux battements précipités de son cœur, à sa manière de le caresser et de se fondre en lui. Ses lèvres douces se pressèrent bientôt sur son torse. Tandis qu'elle y déposait un baiser, puis un autre, ses mains s'installèrent possessivement sur ses hanches. Il prit son visage entre ses mains pour le lever vers lui afin de pouvoir l'embrasser pleinement, comme c'était son droit, sans la moindre hésitation ni la moindre réserve.

— J'ai cru t'avoir perdue, murmura-t-il en glissant ses mains sous son chemisier pour caresser sa peau.

— Jamais…

— Je voulais te laisser partir, avoua-t-il en lui retirant son chemisier avec délicatesse. Hier encore, je voulais que tu sortes de ma vie de fou… Je ne le veux plus. Quoi qu'il puisse arriver, tu m'appartiens, Miranda.

— Oui, je t'appartiens.

Il dégrafa son soutien-gorge et le laissa tomber au sol pour tourner son attention vers des seins ronds et fermes aux pointes sensibles. Son existence était un miracle… Il se pencha pour embrasser sa gorge, fasciné par sa beauté, sa féminité, sa douceur et sa générosité. Miranda glissa ses doigts dans ses cheveux pour l'attirer vers elle et l'inciter à goûter plus pleinement la chair qu'il convoitait. Elle était chaude, douce et tendre d'une manière qui n'appartenait qu'aux femmes.

Même s'il avait déjà désiré des femmes, Bren n'avait jamais rien éprouvé de semblable. Leur union avait une puissance formidable. C'étaient la nature, leur âme et l'harmonie de l'univers tout entier qui s'exprimaient quand ils se touchaient.

Si le monde avait été parfait, il l'aurait allongée sur un lit moelleux et des draps délicats — mais le monde dans lequel ils vivaient n'était pas parfait. Ils n'avaient que cette forêt et ce moment, sans aucune garantie sur ce que l'avenir leur réservait, aucune promesse de lendemain. Il avait presque laissé Miranda lui échapper… C'était une erreur qu'il ne commettrait plus.

Elle se débarrassa de ses chaussures pour lui permettre de lui retirer son jean. Ils unirent leurs efforts presque frénétiquement pour qu'elle se retrouve aussi nue qu'il l'était lui-même. Pendant quelques instants, il la serra dans ses bras, immobile, pour sentir sa peau contre la sienne. Elle était si douce… la part de lui qui avait été capable de la laisser s'éloigner avait été vaincue par la terreur qui l'avait étreint lorsqu'il avait vu qu'on la poussait vers ce qui devait être sa mort, lorsqu'il l'avait regardée avec angoisse se raccrocher à un rail métallique qu'elle n'allait pas pouvoir tenir bien longtemps… Il avait vu ses doigts glisser peu à peu et cette image hantait encore son esprit.

Mais cet instant terrible était passé, ce n'était plus qu'un mauvais souvenir, et l'instant qu'ils vivaient désormais allait aussi changer leur vie, d'une manière plus profonde que n'importe quel autre. Immobiles et reconnaissants envers la vie, ils partagèrent leur chaleur et écoutèrent leurs cœurs battre à l'unisson jusqu'à ce que le désir qui les avait poussés l'un vers l'autre redevienne impérieux.

Bren baissa la tête pour embrasser l'épaule nue de Miranda en s'y attardant pour goûter sa peau. De là, il déposa une série de baisers le long de son corps, sur ses bras, ses seins, son ventre et la courbe délicate de ses hanches, pour finir par s'agenouiller devant elle et plonger sa langue entre ses cuisses. Il la caressait, l'échauffait et s'écartait tour à tour en la laissant tremblante. Les mouvements de ses hanches épousaient le rythme de sa langue et elle se mit à pousser de petits soupirs de satisfaction.

Peut-être étaient-ils destinés à s'unir de cette manière. Cette forêt déserte, si profonde et si préservée, semblait ne pas appartenir au monde civilisé dans lequel ils vivaient. Ils auraient aussi bien pu vivre cet instant des milliers d'années plus tôt, au temps des premiers Korbinian et Kademair, qui pouvaient s'unir sans crainte des dangers qui les menaçaient. Rien d'autre ne comptait que leur présence à tous deux. Il la goûtait en caressant ses cuisses et ses hanches, puis embrassa le bleu qui s'étalait sur sa cuisse, furieux qu'elle ait été blessée, même aussi légèrement. Il savait, sans aucun doute, qu'elle lui appartenait.

Il lui écarta délicatement les cuisses pour la goûter plus profondément encore. Miranda se cambra, gémit et frissonna, puis prit sa tête entre ses mains pour l'écarter doucement d'elle.

— Je te veux tout entier, cette fois, chuchota-t-elle d'une voix haletante. Tout entier, Bren…

Il n'avait plus la volonté suffisante pour s'opposer à elle. Le moment était venu.

Même si la forêt lui semblait un cadre idéal, il n'était pas question que son sol serve de couche à Miranda. Il ne voulait pas lui demander de s'allonger sur des feuilles mortes, des cailloux et des brindilles qui allaient la blesser et irriter sa peau. Non, il allait lui-même lui servir de lit. Il lui prit la main pour l'attirer vers lui en s'allongeant sur le dos. Elle suivit son mouvement comme il savait qu'elle allait le faire et s'agenouilla au-dessus de lui, sa chair tendre et humide si près de son érection qu'il dut retenir son souffle. Au lieu de l'accueillir aussitôt en elle, elle se pencha pour l'embrasser longuement et l'explorer de sa langue tandis que ses seins doux et chauds se pressaient contre son torse. Elle le taquina et le caressa avec douceur avant de le guider en elle. Elle ne l'accueillit d'abord qu'à peine tout en ondulant sur lui, leurs lèvres et leurs corps joints comme ils étaient destinés à l'être.

Ses baisers se firent de plus en plus légers jusqu'à ce que leurs lèvres s'effleurent à peine, tandis qu'elle continuait à onduler avec une lenteur qui le rendait fou.

— Je ne veux pas que ça se termine, murmura-t-elle contre sa bouche en écartant les cuisses pour l'accueillir à peine davantage avant de se redresser. Je me sens entraînée vers l'aboutissement, j'en meurs d'envie, en même temps que je ne veux pas qu'il se produise, parce qu'alors tout sera fini. J'ai l'impression de voler, comme si le plaisir qui m'attend était trop grand pour que mon corps et mon âme arrivent à le supporter.

Elle recommença à onduler en l'accueillant encore un peu plus. Alors elle ferma les yeux, gémit et se mit à frissonner.

Puis elle perdit le contrôle. Une part d'elle voulait peut-être que cela ne finisse jamais, mais son corps lui ordonnait de s'abandonner à lui et de se précipiter vers la jouissance, de plus en plus ardemment et de plus en plus vite.

Les yeux fermés, le visage encadré par ses longs cheveux blonds, elle se redressa pour l'accueillir tout entier. Il ne fallut plus qu'une seule ondulation, longue, avide, parfaite. Miranda poussa un grand cri, puis fut parcourue de spasmes et de frissons. Le soulagement que réclamait son corps ne pouvait pas attendre un instant de plus. Bren atteignit la jouissance en même temps qu'elle et s'abandonna à son plaisir en la sentant frémir.

Il éprouva bien plus qu'un soulagement physique, bien plus que le plaisir et la satisfaction qu'un homme et une femme pouvaient partager. Miranda venait d'obtenir ce qu'elle lui avait demandé : il lui appartenait tout entier.

Miranda comprit vite que Bren n'avait pas choisi cette partie de la forêt par hasard. Il y avait une grotte basse et profonde à quelque distance de la clairière où ils avaient atterri, vers laquelle il l'entraîna en la tenant par la main.

Son corps était comblé et encore chaud, et elle se sentait heureuse malgré les horreurs qui avaient rendu ce moment possible.

— Je ne savais pas que tu pouvais me rattraper en

l'air comme tu l'as fait, lui confia-t-elle sans quitter son dos des yeux.

Puisqu'il passait une partie non négligeable de son temps à se promener nu, c'était une chance qu'il ait un corps aussi sublime. Malgré tout ce qu'elle venait d'affronter, elle ne put s'empêcher de sourire. Elle s'était rhabillée et avait remis ses chaussures avant de le laisser l'entraîner mais Bren, lui, n'avait pas de vêtements. Elle aurait dû en être désolée pour lui, mais elle le trouvait si beau qu'elle n'arrivait qu'à s'en réjouir.

— Je n'étais pas sûr d'en être capable, avoua-t-il. Mais en te voyant et en comprenant ce que Talbot avait en tête, j'ai compris que c'était le seul espoir.

Le sourire de Miranda s'évanouit.

— Il m'a dit que tu viendrais me sauver. Comment pouvait-il le savoir si tu ne le savais pas toi-même ?

— Il n'avait aucun moyen de le savoir et je vais tuer ce salaud, grommela Bren. Je ne l'ai jamais aimé, et après ce qu'il vient de te faire…

— Non, l'interrompit Miranda. Il n'est pas comme les autres. Il n'est pas comme Quinn et Archard. Ses intentions sont…

— L'enfer est pavé de bonnes intentions, trancha Bren en s'arrêtant à l'entrée de la grotte. N'est-ce pas ce que dit le proverbe ?

— Ils ont enlevé son fils, précisa-t-elle.

— Ça ne se serait jamais produit s'il n'avait pas été en relation avec eux, répliqua Bren, une expression dure sur le visage. Je ne risquerai ni ma vie ni la tienne pour le sauver.

— Qu'allons-nous faire ? lui demanda-t-elle en sentant une part de sa satisfaction s'évanouir face à la triste réalité. D'après ce que Roger m'a dit, il semble que cet

Ordre soit puissant et étendu… Des tas de gens vont nous chercher et nous n'allons pouvoir nous fier à personne.

— Tu peux te fier à moi, la rassura Bren en la serrant une fois de plus contre son cœur. Tu le pourras toujours.

Miranda soupira. Elle sentait au plus profond de son être qu'il lui disait la vérité.

— C'est le cas, se contenta-t-elle de répondre.

La grotte qui s'ouvrait devant elle était étroite et son sol était encore plus accidenté que celui de la forêt. Bren et elle jouissaient d'une solitude totale et se trouvaient en sécurité pour le moment, mais ils ne pouvaient pas vivre de cette manière jusqu'à la fin de leurs jours. Il leur fallait de la nourriture, un abri décent, des vêtements… une salle de bains confortable équipée d'une douche chaude.

Bren l'embrassa trop brièvement et lui ordonna de l'attendre là. Après lui avoir promis de ne pas s'absenter longtemps, il s'éloigna d'elle. En un clin d'œil, l'homme qu'elle aimait reprit la forme de la nuée de corbeaux qu'elle commençait à si bien connaître… Les oiseaux s'élevèrent en une formation serrée qui lui fit penser à une épaisse colonne de fumée noire, puis s'élancèrent à l'assaut du ciel. Après les avoir regardés disparaître, Miranda se retrouva tout à coup complètement seule.

La forêt, qui semblait si accueillante quelques instants plus tôt, lui parut brusquement froide et lugubre. Miranda s'assit devant la grotte, ramena ses jambes contre sa poitrine, posa son menton sur ses genoux et s'efforça de resserrer les lambeaux de son chemisier et de son pantalon autour d'elle. Les becs et les serres des corbeaux avaient déchiré l'un et l'autre. Mais Miranda n'aurait pas songé à s'en plaindre. C'était déjà un miracle que les corbeaux soient parvenus à la porter sans lui faire une seule marque sur le corps. Les seules traces de violence qu'il présentait étaient les égratignures et le bleu qu'elle s'était faits en s'enfuyant de la cabane de Roger.

— N'aie pas peur.

Miranda releva vivement la tête. La créature à moitié humaine et à moitié féline qu'elle avait vue dans la prison que dissimulait la grange se tenait juste devant elle, toujours ravagée de terreur et de tristesse.

Malgré sa faiblesse apparente, cette créature devait posséder de grands pouvoirs pour avoir réussi à se déplacer aussi loin du lieu de sa mort. Miranda ignorait encore tant de choses sur l'au-delà… Certains fantômes venaient à elle, d'autres non. Elle n'avait pas revu Jessica depuis son réveil à l'hôpital et n'avait jamais vu ses parents. Certains spectres ne quittaient pas l'endroit où ils avaient trouvé la mort, d'autres, comme Dee et cette étrange créature, pouvaient apparemment parcourir d'assez grandes distances. Qu'ignorait-elle encore à propos de son don? Elle était certaine qu'il lui réservait encore bien des surprises — si on lui laissait le temps de les découvrir.

— Je m'appelle Miranda, murmura-t-elle en espérant ne pas l'effrayer.

Malgré son corps difforme et son apparence monstrueuse, elle ne sentait émaner de lui que du bien. Il n'y avait aucunes ténèbres autour de lui et sa silhouette diffusait même une apaisante lumière blanche.

— Je connais ton nom, Miranda. Ils sont très contrariés que ton ami et toi vous soyez échappés.

Son visage se déforma douloureusement comme s'il essayait de sourire sans en être capable.

— Comment t'appelles-tu? lui demanda Miranda, puisqu'il n'avait pas pris la peine de se présenter.

— Pete, répondit-il. Je m'appelle Pete.

La créature difforme s'inclina aussi élégamment que possible.

— Je suis ravi de te rencontrer, déclara-t-il. Je n'ai parlé à personne depuis très longtemps — du moins, à personne qui puisse m'entendre. Et ça fait longtemps que personne ne m'a vu. Je suis très heureux que mon apparence ne t'offense pas.

Miranda ne se donna pas la peine de mentir à Pete en lui assurant qu'elle ne trouvait pas son apparence grotesque. Les fantômes savaient intuitivement quand on leur mentait et la plupart avaient abandonné toute vanité.

— Je vois aussi bien la bonté qu'il y a en toi que la bizarrerie de ton apparence.

— Ce n'était pas le cas des autres, murmura-t-il.

Puisqu'elle devait attendre le retour de Bren, elle pouvait toujours essayer d'aider Pete. Peu importait ce qu'il avait pu faire pendant sa vie, son spectre bienveillant méritait de trouver la paix après sa mort. Il aurait dû se délivrer de la difformité physique qu'il avait emportée dans l'au-delà. Miranda supposa que c'étaient les tortures qu'il avait subies qui le retenaient prisonnier de cet endroit et de cette forme. Roger avait-il pris part au destin tragique de Pete ? Elle ne pouvait s'empêcher d'espérer que non.

— As-tu vu la lumière ? lui demanda-t-elle.

Pete secoua la tête.

— Elle t'attend, poursuivit-elle.

Elle se leva lentement et espéra ne pas l'effrayer en s'approchant de lui. Il devait avoir une raison d'être venu à elle. Avait-il besoin de son aide ?

— De l'autre côté, il y a…

Il secoua encore la tête.

— Je ne peux pas y aller. Je ne suis pas l'homme que

j'aurais dû être. J'ai été souillé par un mal qui coule encore dans mes veines. Et je ne peux pas abandonner…

Il laissa tomber sa tête sur sa poitrine pour ne pas avoir à soutenir son regard.

— Ce n'est pas pour moi que je viens te demander de l'aide, expliqua-t-il. Je suis perdu et tu ne peux rien y faire. Je suis venu jusqu'ici pour te dire que tu dois retourner à la ferme.

Miranda secoua la tête sans oser lui dire que Bren avait déjà refusé d'aider l'un des hommes qui les avaient enlevés afin de s'assurer de l'extinction des Korbinian.

— Que pouvons-nous faire contre des hommes armés ? Bren et moi ne sommes pas des soldats et…

— Ils vont tuer l'homme qui vous a aidés et son fils. Ce n'est pas juste.

La créature secoua la tête avec une infinie tristesse.

— N'y aura-t-il donc personne pour se battre pour la justice ? Je pensais que tu le ferais…

Miranda sentit sa gorge se dessécher.

— Mais Jackson n'a que quinze ans… Ils ne vont quand même pas lui faire du mal !

— J'avais dix-sept ans quand mon père m'a tranché la gorge, répondit Pete.

— Ton père ?

— J'ai été mordu par un homme-tigre pendant ma première mission. Des scientifiques de l'Ordre se sont présentés avec un soi-disant traitement. Mon père a insisté pour que je le prenne avant de me transformer en monstre. Voilà le résultat… Je ne suis ni un homme ni une créature sauvage, mais un être monstrueux piégé quelque part entre les deux. Je croyais qu'ils essaieraient d'autres traitements… Un soir, mon père est venu me proposer du thé. J'étais assis sur un lit de camp en me demandant pourquoi ils m'avaient enfermé. Ces hommes me connaissaient... J'étais l'un des leurs ! Mon père m'a demandé quelle variété de thé je voulais et les a énumérées : noir, vert, à la menthe, à la camomille...

La respiration de Pete devint haletante.

— Il m'a tranché la gorge pendant que j'essayais de me décider. Il a agi très vite, en espérant sans doute que j'allais mourir sur le coup. Mais j'ai survécu encore quelques minutes. J'ai eu le temps de le regarder dans les yeux et de voir qu'il éprouvait du chagrin mais aucun regret.

Il frissonna.

— Il a dit à ma mère que je m'étais enfui et lui a défendu de prononcer mon nom.

— Et comment t'appelles-tu ? murmura Miranda.

— Je m'appelle Peter Quinn. J'ai grandi dans cette ferme et j'ai un jour été l'un d'entre *eux*.

En rencontrant son regard, Miranda se sentit submergée par une immense tristesse.

— Sauve au moins le garçon, s'il te plaît... Personne n'est venu pour moi.

11

Sous forme de nuée de corbeaux, Bren se dirigea vers la ville voisine avec un but précis. Par le passé, il n'avait volé que pour se détendre, se divertir et jouir d'une complète liberté. Le fait de transporter Miranda lui avait permis de comprendre qu'il pouvait faire davantage.

Les corbeaux tournoyèrent au-dessus de la bourgade, repérèrent ce dont il avait besoin, puis plongèrent sur leurs cibles. Il pilla le marché, une corde à linge et une benne de collecte de vieux vêtements en quelques secondes avant de s'élever de nouveau dans les airs. Au sol, des hommes et des femmes criaient, riaient ou maudissaient les volatiles audacieux. Certains coururent se réfugier dans des bâtiments en entraînant leurs enfants comme s'ils allaient être ses prochaines cibles.

Fatigué et alourdi par son butin, il repartit vers la forêt plus lentement qu'il ne l'avait quittée. Néanmoins, porté par les courants aériens et la puissance des Korbinian, il traversait encore le ciel à vive allure.

Bren n'avait jamais conservé cette forme aussi longtemps et n'avait jamais porté plus qu'une brindille ou un caillou jusqu'à ce jour. En laissant tomber ce qu'il avait volé sur le sol près de Miranda qui l'attendait, il se sentit épuisé comme il ne l'avait jamais été. Mais il n'en avait pas encore fini.

Miranda agita les bras pour l'appeler tandis qu'il

repartait, cette fois en direction de l'est. Le vent lui porta sa voix, qui vint redoubler l'appel qu'il ressentait au plus profond de lui, là où personne d'autre qu'elle ne pouvait l'atteindre. Il mourait d'envie de faire demi-tour et de reprendre forme humaine pour la serrer dans ses bras, mais il ne le pouvait pas encore. Il avait dit à Miranda qu'il n'avait pas l'intention de risquer leurs vies pour Roger Talbot, mais l'idée que son fils puisse être en danger l'inquiétait.

Il avait vu le jeune Talbot de loin en loin lorsque la famille était venue envahir sa montagne pour des vacances. Ce garçon aimait la nature et gardait quelque chose de son innocence enfantine tout en devenant un homme. Jackson Talbot n'avait rien à faire entre les mains d'hommes comme Duncan Archard.

Les corbeaux volèrent à vive allure en rasant les cimes des arbres. La plupart d'entre eux n'avaient pas encore de feuilles en ce début de printemps. Les cornouillers sauvages, en fleurs, ponctuaient la forêt de petites taches blanches. En approchant de leur destination, les oiseaux plongèrent pour voler entre les arbres, dissimulés aux regards de ceux qui pouvaient guetter leur retour.

Aux abords de la ferme, soixante-quinze corbeaux se perchèrent dans les branches et deux seulement poursuivirent leur route vers les bâtiments. Si Talbot avait aidé Miranda, comme elle le prétendait, il était sans doute déjà mort. Bren comprenait mal qui étaient ces gens et ce qu'ils voulaient, mais il savait qu'ils possédaient beaucoup d'informations et ne reculaient devant rien pour atteindre leur but. Il n'était pas question qu'il coure le risque que ces hommes remettent la main sur Miranda, mais il fallait qu'il sache ce qui se passait. Peut-être pourrait-il la rassurer en lui disant que Jackson n'était pas dans les environs et que Talbot s'amusait bien — ou échafaudait des plans diaboliques — avec ses camarades.

Dans ce cas, il n'aurait à se soucier que d'elle.

La porte de la grange était ouverte et il ne vit personne à l'intérieur. Par l'une des fenêtres du corps de ferme, il revit la femme aux cheveux gris, dans la cuisine, qui remuait une grande casserole d'où s'échappait une odeur délectable. A travers une autre fenêtre, il repéra le vieil homme et Archard qui se parlaient à voix basse. Ils semblaient vivement contrariés.

Talbot n'était pas là. Il était peut-être mort, à moins qu'il n'ait réussi à s'échapper. Bren aurait aimé penser que le prétendu ami de Miranda avait simplement quitté la ferme, mais sa voiture était encore là. Ces hommes le séquestraient-ils comme ils avaient séquestré Miranda ? Etait-ce pour cette raison que les deux jeunes gardes armés ne se trouvaient pas avec le vieil homme et Archard ?

Les corbeaux entendirent la voiture avant de la voir. Même si elle était encore trop loin pour que les occupants de la maison entendent le bruit de son moteur, ils furent informés de son arrivée par un signal d'alarme dès qu'elle s'engagea dans la longue allée de la ferme.

Les deux hommes sortirent aussitôt de la maison. Les deux corbeaux se posèrent sur le toit tandis qu'ils regardaient approcher le véhicule qu'ils attendaient visiblement.

De toute évidence, c'était le vieil homme qui décidait de tout. Même s'il paraissait tout à fait inoffensif, Bren en avait vu assez pour savoir que les apparences étaient trompeuses. La voiture noire s'arrêta. Son conducteur en sortit, salua respectueusement les deux hommes, puis alla ouvrir la portière arrière et se pencha vers l'intérieur.

Bren reconnut Jackson Talbot dès qu'il le vit apparaître.

Ses cheveux bruns lui tombaient dans les yeux, il était plus pâle que d'habitude et portait, comme toujours, un jean et un T-shirt trop large.

Et ses mains étaient attachées dans son dos.

Le garçon essayait de se montrer digne et courageux, mais il était visiblement — et légitimement — terrifié. Il était trop jeune et trop honnête pour savoir feindre la bravoure. Bon sang ! Miranda avait raison.

Mais où se trouvait Talbot ? Bren n'attendit pas longtemps avant de le découvrir.

Le vieil homme accueillit Jackson par un sourire, puis l'entraîna vers la grange.

— Je suis sûr que tu aimerais voir ton père… Il t'attend.

Les deux hommes pénétrèrent dans la grange avec Jackson puis le conducteur de la voiture les rejoignit en fermant la porte derrière lui.

Miranda ramassa tout ce que les corbeaux avaient laissé tomber et en fit l'inventaire : un pantalon kaki qui semblait trop grand pour Bren, une couverture tachée, un paquet de chips et un sachet de cacahuètes, des biscuits au fromage, cinq briques de jus de fruits, deux barquettes de fraises et une longue corde. Elle faillit éclater de rire. Les corbeaux avaient la réputation d'être d'habiles voleurs — elle savait désormais que c'était à juste titre.

Même si Bren lui avait dit qu'il n'avait pas l'intention d'aider Roger, elle était rassurée qu'il ait pris la peine d'aller voir où les choses en étaient. Il devait être un peu inquiet, lui aussi, sans quoi il aurait été auprès d'elle pour se reposer, lui parler ou lui faire l'amour.

Elle n'eut pas longtemps à attendre. Alors que le soleil

approchait de l'horizon, elle sentit et vit les corbeaux revenir vers elle.

Bren ne comprenait pas qui étaient les hommes de la ferme. Il ne savait pas ce dont ils étaient capables ni pourquoi ils voulaient s'emparer de lui. Et d'elle. Il ignorait ce qui était arrivé à Pete Quinn et quel monstre était Ward Quinn malgré son apparence inoffensive. S'il l'avait su, il aurait estimé comme elle qu'ils devaient faire quelque chose.

Même si elle l'avait déjà vu se transformer, ce spectacle lui coupa le souffle une fois encore. Le changement était si rapide que l'œil ne parvenait pas à le saisir. L'instant d'avant, une nuée de corbeaux tournoyait sur elle-même, celui d'après, Bren, nu, se tenait à leur place.

Malgré l'épuisement qu'elle lisait dans son regard, sa démarche était souple et assurée. Il la prit dans ses bras et l'attira contre lui sans un mot.

Il allait bientôt faire nuit. Le ciel s'assombrissait et le couvert de la forêt augmentait encore la pénombre. Il n'allait plus falloir que quelques minutes pour que l'obscurité soit totale. Pendant l'absence de Bren, Miranda leur avait installé un semblant de lit dans la grotte — un tas de feuilles mortes sur lequel elle avait étalé la couverture — et avait entreposé la nourriture juste à côté. Bren n'aurait sans doute pas volé toutes ces choses s'il n'avait pas eu l'intention de passer la nuit auprès d'elle.

— Qu'as-tu vu à la ferme ? lui demanda-t-elle en appuyant sa tête contre son torse.

Il hésita.

— Tu avais raison, répondit-il finalement. Ils détiennent le garçon.

Miranda soupira.

— Nous devons faire quelque chose.

— Il n'est pas question que tu coures le moindre risque, même pour sauver ton ami et son fils, déclara-t-il d'un ton tranchant.

— Parce que je suis ta Kademair ?

— Parce que tu n'es pas une guerrière. D'ailleurs, je ne te laisserais pas affronter ces hommes même si tu en étais une.

— Mais…

— Nous allons nous reposer ici pendant un moment, poursuivit-il sans lui laisser le temps de protester. Dès que je pourrai de nouveau voler, je retournerai en ville pour prévenir la police qu'un enfant est séquestré à la ferme. Les autorités peuvent gérer cette situation.

— Nous aussi, insista Miranda.

Bren secoua la tête.

— Je refuse de mettre ta vie en danger. Puisque Talbot s'est mis dans ce pétrin, il peut bien se débrouiller pour sauver son propre fils ! Je lui enverrai l'aide de la police, mais je ne ferai rien de plus. C'est Talbot qui a le devoir de protéger sa famille, comme j'ai celui de te protéger.

Elle posa ses paumes sur sa peau nue. Elle ne pouvait pas s'enfuir en laissant Jackson aux mains de ces hommes horribles ! Un Ordre… Ils n'étaient rien de plus qu'une bande d'assassins. Qu'allait-elle faire ? Bren ne semblait pas disposé à changer d'avis.

Elle l'aimait. Il était vrai qu'elle était loin d'en savoir assez sur Bren, sur ses ancêtres et sur ce que l'avenir lui réservait s'ils restaient ensemble — et s'ils survivaient. De son côté, il ne comprenait pas à quel point son don était envahissant et épuisant, ce qu'il en coûtait de vivre au milieu de fantômes qui lui communiquaient leurs terreurs et leur chagrin.

Dès qu'il la touchait, elle n'était plus capable de penser à autre chose. Elle était entraînée vers lui par une force dont elle sentait bien qu'elle la dépassait. D'après l'Ordre et d'après Dee, ils étaient Kademair et Korbinian. Ils étaient destinés à s'unir, sans avoir le moindre choix, à cause d'une attirance aussi puissante et incontrôlable que le cours d'un torrent.

S'agissait-il d'amour ou d'une simple obsession ? Ce qu'elle éprouvait dépassait sûrement une attirance provoquée par un hasard génétique et une tradition étrange… Pour le moment, le plus urgent était d'expliquer à Bren ce qui était arrivé à Pete pour lui permettre de comprendre à quel point la situation était grave, ou pouvait le devenir. Cela suffirait peut-être à le faire changer d'avis…

Elle répéta à Bren ce que le fantôme tourmenté lui avait appris sans le lâcher un instant pour s'imprégner de sa force, de sa chaleur, et s'abandonner à l'amour qu'elle ressentait sans l'avoir avoué. Elle lui expliqua aussi ce qu'elle avait appris lorsqu'elle était détenue dans le bunker dissimulé sous la grange et à quel point ils étaient déterminés à faire en sorte qu'il soit le dernier de son espèce.

Il l'écouta en hochant la tête de temps à autre. Elle sentait sa tension, à la fois dans ses muscles et en elle-même, un peu à la manière dont elle éprouvait les émotions des fantômes. Elle n'avait jamais été aussi proche de quelqu'un de toute sa vie. C'était à la fois merveilleux et terrifiant…

Mais il ne proposa pas un changement de plan. Seule sa sécurité comptait à ses yeux. C'était en lui un besoin aussi primaire et impérieux que l'attirance physique qu'ils partageaient. Allait-il regretter sa décision si quelque chose d'horrible arrivait à Jackson ? Elle était certaine que ce serait son cas et le lui dit.

— Tu portes peut-être déjà le prochain Korbinian, répliqua-t-il en posant sa main sur son ventre. C'est une race entière que tu vas sauver.

Il pressa ses lèvres contre sa gorge.

— Même si j'étais prêt à risquer ta vie, ce qui n'est pas le cas, je serais fou de risquer la survie de mon espèce, conclut-il.

— Comment pourrais-je me soucier de l'avenir alors que les trois hommes que j'aime le plus au monde sont en danger ? s'écria-t-elle.

Il s'écarta pour plonger son regard dans le sien. Elle y vit une telle puissance qu'elle ne put s'empêcher de frissonner.

— Tu aimes Talbot ?

Elle acquiesça.

— Je suis furieuse après Roger et ce qu'il a fait est impardonnable… mais il est comme un grand frère pour moi. Quant à Jackson… Je le vois grandir depuis des années. Ils sont ma famille — la seule famille que j'avais avant de te rencontrer.

Il faisait de plus en plus sombre. Des bêtes s'agitèrent dans les fourrés. Bren se dirigea vers la grotte en l'entraînant par la main comme s'ils dansaient — et comme s'il avait peur de la lâcher.

— Je suis ta famille, désormais.

— Très bien, admit-elle, voyant bien à la dureté de son expression qu'il ne servait à rien d'argumenter davantage. Repose-toi avant d'aller prévenir la police.

— Après quoi nous disparaîtrons, ajouta-t-il. Nous irons dans un endroit où on ne pourra pas venir nous ennuyer. Je te promets que plus personne ne vous menacera, toi et nos fils.

Ils entrèrent dans la grotte basse et étroite et se serrèrent l'un contre l'autre sur la couverture. Même s'ils n'étaient pas d'accord sur la manière de gérer la situation, Miranda ne pouvait pas s'empêcher d'avoir envie de lui en le sentant si proche. Sa seule présence l'incitait à tout vouloir de lui. Il devait éprouver la même chose, puisqu'il entreprit de la déshabiller malgré son épuisement. Il lui retira son jean, son chemisier, et l'embrasa par de lentes caresses. Ses mains connaissaient déjà si bien son corps… tout comme ses lèvres chaudes qui se pressaient sur sa gorge et ses seins comme s'il était affamé d'elle.

Elle laissa courir ses mains sur son corps souple et musclé, et embrassa sa gorge au goût salé et si délicieusement masculin. Lorsque leurs bouches se rencontrèrent, elle eut l'impression qu'il aspirait son âme en même temps qu'elle la sienne.

Alors il fut sur elle et elle enroula ses jambes autour de sa taille pour l'inciter à plonger au plus profond de son corps embrasé. Il s'empressa de lui obéir en lui offrant des vagues de plaisir de plus en plus intenses.

En faisant lentement l'amour, ils oublièrent progressivement le danger, leurs doutes et leurs souvenirs du temps où ils ignoraient l'existence l'un de l'autre. Leur danse chassa la solitude et la peur. Leur union n'avait pas la frénésie des précédentes, parce qu'elle était délivrée des incertitudes qui les avaient tourmentés.

Miranda ne songea bientôt plus qu'à ses sensations tandis que leur danse s'accélérait jusqu'à les emporter ensemble dans un plaisir intense qui les laissa tremblants et comblés. Alors ils s'immobilisèrent et le monde recommença à exister.

Bren resta allongé sur elle, la protégeant et lui communiquant sa chaleur. Une partie d'elle avait envie de saisir le bonheur qui lui était offert et de s'enfuir avec lui. Mais une autre part d'elle, plus profonde, savait qu'ils ne pourraient ni l'un ni l'autre vivre en paix avec le souvenir de ce qu'ils avaient abandonné derrière eux.

Elle savait aussi qu'elle n'arriverait pas à convaincre Bren, dont elle commençait à mesurer l'entêtement.

— Quinn m'a expliqué ce qu'était une Kademair, murmura-t-elle en laissant courir ses doigts dans les cheveux de Bren. Ça ne veut pas seulement dire que je suis capable de porter tes enfants. Ça veut dire…

L'idée qu'elle voulait exprimer lui semblait si déplacée, si archaïque, que les mots eurent du mal à franchir ses lèvres.

— … que je suis née pour toi, parvint-elle à chuchoter.

— Peut-être, répondit Bren après quelques secondes d'hésitation.

— Tu n'en es pas sûr ?

Il laissa échapper un rire amer.

— Je ne suis plus sûr de rien.

— S'il est vrai que je suis née pour toi, ne trouves-tu pas fascinant que nous nous soyons rencontrés dans un monde aussi vaste ?

— Je ne peux pas t'expliquer pourquoi, mais nous l'avons fait. Je me suis caché toute ma vie, et pourtant tu m'as trouvé…

— Avec l'aide de Roger.

Bren ricana.

— Il n'est pas question que je me sente redevable envers lui. Il a bien failli te tuer après t'avoir amenée à moi !

— Je t'ai déjà dit qu'il était sûr que tu allais me sauver.

— Il a misé ta vie sur un pari et c'est impardonnable, répondit Bren avec colère.

Non, elle n'allait pas le faire changer d'avis.

Bren poussa un soupir épuisé puis roula sur le côté en la gardant dans ses bras.

— Je t'aime, dit-elle avec une aisance qui la surprit. Je t'aime tant qu'il m'est facile d'accepter l'idée insensée que je puisse être née pour toi.

Elle mourait d'envie d'entendre Bren lui dire des mots semblables et admettre que leur attirance physique était mêlée d'amour. Mais il ne répondit rien. Il ferma les yeux et sombra bientôt dans un profond sommeil. Les événements de la journée l'avaient vidé. Combien de temps faudrait-il pour qu'il puisse voler de nouveau ? Il avait parlé de quelques heures, mais combien de temps s'écoulerait avant qu'il puisse prévenir la police ? Jackson et Talbot avaient-ils autant de temps devant eux ?

Miranda déposa un baiser sur l'épaule de Bren endormi, puis posa une main sur son torse pour sentir les battements réconfortants de son cœur et le rythme régulier de sa respiration.

— Ne m'en veux pas, murmura-t-elle lorsqu'elle fut certaine qu'il dormait profondément. Je ne peux pas rester sans rien faire quand les gens que j'aime sont en danger. J'aurais aimé que nous le fassions ensemble, mais je vais agir seule, puisque je n'ai pas d'autre choix.

Il ne lui restait plus qu'à espérer qu'il ne tarde pas à prévenir la police.

Miranda ramassa ses vêtements en silence, ainsi qu'une brique de jus de fruits, un paquet de biscuits et le pantalon que Bren venait de voler, puis elle quitta la grotte pour plonger dans les ténèbres de la forêt.

Sans la lumière du jour et sans Bren pour la guider,

celle-ci lui parut menaçante. Elle se tourna dans la direction qu'elle croyait être celle de la ferme et enfila ses vêtements en lambeaux en soupesant sa décision pour la centième fois en quelques minutes. Une fois habillée, elle noua le pantalon de manière à en faire une sorte de sacoche, y rangea ses provisions, le mit en bandoulière et fit quelques pas hésitants. Son pied droit s'enfonça presque aussitôt dans un trou. Elle trébucha et atterrit sur les genoux en se réjouissant de ne pas s'être foulé la cheville.

— Un peu d'aide serait la bienvenue, grommela-t-elle.

Aussitôt Dee et Pete se dressèrent près d'elle. Tous deux éclairèrent ses pas de leurs silhouettes fantomatiques.

Sans savoir précisément combien de temps il allait durer, Miranda était certaine que le trajet serait long. Avec Bren, elle avait survolé le paysage à une vitesse effrayante. La marche à pied allait lui coûter bien plus d'efforts. Elle fit un pas après l'autre en se concentrant sur le sol inégal qu'elle foulait et en se répétant que Roger et Jackson étaient encore en vie, probablement enfermés dans cette horrible pièce où tant d'autres étaient morts.

— Bren va t'en vouloir de l'avoir abandonné comme ça, lui fit remarquer Dee après un long silence.

— Je sais, répondit Miranda sans pouvoir s'empêcher de sourire. Mais je crois qu'il m'aime assez pour me comprendre. Quand tout sera fini, il me pardonnera.

Dee lui jeta un coup d'œil par-dessus son épaule avec une expression qui indiquait clairement qu'elle n'en était pas si sûre.

Contrairement à son habitude, Bren dormit profondément. Il ne rêva pas de Miranda mais du fils de Talbot et sut ce qu'il devait faire dès qu'il se réveilla. Que cela lui plaise ou non, il ne pouvait pas s'enfuir avec sa Kademair avant de s'être assuré que Jackson — et même ce salaud de Talbot — allaient bien.

Il roula sur le côté en faisant craquer les feuilles sèches, s'attendant à sentir le corps de Miranda. Il ne rencontra que le vide. Il acheva de se réveiller et ne mit qu'une dizaine de secondes à comprendre où Miranda était partie.

N'avait-elle rien écouté de ce qu'il lui avait dit? Ne comprenait-elle pas à quel point elle était importante?

Bren quitta la grotte en jurant et plongea dans l'obscurité de la forêt endormie. Ces bois ressemblaient assez à ceux de sa montagne. Comme sa vision nocturne était aussi bonne que son ouïe, il n'eut aucun mal à scruter les environs déserts. Miranda était partie depuis longtemps — probablement des heures.

L'inquiétude, la colère et la peur l'envahirent. C'étaient des émotions qu'il n'avait éprouvées que rarement avant de rencontrer Miranda. Elles semblaient devenues des expériences quotidiennes… Il lui avait pourtant dit qu'elle devait se montrer prudente! Et il venait de décider d'aider ses amis, alors qu'il n'aspirait qu'à s'enfuir avec elle là où ils pourraient commencer une vie nouvelle.

Il n'aimait pas du tout la violence de ses émotions nouvelles. En valait-elle la peine? Le plaisir qu'ils partageaient était incroyable, mais l'intensité de ce qu'il éprouvait pour elle l'affaiblissait. Son instinct de survie le pressait de s'envoler pour échapper à ceux qui voulaient le tuer comme ils voulaient tuer tous ceux qui avaient la malchance — ou la chance — d'être différents. Tout le reste de son être exigeait qu'il suive Miranda, même jusqu'au bout du monde, même jusqu'à la mort et au-delà.

Les Korbinian et les Kademair étaient censés être liés d'une manière que les simples humains ne pouvaient pas connaître. Le rêve qu'ils avaient partagé, son appel à l'aide, l'attirance qu'il avait éprouvée pour elle dès le premier regard… Tout cela dépassait le simple désir physique.

Bren s'efforça d'atteindre Miranda sans savoir si elle allait entendre son appel. Il songea à elle, imagina ses yeux bleus, ses lèvres douces, la courbe de ses joues… Il se rappela la sensation merveilleuse de leurs deux corps unis jusqu'à presque la sentir contre lui et humer son parfum. Alors il murmura dans la nuit.

— Ne fais plus un pas ! Attends-moi.

12

Miranda trébucha lorsque la voix de Bren résonna dans sa tête, aussi forte et claire que s'il s'était trouvé à côté d'elle.

Attends-moi.

— Ne m'en veux pas, murmura-t-elle en sentant sa contrariété aussi clairement qu'elle entendait sa voix.

S'il l'entendit, il ne se donna pas la peine de répondre.

Elle marchait depuis des heures, en avançant droit devant elle parce qu'elle n'avait pas d'autre choix. Bien sûr, il aurait été tellement plus simple de faire les choses comme Bren l'avait décidé et de laisser des policiers armés résoudre le problème... Mais elle ne pouvait s'y résoudre. Elle se sentait responsable de la sécurité de ses amis. Peu importait la colère qu'elle éprouvait envers Roger, Jackson et lui étaient sa seule famille — une famille qu'elle avait choisie. Elle ne savait pas comment elle allait pouvoir entretenir sa relation avec eux lorsqu'ils s'en seraient sortis — s'ils s'en sortaient — mais il n'était pas question qu'elle les abandonne à Ward Quinn et Duncan Archard sans se battre.

Bren lui avait répété qu'elle était trop importante pour mettre sa vie en danger, mais Miranda savait bien qu'elle ne se pardonnerait jamais de ne pas avoir fait tout ce qui était en son possible pour qu'un innocent ait la vie sauve.

Elle reporta son attention sur le sol inégal, sur la lueur

surnaturelle de Dee et Pete et sur le chemin au bout duquel Roger et Jackson l'attendaient. Si ses estimations étaient correctes, elle ne devait plus se trouver très loin du but. Ses pieds étaient mouillés depuis qu'elle avait passé le gué d'un torrent, ses orteils étaient engourdis et ses chaussures faisaient du bruit presque à chaque pas, mais elle n'avait pas le temps de se lamenter sur des choses aussi insignifiantes.

Les fantômes qui l'accompagnaient pouvaient la guider, mais ils ne lui étaient d'aucune aide pour franchir les obstacles. Elle était transie, mouillée, terriblement seule et commençait à avoir mal partout. Dee aurait-elle la force de lui venir en aide si elle glissait d'un rocher ? Une chose était certaine : Bren ne serait pas là pour la rattraper.

— Tu n'as pas dit à Bren que tu me voyais et que nous nous parlions, murmura Dee dans la nuit.

Elle semblait plus curieuse que contrariée.

— Tout est arrivé si vite... Je n'ai jamais trouvé le bon moment.

— Tu t'inquiètes de ce qu'il pourrait en penser.

Evidemment qu'elle s'en inquiétait !

— M'imagines-tu en train de lui dire : « Je t'aime, j'ai envie de toi et ta mère ne doit pas être bien loin » ?

Dee se mit doucement à rire.

— Je t'accorde que ce serait une conversation délicate...

— Je le lui dirai un jour. C'est promis.

Dee lui répondit d'un hochement de tête reconnaissant.

Miranda s'était habituée au fait de n'être presque jamais seule, mais cela mettait beaucoup de gens mal à l'aise. Comment Bren allait-il le supporter ?

Plus d'une fois au cours de cette longue nuit il lui aurait été bien plus simple de faire demi-tour que de poursuivre, mais Miranda ne se retourna pas une seule fois, pas même pour jeter un coup d'œil en direction des ténèbres qu'elle avait déjà franchies. Elle n'en avait pas le temps. Le fait que Bren lui ait demandé de l'attendre signifiait-il qu'il avait l'intention de l'aider? Allait-elle arriver trop tard? Allait-elle atteindre la ferme pour y trouver les cadavres de deux des hommes qu'elle aimait le plus au monde? Terrifiée, elle força l'allure malgré ses courbatures en se demandant à chaque pas si elle avait pris la bonne décision. Par sa faute, Bren était de nouveau en danger.

Alors elle recommença à penser à Jackson. Roger pouvait prendre soin de lui-même. S'il devenait la victime de l'Ordre auquel il appartenait, ce ne serait que la conséquence des choix qu'il avait faits. Bren avait échappé à l'Ordre, s'était précipité au-devant du danger pour la sauver et s'en était tiré sans une égratignure : il pouvait recommencer. Mais Jackson… Jackson n'avait pas choisi la vie de son père. Il n'avait pas demandé à être mêlé à cette folie… Elle ne pourrait jamais supporter de voir apparaître son fantôme et il n'était pas question qu'elle reste assise dans une grotte ou, pire, qu'elle s'enfuie pendant que des événements peut-être fatals pour lui se déroulaient.

Miranda continua à avancer, même si elle voyait mal comment elle allait pouvoir intervenir une fois qu'elle aurait atteint la ferme. Elle n'avait pas d'arme, ce qui n'avait d'ailleurs pas grande importance, puisqu'elle n'en avait jamais tenu dans ses mains et n'aurait pas su comment s'en servir. Comment allait-elle s'y prendre pour sauver ses amis?

Mais les doutes qui l'assaillaient ne l'empêchaient pas de poursuivre sa route à travers la forêt. Et si Bren, furieux qu'elle ait désobéi à son ordre, refusait de l'aider?

Il ne l'avait pas vraiment laissée exposer son point de vue lors de leur dernière discussion et elle commençait à suspecter qu'il était le genre d'homme à vouloir décider de tout. Elle l'aimait et sentait qu'il l'aimait aussi. Il n'avait jamais reconnu qu'il avait besoin d'elle sur un autre plan que celui de l'attirance physique. Même si elle comprenait désormais qu'ils appartenaient l'un à l'autre, elle ne pouvait pas s'empêcher de se demander si la malédiction des Lynch pouvait les frapper.

Ses pieds lui faisaient souffrir le martyre, elle était frigorifiée et elle ne s'était jamais sentie aussi seule de toute sa vie, pas même après l'accident et la mort de Jessica. Elle avait découvert ce que l'on ressentait à faire partie de quelque chose de plus vaste que sa propre personne, et elle avait abandonné sans explication l'homme qui était au centre de son nouvel univers.

Et si elle arrivait trop tard?

Et si la décision qu'elle avait prise provoquait plus de mal que de bien?

Et si ces hommes la capturaient une nouvelle fois et se servaient d'elle pour atteindre Bren?

Le ciel commençait à virer au gris et une lumière diffuse filtrait entre les arbres. Avec le jour qui se levait, Miranda pouvait désormais voir plus loin que les ténèbres environnantes, les arbres, les buissons et les rochers les plus proches éclairés par une lumière spectrale. Elle pouvait maintenant regarder entre les troncs des arbres, au-delà des fourrés et des amoncellements de roches avec l'espoir d'apercevoir le corps de ferme ou la grange dans le lointain. Toujours rien. Elle avait marché toute la nuit. Maintenant que le jour se levait, elle était épuisée, à bout de souffle, endolorie et commençait à sérieusement douter des intentions de Bren. Même si elle avait l'impression que sa destination était toute proche, que son trajet nocturne était presque fini, elle ne savait pas combien de temps il lui faudrait encore marcher. S'était-elle trompée dans ses estimations? Ou la ferme allait-elle apparaître à l'horizon d'un moment à l'autre?

Lorsqu'elle vit Pete s'arrêter près d'un cornouiller difforme, elle crut d'abord qu'il voulait lui accorder quelques instants de repos. A sa manière de fixer le sol et à son immobilité presque solennelle, elle comprit vite qu'il s'agissait d'autre chose.

Dee et elle allèrent se placer de part et d'autre de lui.

— Que se passe-t-il?

— C'est ici que mon père m'a enterré, lui expliqua le fantôme. Sans cérémonie, sans adieux, sans rien pour marquer l'emplacement de ma tombe... Il a raconté à ma mère que nous nous étions disputés et que je m'étais enfui. Il a eu peur qu'elle n'arrive pas à cacher son chagrin si elle apprenait ma mort. Il a jeté mon corps dans cette tombe de fortune et s'en est allé. Il ne s'est pas retourné une seule fois — je le sais, puisque j'ai assisté à la scène. Je me trouvais près de ma tombe et lui ai hurlé de ne pas me laisser là, mais il ne m'a pas entendu.

Miranda aurait aimé poser une main réconfortante sur l'épaule de Pete, mais c'était impossible. Elle pouvait le voir, l'entendre, ressentir sa souffrance, mais pas le toucher. Ce n'était pas la première fois qu'il mentionnait sa mère et elle commençait à penser que celle-ci pouvait beaucoup contribuer à lui permettre de trouver la paix.

— Je vais trouver un moyen de dire à ta mère que tu ne t'es pas enfui, lui promit-elle.

Pete ne sembla même pas l'entendre.

— Il arrive encore, le jour de la fête des Mères, pour son anniversaire ou à Noël qu'elle aille ouvrir la boîte aux lettres ou reste assise près du téléphone en espérant que je vais enfin lui donner de mes nouvelles. Seize ans se sont écoulés depuis que mon père m'a enterré ici et elle m'attend toujours. La voir espérer me brise le cœur. J'ai essayé de l'atteindre, de la toucher, de lui parler... mais elle n'a pas ton don. Nous souffrons terriblement l'un et l'autre et elle ne sait même pas que je suis près d'elle.

Miranda ne pouvait peut-être pas toucher Pete, mais ce n'était visiblement pas le cas de Dee. Le fantôme de la mère de Bren posa doucement sa main sur son épaule difforme.

— Ta mère connaîtra la vérité avant la fin de cette journée, jura-t-elle.

Pete acquiesça, puis se détourna de sa tombe anonyme pour reprendre le chemin de la ferme.

— Est-ce qu'on est encore loin? lui demanda Miranda.

— Plus très, répondit Pete. Tout près, même.

Miranda leva les yeux vers le ciel gris. Depuis qu'elle avait commencé son périple, elle n'avait ni vu ni entendu un seul corbeau, et encore moins une nuée tout entière. Si Bren ne se trouvait pas déjà à la ferme, si elle devait affronter l'Ordre sans lui, elle n'aurait pas la moindre chance d'en sortir vivante.

— Où es-tu? gémit-elle.

Même si la dernière partie du trajet lui avait paru interminable, cela ne faisait pas si longtemps que sa voix avait résonné dans sa tête. Néanmoins, il aurait déjà dû la rejoindre s'il avait volé droit vers elle. Sans lui, le plus probable était que Roger, Jackson et elle allaient connaître le destin de Pete et finir enterrés dans les bois, oubliés de tous.

Cette idée fit apparaître les fantômes des autres êtres qu'on avait enterrés là. Chacun resta immobile au-dessus de sa propre tombe, comme des statues dénonçant la violence aveugle de l'Ordre. Tant d'hommes, de femmes et de créatures qui n'étaient pas tout à fait humaines avaient été enterrés là… La plupart d'entre eux avaient été tués dans le bunker où on l'avait retenue captive. Miranda n'avait qu'à leur jeter un coup d'œil pour savoir si ces créatures avaient été mauvaises ou simplement malchanceuses, si elles étaient délibérément devenues si monstrueuses que l'Ordre avait eu raison de les neutraliser ou si leur différence avait suffi pour qu'une poignée d'hommes les considèrent comme une menace pour le monde bien ordonné dont ils rêvaient.

Elles avaient connu des morts horribles. Les membres de l'Ordre les avaient tuées avec une haine et une perversité égales à celles qu'ils prétendaient combattre. Ses amis et elle allaient-ils être les suivants ?

Duncan, fou de rage, faisait les cent pas. Il était irrité par le manque de sommeil et affreusement contrarié que le monstre qu'il surveillait depuis toutes ces années se soit enfui. Dans la pièce souterraine qui ressemblait bien plus à un bunker qu'à une cave, Roger Talbot était assis sur le lit de camp que Miranda Lynch avait occupé. L'ancien guerrier de l'Ordre était enchaîné au mur tandis que son fils, drogué, dormait à côté de lui.

Le vieil homme avait interrogé Talbot toute la nuit pour essayer de lui faire avouer qu'il savait depuis le début ce qui allait se produire. Mais Talbot persistait à prétendre qu'il ignorait que Korbinian allait jaillir de nulle part pour sauver Miranda. Il soutenait toujours que son amitié pour la médium ne lui avait pas fait oublier ce qu'il était ni la mission qu'on lui avait confiée. Son inquiétude pour son fils était évidente, rien qu'à la manière qu'il avait de placer son corps devant le sien comme pour le protéger — alors qu'il n'avait même pas les moyens de se protéger lui-même.

Même s'il commençait à se lasser de ses protestations d'innocence, Quinn n'avait pas abandonné la partie. Le manque de sommeil et la peur qu'il arrive du mal à son fils allaient bien finir par faire parler le traître.

Duncan, qui avait lui-même étudié le monstre qu'on l'avait chargé de surveiller, savait que personne ne connaissait mieux les Korbinian que Roger Talbot. En plus d'avoir surveillé Joseph Korbinian pendant quarante ans, son père avait fait des recherches incessantes sur leur espèce et rassemblé une foule d'informations. Si quelqu'un était capable de retrouver et de tuer Brennus Korbinian, c'était cet homme. C'était la seule raison pour laquelle Duncan n'avait pas encore suggéré qu'on les supprime, son fils et lui, pour en finir.

Miranda atteignit l'orée de la forêt à bout de forces et certaine que toute cette histoire de Korbinian et de Kademair n'était qu'une légende. Personne ne naissait pour personne. Si Bren voulait des enfants, elle n'était sûrement pas la seule femme au monde à pouvoir lui en donner. L'Ordre faisait toute une affaire d'un simple conte de fées.

La malédiction des Lynch agissait toujours.

Elle ne pouvait pas en vouloir à Bren de l'avoir abandonnée. C'était sa famille qui était en danger et non la sienne. Il lui avait laissé le choix. Elle aurait pu s'enfuir avec lui et ils auraient peut-être été heureux ensemble — ou peut-être pas. Elle n'allait pas avoir l'occasion de le savoir. Ces pensées amères ne la hantèrent pas longtemps. Elle avait une bonne raison d'être là.

Pete et Dee attendaient à côté d'elle. Ils avaient fait leur part en la guidant jusque-là. Ce qui allait suivre ne dépendait que d'elle. Le corps de ferme se dressait devant elle et la grange un peu sur la droite. Lorsque ses yeux furent attirés malgré elle vers la porte du grenier, elle sentit sa gorge se serrer et le vertige la reprendre.

Où se trouvait Ward Quinn ? Les deux gardes ? Duncan Archard ? Surtout : où se trouvaient Roger et Jackson ?

Une légère odeur de café et de bacon lui parvint. Sa seule alliée potentielle dans cette bataille préparait le petit déjeuner dans la maison.

— Acceptera-t-elle de m'écouter ? chuchota Miranda.

— Ma mère est une brave femme, répondit Pete. Elle ne sait pas tout ce que fait mon père. Elle en sait sans doute plus qu'il n'en a conscience, mais elle n'a pas compris le mal dont il était capable.

Miranda abandonna sa sacoche improvisée et quitta l'abri de la forêt pour se diriger droit vers le corps de ferme. Elle avait l'estomac noué et son cœur battait frénétiquement. Un coup de feu pouvait partir à tout instant. Elle faisait une cible idéale tant qu'elle n'avait pas atteint la maison. Parvenue à mi-chemin, elle se mit à courir. Malgré son épuisement, cela lui parut tout à coup la meilleure chose à faire.

Dee et Pete, qui ne l'avaient pas quittée, flottaient à la même vitesse qu'elle. Ils lui fournissaient un soutien moral appréciable mais n'allaient pas lui être d'une grande aide lorsqu'il s'agirait de se battre. Ils n'empêcheraient pas les balles de l'atteindre. Ils pourraient se jeter entre elle et les armes dont on la menacerait autant qu'ils voulaient, ils n'avaient même pas la présence physique nécessaire pour empêcher un moustique d'atterrir sur sa peau. Soit : Dee trouverait peut-être la force de bousculer l'un de ses adversaires, mais cela ne pouvait pas suffire. Miranda préférait donc considérer qu'elle allait devoir se débrouiller seule.

Elle bondit sous le porche et tambourina à la porte sans se laisser le temps de changer d'avis. Si le vieil homme ouvrait la porte, elle était fichue. Si c'était la mère de Pete, elle avait *peut-être* une chance de s'en sortir. Les pas qui approchèrent étaient calmes, réguliers et impossibles à attribuer à un homme ou une femme. Miranda retint son souffle en voyant tourner la poignée.

La porte s'ouvrit sur une femme aux cheveux gris qui ressemblait à l'épouse de fermier idéale. Mme Quinn était légèrement enveloppée, avait une poitrine considérable et moins de rides qu'on aurait pu s'y attendre étant donné son âge. Celles qui entouraient sa bouche exprimaient une grande tristesse, ce dont Miranda ne s'étonna pas après avoir entendu l'histoire de Pete. Mais cette femme semblait surtout amicale et normale — à un moment où Miranda avait un besoin désespéré de normalité.

— J'ai besoin de votre aide, lui dit-elle simplement.

La femme s'essuya les mains au torchon qu'elle tenait et se pencha pour observer l'allée.

— Avez-vous eu une panne de voiture ? Un accident ? Je peux appeler la station-service de Silvera, si vous voulez… Len est très doué pour résoudre les problèmes mécaniques.

— Je suis venue à pied par la forêt.

Mme Quinn examina Miranda des pieds à la tête

d'un œil critique. Une nuit de marche à travers bois ne pouvait pas manquer de laisser des traces…

— Asseyez-vous donc sous le porche. Lorsque mon mari viendra prendre son petit déjeuner, il pourra peut-être…

— Votre mari a essayé de me tuer hier, annonça Miranda. A cet instant, il détient deux de mes amis dans une pièce secrète sous la grange et j'ai peur qu'il ne leur fasse du mal.

— Ne soyez pas ridicule…, chuchota Mme Quinn. Il est vrai que mon mari s'est aménagé une sorte de garçonnière sous la grange et qu'il y passe beaucoup de temps avec ses amis. Ils jouent aux cartes. Je ne vois pas pourquoi vous inventez une histoire pareille…

— L'un de mes amis n'a que quinze ans, l'interrompit Miranda. Appelez la police, je vous en prie… Je vois bien que vous ne me croyez pas, mais je ne vous demande que d'appeler le shérif pour qu'il vienne ici avec tous les effectifs dont il dispose. Si je suis folle, ils m'arrêteront et vous ne me reverrez jamais. Si j'ai raison, vous aurez sauvé la vie d'un innocent.

Mme Quinn rentra dans la maison, se pencha derrière la porte et réapparut avec un fusil. Elle le pointa sur Miranda avec l'air de savoir comment s'en servir.

Ce n'était pas la réaction à laquelle Miranda s'attendait.

— Même si je fais semblant de ne rien voir, j'en sais un peu plus sur les loisirs de mon mari qu'il n'en a conscience. Je regarde. J'écoute. Si Ward a essayé de vous tuer, il devait avoir une bonne raison. Je ne peux pas vous laisser appeler la police. Elle ne comprendrait pas. Mon mari traque et élimine les monstres qui peuplent le monde. S'il détient un jeune homme dans la grange, alors ce jeune homme ne peut pas être innocent.

Miranda vit tous ses espoirs s'évanouir. Elle avait

risqué gros en venant demander l'aide à cette femme, et la mère de Pete n'était pas aussi innocente que son fils le croyait.

Néanmoins, elle n'avait pas d'autre choix que d'essayer de la gagner à sa cause et espéra que Pete ne s'était pas trompé sur sa bonté. Si elle ne tentait rien, elle allait mourir ou retrouver son lit de camp dans le bunker.

— Certains des hommes et des femmes que votre mari élimine ne sont effectivement pas innocents. Malheureusement, ce n'est pas toujours vrai. Je parle aux fantômes. Où est le mal ? Je n'ai jamais fait souffrir personne. Je ne fais qu'essayer de venir en aide à des âmes perdues et contribuer à faire enfermer les monstres qui ont causé leur mort.

Elle faisait de son mieux pour ignorer l'arme pointée sur elle, mais ce n'était pas chose facile. Même si elle ne connaissait rien aux armes à feu, elle savait tout de même qu'il suffisait d'une légère pression sur la détente pour que c'en soit fini d'elle. Si cela se produisait, il ne faisait pas de doute que Roger et Jackson n'allaient pas tarder à la suivre dans la mort.

— L'un des associés de votre mari, Duncan Archard, s'est introduit dans la cabane où j'étais en vacances pour essayer de me tuer, poursuivit-elle. Même si je n'ai jamais fait de mal à personne, ils veulent ma mort parce que j'ai un don qu'ils ne comprennent pas.

Alors elle se résolut à abattre sa carte maîtresse, même si elle aurait préféré annoncer cette nouvelle d'une tout autre manière.

— Votre mari a tué Pete lorsqu'il s'est trouvé blessé. Votre fils était-il maléfique ?

Pour seule réponse, Mme Quinn arma son fusil, ce que Miranda jugea peu rassurant.

— Je vous interdis de prononcer le nom de mon fils ! Il s'est enfui de ma maison il y a des années...

— Il n'est pas allé bien loin ! répliqua Miranda. Pete est enterré dans ces bois, derrière moi, au pied d'un cornouiller, parce qu'il s'était fait blesser au service de votre mari et que celui-ci ne l'a pas estimé digne de vivre.

— Menteuse ! s'écria Mme Quinn en sortant sous le porche, ce qui fit reculer Miranda.

Le canon du fusil était beaucoup trop près de son visage. Elle ne put s'empêcher de loucher dessus en se demandant si la mère de Pete allait appuyer sur la détente.

— Dis-lui que je suis là, suggéra Pete.

Miranda inspira profondément et parvint à arracher son regard à l'arme pour le plonger dans celui de Mme Quinn.

— Pete est avec moi. C'est lui qui m'a guidée jusqu'à votre porte.

Mme Quinn blêmit.

— Mon fils s'est enfui...

— Il m'a raconté que ça lui brisait le cœur de vous voir attendre près du téléphone certains jours en espérant avoir de ses nouvelles alors qu'il n'avait aucun moyen de communiquer avec vous.

— Vous n'avez pas le droit de vous servir de lui de cette manière ! s'écria-t-elle avec colère. C'est cruel ! Pourquoi me torturez-vous ? Pourquoi me parlez-vous d'un fils qui m'a abandonnée sans un mot d'explication, sans une lettre, sans...

Pete se tenait près de sa mère mais c'est à Miranda qu'il parlait.

— Pete me dit que vous aviez l'habitude de lui faire des crêpes le dimanche matin, mais que ce n'étaient pas des crêpes ordinaires : elles étaient aux myrtilles, aux pépites de chocolat, à la banane, à tout ce qu'il voulait...

— Beaucoup de gens le savent, répliqua la femme en s'efforçant de paraître imperturbable malgré sa voix qui commençait à trembler. Les amis de Pete... Les associés de mon mari, qui restent parfois pendant des jours... Tout le monde le sait.

Miranda continua à écouter le fantôme qui essayait d'effleurer la main de sa mère.

— C'est vrai. Mais qui peut savoir que vous vous êtes enfermée dans la salle de bains pour pleurer le jour où votre mari vous a appris sa disparition ? Que vous avez pleuré presque tous les jours pendant deux ans ?

L'arme se mit à trembler, mais Mme Quinn fit un nouveau pas vers Miranda qui la força encore à reculer. Elle n'avait nulle part où aller. Elle ne pouvait pas courir plus vite que les balles, et à quoi aurait pu lui servir d'atteindre la forêt, de toute manière ? Bren n'y était pas. Il n'allait pas venir.

— Je pense que personne ne sait non plus que vous êtes allée dans la chambre de Pete peu après sa mort pour y prendre l'un des jouets qu'il préférait quand il était enfant — un petit soldat armé d'une épée. Il me dit que vous le conservez encore dans votre table de nuit, sous une pile de mouchoirs, là où votre mari a peu de chances de le trouver. Vous savez qu'il n'apprécierait pas que vous gardiez ce jouet auprès de vous, que vous pensiez toujours à Pete, alors qu'il vous a ordonné de l'oublier...

Alors un miracle commença à se produire sous les yeux de Miranda. Le fantôme difforme de Pete commença à changer. A la place d'un être piégé entre une forme humaine et une forme animale apparut un beau jeune homme blond aux yeux bleus pétillant d'intelligence. Il était si jeune…

— Pete a votre nez, murmura Miranda. Il a aussi votre bonté. Il ne voulait pas se joindre à la bande de votre mari et traquer des gens dont le seul crime est de posséder un don que les hommes n'ont pas encore compris.

— Vous vous moquez de moi, murmura Mme Quinn. Vous êtes cruelle de me rappeler le fils qui m'a abandonnée.

— Votre fils ne s'est pas enfui, insista encore Miranda. Son père lui a proposé du thé avant de lui trancher la gorge. Appelez le shérif et je lui montrerai où Pete est enterré. Si je vous ai menti, vous pourrez toujours me tirer dessus.

Mme Quinn plongea son regard méfiant dans le sien.

— Je ne vous mens pas, ajouta Miranda. Aidez-moi, je vous en prie…

Mais il était trop tard. Elle avait mis trop longtemps à convaincre la mère de Pete. Pendant qu'elle lui parlait, Ward Quinn et Duncan Archard avaient quitté la grange et s'étaient placés derrière elle. Tous deux étaient armés et Miranda songea qu'ils n'hésiteraient pas à appuyer sur la détente.

C'était fini. Elle avait perdu.

C'est alors que Mme Quinn la poussa sur le côté et avança pour lui faire un rempart de son large corps.

— Tu as des explications à me fournir, Ward…

— Ce sont mes affaires, mon cœur, et tu n'as pas…

— As-tu tué Pete ? lui demanda-t-elle abruptement.

Miranda s'attendit à entendre le vieil homme mentir à sa femme. A sa grande surprise, il ne le fit pas.

— Il s'est produit un accident et Pete a été blessé. Il est tombé très malade en quelques heures, et j'ai vite compris qu'il était en train de se transformer en l'une des créatures qu'il combattait avec tant d'ardeur… Il avait été souillé par un sang corrompu et n'était plus le garçon que nous aimions.

— Alors tu l'as tué. Tu l'as égorgé et enterré dans les bois, d'après ce que dit cette fille.

Quinn fit un pas vers sa femme tandis qu'Archard se déplaçait sur le côté pour tâcher d'avoir Miranda dans sa ligne de mire.

— J'ai fait en sorte que Pete ait une mort aussi rapide et indolore que possible, puis je t'ai protégée de l'affreuse vérité.

Pete soupira.

— Je n'étais pas devenu un monstre, à l'intérieur…

Alors que Miranda répétait ses paroles à Mme Quinn en murmurant, elle entendit des corbeaux approcher. Son cœur bondit dans sa poitrine. Bren arrivait… Il ne l'avait pas abandonnée.

— Il ne m'a pas laissé l'occasion de défendre ma vie ni de te faire mes adieux…

Miranda répéta encore ses paroles à sa mère.

Sans le moindre avertissement, Mme Quinn fit feu sur son mari. La détonation fut assourdissante et l'effet du fusil à si faible distance dévastateur. Miranda tourna la tête vers Archard que la scène n'avait pas perturbé. Il la visa calmement.

La nuée fondit sur lui. Les soixante-dix-sept corbeaux qui plongèrent sur leur proie produisirent un spectacle saisissant qui coupa le souffle de Miranda. Ils avaient déjà attaqué Archard une première fois, mais ils avaient à présent des intentions beaucoup plus hostiles. Leurs serres lui déchirèrent la peau et leurs becs le frappèrent impitoyablement. Ils le forcèrent à écarter ses bras de son visage, et lui arrachèrent son pistolet qui alla rouler à plusieurs mètres de là. Lorsque ce fut fait, leur attaque perdit en brutalité sans cesser pour autant. Duncan Archard était au cœur d'un tourbillon d'ailes noires, désorienté et harcelé de coups de becs et de serres. Les corbeaux prenaient de l'élan pour plonger sur lui, vague après vague, avant de s'écarter pour laisser la place à ceux qui les suivaient.

Les corbeaux avaient enveloppé Miranda pour la protéger. Archard, lui, subissait un assaut furieux contre lequel il ne pouvait se défendre.

Miranda entendit alors des sirènes hurler au loin. *Beaucoup* de sirènes... Bren n'avait pas renoncé à son plan, finalement. Les renforts arrivaient. Les corbeaux qui harcelaient Archard se dispersèrent dès que les premières voitures de police s'engagèrent dans l'allée. Archard s'effondra sur le sol, tremblant et ensanglanté, incapable de prononcer un mot ou de faire le moindre geste.

L'officier de police qui se trouvait dans la voiture de tête bondit hors du véhicule, l'arme à la main, et tenta d'évaluer la situation. Le fusil que tenait toujours Mme Quinn avait visiblement servi à tuer son mari, qui gisait à ses pieds. Archard était vivant mais en piteux état. Ses blessures étaient difficiles à interpréter pour ceux qui n'avaient pas assisté à la scène qui venait de se dérouler.

Les corbeaux qui avaient eu raison de lui volaient vers la forêt et ne tardèrent pas à disparaître entre les arbres tandis que les policiers sécurisaient le périmètre. Miranda fut la seule à les regarder s'éloigner.

Mme Quinn posa calmement son fusil.

— Il a tué mon fils, se contenta-t-elle d'expliquer. Le corps de Pete est enterré dans les bois. Cette fille peut vous montrer où.

Sur ces mots, elle tourna le dos aux policiers.

— Mince ! Mes biscuits sont en train de brûler !

13

Depuis la mort de Jessica et l'émergence de son don, Miranda s'était retrouvée dans bien des situations étranges. Pourtant aucune ne l'était autant que celle-ci.

Le shérif et ses adjoints attaquèrent le bunker et arrêtèrent les deux jeunes gardes. Les pauvres garçons, qui avaient toujours cru être du côté du bien, étaient abasourdis. Apparemment, les forces de l'ordre étaient d'un avis différent. Roger et Jackson furent libérés. Roger avait désespérément besoin de sommeil et Jackson avait une sorte de gueule de bois à cause des drogues qu'on lui avait administrées. On les conduisit tous deux à la clinique la plus proche pour les mettre en observation.

Le shérif proclama que le coup de feu qui avait tué Ward Quinn avait été accidentel et aucun de ses adjoints ne songea à protester. Mme Quinn fit une brève déposition et ne fut pas davantage inquiétée. Miranda avait la nette impression que les policiers locaux en savaient plus qu'ils ne le disaient. Comment aurait-il pu en être autrement ? Ils devaient constater depuis des années des allées et venues suspectes dans cette ferme où rien n'était cultivé, et aucune personne sensée qui s'était retrouvée en présence de Ward Quinn ne pouvait l'avoir pris bien longtemps pour un innocent grand-père.

La crise de délire d'Archard qui se prolongeait et le fait qu'un agent du FBI et son fils aient été retrouvés séquestrés sur les lieux parlèrent aussi en faveur de Mme Quinn.

Miranda déclina la proposition que lui firent les policiers de la conduire à la clinique où Roger et Jackson étaient soignés, mais accepta celle de Mme Quinn de se reposer dans la chambre de Pete jusqu'à ce qu'elle se sente en état de voyager. Personne n'avait dormi dans ce lit depuis seize ans, mais Mme Quinn en avait changé les draps tous les mois à l'insu de son mari dans l'espoir que son fils finirait par revenir. Ce que Quinn avait fait à sa femme était presque aussi cruel que d'avoir tranché la gorge de son fils. En lui faisant croire que Pete s'était enfui, il l'avait empêchée de faire son deuil pendant toutes ces années. Il l'avait privée de son droit de dire adieu à son fils.

Lorsque la plupart des policiers eurent quitté les lieux, Miranda accepta de se faire prêter une chemise de nuit beaucoup trop grande pour elle et se glissa avec reconnaissance dans le lit de Peter Quinn. Elle s'endormit avec la fenêtre grande ouverte et les paroles du shérif dans la tête.

Un type nu s'est présenté au poste juste avant l'aube avec l'histoire la plus ahurissante que j'aie jamais entendue. Il n'est resté que quelques secondes, le temps de dire à l'agent en service que deux hommes étaient retenus prisonniers dans la grange de Quinn. L'agent a voulu le mettre en état d'arrestation, puisqu'il est interdit de se promener nu en ville, mais le type a disparu sans laisser de traces après avoir tourné à l'angle d'une maison. Evidemment, comme il arrive à Jim de boire un verre ou deux quand les nuits sont calmes, nous ne saurons jamais où il a vraiment filé.

Miranda éprouvait un immense soulagement à l'idée que Bren était parti chercher des renforts à Silvera avant de voler vers elle. Si elle lui avait obéi et l'avait attendu dans les bois, elle n'aurait jamais couru le moindre danger. Bien sûr, elle ne regrettait pas la décision qu'elle avait prise. Néanmoins, si elle avait su ce qu'il projetait…

Epuisée et secouée par les événements des dernières heures, mais certaine que tout allait bien se passer désormais, elle s'endormit rapidement dans le lit de Pete. Bren ne l'avait pas abandonnée.

Elle ne rêva ni de lui ni de corbeaux. A vrai dire, elle ne rêva de rien — ou du moins n'en garda aucun souvenir. Le lit lui fit l'effet de sables mouvants chauds et accueillants qui l'aspirèrent pour lui offrir le repos dont elle avait si désespérément besoin. Lorsqu'elle rouvrit les yeux, il faisait nuit dehors et Bren était assis au bord du lit. C'était précisément parce qu'elle espérait qu'il viendrait lui rendre visite qu'elle avait laissé la fenêtre ouverte en s'endormant.

Il n'était pas entièrement nu, puisqu'il avait apparemment retrouvé le pantalon qu'elle avait laissé dans les bois. Son visage n'exprimait ni la douceur, ni l'amour, ni le soulagement. De toute évidence, il lui en voulait terriblement et ne faisait pas le moindre effort pour le lui dissimuler.

— Je t'avais dit de m'attendre. Ne m'as-tu pas entendu ?

— Bonjour, toi, répondit-elle. Je vais bien, je te remercie. Je n'ai pas été blessée. J'ai mal partout, mais c'est à cause de ma promenade en forêt. Quinn et ses acolytes n'y sont pour rien.

Bren l'attira dans ses bras et pressa sa tête contre son torse nu. Il resta immobile un long moment et son corps chaud et rassurant lui dit à sa place ce qu'il refusait encore de reconnaître. Ce n'était pas de la colère qu'il éprouvait. Il avait été terrifié, et le fait de s'inquiéter pour la sécurité de quelqu'un d'autre était encore une nouveauté pour lui.

— Pour le moment, j'ai surtout besoin d'un bain chaud et de vêtements propres, murmura-t-elle en frottant sa joue contre son torse pour mieux jouir de sa présence.

Après cela… Elle n'avait pas la moindre idée de ce qui allait se passer. Elle était la Kademair de Bren, la compagne de sa vie. Il ne lui avait pas été difficile d'admettre cette idée dans la fièvre de l'instant. Mais était-ce seulement vrai, ou n'était-ce que le désir de Bren qui l'avait trompée en lui faisant croire qu'il y avait plus que de l'attirance physique entre eux? Duncan Archard aurait-il enlevé n'importe quelle femme pour peu que Bren lui ait témoigné un intérêt aussi intense que soudain? Toute cette histoire de Korbinian et de Kademair n'était peut-être que ce qu'elle semblait être : un conte de fées.

— Tu n'as qu'à aller prendre ton bain tout de suite. Je t'ai ramené des vêtements propres.

Elle renversa sa tête en arrière pour le regarder. D'aussi près, elle pouvait contempler chaque détail de son visage : l'ombre de sa barbe qui commençait à pousser, la pulsation de la veine de son cou, ses lèvres qu'elle mourait d'envie d'embrasser…

— Tu les as volés sur une corde à linge?

— Je les ai empruntés à Mme Quinn.

Miranda essaya d'imaginer ce que cette femme beaucoup plus forte qu'elle avait bien pu lui prêter et imagina qu'elle allait se retrouver noyée dans quelque chose de semblable à la chemise de nuit qu'elle portait à cet instant et qui masquait entièrement ses formes.

— Ces vêtements ne sont pas exactement ton style,

ajouta Bren, mais ils devraient faire l'affaire jusqu'à ce que je te ramène à la maison.

Il poussa un profond soupir.

— Apparemment, cette femme ne jette rien, poursuivit-il. Elle m'a aussi proposé de me prêter des vêtements de Pete si j'en avais besoin…

— Est-ce que nous partons cette nuit ?

Bren secoua la tête.

— Demain matin, tu es censée montrer à des collègues de Roger Talbot — des membres du FBI, je te rassure — où les corps des victimes sont enterrés. Apparemment, ce sont des gens avec qui tu as déjà travaillé, ce qui veut dire que nous n'aurons pas à cacher ton don ni à convaincre des incrédules. Nous repartirons dès que ce sera fini.

Miranda soupira. Elle mourait d'envie de rentrer chez elle, dans la maison de Bren au sommet de la montagne. Elle attendit vainement qu'il lui dise quelque chose qui serait allé dans ce sens. Dans la grotte où ils avaient fait l'amour, il lui avait parlé de disparaître ensemble, et voilà qu'il parlait de rentrer. Mais rentrer où ? Chez lui ? Chez elle ? Chez eux ?

Bren lui retira sa chemise de nuit trop grande et la jeta par terre, puis il la caressa délicatement comme si elle était précieuse et fragile. Elle adorait sentir ses mains sur son corps — elle avait aimé cela dès la première fois. Se détendre dans ses bras et s'abandonner aux sensations que la plus simple caresse faisait naître en elle lui semblait la chose la plus naturelle du monde. Apparemment, il n'était pas *si* furieux.

Elle voulait que Bren et elle fassent l'amour encore et encore, mais il n'alla pas jusque-là. Il s'arrêta même bien avant pour aller ramasser la chemise de nuit et la lui remettre en s'assurant qu'elle l'enveloppait complètement.

Lorsque ce fut fait, il s'allongea à côté d'elle et la prit une nouvelle fois dans ses bras comme pour la protéger par son étreinte. Miranda ne lui demanda pas pourquoi il avait renoncé à lui faire l'amour.

— Tu es venu pour moi, murmura-t-elle, provisoirement satisfaite de se blottir dans ses bras.

— Evidemment ! Tu en as douté ?

Miranda, qui ne voulait pas admettre qu'elle avait terriblement douté de lui, ne répondit pas à sa question.

Bren attendit dans le couloir, devant la porte de la salle de bains, pendant que Miranda prenait une douche. Il écoutait couler l'eau en l'imaginant dessous, épuisée, nerveusement ébranlée, mais miraculeusement vivante et indemne. Il aurait pu l'attendre au rez-de-chaussée ou dans la chambre où il l'avait trouvée endormie, mais il ne voulait pas se sentir aussi loin d'elle.

Une bande de cinglés avait essayé de la tuer parce qu'elle lui appartenait. Certains de ces cinglés étaient peut-être bien intentionnés, mais la plupart d'entre eux n'étaient que des assassins qui avaient trouvé un moyen de rationaliser leur haine et leur violence. Ils avaient été sur le point de la tuer sans hésitation, uniquement parce qu'elle avait le pouvoir de donner naissance à des Korbinian.

Ward Quinn était mort et Duncan Archard sous surveillance à la clinique. Il était périodiquement saisi de crises de délire dans lesquelles il parlait d'oiseaux qui l'attaquaient, tout en battant des bras comme si une nuée de corbeaux l'enveloppait pour lui donner des coups de bec. Dans ses moments de lucidité, il niait obstinément être entré par effraction dans la cabane de Talbot avec l'intention de tuer Miranda. Il reconnaissait en revanche avoir enlevé Bren sur les ordres de Quinn. Evidemment, il refusait de donner le moindre détail aux autorités locales sur le motif de cet ordre.

Bren n'avait pas imaginé un instant que la disparition de ces deux hommes du paysage allait mettre un terme aux activités de l'Ordre. Non, il existait d'autres Quinn et d'autres Archard, dont certains devaient être encore plus dangereux qu'eux. Un jour, ceux-là allaient vouloir finir ce que d'autres avaient commencé. D'autres allaient bientôt prendre la place que ces deux-là avaient laissée libre et poursuivre la guerre invisible qu'ils menaient.

Comment pouvait-il ramener Miranda chez lui, l'épouser et avoir des enfants avec elle alors qu'il savait qu'il existait dans le monde des hommes prêts à toutes les extrémités pour s'assurer de l'extinction des Korbinian? Comment pouvait-il l'intégrer à sa vie alors qu'on pouvait s'en prendre à eux à tout instant? Un moment, il avait cru qu'ils pourraient se cacher, mais ne se leurrait-il pas? Etait-il possible de disparaître dans un monde aussi petit?

Il avait toujours su qu'il était destiné à vivre et mourir seul. Pendant quelques jours, Miranda avait ébranlé cette certitude et l'avait incité à croire que la vie pouvait lui offrir davantage. A présent, il allait devoir renoncer à elle pour leur sécurité à tous deux.

Lorsque l'eau arrêta de couler, il tendit l'oreille pour épier ses mouvements de l'autre côté de la porte. Il était possible qu'elle soit déjà enceinte, mais rien n'était moins sûr. Ses parents étaient mariés depuis des mois, presque une année, quand ils l'avaient conçu. Il la garderait à l'œil pendant quelque temps pour savoir ce qu'il en était, mais cela ne l'empêchait pas de lui rendre sa vie.

Si elle mettait un enfant au monde, il faudrait des

années avant que son pouvoir de Korbinian ne se révèle. Jusqu'à ce jour, il pouvait garder ses distances vis-à-vis d'eux. Il pourrait les protéger de loin et faire le nécessaire pour assurer leur sécurité. Si elle mettait un enfant au monde… Dans le cas contraire, il pouvait tout simplement couper les ponts avec Miranda Lynch. C'était leur intérêt à tous deux.

Elle ouvrit la porte de la salle de bains et sortit dans le couloir avec un sourire auquel il ne s'attendait pas.

— Joli, non ? demanda-t-elle en tournant sur elle-même pour lui permettre d'admirer son haut à rayures vivement coloré et son pantalon vert à pattes d'éléphant dont le bas traînait par terre.

Même si Mme Quinn avait un jour été assez mince pour porter cet ensemble, elle était nettement plus grande que Miranda qui allait devoir retrousser le pantalon pour l'adapter à sa taille.

— C'est parfait, répondit-il en s'efforçant d'ignorer son absence de soutien-gorge et l'envie pressante qu'il avait de la serrer dans ses bras. J'espère que tu m'as laissé un peu d'eau chaude.

Il la contourna en emportant dans la salle de bains les vêtements que Mme Quinn lui avait prêtés — un jean bleu élimé et un T-shirt banal.

— Roger et Jackson sont en bas, ajouta-t-il froidement. Ils sont impatients de te voir.

Sur ces mots, il referma la porte derrière lui et resta immobile jusqu'à ce qu'il entende Miranda s'éloigner.

Miranda en voulait encore à Roger. Bien sûr, il l'avait aidée et avait bien failli le payer au prix fort, mais il n'était pas l'homme qu'elle croyait connaître. Il lui avait menti pendant des années. A son sens, tous les mots gentils qu'il avait pu lui dire s'expliquaient par des motifs dont elle ignorait tout.

En revanche, elle n'eut aucune réticence à serrer longuement Jackson dans ses bras avant de prendre place en face des deux hommes à la table de la salle à manger. Roger fut assez prudent pour ne pas se lever ou faire un mouvement vers elle.

Mme Quinn semblait avoir passé la journée à cuisiner. C'était peut-être sa manière à elle de résister au stress… A moins qu'elle ne sache pas quoi faire d'autre. Des arômes divins émanaient de la cuisine et la table de la salle à manger était chargée de petits gâteaux, de biscuits, de ragoûts, d'un gâteau au chocolat et d'une miche de pain aux raisins qui sortait tout juste du four. Un bol de potage fumant était posé devant Roger. Miranda n'était assise que depuis quelques minutes lorsque Mme Quinn vint lui apporter un bol semblable et une cuillère.

Miranda la retint par la main.

— Vous n'avez pas besoin de vous agiter autant, lui dit-elle avec douceur. Asseyez-vous. Reposez-vous…

Mme Quinn garda la main de Miranda dans la sienne pendant quelques instants, puis la serra résolument.

— J'ai besoin de me tenir occupée, répondit-elle. Il vaut mieux que j'évite de penser à ce qui s'est passé ce matin.

Elle soupira.

— Je crois que j'ai toujours su, au fond de moi, que les affaires de Ward étaient inavouables, ajouta-t-elle. Mais ses intentions semblaient louables… Je ne savais pas de quoi il était capable, j'ignorais que des innocents allaient souffrir. Ce qu'il a fait à Peter…

Elle secoua la tête et retourna dans la cuisine pour aller se réfugier dans ses casseroles.

— Et maintenant? demanda Miranda en fixant Roger.

— Une équipe du FBI sera là dans la matinée…

— Ce n'est pas de ça que je parle! le coupa-t-elle. Cet Ordre auquel tu appartiens, ces gens qui sont si déterminés à éliminer ceux qui ont des aptitudes hors du commun, que vont-*ils* faire maintenant?

— Ce n'est pas ce que tu crois, répondit Roger, les mâchoires crispées.

— Vraiment?

— Va voir si tu peux aider Mme Quinn dans la cuisine, suggéra Roger à Jackson qui le regardait avec des yeux écarquillés.

— Mais papa…

— Va vite, ne discute pas.

Jackson se leva avec la souplesse de la jeunesse et se dirigea vers la cuisine d'un pas délibérément lent.

— L'Ordre de Cahir existe depuis des millénaires et a toujours défendu une noble cause, expliqua Roger à voix basse. Il est vrai que certains sortent du droit chemin de temps à autre, mais ils sont rares. Nous sommes utiles, Miranda. Nous protégeons l'humanité des monstres.

— De monstres comme Bren et moi? ironisa-t-elle.

Roger parut sincèrement vexé.

— Nous étudions aussi ceux qui présentent des aptitudes paranormales non menaçantes, répondit-il. L'Ordre de Cahir dispose de grandes connaissances et nos scientifiques font des recherches incessantes pour comprendre pourquoi certains développent de tels talents et pas les autres.

— Tu m'étudiais, chuchota Miranda. Comme un insecte au microscope. Je suis sûre que tu t'es bien amusé en faisant semblant d'être mon ami… Alors? Que dit mon dossier? Qu'as-tu appris sur moi, au juste?

Roger se pencha par-dessus la table et baissa la voix.

— Tu n'avais qu'un niveau relativement normal d'intuition avant l'accident. Nous ne savons pas si ton don s'est développé pour des raisons physiques, affectives ou spirituelles. Il semble se développer encore — à moins que tu n'apprennes simplement à mieux le contrôler. Le fait que tu puisses parler aux morts et assister grâce à eux à des événements passés nous a aidés à capturer des meurtriers avant qu'ils ne fassent de nouvelles victimes.

— Si je vous suis aussi utile, pourquoi Archard a-t-il essayé de me tuer dimanche dernier ?

Roger plissa les yeux.

— Il pensait que tu étais une Kademair et qu'il était trop dangereux de te laisser t'unir à Korbinian. Il est d'avis que nous devrions laisser s'éteindre les espèces comme la sienne. De plus, il soutient qu'il n'a pas essayé de te tuer dimanche dernier…

— Et tu le crois, évidemment ! répondit froidement Miranda.

— Il prétend qu'il était ici, avec Ward Quinn.

— Et qu'en dit Mme Quinn ? demanda Miranda en tournant les yeux vers la cuisine.

— Qu'il y avait bien quelqu'un avec son mari. Mais elle était déjà couchée et n'a pas vu qui c'était.

— Personne d'autre ne veut ma mort, sauf si un autre membre de ton Ordre a jugé utile de m'éliminer pour éviter qu'un petit Korbinian ne fasse son apparition dans neuf mois.

Elle n'avait pas entendu Bren descendre l'escalier, mais il se dressa brusquement devant elle.

— Ce qui est impossible, ajouta-t-il, puisque Miranda n'est pas une Kademair.

*
* *

Bren s'assit le plus loin possible des deux autres et se versa une tasse de thé d'un air dégagé. Miranda et Talbot le fixaient en attendant qu'il poursuive.

— Je reconnais que j'ai espéré qu'elle soit ma Kademair pendant quelque temps, ajouta-t-il en reposant la théière. Mais il n'y a rien de plus entre nous qu'une puissante attirance et les désirs absurdes d'un homme esseulé.

— Comment pouvez-vous en être sûr ? lui demanda Talbot.

Bren prit une assiette et se versa une bonne louche de ce qui semblait être un ragoût au thon.

— Comment pourrais-je expliquer la profondeur du lien qui unit les Korbinian aux Kademair à quelqu'un qui n'est pas destiné à l'éprouver ? Il va bien au-delà d'un simple attrait sexuel.

Il se tourna vers Miranda dont le visage exprimait tant de douleur et de tristesse qu'il fut presque tenté de revenir sur ce qu'il venait de dire.

Mais c'était le seul moyen. Elle était trop honnête, trop ouverte pour qu'il puisse partager son secret avec elle sans qu'elle ne finisse par le trahir.

— C'est une femme très séduisante et nous étions tous les deux sans attaches, poursuivit-il en se tournant vers Talbot pour échapper au regard désespéré de Miranda. Je lui ai raconté une belle histoire, et j'avoue y avoir cru moi-même pendant un moment. L'aventure s'arrête là — du moins c'est ce qui se serait passé si vos amis n'avaient pas jugé bon d'intervenir.

Il inspira profondément.

— Il m'arrive de souhaiter qu'il en aille autrement,

mais je *suis* le dernier de mon espèce, conclut-il. Ma Kademair n'existe pas.

— Mais..., murmura Miranda.

— Vous allez donc demander à vos amis de laisser Miranda tranquille, Talbot, l'interrompit Bren. Elle n'a jamais représenté une menace pour personne. J'ai même l'impression que son don lui permet de faire beaucoup de bien... Assurez-vous que celui qui prendra la place de Quinn soit de cet avis. S'il tient à voir le dernier Korbinian, qu'il s'adresse à moi.

Talbot devint si calme tout à coup que Bren se demanda un instant s'il ne l'avait pas percé à jour. Si tel était le cas, il n'allait pas le trahir.

— C'est dommage, répondit-il finalement. Je ne suis pas le seul au sein de l'Ordre à penser que la survie des Korbinian serait une bonne chose. C'est peut-être pour ça que j'ai voulu croire que Miranda était une Kademair. Non seulement elle parle aux fantômes — ce qui est un don digne d'une Kademair — mais elle a la plus étonnante collection de corbeaux que j'aie jamais vue. Des livres, des tableaux, des figurines... Un jour où nous travaillions ensemble, une nuée est passée au-dessus de nous. Elle a regardé les corbeaux comme s'ils l'hypnotisaient et lui parlaient un langage qu'elle seule pouvait comprendre... Je me suis dit que ça ne pouvait pas faire de mal de vous rapprocher pour voir ce qui allait se produire.

Mis mal à l'aise par le discours de Talbot, Bren déplaça sa nourriture dans son assiette sans penser à en prendre une bouchée.

— Au moins, je sais pourquoi vous avez toujours refusé de me vendre votre cabane... Elle vous servait à m'espionner.

— De temps à autre, reconnut Talbot. Maintenant

que vous le savez, ça n'a plus d'importance. La cabane est à vous. Je vais faire rédiger le contrat de vente dès que possible.

— Je vous en donnerai un bon prix, précisa Bren qui ne voulait être redevable envers personne.

— Il me paraît..., répliqua Talbot.

— Attends! intervint Miranda en se tournant vers Talbot et en l'ignorant délibérément. Avant que tu ne vendes cette cabane, je te rappelle que je n'ai pas fini mes vacances...

Ses joues étaient roses, ses lèvres ne tremblaient pas et il n'y avait pas de larmes dans ses yeux.

— Je voudrais une semaine de plus, annonça-t-elle sur un ton qui tenait davantage de l'ordre que de la requête. Dans une semaine, tu pourras faire tout ce que tu voudras.

14

Après une nuit agitée et affreusement solitaire, Miranda se rendit dans les bois et se concentra comme elle avait appris à le faire ces dernières années. Roger resta près d'elle et les autres agents du FBI ne parlèrent même pas entre eux. Miranda n'entendait que les craquements des feuilles mortes sous leurs bottes et les murmures des âmes torturées qui l'appelaient. Bren traînait dans les parages bien que sa présence ne soit en rien nécessaire.

Elle n'arrivait pas à le comprendre. Il ne pouvait pas s'empêcher de la toucher, il risquait sa vie pour la sauver — *deux* fois — pour déclarer ensuite qu'elle n'était qu'une conquête sans importance à laquelle il lui était facile de renoncer. Il s'était montré si froid en disant à Talbot qu'elle ne comptait pas pour lui qu'elle ne le croyait pas. Ou peut-être ne *voulait*-elle pas le croire.

Elle lui avait donné son cœur. Ce qu'ils avaient vécu lui semblait tellement plus important qu'une liaison passagère nouée à la faveur d'une semaine de vacances… L'amour qu'elle avait été si certaine de sentir en lui n'avait-il été que le fruit de son imagination ? S'était-elle persuadée qu'il y avait davantage entre eux pour obtenir ce qu'elle voulait de lui sans mauvaise conscience ?

Lorsque les fantômes commencèrent à réclamer son attention, Miranda laissa ses problèmes personnels de côté pour accomplir la tâche qu'on lui avait demandée.

Lorsque les restes des victimes de l'Ordre seraient convenablement enterrés, ces pauvres âmes réussiraient peut-être à trouver la paix. Certaines étaient vraiment maléfiques, d'autres avaient commis de terribles erreurs qu'elles n'avaient pas pu réparer, mais la plupart étaient simplement douées d'une aptitude qui les rendait différentes — tout comme elle.

Elle marcha à travers bois dans la lumière du petit jour et désigna les emplacements de tombes anciennes ou plus récentes que Roger marqua de drapeaux rouges en vue des exhumations ultérieures. Maintenant qu'il flottait au-dessus de sa tombe, le fantôme de Roxanna ne semblait plus aussi intimidant. Le spectre qui avait hanté Miranda dans le bunker ressemblait à présent à une petite fille qui avait commis quelques graves erreurs qu'elle avait payées de sa vie.

Il y avait de nombreux fantômes tels que Pete qui n'étaient ni vraiment humains ni vraiment monstrueux. En parlant avec eux tandis que Roger marquait leurs tombes, elle découvrit que plusieurs d'entre eux avaient été mordus par des êtres que Miranda croyait légendaires et tués pour qu'ils ne se transforment pas. Des loups-garous, des hommes-tigres, des hommes capables de se transformer en d'autres animaux, comme Bren, mais qui avaient souvent un goût plus prononcé pour la violence.

Elle arriva finalement devant la tombe de Pete. Il l'attendait, non plus difforme comme elle l'avait connu, mais humain, tel que sa mère l'avait attendu pendant toutes ces années. Blond, beau, souriant et mort bien trop jeune. Il fit un signe de tête à Miranda pour la remercier de tout ce qu'elle avait fait.

— Dee m'a chargé de te dire qu'elle avait poursuivi son voyage, lui annonça-t-il.

Miranda éprouva une vague de tristesse, comme si une vieille amie l'avait quittée sans lui dire au revoir.

— Elle a longtemps attendu ta venue pour assister à ta rencontre avec son fils. Elle estime que ce qui va se passer maintenant ne dépend plus que de vous, lui expliqua Pete en s'inclinant respectueusement d'une manière démodée. Elle est allée s'unir à son Korbinian dans la mort comme ils étaient unis dans la vie. Mais si tu as besoin d'elle, tu n'auras qu'à l'appeler pour qu'elle apparaisse.

Miranda esquissa un sourire. Elle n'avait pas l'intention de priver Dee d'un repos bien mérité et de lui demander de quitter un endroit où elle avait attendu si longtemps d'entrer. Pas même pour lui poser la question qui l'obsédait : si elle n'était pas la Kademair de Bren, pourquoi s'était-elle donné tant de mal pour les réunir ?

Il lui restait quelques jours de vacances et elle avait la ferme intention de résoudre ce mystère.

De son balcon, Bren observait la cabane qui allait bientôt lui appartenir. Dès le départ de Miranda, Roger allait enfin la lui vendre. Alors cette montagne serait à lui et il jouirait de la solitude absolue à laquelle il aspirait.

Mieux valait que Miranda n'ait jamais à affronter les mêmes doutes que lui. Mieux valait qu'elle ignore qu'ils auraient pu donner un nouveau souffle à la race des Korbinian mais qu'ils ne le feraient pas. Si elle ne le savait pas, peut-être finirait-elle par surmonter la douleur de leur séparation et rencontrer quelqu'un d'autre. Elle pouvait avoir une vie normale.

Pas lui. Il saurait toujours que sa Kademair vivait quelque part mais qu'il ne pouvait pas en faire sa compagne sans mettre sa vie et celle des enfants qu'ils auraient en danger. Il y aurait toujours des hommes comme Quinn et Archard.

Depuis leur retour de Caroline du Nord, trois jours plus tôt, il avait rêvé d'elle toutes les nuits. Il savait qu'il en était de même pour elle, puisqu'ils partageaient leurs rêves. Mais il n'y avait pas de danger dans les rêves, seulement de l'amour, des rires et du plaisir.

Mais la vie n'était pas un rêve et la réalité était bien plus cruelle.

Peut-être les rêves allaient-ils cesser lorsqu'elle se serait éloignée. Elle avait annoncé qu'elle ne comptait pas rester plus de quelques jours avant d'appeler Talbot pour qu'il vienne la chercher.

Alors elle sortirait enfin de sa vie.

Miranda était assise sur le canapé et faisait semblant de lire, mais les lignes se brouillaient devant ses yeux. Comme elle n'avait pas cessé de le faire depuis son retour dans la cabane, elle tendait l'oreille en espérant entendre des battements d'ailes. Elle jetait de temps à autre un coup d'œil par la baie vitrée derrière laquelle elle aurait tant aimé voir une nuée de corbeaux volant tous ensemble et poussant d'étranges croassements qui ressemblaient à son nom…

Mais il n'y avait rien. Bren gardait autant ses distances sous une forme que sous l'autre. Dès que la nuit tombait, elle ne pouvait plus rien voir par la fenêtre, ce qui ne l'empêchait pas de tourner la tête plus souvent qu'elle n'aurait dû.

Elle n'arrivait pas à croire que Bren et elle n'avait partagé qu'une attirance physique. Elle était certaine qu'il s'agissait d'autre chose ! Les rêves dans lesquels elle retrouvait Bren étaient si réels qu'elle gardait le souvenir de son goût et de son odeur pendant de longs et délicieux moments après son réveil. Elle était une Kademair, lui un Korbinian, et ils étaient liés d'une manière qu'aucun humain ne pouvait connaître.

Alors elle se rendait compte qu'elle était seule et que la félicité qu'elle venait de connaître n'était qu'un rêve.

Ces derniers jours avaient été de véritables vacances : elle avait lu et dormi. Elle avait mangé de la nourriture en conserve et répondu à ses mails personnels en laissant attendre ceux qui concernaient son travail. Dans ses messages, Autumn lui avait surtout parlé des progrès de l'enquête sur le meurtre de sa voisine. Tout le monde soupçonnait le mari, comme presque toujours dans ce genre de cas. Ce serait sa première affaire lorsqu'elle rentrerait à Atlanta. Il était temps de rassurer Autumn en lui garantissant qu'aucun meurtrier ne hantait son quartier.

La nuit venait de tomber lorsque Miranda entendit une voiture approcher. Roger n'était pas censé venir avant qu'elle ne l'appelle, mais elle n'était pas certaine qu'il lui obéisse — même s'il le lui devait bien. Le moteur n'avait pas la puissance de celui du camion de Bren et personne d'autre n'empruntait cette route. Elle entendit le véhicule s'arrêter, une portière claquer, puis des coups furent frappés à la porte quelques secondes plus tard.

Roger avait-il envoyé quelqu'un s'assurer qu'elle allait bien ?

Etait-ce Archard ?

Miranda bondit du canapé et ramassa la batte de base-ball qu'elle gardait à portée de main depuis son retour dans la cabane. Comme elle portait les initiales de Jackson, elle supposait qu'il l'avait oubliée là après des vacances. Elle se dirigea vers la porte en la tenant fermement.

— Qui est là ? demanda-t-elle d'une voix aussi assurée que possible.

— C'est moi, Jared, répondit sans hésitation une voix familière.

Miranda poussa un soupir de soulagement et posa la batte près de la porte. Même si les battements de son cœur ne s'étaient pas encore calmés, elle parvint à sourire en ouvrant la porte pour accueillir le mari de son amie.

— Mais qu'est-ce que tu fais là ?

Jared esquissa un sourire timide.

— Comme tes messages l'ont inquiétée, Autumn m'a demandé de passer te voir. Elle est certaine que tu ne lui dis pas tout, expliqua-t-il en écartant de son visage les papillons de nuit que la lumière du porche avait attirés. Comme je rendais visite à un client dans la région, elle m'a demandé de m'assurer que tu allais bien.

Miranda s'écarta pour inviter Jared à entrer et jeta un coup d'œil au passage à la voiture qui était garée dans l'allée. Elle ne pouvait pas en déterminer précisément la couleur, mais Jared conduisait une Toyota sombre à trois portes. Son sourire mourut lentement.

— Ce n'est pas ta voiture, constata-t-elle.

— C'est une voiture de location, répondit-il en refermant la porte derrière lui avant de chasser un dernier papillon de nuit qui avait réussi à entrer.

L'instinct de Miranda — son instinct qui l'avait si rarement trompée — lui ordonna de fuir. Le comportement du mari de son amie était terriblement louche. Le travail de Jared l'obligeait à voyager beaucoup, mais il n'avait aucun client dans cette partie du Tennessee et travaillait rarement le week-end. Il n'était pas rassurant non plus de le voir ainsi planté devant la porte qui constituait la seule issue de cette cabane. Elle jeta un coup d'œil par-dessus son épaule en direction de la baie vitrée et du balcon.

Jared soupira avant de faire un pas menaçant dans sa direction.

— Je suppose que tu as déjà compris que quelque chose n'allait pas. Ton joli visage est incapable de dissimuler ce qui se passe dans ta tête.

En le voyant tirer lentement un revolver de la poche de sa veste, Miranda se rappela brutalement la nuit où un intrus s'était introduit dans la cabane et avait murmuré son nom.

Où te caches-tu, Miranda Lynch ?

— Pourquoi ? demanda-t-elle en reculant vers la porte-fenêtre.

Jared haussa les épaules.

— J'ai toujours pensé que tes histoires de fantômes étaient bizarres et inquiétantes, mais je n'avais pas compris à quel point ton don était gênant avant de devoir tuer une femme. Quand tu rentreras chez toi — *si* tu rentres chez toi — Autumn va insister pour que tu ailles visiter la maison d'une voisine au cas où son fantôme traînerait encore dans le coin. Alors je serais cuit. Si on sait où chercher, il sera facile d'arriver jusqu'à moi. Pour le moment, c'est son mari qui est le suspect numéro un, et ça me convient parfaitement.

— Ta voisine, murmura Miranda en reculant lentement vers le balcon et sa seule chance de salut.

— Oui. Pam et moi avons pris du bon temps ensemble. Mais son mariage battait de l'aile et elle venait de décider qu'il était temps de dire à Autumn ce qui se passait entre nous pour rendre notre relation officielle. Comme si c'était ce que je voulais... La garce! Je ne pouvais pas la laisser faire. Tout notre argent appartient à Autumn et à moins qu'elle ne meure — ou plutôt *jusqu'à* ce qu'elle meure — je suis fauché. Un divorce causerait ma ruine. J'ai dû calmer Pam jusqu'à ce que tu quittes la ville, puis j'ai fait la seule chose raisonnable. Alors je suis venu ici pour m'occuper de toi, mais je ne t'ai pas trouvée là où tu étais censée être.

Il esquissa un sourire.

— J'ai de la chance de t'y trouver aujourd'hui, conclut-il.

— Tu ne t'en tireras pas comme ça, l'avertit Miranda en rencontrant la porte-fenêtre dont elle chercha la poignée dans son dos.

— Je pense que si, vois-tu, répliqua Jared avec confiance. Tout le monde sait que tu as eu une liaison avec le cinglé qui habite en haut de la montagne et que ça s'est mal terminé. Toute la ville en parle — si on peut appeler une ville le tas de baraques branlantes qui se trouvent en bas de la route. Si tu te fais tuer, la police ira droit vers lui. A ce moment-là, je serai loin et rien ne pourra me relier à ta mort.

Son regard devint féroce sans qu'il cesse de sourire.

— A qui parleras-tu quand tu seras un fantôme?

Miranda fit coulisser la porte-fenêtre et se précipita sur le balcon. Malheureusement, même si elle avait l'impression d'y être un peu plus libre et de pouvoir recommencer à respirer, elle n'avait nulle part où aller. Elle n'allait pas pouvoir atteindre le pilier pour renouveler son exploit. Jared était trop près et la menaçait de son arme. Même si elle parvenait à enjamber la rambarde, il lui suffisait d'appuyer sur la détente pour en finir.

— Y a-t-il quoi que ce soit que je puisse faire pour que tu changes d'avis ? lui demanda-t-elle.

Jared secoua la tête.

— Désolé. Même si j'arrivais à te convaincre de mentir à Autumn, ça ne marcherait pas. Ton visage te trahirait. D'ailleurs, je ne suis pas assez bête pour penser que tu pourrais devenir ma complice. Tu serais prête à me promettre tout ce que je veux pour sauver ta vie, mais nous savons l'un et l'autre que tu irais prévenir ma femme — ou la police — à la première occasion. Rentrons, si tu veux bien. Le coup de feu va faire trop de bruit, là dehors. Quelqu'un pourrait l'entendre.

Miranda leva les yeux vers le sommet de la montagne.

— Je ne veux pas que Bren soit impliqué.

— Dommage.

Elle rassembla tout son courage et soutint le regard de Jared. Comment avait-elle pu se tromper à ce point sur son compte ? Pourquoi son instinct l'avait-il trahie ? Alors elle comprit. Il n'était ni mauvais ni bon. A la vérité, il n'était rien du tout. Son regard était vide — tout comme son âme.

— J'ai compris que j'allais mourir, dit-elle. Si je saute du balcon, on pensera que je me suis suicidée et Bren ne sera pas inquiété.

Les sourcils de Jared se levèrent de surprise.

— Tu serais prête à te tuer pour éviter des ennuis à Korbinian ?

— Je l'aime, murmura-t-elle sincèrement.

— Très bien. Tout ce que tu voudras, lui accorda Jared avant d'agiter son revolver. Mais je ne compte pas passer la nuit ici à attendre que tu trouves le courage de le faire. Soit tu sautes tout de suite, soit je t'entraîne à l'intérieur de la cabane pour te loger une balle dans la tête. Tu choisis.

Il ne baissa pas son arme, même après que Miranda eut enjambé la rambarde. Elle jeta un coup d'œil en contrebas et sentit son estomac se nouer. Elle savait la chute vertigineuse mais ne voyait rien dans l'obscurité. Des nuages cachaient la lune et l'abîme qui s'ouvrait devant elle ne contenait que d'épaisses ténèbres. Le vertige la saisit.

Elle leva son visage vers la maison de Bren où aucune lumière ne brillait et l'appela en silence.

Si je ne représente rien à tes yeux, si tu ne m'as sauvée à la ferme de Quinn que parce que tu te trouvais là et que j'étais en danger, j'aime autant mourir maintenant. Mais si j'ai raison, si je t'appartiens de toute mon âme, alors viens à moi, Bren. Sauve-moi. Rattrape-moi…

Elle crut apercevoir un mouvement auprès de la maison de Bren, un scintillement de noir sur fond noir, mais elle ne pouvait pas en être sûre.

Et Jared commençait à s'impatienter.

— As-tu besoin d'aide? grogna-t-il en plantant le canon de son arme dans ses côtes. Je devrais peut-être te donner une bonne impulsion…

Il essaya effectivement de la pousser avec son arme. Miranda, qui ne percevait aucun signe des corbeaux qu'elle avait appelés, s'agrippa à la rambarde de toutes ses forces.

Peut-être Bren avait-il raison. Peut-être n'avaient-ils partagé qu'une attirance physique. Elle avait été entraînée vers lui et rêvait de lui parce qu'elle manquait terriblement d'affection, de tendresse et de plaisir. Si tel était le cas, elle était sur le point de mourir.

Miranda ne craignait pas la mort. Elle savait que la

vie continuait en quelque sorte, qu'elle allait revoir ses parents, sa sœur et se sentir heureuse. Mais elle sentait aussi au plus profond de son âme que cette vie-ci n'était pas finie pour elle. Elle avait encore des choses à faire. Elle pouvait connaître l'amour, avoir des enfants, lutter pour la justice — peut-être même pardonner à un ami de lui avoir menti. Elle avait des fantômes à apaiser, un homme à aimer, une vie à construire… Elle voulait en finir avec la malédiction des Lynch, qui n'en était pas une, seulement de la malchance — ou le destin qui avait trouvé ce moyen pour s'assurer qu'elle allait attendre de rencontrer Bren. En baissant les yeux vers l'abîme, elle comprit qu'elle ne voulait pas mourir avant d'avoir accompli tout cela.

Mais Jared n'était pas un homme patient. Il la poussa une dernière fois en détachant ses doigts de la rambarde. Miranda partit à la renverse. En agitant instinctivement les bras, elle retrouva la rambarde qui interrompit sa chute. Pendant un instant, elle y resta suspendue d'une main en cherchant un deuxième point d'appui. Elle ne le trouva pas. Alors ses doigts glissèrent et elle plongea vers l'abîme.

Sa chute lui coupa le souffle. Rejetant sa tête en arrière, elle vit une nuée d'oiseaux surgir des ténèbres pour foncer vers elle. Elle entendit les battements de leurs ailes et fut bientôt soutenue par des muscles et des plumes. Comme ils l'avaient déjà fait, les corbeaux la rattrapèrent.

Le matelas qui la soutenait n'était pas seulement moelleux. Des serres et des becs s'agrippèrent à ses vêtements tandis que d'autres corbeaux se plaçaient sous elle pour ralentir sa chute. Celle-ci était plus vertigineuse que celle qu'elle avait faite à la ferme et sa vitesse était plus grande. Les arbres noueux qui poussaient en contrebas n'étaient plus si loin. Leurs branches épaisses allaient amortir sa chute avant qu'elle ne touche le sol. Cet atterrissage promettait de ne pas être plaisant.

Mais les corbeaux retrouvèrent la maîtrise de leurs mouvements et Miranda cessa d'avoir l'impression de tomber. Ils l'emportèrent comme la première fois et elle ressentit de nouveau une sorte de mal de mer et l'impression déroutante de filer dans les airs sans le moindre contrôle sur son corps. Elle ferma les yeux, se détendit et s'en remit à Bren. Il était venu à elle. Il avait entendu son appel…

Les corbeaux emportèrent Miranda jusqu'à une clairière de la vallée où ils la déposèrent avec douceur. Elle s'attendait à voir Bren apparaître et s'apprêtait à répondre à ses questions mais il ne vint pas.

Les corbeaux qui l'avaient secourue s'élevèrent dans le ciel nocturne, la laissant seule dans un recoin de la montagne noire et silencieuse.

Bren n'avait jamais éprouvé une telle colère. D'abord Archard et maintenant ça ! Pourquoi l'Ordre avait-il envoyé quelqu'un tuer Miranda si vite après les événements qui s'étaient déroulés dans la ferme de Quinn ? Avait-il échoué à les convaincre qu'il n'y avait aucun risque que Miranda et lui prolongent la lignée des Korbinian ? Ne comprenaient-ils pas le sacrifice qu'il avait accepté de faire pour assurer sa sécurité ?

Il allait retourner auprès de Miranda dès que possible, mais l'homme qui avait essayé de la tuer ne s'en tirerait pas. Pas cette fois…

L'intrus, qui n'avait apparemment pas jugé utile de s'enfuir de la cabane après la chute de Miranda, en sortait tout juste lorsque les corbeaux y parvinrent. L'homme leva les yeux, alerté par le bruit, et les corbeaux fondirent sur lui par surprise.

Celui qui avait essayé de tuer Miranda était fait de chair tendre et vulnérable. Il poussa un cri de surprise et d'horreur lorsque le premier bec atteignit sa cible. Pendant qu'une poignée de corbeaux l'attaquaient, les autres s'en prirent à sa voiture — la même qu'il avait repérée la nuit où un inconnu avait fait irruption dans la cabane. Ils en crevèrent les pneus et en brisèrent les vitres. Il se mit à pousser des hurlements hystériques et dégaina son arme, que trois corbeaux lui arrachèrent prestement.

Leur attaque était vicieuse et incessante.

L'homme tomba vite à genoux en se mettant à pleurer. Il poussait un hurlement de temps à autre en agitant les bras, mais ses cris, de plus en plus faibles, n'atteignaient que ses propres oreilles. Ses mouvements frénétiques ne dissuadaient pas les corbeaux. Ses vêtements furent bientôt ensanglantés et en lambeaux. Les corbeaux écoutaient les battements précipités de son cœur, sa respiration haletante et ses gémissements tout en continuant à l'attaquer. Son sang, qui paraissait noir dans l'obscurité, couvrait son visage et ses bras.

L'homme pouvait être mort dans quelques minutes — et Dieu seul savait à quel point cela aurait fait plaisir à Bren. Mais il n'était pas le monstre pour lequel Archard et ses amis le prenaient, et il n'était pas question qu'ils le forcent à le devenir. Il n'allait pas prendre une vie par colère et pour se venger. De toute manière, il ne pourrait aller nulle part dans cet état.

Les corbeaux s'éloignèrent de la cabane aussi rapidement

qu'ils s'en étaient approchés en abandonnant derrière eux un homme ensanglanté et une voiture détruite.

Il faisait si noir que Miranda entendit les corbeaux revenir bien avant de les voir. Elle comprit sans qu'il lui dise un mot ce que Bren attendait d'elle et écarta les bras en fermant les yeux. Alors, sans s'arrêter un instant, les corbeaux l'enveloppèrent, agrippèrent fermement ses vêtements et l'emportèrent dans un tourbillon de plumes et de becs.

Cette fois, elle n'éprouva ni désorientation ni mal de mer. Elle se détendit pleinement et s'en remit à Bren de toute son âme. Elle comprenait qu'il ne l'avait abandonnée aussi froidement que pour assurer sa sécurité. Au fond d'elle, elle l'avait toujours su. Elle était née pour lui — sa Kademair. L'air froid l'enveloppait. Après la terreur qu'elle venait d'éprouver, elle ne put s'empêcher d'éclater de rire. Elle volait! La montagne qu'elle avait appris à aimer se dressait devant elle, la vallée boisée filait sous elle en lui donnant une vague idée de la vitesse à laquelle elle se déplaçait.

Les corbeaux l'emportèrent vers la maison du sommet de la montagne, sur le balcon de laquelle ils la déposèrent avant de s'écarter d'elle et de se transformer, le temps d'un battement de cils, en l'homme qu'elle aimait.

Bren se contenta de la serrer dans ses bras pendant un long moment sans dire un mot. Il finit par s'écarter et lui donner un rapide baiser avant de l'entraîner à l'intérieur. Alors il alluma une lampe, décrocha le téléphone et appela la police.

Bren fournit son nom à la standardiste, ainsi qu'une histoire brève et plausible. Il descendait vers la vallée quand il était tombé sur Miranda Lynch qui courait en sens inverse après avoir échappé de peu à une tentative de meurtre. Ensemble, ils avaient observé une scène stupéfiante : l'homme qui avait essayé de la tuer s'était fait attaquer par une nuée d'oiseaux. Miranda et lui ne s'étaient pas attardés pour voir ce qui se passait. Ils étaient remontés chez lui en toute hâte pour passer cet appel.

— Est-ce qu'il est mort ? lui demanda Miranda lorsqu'il eut raccroché.

Bren secoua la tête.

— Non, mais il n'est pas en état de fuir — et ne le sera pas avant un bon moment.

Elle s'approcha de lui pour appuyer sa tête contre son torse.

— Il voulait me tuer à cause de mon don.

— Je sais.

— Non, tu ne sais pas. Ça n'a rien à voir avec toi. Jared n'a rien à voir avec l'Ordre. Il n'y a pas une once de noblesse dans ses motivations. Il voulait me tuer pour que je ne puisse pas dire à sa femme — ma meilleure amie — qu'il était un meurtrier.

Bren posa sa main sur ses cheveux.

— Je redoute le moment où je vais devoir dire à Autumn quel homme est vraiment son mari, murmura-t-elle.

— Peut-être qu'elle le sait déjà au fond d'elle…

— Peut-être, lui accorda-t-elle en rejetant sa tête en arrière pour voir son visage. Tu m'as entendue. Quand je t'ai appelé à l'aide, quand j'ai hurlé dans mon esprit que j'avais besoin de toi, tu m'as entendue.

— Oui, reconnut-il simplement.

— Tu ne peux plus prétendre que nous n'avons partagé qu'une attirance physique parce que nous étions tous les deux disponibles et esseulés.

Il esquissa un sourire.

— Je suppose que tu as raison… Mais la vérité est difficile à assumer. Si tu restes auprès de moi, tu devras lutter pour survivre contre des hommes comme Quinn qui chercheront à te tuer pour assurer l'extinction de mon espèce. Si nous avons la chance de survivre, tes fils développeront la capacité de se transformer en nuée de corbeaux à l'adolescence… Je t'aime. Je n'imagine pas vivre sans toi… Mais si tu restes auprès de moi, notre vie sera faite de secrets, de responsabilités et…

— Si tu restes avec moi, l'interrompit Miranda, je t'aimerai quoi qu'il puisse arriver et aucun de nous ne sera plus jamais seul.

Alors elle l'embrassa de tout son cœur, prête à épouser son destin malgré tous les risques qu'il comportait. Lorsque Bren lui rendit son baiser, elle n'eut plus aucune crainte pour l'avenir.

— Habille-toi, lui dit-elle en s'écartant. Allons retrouver le shérif à la cabane pour que je lui dise qui est Jared et pourquoi il voulait me tuer. Il va devoir me croire, cette fois…

— Après ça, nous reviendrons ici et tu y resteras, ajouta Bren sans faire un geste pour lui obéir.

— Je ne m'imaginerais pas vivre ailleurs, répondit-elle sincèrement.

Des sirènes hurlèrent dans le lointain. C'était un son obscène dans cette montagne paisible et magnifique. Elles n'y étaient pas à leur place.

Elle si.

15

Cinq mois plus tard

Dans les mois qui avaient suivi son mariage avec Bren, Miranda s'était demandé si les choses allaient changer entre eux lorsqu'elle tomberait enceinte. Plus précisément, elle s'était demandé si leur désir allait changer. La violente attirance qu'ils éprouvaient l'un pour l'autre n'était-elle qu'une ruse de la nature pour assurer la survie des Korbinian? Lorsqu'elle porterait son enfant, la passion qui les poussait l'un vers l'autre allait-elle faiblir?

Apparemment pas.

Ils étaient dans leur lit, en fin d'après-midi, nus l'un contre l'autre et embrasés de désir. Bren posa sa main sur le ventre arrondi de Miranda avec une infinie délicatesse. Sa grossesse avait mis un certain temps à se voir, mais il n'était plus possible d'en douter.

— Est-ce que tu es sûr que je n'ai pas à m'inquiéter des plumes, du bec et des serres avant l'adolescence?

— Certain, répondit Bren en déposant un baiser sur son ventre.

— J'ai l'impression d'être un personnage de conte de fées qui va accoucher d'une nuée d'oiseaux…

Il ignora sa remarque, ce qui valait aussi bien, et déposa

une série de baisers le long de son corps. Miranda se tut et ferma les yeux pour s'abandonner aux sensations merveilleuses que son mari éveillait en elle. C'était si chaud, si bon… Un tel désir était propre à lui faire perdre la tête — de la plus délicieuse des manières.

Elle l'encouragea par des caresses, des baisers et des gémissements qu'elle ne contrôlait pas. Leurs ébats n'avaient rien de précipité pour autant — comme toujours. Elle le goûta, l'effleura, s'émerveilla de sa beauté, et lorsqu'ils atteignirent la jouissance ensemble, elle en éprouva un plaisir et un soulagement qui la ravirent tout entière. Lorsqu'ils faisaient l'amour, ils se perdaient l'un en l'autre, aussi bien physiquement que spirituellement, jusqu'à atteindre ensemble un immense soulagement.

Non, leur désir n'avait pas changé parce qu'elle portait le prochain Korbinian…

Pendant un long moment, ils restèrent allongés l'un contre l'autre, absolument comblés. Heureux.

— J'ai reçu un appel d'un agent du FBI avec lequel j'ai travaillé, lui annonça-t-elle en se blottissant contre lui.

— Talbot? demanda Bren sans dissimuler sa contrariété.

— Non. Un autre agent avec lequel j'ai travaillé sur quelques cas.

Elle n'avait pas parlé à Roger depuis longtemps. Il avait tenu sa promesse et cédé sa cabane à Bren. Celui-ci avait insisté pour la lui acheter, mais Roger avait déclaré que c'était son cadeau de mariage. Entre de rares passages en ville et son installation chez Bren, Miranda avait pris le temps de redécorer le petit chalet. Son toit était maintenant d'un vert foncé qui s'harmonisait mieux avec le paysage et l'intérieur était entièrement réaménagé. La cabane du bas de la montagne était désormais un refuge agréable, dans lequel ses amis s'installaient lorsqu'ils venaient lui rendre visite.

Autumn, surtout, y venait souvent. Elle s'y réfugiait pour échapper aux journalistes, aux voisins curieux et aux amis bien intentionnés. Elle avait été secouée de découvrir que son mari était un homme adultère et un meurtrier, mais elle avait retrouvé sa sérénité — ou du moins commençait à le faire. Leur divorce avait été prononcé et Jared Sidwell allait finir ses jours en prison.

— Ce travail qu'on t'a demandé sera peut-être le dernier, tu sais, l'avertit Bren. Nous allons devoir partir dès que ta grossesse commencera à se voir…

Ils n'allaient pas seulement partir — ils allaient disparaître. Ils allaient devoir changer de nom, se cacher et s'inventer une nouvelle vie. Elle n'allait plus pouvoir parler à personne de ce qu'elle pouvait faire. Si son don était connu, il deviendrait beaucoup trop facile de l'identifier et de les retrouver.

Même si elle trouvait cette idée triste, cela en valait la peine si cela leur permettait d'assurer la sécurité de leurs enfants. Mais elle détestait l'idée que Bren allait devoir abandonner cette montagne qu'il avait déployé tant d'énergie à s'approprier. Au moment où il la possédait enfin tout entière, il allait devoir la quitter.

— Je m'en moque, murmura-t-il, ayant suivi le fil de ses pensées. Je n'ai pas besoin d'une montagne. Je t'ai, toi, Miranda Korbinian. Tu es le monde entier pour moi.

Ils avaient préparé un petit sac chacun, et Bren avait progressivement retiré de l'argent de son compte au fil des mois. Ils avaient assez de liquide pour tenir un certain temps — assez longtemps pour s'installer quelque part.

Bren ne savait pas combien de temps cet argent durerait, mais il allait leur permettre de prendre un bon départ. S'il devait travailler comme couvreur et Miranda dire la bonne aventure dans des foires, ils y étaient prêts. De toute manière, ils s'en sortiraient toujours.

Il avait cru que le fait de quitter cette maison pour laquelle il avait travaillé si dur lui briserait le cœur mais, étrangement, il se sentait plus excité par l'avenir qu'attristé par ce qu'il laissait derrière lui. Il adorait sa femme et était impatient de connaître les fils qu'il avait pensé ne jamais avoir.

Miranda était plus inquiète que lui. Elle était adorable dans son pantalon noir et son long chemisier vert. Même si sa grossesse ne se remarquait pas encore, lui voyait parfaitement les changements qui s'opéraient en elle. Son visage rayonnait, son corps était un peu plus épanoui et elle était aussi heureuse que lui de l'avenir qui s'ouvrait devant eux.

Ils étaient prêts à partir et Miranda contemplait une dernière fois cette maison qui avait été la sienne si peu de temps. Elle laissa courir ses doigts sur le bar que Bren avait construit lui-même comme si elle avait appris à aimer cet endroit autant que lui, puis caressa presque amoureusement la figurine en forme de corbeau qu'elle y avait placée en arrivant. Mais elle souriait. Elle comprenait aussi bien que lui que ce sacrifice en valait la peine.

La sonnette la fit sursauter.

Bren, qui était le plus proche de la porte, alla ouvrir en se demandant qui pouvait bien être sur leur seuil. C'était le milieu de la journée, personne ne séjournait dans la cabane et les colporteurs se donnaient rarement la peine de venir jusque-là.

En tout cas, il ne s'attendait certainement pas à trouver Roger Talbot sous son porche. Il parvint à résister à la tentation de lui claquer la porte au nez et l'invita à entrer à contrecœur.

Miranda garda ses distances. Elle avait pardonné à Talbot, mais n'arrivait pas à oublier les années de mensonge et de trahison. Sa confiance en lui, qui avait été complète, était maintenant perdue. Cette visite surprise était peut-être une bonne chose, finalement. Peut-être se sentirait-elle mieux si elle avait l'occasion de lui faire ses adieux — même si Talbot ignorait qu'ils étaient définitifs.

Talbot ne perdit pas de temps.

— Je ne vais pas rester longtemps. Je voulais seulement vous dire qu'il n'était pas nécessaire de vous enfuir à cause de la grossesse de Miranda. Elle n'est pas en danger et votre enfant non plus.

Poussé par un besoin instinctif de la protéger, Bren se rapprocha de sa femme. Comment l'Ordre pouvait-il déjà être au courant ? Ils s'étaient montrés si prudents… Même Autumn n'en savait rien !

— Je ne sais pas de quoi tu parles, répondit Miranda en relevant le menton.

Elle mentait très mal.

Talbot n'essaya pas d'approcher.

— Je t'en prie, dit-il en ayant l'air vexé. Tu as acheté de la glace au chocolat et des cornichons à l'épicerie la semaine dernière. Tu t'es mise à porter des chemisiers longs et…

Il se tourna vers Bren.

— … vous retirez de l'argent de votre compte depuis deux mois.

— Nous en avons peut-être assez d'être surveillés en permanence, grogna Bren.

Roger répondit à cet argument par un haussement d'épaules.

— Peu importe. Je voulais juste vous dire que l'homme qui a pris la place de Quinn a donné des ordres pour qu'il ne vous soit fait aucun mal. Ni à l'un, ni à l'autre… Si les Korbinian sont destinés à survivre, nous n'avons pas à nous en mêler.

— Tu travailles encore pour eux? s'écria Miranda. Après tout ce qui s'est passé, tu travailles encore pour l'Ordre qui a voulu nous tuer tous les deux, qui a enlevé Jackson, qui a assassiné des innocents?

— On ne peut réparer ce genre de torts que de l'intérieur, répondit calmement Talbot.

— C'est vous qui avez pris la place de Quinn, n'est-ce pas? lui demanda Bren.

Talbot le regarda droit dans les yeux.

— Même si c'était le cas, je ne pourrais pas vous le dire. Croyez-moi : vous ne voulez pas en savoir plus que vous n'en savez déjà. Sachez seulement que des décrets ont été ordonnés et que l'étude de votre cas est suspendue. L'Ordre va vous laisser tranquilles. Il y a assez de vrais monstres dans le monde pour nous tenir occupés.

Il n'en paraissait que légèrement chagriné.

— Vous n'êtes plus sous surveillance, conclut-il. Enfant ou non, on vous laissera en paix.

— Pourquoi devrions-nous te faire confiance? demanda Miranda. Pourquoi devrions-nous croire un seul mot de ce que tu dis?

— Agissez comme vous voulez, répliqua Talbot. J'ai fait tout ce qui était en mon pouvoir pour compenser le chaos dans lequel je vous avais plongés. Je ne peux pas faire plus. Je voulais juste vous en informer.

Il se retourna pour partir, mais Miranda ne semblait pas disposée à le laisser faire.

— Roger Talbot ! Si tu ne nous surveilles plus, comment sais-tu pour… la glace, les cornichons, les chemisiers et le compte en banque ?

Talbot esquissa un sourire las.

— Par les potins. Autumn a relevé ces différents ragots quand elle est venue, il y a quelques semaines. Elle en a parlé à Cheryl, qui m'en a parlé. Simples commérages entre amis, Miranda, rien de plus…

Il se tourna vers Bren avec une expression résignée.

— Quoi qu'il arrive, je vous demande de bien prendre soin d'elle.

— J'en avais l'intention.

L'agent du FBI ouvrit la porte pour sortir, mais s'arrêta sur le seuil et se retourna pour les regarder tour à tour.

— Que vous le croyiez ou non, l'Ordre a été créé pour accomplir une tâche juste et nécessaire. Tant que des hommes sensés sont au pouvoir, c'est bien ce qu'il fait. *Juste* et *nécessaire*. Si vous décidez de rester dans le coin, vos talents seront grandement appréciés.

— Tu te moques de nous ! s'écria Miranda. Qu'est-ce qui te fait croire que nous accepterions de travailler avec des types tels que Quinn, Archard et *toi* ?

Talbot haussa les épaules.

— Quinn est mort. Archard est en prison. Il ne reste plus que moi.

— Je n'arrive pas à croire que tu travailles encore pour eux, répéta Miranda sans parvenir à cacher sa déception. Après tout ce qui s'est passé…

— Tout ce qui s'est passé me donne une raison de plus

de rester pour m'assurer que l'Ordre accomplit bien la mission pour laquelle il a été créé. Croyez-vous être les deux seuls êtres extraordinaires qu'il y ait dans le monde ? Croyez-vous être les seuls à avoir des dons que vous cachez ? Sauf qu'à la différence de vous, certains d'entre eux s'amusent à tuer des innocents, à voler des âmes, à transformer des gens en monstres par leur morsure ou en leur jetant des sorts... Devrais-je rester assis, les bras croisés, et les laisser faire ? Préféreriez-vous que personne ne s'oppose à eux ?

Il pointa un doigt accusateur en direction de Miranda.

— Si un être maléfique s'en prenait à ton fils avec l'intention de le tailler en pièces ou de voler son âme, ne serais-tu pas prête à le tuer pour l'en empêcher ?

Miranda posa une main protectrice sur son ventre par réflexe.

— Alors tu as repris cette maudite ferme...

— Non. Comme vous êtes bien placés pour le savoir, il y a eu trop d'agitation à la ferme il y a quelques mois. Les policiers surveillent l'endroit de trop près. Et puis cet endroit est souillé.

— On peut le dire, grommela Bren.

— Nous allons être voisins, conclut Talbot. J'ai acheté une maison sur la montagne d'à côté.

— Et qu'en pense Cheryl ? demanda Miranda.

Talbot haussa les épaules une nouvelle fois.

— Une minute elle est furieuse, la suivante elle est en larmes, celle d'après, elle projette des sorties au centre commercial, se renseigne sur les restaurants du coin et sur les écoles de danse pour les filles... Une fois qu'elle en est là, elle recommence le processus depuis le début.

Il hocha gravement la tête.

— Le changement serait plus facile pour elle si elle avait une amie dans la région.

Roger Talbot les quitta sur ces mots sans laisser à Miranda le temps de lui répondre.

Miranda souffla les bougies de l'énorme gâteau d'anniversaire. C'était une nouvelle journée printanière magnifique, un nouvel anniversaire, un nouveau rassemblement entre amis.

Cette année, c'était Bren qui faisait cuire les hamburgers sur le barbecue, installé sur le balcon qui surplombait la vallée. Les gens qui entraient dans la maison ou en ressortaient étaient nombreux — mais pas trop. Elle les adorait tous. Autumn était venue avec son nouveau compagnon, l'un des agents immobiliers qui travaillaient pour la compagnie de Bren. Elle était de nouveau heureuse, et il était évident que cet homme l'adorait. Peut-être cela allait-il mener quelque part — ou peut-être pas. La seule chose qui comptait était le bonheur d'Autumn, le fait qu'elle se remette enfin de la trahison de son mari.

Jackson, qui avait maintenant seize ans et dépassait très légèrement son père, avait amené sa jolie petite amie. Ils s'étaient rencontrés au lycée, à l'automne précédent, et s'étaient plu immédiatement. Son béguin d'adolescent pour Miranda était de l'histoire ancienne et il n'avait presque aucun souvenir de son enlèvement.

Cheryl s'était rapidement adaptée à sa nouvelle vie, avec l'aide de Miranda et du centre commercial. Les filles s'étaient montrées coopératives, comme les enfants savent l'être.

Roger était souvent occupé — mais apparemment pas toujours. Cheryl était enceinte de quatre mois. Ils n'avaient pas prévu d'avoir un autre enfant et Cheryl grommelait de temps à autre qu'elle était trop vieille pour une nouvelle grossesse. Mais Roger et elle étaient bien plus excités que contrariés par cette « surprise ».

Il avait fallu du temps, mais Miranda avait fini par pardonner à Roger. Puisque Bren et elle travaillaient pour lui de temps à autre, c'était la meilleure chose à faire. Et puis comment éprouver de la colère lorsque la vie vous souriait ?

Quelqu'un d'autre, que Miranda ne s'attendait pas à voir, s'était invité à son anniversaire.

Le fantôme de Jessica jouait avec le bébé. Joey devait avoir vu sa tante, puisque ses yeux — qui étaient encore bleus mais allaient devenir aussi sombres que ceux de son père — suivaient ses moindres gestes. Il riait et agitait les jambes quand Jessica lui faisait des grimaces.

— Joyeux anniversaire, petite sœur, lui dit-elle quand elle parvint à s'arracher à l'enfant. Beau travail, au fait ! C'est le plus beau bébé que j'aie jamais vu, maintenant qu'il a perdu ses rides de nouveau-né.

Comment avait-elle pu douter que sa sœur ait gardé un œil sur elle ?

— Tu nous as rendu visite sans te montrer !

Jessica eut un haussement d'épaules désinvolte.

— De temps à autre. Il n'est pas facile de revenir quand on a poursuivi son voyage… Mais si je me concentre assez fort, j'arrive à apparaître quelques minutes.

Miranda aurait aimé que sa sœur lui rende visite plus souvent, pas seulement de temps à autre et quand elle faisait de gros efforts pour apparaître. Malheureusement, ce n'était pas ce que le destin leur avait réservé.

— Tu me manques, lui dit-elle franchement.

— Je vais très bien, je t'assure. Mieux que bien, répondit Jessica en souriant comme si elle savait quelque chose que

Miranda ignorait — ce qui était sans doute le cas. Je suis venue aujourd'hui pour vous porter un message.

Les messages de l'au-delà étaient rarement plaisants, mais le sourire de sa sœur apaisa vite les craintes de Miranda.

— Il aura fallu beaucoup d'efforts pour que Korbinian et toi vous rencontriez, commença Jessica. Je voulais seulement vous dire que ça ne sera pas aussi compliqué pour Joey. Il connaîtra sa Kademair presque toute sa vie. Il n'aura pas un souvenir dont elle soit absente…

— Mais de quoi parles-tu?

— Ils vont avoir une fille, annonça Jessica en désignant Cheryl du menton.

Miranda retint son souffle un instant, puis le relâcha et se mit à sourire. Ces gens avaient été sa famille dans les bons moments et dans les mauvais. Un jour, leurs enfants allaient officialiser ce lien.

Bren s'approcha pour les serrer dans ses bras, Joey et elle. Ils restèrent immobiles un long moment à contempler la vallée tandis que les autres parlaient, riaient et remplissaient leurs assiettes. Leur lien n'avait fait que se renforcer depuis leur mariage. Il lisait facilement dans ses pensées et elle savait toujours ce qu'il ressentait.

— Cette nuit? lui demanda-t-elle après avoir écouté les rythmes de son corps pendant quelques minutes délectables.

— Oui. Quand tout le monde sera parti. Roger m'a dit qu'on avait repéré une créature près de Pigeon Forge. J'irai faire un peu de reconnaissance à la tombée de la nuit.

Il y avait bien une place en ce monde pour les Korbinian et leurs talents. Tout comme ses ancêtres, Bren était devenu un guerrier. Il était messager et combattant, en plus de construire de belles maisons, d'être un bon père et un bon mari.

Miranda avait elle aussi accompli quelques missions pour

l'Ordre, en plus du travail qu'elle poursuivait avec le FBI. Le fait de parler aux fantômes de gens qui avaient été tués par des créatures maléfiques l'avait aidée à accepter que l'Ordre était un mal nécessaire. Depuis que Roger avait pris la tête de cette division, il n'y avait plus à craindre que des injustices telles que celles qu'avait commises Ward Quinn se produisent.

— S'il y a quelque chose par là-bas, Roger a intérêt à s'en occuper vite… Cheryl ne va pas supporter qu'un loup-garou ou un vampire sème le trouble dans son centre commercial préféré ! conclut Miranda en s'appuyant contre le torse de Bren.

Celui-ci déposa un baiser dans son cou tandis qu'elle contemplait les montagnes majestueuses qui s'élevaient au loin. Ces montagnes étaient comme les rides du monde et elle y était chez elle. Elle avait son fils dans ses bras, son mari contre elle, les rires de ses amis résonnaient dans cette maison autrefois silencieuse et un bel avenir s'ouvrait devant elle.

SUSAN KRINARD

Le baiser du loup-garou

NOCTURNE

éditions Harlequin

Titre original : KISS OF THE WOLF

Traduction française de LUCIE DELPLANQUE

Ce roman a déjà été publié en mai 2009

83-85, boulevard Vincent-Auriol, 75646 PARIS CEDEX 13.
Service Lectrices — Tél. : 01 45 82 47 47
www.harlequin.fr

1

Il commençait bien mal, ce retour au pays.

Debout sur le bas-côté de l'étroite route bordée de roseaux et de cyprès dégarnis, Dana St. Cyr contemplait avec agacement la colonne de fumée qui s'échappait du capot de sa voiture de location. Autour d'elle, à perte de vue, s'étendaient des kilomètres de marécage. Pas un seul garage en vue.

Dana sentait le soleil de plomb lui peser sur la tête et les épaules ; sa veste et son chemisier lui collaient à la peau. Comment pouvait-il faire encore aussi chaud à la mi-septembre ? Et pourquoi diable avait-il fallu qu'elle laisse son portable en Californie ? Si elle devait se rendre à Grand Marais à pied…

Grand Marais. Un nom parfait pour ce trou perdu au fin fond de la Louisiane, même s'il s'agissait en réalité plus d'un marécage que d'un marais. Avec un gros soupir, Dana jeta un regard à ses mules Prada. *Très pratique, vraiment*, pensa-t-elle, vaguement furieuse contre elle-même. *Qu'est-ce qui m'a pris d'emporter autre chose que des tennis dans un endroit pareil ?*

Pourtant, elle n'avait pas porté de tennis depuis ses seize ans, âge auquel elle avait décidé qui elle voulait devenir et ce qu'elle voulait faire de sa vie. Autant de certitudes qui s'étaient évanouies quelques mois auparavant : tout à coup, son cabinet florissant de chirurgienne esthétique, parmi les meilleurs de San Francisco, son élégant appartement surplombant la baie et son dressing plein à craquer de grandes marques parisiennes lui avaient semblé bien dérisoires. De façon inexplicable, la parfaite petite vie qu'elle s'était construite était devenue terne et solitaire.

C'était pour cela qu'elle se retrouvait à présent sur le bord d'une route, dans la chaleur moite de la Louisiane. Elle se rappelait encore les histoires de l'oncle Charles sur le bayou. « Si jamais tu as des ennuis, disait-il, retourne dans le canton de Beaucœur. Tu y seras toujours bien accueillie, parmi les tiens. »

Les siens. Des gens qu'elle n'avait jamais rencontrés. Des gens qui aimaient sincèrement vivre dans un endroit pareil.

Avec un soupir, elle repoussa une mèche de cheveux qui lui tombait devant les yeux. La route était toujours déserte. Des oiseaux chantaient dans les cyprès et les broussailles impénétrables ; quelques nuages blancs et dodus passaient dans le ciel.

Dana retira une de ses chaussures et agita les orteils. Elle n'allait certainement pas rester ici à attendre du secours. Quelques ampoules n'avaient jamais tué personne. Le pire serait d'arriver dans Grand Marais avec un tel désavantage psychologique : l'étrangère de Californie, tombée en panne en beau milieu de nulle part.

Tu te fiches de ce qu'ils pourront bien penser. Tu n'espères rien, n'oublie pas. C'était une idée folle, de toute façon, et sans les histoires de l'oncle Charles…

Quelque chose bougea dans les roseaux sur le bord de la route. Dana perdit l'équilibre et s'appuya sur la Lexus, sentant ses cheveux se dresser sur la tête. Y avait-il des ours en Louisiane ?

Ne sois pas ridicule. C'est sans doute une biche ou un opossum.

Pourtant, ce qui sortit des fourrés n'avait rien d'une biche et encore moins d'un opossum : une haute silhouette tout à fait humaine s'avançait à présent vers elle.

Après quelques pas, l'homme s'arrêta pour l'observer en silence. Habituée à sculpter des visages depuis des années, Dana l'étudia d'un œil critique et professionnel, tout en se rapprochant discrètement de la portière et de la bombe de défense au poivre qu'elle avait glissée dans la boîte à gants de la voiture.

L'inconnu était grand, avec des épaules carrées et une tignasse brun-roux. Son visage lui fit oublier la bombe au poivre. Les criminels en fuite et les ermites déments qu'abritait sans aucun doute le marécage ne pouvaient pas être aussi charmants.

Trente-cinq ans, estima-t-elle. Non-fumeur, pas un gramme de trop, pommettes saillantes, menton volontaire avec une fossette qu'il aurait été dommage de retoucher. Des lèvres juste assez pleines pour être sensuelles, sans rien faire perdre à la bouche de sa virilité. Un nez droit et puissant. Des yeux peut-être un peu trop enfoncés d'un turquoise chatoyant, sous des sourcils noirs et bien dessinés.

Le reste du corps était à l'image du visage : magnifiquement proportionné. Des hanches et une taille étroites sous un simple T-shirt blanc, des cuisses musclées moulées dans un jean maculé de boue jusqu'à mi-mollet. Dana ne distinguait pas les pieds de l'homme derrière les hautes herbes, mais ses mains, les pouces enfoncés dans l'échancrure de ses poches, étaient aussi soignées que celles d'un pianiste.

Les Grecs avaient sculpté des statues semblables

autrefois, mais la nature reproduisait rarement de tels chefs-d'œuvre. Pas sans un peu d'aide, en tout cas. Si de pareils gènes avaient été plus fréquents, Dana se serait vite retrouvée au chômage. Peut-être aurait-elle eu alors un peu plus de temps à consacrer à sa vie sentimentale…

L'homme fit encore un pas vers elle, rompant ainsi le charme. Dana ouvrit en hâte la portière de la voiture et plongea vers la boîte à gants. *Idiote. Tu es pourtant bien placée pour savoir qu'il ne faut pas se fier aux apparences.*

— Avez-vous besoin d'aide, m'dame ?

Les doigts de Dana glissèrent sur le bouton de la boîte à gants. Elle jeta un œil par la fenêtre, côté passager : l'homme la regardait avec un léger sourire, comme s'il lisait à livre ouvert dans ses pensées.

Rougissante, elle se rassit sur le siège du conducteur et posa les mains bien à plat sur ses cuisses. Les portières n'étaient pas verrouillées. S'il le souhaitait, l'inconnu pouvait entrer, mais elle serait morte plutôt que de le laisser penser qu'elle avait peur. D'ailleurs, il l'invitait d'un geste à baisser sa vitre.

Fulminant intérieurement, elle appuya sur la commande d'ouverture de la vitre. Une bouffée d'air chaud envahit l'habitacle, chargée d'une subtile odeur virile : coton, savon, transpiration, avec une note d'huile de moteur. L'homme s'accouda contre la portière et se pencha un peu vers elle.

— Vous n'êtes pas d'ici, vous…

Il avait une voix légèrement traînante, avec une pointe d'accent agréable qui rappelait celui de l'oncle Charles. Dana sonda son regard pour tenter de lire ses intentions, mais elle ne rencontra qu'un abysse bleu-vert où dansait une lueur mutine et dans lequel elle préférait ne pas plonger.

— Vous êtes très observateur, fit-elle remarquer d'un ton neutre. Connaîtriez-vous un endroit où je puisse faire réparer ma voiture, par le plus grand des hasards?

— Peut-être bien..., répondit-il, en laissant son regard vagabonder vers l'échancrure de son chemisier. Où allez-vous comme ça?

— Grand Marais...

Et ta sœur?

— ... Et vous-même? Vous habitez par ici?

Il se frotta pensivement le menton.

— Il y a encore bien sept ou huit kilomètres avant la ville, si on ne tient pas compte des taudis et des cabanes de pêcheurs sur la digue. Vous avez de la famille à Grand Marais?

— Tout juste.

Mieux valait qu'il sache qu'elle n'était pas seule et sans ressource, au cas où... même si sa nervosité commençait à lui paraître un peu stupide.

— Augustine Daigle est ma grand-tante. La connaissez-vous?

— Je l'ai rencontrée une ou deux fois, répondit-il en l'observant avec un intérêt nouveau. Vous êtes de la famille Daigle?

Dana se demanda si c'était la tradition en Louisiane d'être aussi curieux.

— St. Cyr, en fait. Augustine est la tante de ma mère. Mes parents ont quitté la région quand ils avaient une vingtaine d'années. C'est la première fois que je viens par ici.

Bon sang, qu'est-ce qui lui prenait de bavasser autant? Quelque chose dans le regard nonchalant et voilé de cet inconnu l'invitait à se confier comme elle ne l'avait jamais fait avec ses amies les plus proches. Elle tenta de reprendre ses distances, mais l'étranger s'était brusquement redressé et ses yeux avaient perdu toute chaleur.

— Vous avez l'air d'une femme qui apprécie les belles choses, constata-t-il, sans la moindre trace de musique dans la voix. Grand Marais est une bourgade simple, habitée par des gens sans prétention. Je ne pense pas que vous vous y plairez. Si j'étais vous, je retournerais d'où je viens.

Dana se rendit compte qu'elle était bouche bée et se reprit brusquement.

— Veuillez m'excuser, je ne vais pas vous déranger plus longtemps. Si vous pouviez me prêter un téléphone portable, je…

— Je vais leur dire que vous êtes là, coupa-t-il, le visage fermé. Suivez mon conseil : ne restez pas dans le canton de Beaucœur.

2

Les dernières paroles de l'inconnu furent couvertes par le rugissement d'une voiture qui approchait à toute allure. L'homme tourna brusquement la tête vers la route et Dana crut voir passer un éclair d'une surprenante férocité sur son visage. L'instant d'après, il avait tourné les talons.

— Attendez ! appela-t-elle. Vous ne m'avez pas dit votre nom…

Mais il avait déjà disparu, sans même un bruissement de feuillage. Le bruit de la voiture, une décapotable BMW flambant neuve, était si assourdissant que Dana se retint de se boucher les oreilles lorsqu'elle s'arrêta à hauteur de la Lexus.

Ce doit être la saison des amours, pensa-t-elle bêtement, éblouie par le sourire étincelant qui illuminait le visage bronzé de l'homme qui était assis au volant, ses cheveux blonds un peu fous et cet air d'insouciance, apanage des gens riches. Il coupa le moteur et se pencha vers elle.

— Bonjour ! lança-t-il joyeusement. A vous voir ainsi, je dirais que vous ne vous êtes pas garée ici pour jouir de la…

Lorsque ses yeux bleus croisèrent ceux de Dana, par-dessus ses lunettes de soleil, il perdit un instant contenance et sembla hésiter. Il se redressa brusquement pour fouiller du regard les fourrés, à l'endroit où le premier inconnu avait disparu. Avant que Dana ait pu répondre, il ôta ses lunettes de soleil et reporta toute son attention sur elle.

— Veuillez excuser mes mauvaises manières, mademoiselle. Puis-je vous être d'une quelconque utilité ?

Dana se détendit. Elle ne le connaissait pas plus que le premier, mais elle connaissait ce genre d'homme : riche, confiant et sûr de sa place dans le monde. Elle avait eu plusieurs amants du même acabit. La seule différence était l'accent : monsieur BMW avait la diction gracieuse d'un véritable gentleman du Sud.

— Je l'espère, répondit-elle en lui tendant la main. Je m'appelle Dana St. Cyr et je me rends à Grand Marais. Je crois que la société de location de voitures me doit quelques explications.

— Je vois, dit-il en lui serrant fermement la main. Chad Lacoste. Vous êtes de la famille St. Cyr de Baton Rouge ?

— Mon père était de La Nouvelle-Orléans.

— Mais vous, vous venez de la côte Ouest.

— On dirait que mon accent me trahit.

— Croyez-moi, répondit-il avec un grand sourire, j'ai su que vous n'étiez pas d'ici au premier coup d'œil.

Elle décida de le prendre comme un compliment.

— J'ai pris l'avion depuis San Francisco il y a deux jours. Je dois admettre que je n'étais pas bien équipée pour une telle expédition.

— Vous avez traversé le bassin de l'Atchafalaya... des campements et des derricks sur des kilomètres. Une chance que j'aie décidé de passer dans le coin cet après-midi. Je n'aurais pas aimé vous voir faire de l'auto-stop pour monter dans un des tas de ferraille que les gens conduisent par ici.

— Vous n'êtes pas du canton, monsieur Lacoste?

— Appelez-moi Chad, je vous en prie. Nous ne sommes pas à cheval sur les convenances dans le bayou.

C'était bien ce qu'il lui avait semblé.

— D'accord, Chad. Vous ne vivez donc pas par ici, si je comprends bien.

— Pas dans Grand Marais. J'habite un peu à l'écart de la ville, sur des terres un peu plus sèches que le reste du pays. La maison se trouve sur une ancienne plantation; elle a été construite par mon arrière-arrière-grand-père... Une belle demeure, ma foi. Je passe en général quelques mois par an à Bonneterre. Le reste de l'année, c'est La Nouvelle-Orléans, New York, Londres. A vrai dire, je ne suis pas retourné au bourg depuis plusieurs années.

Il ajouta avec un petit sourire entendu :

— Mais on dirait bien que ce séjour ne sera pas aussi ennuyeux que prévu.

Dana n'eut pas le temps de trouver une réponse appropriée, car, d'un bond, il sortit de la décapotable pour lui tenir galamment la portière.

— Si mademoiselle veut bien se donner la peine de monter dans ma modeste calèche.

Dana attrapa son sac à main et sa valise et se glissa sur le siège en cuir. Machinalement, elle referma un bouton de son chemisier. Chad Lacoste sauta à ses côtés et fit rugir le moteur. Dès qu'elle eut attaché sa ceinture, il écrasa l'accélérateur et la BMW démarra en trombe. Dana s'agrippa discrètement à la portière, s'efforçant de se concentrer sur le paysage monotone. Elle sentait le regard de Chad posé sur elle et aurait préféré qu'il regarde un peu plus la route.

— Assez parlé de moi, dit-il brusquement. Qu'est-ce

qui vous amène dans le canton de Beaucœur, mademoiselle St. Cyr?

— Docteur St. Cyr, corrigea-t-elle. Mais vous pouvez m'appeler Dana.

— Docteur… comme c'est intéressant.

Il changea de vitesse et accéléra encore. Elle s'attendait à ce qu'il lui pose des questions, mais il semblait attendre qu'elle parle d'elle-même. Elle décida de changer de sujet.

— Chad… Avez-vous, par hasard, aperçu l'homme à qui je parlais juste avant votre arrivée?

En voyant son visage se rembrunir, elle repensa à la réaction du premier bel inconnu, qui était passé en un instant du voyou désinvolte au goujat le plus glacial.

— Rémy Arceneaux, répondit Chad, les dents serrées. Méfiez-vous de cet homme, Dana.

— Vraiment? A-t-il mauvaise réputation?

— Pire que ça, marmonna-t-il.

Dana envisagea un instant de le questionner davantage, mais ils n'allaient pas tarder à arriver en ville. Les premières habitations étaient de simples cahutes ou des cottages disséminés le long de la route. Après avoir franchi un pont, la voiture pénétra dans le bourg, construit le long d'une grand-rue commerçante. Dana aperçut également une église de brique et un cimetière, une épicerie-bazar, une sorte de dancing ou salle de jeux et une minuscule banque.

— Bienvenue à Grand Marais! lança Chad d'un ton ironique. Si on peut trouver quoi que ce soit de grand dans cette ville…

Il traversa le centre-ville à cent dix kilomètres-heure, laissant sur place quelques rares piétons, des chiens désœuvrés et un petit commissariat de police. Dana comprit que c'était à peu près tout ce qu'il y avait à voir à Grand Marais : les rues adjacentes ne semblaient pas très longues et l'édifice le plus haut ne comptait que deux étages. Elle repéra une petite station-service près d'un ancien hôtel.

— Vous n'avez qu'à me laisser devant la station, proposa-t-elle à Chad. Ils doivent bien avoir une dépanneuse dans cette ville.

— Vous ne m'avez pas dit où vous comptiez loger.

— Chez ma grand-tante, Augustine Daigle.

Chad pila en plein milieu de la rue. Heureusement, personne ne le suivait.

— Daigle?

— La sœur de ma grand-mère. Je sais qu'elle vit aux abords de la ville...

Elle aurait juré que Chad avait légèrement pâli. Il entra dans la station-service, serra le frein à main, mais laissa le moteur tourner et se rua hors du véhicule comme s'il avait le diable à ses trousses.

— Je reviens tout de suite.

Sans donner plus d'explications, il se dirigea vers le minuscule magasin de la station-service. Avec un soupir, Dana se massa les tempes : bien sûr, elle aurait pu descendre ici et trouver quelque chose qui ressemble à un taxi dans cette petite ville du bayou, mais il lui semblait grossier de partir ainsi après avoir accepté l'aide de Lacoste, même si celui-ci conduisait comme un fou. La maison de la grand-tante Augustine ne pouvait pas être bien loin.

— Sally?

Dana se retourna en entendant une voix qu'elle ne connaissait pas. Un homme d'une cinquantaine d'années, le pompiste à en juger par son bleu de travail graisseux et le chiffon qu'il tenait à la main, la contemplait, l'air visiblement troublé.

— Vous devez faire erreur, monsieur, répondit-elle. Je m'appelle Dana St. Cyr.

— St. Cyr? insista-t-il en tortillant son chiffon. Pourtant, vous... vous lui ressemblez beaucoup... A part les cheveux. Et les vêtements.

Il avait marmonné ces dernières paroles, comme s'il se parlait à lui-même, mais il avait l'air toujours aussi mal à l'aise.

— Vous connaissiez Sally? demanda-t-il encore.

— Sally qui?

Chad surgit du magasin avant que le patron puisse répondre et regarda l'homme plus âgé d'un air mécontent.

— Pas d'essence aujourd'hui, dit le pompiste d'une voix soudain tranchante.

Chad s'arrêta près de la décapotable et sortit une cigarette d'un paquet neuf.

— Cigarette? proposa-t-il à Dana.

Elle fit signe que non et chercha le pompiste des yeux, mais celui-ci avait disparu.

— Est-ce que je ressemble à quelqu'un que vous connaissez? demanda-t-elle à Chad.

Celui-ci alluma sa cigarette à l'aide d'un briquet en or et tira longuement dessus.

— Pourquoi? Cet homme vous a importunée?

Pour une raison qu'elle n'arrivait pas à comprendre, elle n'avait aucune envie de discuter de l'étrange réaction du pompiste avec Lacoste.

— Pour rien, murmura-t-elle, la main sur la poignée de la portière. Je vous remercie de m'avoir conduite jusqu'ici. Je vais aller me renseigner pour cette dépanneuse...

— Laissez tomber, répondit Chad en se rasseyant dans la voiture. Je m'en suis occupé.

Il démarra et passa à toute vitesse devant quelques autres magasins, avant de pénétrer dans un quartier résidentiel situé au nord de la ville. Après un brusque virage à gauche au niveau d'un panneau de stop incliné, il s'engagea dans une rue bordée de maisonnettes. Certaines semblaient presque à l'abandon, tandis que d'autres étaient pimpantes, avec de modestes parterres de fleurs et des vérandas peintes à la chaux.

Chad se gara bientôt devant un adorable cottage qui sentait la peinture fraîche. Avant que Dana n'ait pu faire un geste, il s'empara de sa valise sur la banquette arrière et vint lui ouvrir la portière.

— La demeure d'Augustine Daigle, annonça-t-il, avec un geste pompeux de la main.

Après avoir vu le reste de Grand Marais, Dana ne fut pas surprise par la taille de la maison de sa grand-tante. En vérité, l'endroit avait l'air d'un petit nid douillet.

Et depuis quand tu utilises ce genre d'expression ? Elle sortit de la décapotable et prit gentiment sa valise des mains de Chad.

— Je ne sais comment vous remercier, dit-elle d'un ton hésitant.

Après tout, pourquoi pas ? Si les pires habitudes de cet homme étaient de fumer et de rouler trop vite, elle ne prenait pas trop de risques.

— Peut-être pourrais-je vous inviter à dîner lorsque je me serai installée, proposa-t-elle.

— C'est un rendez-vous ? demanda-t-il avec un grand sourire, une cigarette au coin des lèvres.

— Disons juste que je ne connais pas grand monde

à Grand Marais et que je vais peut-être avoir besoin d'un guide.

Chad se glissa derrière le volant en riant.

— C'est entendu, doc. Nous nous reverrons bientôt. Très bientôt.

Le rugissement du moteur occulta tout autre bruit, si bien que Dana mit quelques secondes à se rendre compte que la porte du cottage s'était ouverte. Une vieille dame se tenait sur le porche, vêtue d'une robe d'intérieur à fleurs et chaussée de sandales. Ses cheveux étaient tirés en un chignon soigné et son visage avait quelque chose d'enfantin, malgré les rides. C'était une femme qui n'avait jamais consulté de chirurgien esthétique. Elle fit un pas hésitant vers Dana.

— Sal...

Elle s'arrêta net, ferma un instant les yeux avant de tendre les mains.

— Tu dois être Dana. Quel bonheur de te rencontrer enfin!

— Tante Augustine?

Dana posa sa valise à terre pour prendre les mains de sa grand-tante dans les siennes.

— Je disais dans ma lettre que je ne viendrais pas avant la semaine prochaine, mais...

— Chut. Tu aurais dû venir bien plus tôt, ma chérie.

Augustine attira Dana contre elle. Elle sentait bon les fleurs séchées, l'orange et le pain frais. Ce contact intime aurait dû mettre Dana mal à l'aise, mais au contraire, elle se sentit étrangement touchée, comme si elle rentrait véritablement chez elle.

— Nous avons tant de choses à nous dire, dit Augustine. Tant de choses. Mais, j'ai une question à te poser avant que nous allions boire quelque chose de frais à l'intérieur : est-ce Chad Lacoste qui vient juste de partir ?

Tante Augustine connaissait donc Chad. Si la famille de celui-ci était aussi riche qu'il l'avait laissé entendre, cela n'avait rien de surprenant. Une telle opulence ne passait pas inaperçue dans un endroit pareil.

— Oui, c'était bien lui. Je viens juste de faire sa connaissance. C'est lui qui m'a conduite jusqu'ici… ma voiture de location est tombée en panne dans le marécage. Il va envoyer une dépanneuse pour la ramener.

— Je vois…

Les yeux marron d'Augustine se firent soudain rêveurs, puis elle se secoua comme un rouge-gorge dans une flaque d'eau et prit Dana par la main pour l'emmener dans la maison.

— J'ai préparé ta chambre. Elle est petite, mais j'espère que tu la trouveras confortable.

— J'en suis sûre.

C'était des paroles de pure politesse, mais Dana s'aperçut qu'elle était sincère. La maison sentait aussi bon que sa grand-tante et le parquet était couvert d'épais tapis de laine. Le salon était petit, mais décoré de jolis meubles anciens et un piano droit était ouvert dans un coin. Un climatiseur tentait tant bien que mal de rafraîchir la maison, modestes efforts qui parvenaient néanmoins à rendre l'atmosphère nettement plus plaisante que la moiteur du dehors.

La chambre d'amis enchanta Dana. Sur le lit en métal étaient arrangés un couvre-lit douillet et de gros oreillers ; des napperons de dentelle décoraient la coiffeuse et les tables de nuit. Un fauteuil à bascule venait compléter le tout.

— Voici ta chambre, dit Augustine. La salle de bains

est au bout du couloir. Si tu as besoin de quoi que ce soit, tu n'as qu'à me le demander. Je retourne à ma cuisine : j'étais sur le point de faire réchauffer du gombo pour le dîner.

Dana posa ses valises et contempla avec envie le couvre-lit moelleux.

— Merci, tante Augustine.

— Appelle-moi Gussie. Personne ne m'a plus appelée Augustine depuis que mon pauvre Jules est décédé.

Surprenant le regard de Dana, elle ajouta :

— Tu n'as qu'à faire une petite sieste en attendant que le repas soit prêt. Je viendrai te chercher.

Lorsque Gussie eut fermé la porte, Dana retira ses mules et s'effondra sur le lit. Elle poussa un soupir d'aise en entendant le grincement presque satisfait du lit qui s'affaissait doucement sous son poids.

Quel bonheur de pouvoir fermer les yeux! Elle crut un instant qu'elle allait s'endormir pour de bon, mais une image lui trottait toujours dans la tête : celle d'un homme grand et musclé, tour à tour amical et hostile, dont les yeux turquoise fixaient les siens avec insistance, comme pour l'avertir de quelque danger.

Quel danger? Qui est Rémy Arceneaux et pourquoi Chad m'a-t-il conseillé de ne pas m'approcher de lui?

Dana se redressa et se passa la main dans les cheveux. Une bonne odeur d'oignons et d'épices flottait dans l'air, lui rappelant qu'elle n'avait rien avalé depuis son maigre petit déjeuner à La Nouvelle-Orléans. Trop agitée pour rester en place, elle se leva pour explorer un peu la chambre. Sur la coiffeuse, elle aperçut une photo dans un joli cadre.

Tout d'abord, elle crut que c'était un portrait d'elle-même. Elle s'empara du cliché pour l'observer de plus près. La jeune femme de la photo, bras dessus, bras dessous avec Gussie, aurait pu être sa jumelle tant la ressemblance était frappante : même taille, même silhouette, même teint ; jusqu'à leurs traits qui étaient parfaitement semblables. Pourtant, quelques détails ne trompaient pas.

La jeune femme de la photo était bronzée des pieds à la tête — le genre de bronzage que l'on obtient au grand air et non dans une cabine à UV. Elle était à peine maquillée et ses cheveux blonds étaient attachés en une simple queue-de-cheval, tandis que Dana les portait en un carré sculpté. Elle portait une chemise à carreaux sans manches, un short muni d'une multitude de poches toutes pleines à craquer et des chaussures de marche usées. La dernière fois que Dana s'était habillée d'une telle façon, c'était à l'occasion d'une sortie nature au lycée.

Dana n'avait pas de jumelle ; elle était fille unique. Pourtant, le pompiste l'avait prise pour quelqu'un d'autre et Gussie lui avait lancé un regard étrange en la voyant pour la première fois…

— Elle s'appelait Sally.

Gussie se tenait sur le pas de la porte, les mains dans les poches de son tablier. Elle regarda la photo, puis le visage de Dana et, dans ses yeux, Dana put lire les réponses aux questions qu'elle n'avait pas encore posées.

— Vous vous ressemblez comme deux gouttes d'eau, dit Gussie. D'où ma surprise en te voyant. La photo que tu m'avais envoyée ne laissait rien paraître. Je n'aurais jamais imaginé…

Dana reposa la photo.

— Quelqu'un en ville m'a prise pour elle. Qui est-ce ?

— Ta cousine… ma petite-fille.

Avec un gros soupir, Gussie s'assit dans le fauteuil

à bascule. Ses larges hanches tenaient juste entre les bras de rotin.

— Tu lui ressembles, mais je vois que tu es différente.

— Vit-elle par ici ?

— Sally... Sally a disparu voilà cinq ans.

3

Dana sentit un frisson glacé lui parcourir l'échine.

— Disparu ?

Gussie ferma les yeux.

— Elle était si vive ! Depuis son plus jeune âge... Elle attirait tout le monde à elle, comme une lumière dans le noir. A l'école, tous les garçons étaient amoureux d'elle. Plus tard, plus d'un aurait bien voulu faire d'elle sa femme, mais elle a choisi de quitter Grand Marais. Elle est partie à la ville pour faire des études.

Gussie sourit avec tristesse.

— Elle m'écrivait de temps en temps. Elle a travaillé dur et a obtenu un diplôme dans l'étude des oiseaux... Elle appelait ça « ornithologie ».

— Je ne savais pas, murmura Dana. Je suis désolée.

Mais Gussie ne sembla pas l'entendre.

— Lorsque sa maman est tombée malade... voilà un peu plus de cinq ans... elle est revenue vivre avec nous. Elle avait entendu parler d'un oiseau qui vivait dans nos marais... un spécimen très rare... Après la mort de sa mère, elle a décidé de rester pour l'étudier. Un jour, elle est partie dans le bayou et n'en est jamais revenue.

La simple idée de se perdre dans ces marécages était assez terrible en soi, mais y trouver la mort... Dana toucha du bout des doigts le visage souriant sur la photo. Quel destin cruel pour quelqu'un de si jeune et plein de vie.

— Ils l'ont cherchée, poursuivit Gussie. Ils ont ratissé le bassin d'Atchafalaya pendant des jours, mais ils n'ont pas retrouvé la moindre trace. Des rumeurs se sont mises à courir…

Elle eut un petit rire.

— … Il y a toujours des rumeurs. Mais Sally n'était pas du genre à se perdre, que ce soit dans le bayou ou ailleurs. Nous savions tous qu'elle ne reviendrait jamais.

Avec une spontanéité qui lui était peu commune, Dana s'agenouilla pour prendre les mains de la vieille femme dans les siennes. Après toutes ces années passées à examiner des visages sous tous les angles, elle savait ce que cachait l'expression impassible de sa grand-tante. La douleur… Une douleur rentrée, à vif, qui ravageait tout.

— Je suis désolée, répéta Dana doucement. J'aurais aimé la connaître.

— Je suis sûre qu'elle aurait pensé la même chose, répondit Gussie en lui tapotant la main. C'est dans cette chambre qu'elle dormait quand elle venait me voir. Elle aurait voulu que tu t'y sentes comme chez toi.

Elle renifla, avant de poursuivre :

— Il faut que j'aille remuer mon gombo.

Elle sortit rapidement de la pièce, laissant Dana ruminer son histoire. L'apparente placidité de Grand Marais venait de voler en éclats. Même les petites villes dissimulaient des secrets inavouables. Le meurtre en faisait-il partie ? Comment Sally était-elle morte et pourquoi ?

Dana n'avait pas l'intention de forcer le chagrin de Gussie, juste pour satisfaire sa propre curiosité. Pourtant, elle ne pouvait s'empêcher de sentir de façon irrationnelle que Sally et elle partageaient plus qu'une simple ressemblance physique.

J'aurais pu choisir d'aller n'importe où pour « me

trouver » et redonner un sens à ma vie... New York, Hawaii, l'Europe. Pourquoi me suis-je sentie attirée par ce pays, où tant de membres de la famille de ma mère ont vécu et sont enterrés ?

Elle savait que l'idée était saugrenue et qu'elle ferait mieux de mettre ces pensées morbides de côté. Pourtant, même après une bonne assiettée de gombo et une heure de bavardages agréables avec Gussie, elle ne parvenait toujours pas à chasser de son esprit l'image de deux personnes, un homme et une femme, tous deux disparus dans le marécage : Sally Daigle et Rémy Arceneaux.

Il lui fut impossible de s'endormir. Sally la regardait fixement depuis son cadre de bois, comme pour tenter de lui transmettre un message. Après avoir passé une heure à contempler inutilement le plafond, Dana se leva et descendit dans la cuisine, où se trouvait le téléphone. Elle feuilleta un instant l'annuaire, dans le vague espoir d'y trouver le numéro de la personne qu'elle cherchait.

Enfin, elle le découvrit : Lacoste, Reuben. Le père de Chad, sans doute, à moins que ce dernier n'ait un oncle ou un cousin dans la région. Dana était prête à courir le risque. Elle composa le numéro et attendit impatiemment que quelqu'un décroche.

Une voix de femme endormie répondit avec politesse :

— Résidence des Lacoste !

Dana se présenta et demanda à parler à Chad.

— Je vais voir si M. Lacoste est disponible, madame St. Cyr, répondit la femme, avant de la mettre en attente.

Quelques secondes s'écoulèrent, puis une voix aux accents familiers résonna à l'autre bout de la ligne.

— Dana ? Je ne m'attendais pas à avoir le plaisir d'entendre votre voix aussi rapidement.

— Je suis désolée de vous appeler à une heure aussi tardive. Je ne vous dérange pas, j'espère?

— Absolument pas. Je suis à votre service, de jour comme de nuit.

Sa remarque était pleine de sous-entendus, et Dana ne put se tromper sur ses intentions.

— Je sais que je vous dois déjà un dîner en ville, mais j'ai un autre service à vous demander.

— Je vous écoute.

— J'aimerais me rendre dans le bayou et je pensais que vous pourriez peut-être me recommander un guide.

— Dans le bayou? Je ne m'attendais pas à ce qu'une femme comme vous apprécie ce genre de distractions.

Il n'avait pas tort. Dans d'autres circonstances…

— J'ai une raison bien particulière : je viens d'apprendre que ma cousine, Sally Daigle, a disparu dans le marais voilà quelques années et je souhaiterais voir l'endroit par moi-même…

C'était vraiment ridicule. Comment allait-elle expliquer ce besoin étrange et saugrenu d'en apprendre plus sur le sort de sa cousine?

— Sally? s'étonna Chad. Personne ne sait où elle s'est perdue.

Au moins, il ne semblait pas surpris. Bien sûr, il avait réagi lorsqu'elle avait mentionné le nom de famille de la tante Augustine. Peut-être avait-il connu Sally. Peut-être avait-il lui aussi déploré sa disparition.

— Je sais que cela peut paraître un peu bizarre, mais j'aimerais voir l'endroit où elle était avant de… de disparaître. Appelez ça une lubie, si vous le voulez, mais je comprends bien qu'il va me falloir un guide expérimenté…

— Vous en avez trouvé un. Il se trouve que j'ai grandi par là-bas et je connais le marais aussi bien qu'un autre, à part peut-être les vieux qui vivent dans le bayou. Je vous y conduirai moi-même.

— Je ne voudrais pas vous importuner…

— Aucun problème. Je connaissais Sally. Elle aurait été heureuse de l'intérêt que vous lui portez.

— Peut-être pouvez-vous m'en dire plus à son propos…

Elle entendit un bruit de papier qu'on froisse.

— Je suis libre demain, si vous voulez y aller rapidement. Mais peut-être préférez-vous prendre quelques jours de repos, le temps de vous acclimater.

— Si cela vous convient, j'aimerais y aller demain.

— C'est parfait. Je viendrai vous chercher vers 6 heures. Il vaut mieux partir de bonne heure. Le sol est plutôt sec à cette époque de l'année, mais c'est quand même encore très boueux… Mettez un jean, des chaussures de marche et une chemise à manches longues. Pensez à la lotion antimoustiques. Je m'occupe du reste.

— J'apprécie beaucoup votre aide, Chad.

— Ce n'est rien, voyons. Oh, et avant que je n'oublie : votre Lexus devrait être réparée d'ici un jour ou deux. Rien de grave, le moteur est encore en état.

— C'est fantastique ! Merci beaucoup.

Dana posa une main sur sa poitrine, surprise par les battements rapides de son cœur. Ce n'était pas à Chad qu'elle pensait.

— Je vous dois deux dîners en ville, à présent.

— Nous verrons, répondit Chad avec un petit rire. A demain matin, 6 heures !

Ce n'est qu'après l'avoir remercié une fois encore et avoir raccroché que Dana se demanda soudain pourquoi il avait si rapidement accepté de lui servir de guide dès le lendemain. Ce n'était pas le genre d'homme à aimer marcher dans la boue. Il était naturel de penser qu'il attendait plus qu'un simple dîner aux chandelles, mais Dana n'avait pas l'intention de le mener par le bout du nez. Il faudrait qu'elle soit franche avec lui sur ce point, tôt ou tard.

Demain est un autre jour, pensa-t-elle. Pour l'instant, elle devait s'inquiéter de ce qu'elle porterait le lendemain dans le marécage. Elle n'avait ni jean ni chaussures de marche dans ses bagages. Peut-être pouvait-elle emprunter des vêtements à Gussie, jusqu'à ce qu'elle ait le temps d'en acheter en ville.

Elle n'allait tout de même pas s'inquiéter de son apparence pour une randonnée dans le bayou ! Elle espérait bien que le lendemain soir, son obsession étrange pour sa cousine lui serait passée.

Si seulement elle parvenait aussi à se sortir Rémy Arceneaux de la tête !

Dana jurait avec une virulence surprenante, en tentant de dégager sa jambe prise dans la boue gluante. Rémy ne riait pas. Caché dans le sous-bois, il ne la quittait pas des yeux depuis que Chad Lacoste, après s'être égaré, l'avait laissée près de leur bateau pendant qu'il partait chercher « de l'aide ». Il n'y avait rien de drôle à observer cette femme-là se promenant près de l'endroit où Sally était morte.

Elle était le sosie de Sally. Rémy l'avait vu immédiatement lorsqu'il avait fait sa connaissance sur le bord de la route, même s'il n'avait pas compris qui elle était vraiment avant qu'elle ne mentionne le nom de Daigle.

Sally Daigle était comme le feu, impulsive et chaleureuse. Cette femme-là était tout le contraire. Ses cheveux étaient d'un blond plus clair que ceux de Sally et son visage délicat et symétrique gardait une certaine réserve déterminée, malgré les traces de boue et les griffures. Rémy avait été témoin de cette force de caractère plusieurs fois dans la journée, lorsque Lacoste s'était révélé d'une incompétence absolue en tant que guide.

La patience et la détermination n'étaient pas les seules qualités de la jeune femme. Malgré son accoutrement étrange, une chemise de gros coton, un jean beaucoup trop grand maintenu par une ceinture et des baskets un peu trop petites, Dana St. Cyr possédait une élégance naturelle évidente. Sa beauté n'était pas comme celle de Sally, sculptée par le vent, la pluie et le soleil, la sienne était sophistiquée et façonnée par la vie urbaine, l'ambition et l'argent.

Autrefois, Rémy avait vécu en ville. Il avait nourri des aspirations dignes d'un jeune trader en pleine ascension et avait effacé des années de galère par un talent presque miraculeux. Il s'était même pavané dans le quartier français accompagné par des jeunes femmes du genre de Dana St. Cyr.

Non, pas tout à fait comme elle. Elle lui faisait penser à l'eau des criques que l'on trouvait dans le Nord : limpide et glaciale, prête à vous mordre si vous commettiez l'erreur de plonger la main dedans.

Pourtant, il ne pouvait la qualifier de froide. Oh non… La veille, il avait lu dans ses yeux une lueur qui laissait présager qu'il valait peut-être mieux ne pas se fier aux apparences. Ses yeux avaient la couleur du cognac, une couleur à rendre les hommes ivres dès la première gorgée. Voire à les empoisonner sur-le-champ.

C'était peut-être pour cela qu'il s'était senti attiré par elle, en dépit de tout.

Bas les pattes, Arceneaux. S'intéresser de près à une

femme qui ressemblait autant à Sally Daigle était la dernière des choses à faire. Son instinct lui criait que ce n'était pas une coïncidence si la cousine de Sally était en train de fouiner dans cette partie du marais le lendemain de son arrivée à Grand Marais.

Elle est venue avec Lacoste. Ça non plus, ce n'est pas une coïncidence.

Etait-ce la seule et unique raison qui l'avait poussé à les suivre ? Il était d'ailleurs sur le point de lui faire faire quelque chose de stupide. *Bon sang, que va penser Tris en la voyant ? As-tu vraiment envie de lui faire revivre ce cauchemar ?*

Rémy frappa le sol humide de la pointe de sa botte, effrayant au passage une vipère qui se réfugia sous un tapis de feuilles mortes. *Tu ne peux pas t'en empêcher, hein ? C'est plus fort que toi.*

Comment pouvait-il espérer lui faire comprendre à elle, une étrangère, quand les gens de la région regardaient les frères Arceneaux avec la plus grande méfiance et se signaient lorsqu'ils croisaient Rémy ou Tris en ville ?

Avec un juron étouffé, Rémy s'avança vers la berge où la jeune femme bataillait avec le bateau. Même ce fumier arrogant de Lacoste aurait dû savoir qu'il ne fallait pas engager un bateau à moteur dans si peu de fond. Avec de la chance, il irait peut-être se perdre dans le territoire de ce bon vieux Mauvais Œil et se ferait dévorer par l'alligator le plus vicieux du bayou…

Dana St. Cyr se figea en le voyant approcher, immobile comme une biche aux abois. Vraisemblablement, elle se souvenait de lui. Peut-être même avait-elle eu le temps d'entendre quelques rumeurs à son sujet.

— Bonjour, lança Rémy en souriant d'un air narquois.

On dirait que chaque fois que nous nous rencontrons, vous êtes dans un beau pétrin!

La jeune femme se planta devant lui, les poings sur les hanches.

— Allez-vous encore tenter de m'effrayer avec vos conseils, monsieur Arceneaux?

Elle savait donc son nom. *Lacoste, évidemment.*

— Je crains qu'il ne soit trop tard pour cela, ma chère. Qui est l'idiot qui vous a conseillé de venir par ici en bateau au mois de septembre?

Elle ne daigna pas lui répondre et laissa le bateau sur place pour regagner avec peine la terre ferme. Elle s'adossa, bras croisés, contre le tronc d'un cyprès.

— Vous, en revanche, vous connaissez sans doute tout ce qu'il y a à savoir sur ce marais?

— Je sais que seuls les canaux principaux sont assez profonds pour laisser passer un bateau à cette période de l'année. Je suis même surpris que vous ayez pu avancer si loin.

Avec nonchalance, il s'avança vers le bateau et le hissa sur la berge.

— Bon, assez parlé. Vous feriez mieux de me suivre pour vous nettoyer un peu.

— J'attends mon ami. Il ne devrait pas tarder.

Rémy éclata de rire.

— Je ne crois pas! Il est plus de 17 heures et il aura de la chance s'il rejoint la grand-route avant la tombée de la nuit.

Il fouilla ostensiblement du regard les eaux stagnantes, les broussailles et la canopée des cyprès.

— Vous aimez les serpents et les alligators, mademoiselle St. Cyr?

— A peu près autant que les inconnus qui apparaissent

et disparaissent en faisant des commentaires grossiers et mystérieux.

— Je pense néanmoins que ma compagnie vaut mieux que celle que vous trouverez par ici la nuit. Surtout que les maringouins vont bientôt se mettre en chasse pour piquer tout ce qui bouge.

Elle jeta un œil aux eaux boueuses qui couraient entre les jacinthes et l'herbe aux alligators, cherchant sans aucun doute à évaluer ses chances de sortir du marécage par ses propres moyens. Pourtant, Rémy était sûr d'une chose : elle avait beau être fière, elle n'était pas stupide. Elle savait qu'elle n'était pas équipée pour ça. Etait-elle en train de maudire Chad Lacoste en silence, sous ce masque impassible ?

— Pouvez-vous m'aider à sortir du marais ? demanda-t-elle. Je peux vous payer.

— Je n'en doute pas, ma chère…

Il la regarda des pieds à la tête pour voir s'il pouvait la mener en bateau facilement. Les yeux de la jeune femme lancèrent des éclairs.

— Est-ce que cent dollars suffiront ?

— Ma foi, oui… si le soleil n'était pas sur le point de se coucher. Mais je ne le ferais pas de nuit pour tout l'or du monde.

— Alors que me suggérez-vous, monsieur Arceneaux ?

— Je crois bien que vous allez devoir venir chez moi.

La façon dont elle se raidit le fit sourire. On aurait dit un opossum qui venait de croiser un renard.

— Ne vous inquiétez pas, ma chère. Quoi qu'en disent les films, les bouseux du bayou ne sautent pas sur tout ce qui bouge.

4

Dana St. Cyr réfléchit un instant, comme pour décider si elle devait se sentir insultée.

— Ce n'est pas cela qui m'inquiète, monsieur Arceneaux…

— Vous pouvez m'appeler Rémy, vous savez.

— C'est entendu, monsieur Arceneaux. Cependant, je ne peux m'empêcher de me demander pourquoi vous m'offrez ainsi l'hospitalité après votre attitude d'hier.

Si elle espérait des explications sur-le-champ, elle allait en être pour ses frais. Qu'il décide ou non de chercher à l'avertir, il avait bien l'intention de mener la danse.

— Si j'ai été grossier, je vous prie de m'en excuser. Je peux vous offrir un bon dîner, un lit propre, une nuit paisible et une escorte jusqu'en ville demain matin. Vous serez aussi en sécurité qu'un bébé alligator dans les mâchoires de sa maman.

— Je ne comprends toujours pas…

— Vous ne comprenez pas grand-chose aux gens d'ici, ma belle, même si vous avez du sang Daigle. Il y a une heure de marche jusqu'à chez moi. Vous venez ?

La moue hésitante qui se dessina sur son visage d'ordinaire assuré lui donna soudain l'air vulnérable, surtout lorsque l'avant-garde des moustiques lança son premier assaut. Voyant qu'il l'observait en train de se débattre, elle protesta, s'efforçant tant bien que mal de maîtriser ses gestes.

— J'ai pourtant mis de la lotion !

— Certaines personnes attirent les moustiques plus que d'autres. Si ces bestioles vous trouvent à leur goût, aucune lotion ne pourra les arrêter.

— Je vois…, répondit-elle, en tentant de plus belle d'écraser ses assaillants. Bien, monsieur Arceneaux, il semble que votre offre bienveillante soit ma seule issue.

— Appelez-moi Rémy, je vous en prie. Personne ne m'a plus appelé M. Arceneaux depuis…

Oh, depuis à peu près six ans. Depuis l'époque où il avait un bureau au dixième étage d'un building, une secrétaire personnelle et du mobilier design.

— … depuis longtemps, en tout cas.

— Bien, Rémy, murmura-t-elle, avec un simple soupir.

— On y va ? demanda-t-il en lui tendant la main.

S'efforçant de paraître naturelle, elle passa devant lui en l'ignorant, juste pour lui prouver qu'elle n'avait pas peur. Il la rattrapa juste à temps pour lui éviter de s'embourber dans un trou d'eau particulièrement traître. Elle sursauta un peu à son contact, mais ce ne fut pas de la peur qu'il lut dans ses yeux lorsque leurs regards se croisèrent.

Eh bien, la demoiselle avait des yeux magnifiques ! En revanche, elle n'était pas très douée pour dissimuler ses sentiments. A contrecœur, Rémy dut admettre qu'il était troublé. Mauvaise idée… Il la devança de quelques pas et gagna un chemin surélevé.

— Puis-je savoir ce que vous veniez faire dans le bayou, mademoiselle St. Cyr ?

— Docteur St. Cyr, s'il vous plaît…

Ah, rien de tel qu'une bonne douche froide pour éteindre le brasier qu'il avait aperçu en elle l'instant précédent…

— Docteur ?

Une pointe de malice perverse se glissa en lui. Il se tourna soudain vers elle pour lui montrer son pouce, où il s'était fait une petite entaille en tirant le bateau sur la berge. Dans une demi-heure, il n'y paraîtrait plus, mais cela, elle l'ignorait.

— Pouvez-vous me soigner, doc ?

— Je ne suis pas ce genre de docteur, répondit-elle en manquant de lui rentrer dedans.

— Vous voulez dire qu'il existe un genre de docteur qui ne sait pas soigner une coupure ?

Pour la première fois, il eut le plaisir de la voir rougir. Cela commençait au niveau de l'échancrure de son chemisier et gagnait doucement ses joues pour colorer les contours d'albâtre de son visage d'un rose délicat et précieux.

— Je suis chirurgienne esthétique, expliqua-t-elle.

Elle semblait presque honteuse. Son odeur agréable, un mélange de savon, de déodorant et d'un parfum bien heureusement subtil, se voila d'une pointe de malaise.

Chirurgienne esthétique. Voilà qui expliquait son aisance, son assurance et ce petit air de supériorité. Il aurait parié qu'elle était une des meilleures de sa spécialité, même si elle n'avait sans doute qu'une trentaine d'années.

A cet instant, pourtant, elle avait perdu toute son assurance. Il s'aperçut qu'il avait envie qu'elle se sente à l'aise avec lui, même si elle serait sortie de sa vie dès le lendemain matin. Du moins, il l'espérait. Vraiment ?

Il prit une pose dramatique.

— Votre avis, doc... Soyez honnête. Pouvez-vous faire quelque chose pour moi ?

Elle lui lança un regard méprisant.

— Si vous vous êtes regardé dans un miroir récemment, vous savez très bien que non.

— Touché..., admit-il avec un sourire. J'imagine que vous n'opérez que des femmes avec un double menton et des hommes avec une bedaine de buveur de bière.

— Ça vous embête si on change de sujet ?

— Vous n'aimez donc pas votre métier, doc ?

— Dana, coupa-t-elle, avec mauvaise humeur. Je m'appelle Dana.

Cela lui allait bien. Puissant et féminin à la fois.

— Vous devez penser que je ne suis qu'un *corusse* vaniteux, n'est-ce pas, Dana ?

— Vaniteux, sans doute. Mais je ne saurais vous dire pour le « corusse »... Je ne parle pas le cajun.

Elle était prête à admettre son ignorance, ce qui n'était pas rien pour une femme comme elle. Il comprenait bien ce sentiment. Autrefois, sa propre mère lui répétait sans cesse qu'il avait toujours quelque chose à prouver.

— Je vais devoir vous donner des cours particuliers, dans ce cas, dit-il en se remettant en marche. *Corusse*. Le coq.

— Un coq vaniteux ? Je n'irais pas jusque-là, dit-elle en le rejoignant. Apprenez-moi d'autres mots.

— Vos petits copains qui vrombissent autour de vos oreilles sont des *maringouins*. Là-bas, les pieds dans l'eau, nous avons un *gros-bec*, un héron. On n'en voit plus beaucoup dans le sud de la Louisiane de nos jours. Le *pique-bois*, le pic-vert, se prépare pour la nuit et bientôt, vous entendrez les *ouaouarons* — les grenouilles mugissantes — entonner leur chœur nocturne.

Dana répétait silencieusement les mots les uns après les autres.

— Vous parlez comme quelqu'un qui aime cet endroit.

Rémy resta silencieux quelques secondes, se demandant comment répondre. Enfant, il avait adoré le bayou et les incroyables aventures qu'il leur avait offertes, à Tris et à lui. Plus tard, son impatience grandissante l'avait éloigné et il était parti à l'université puis faire carrière à la ville. Depuis six ans qu'il était revenu, il avait réappris la valeur de choses simples, comme le calme de la nuit, la loyauté familiale et la joie de pouvoir courir librement là où l'homme posait rarement le pied.

Mais de l'amour ? Cela faisait longtemps que le simple mot était sorti de son vocabulaire.

— J'ai grandi dans ce canton, expliqua-t-il enfin, en la guidant à travers un bosquet. Les Cajuns apprennent à connaître le bayou dès leur naissance.

— Votre famille vit ici aussi ?

— Ils sont éparpillés un peu partout dans le sud de la Louisiane. Je ne les vois pas souvent. Et vous ? Où avez-vous grandi ?

— San Francisco… sur la baie…

Quelque chose dans sa voix laissait entendre qu'elle n'était pas plus disposée que lui à parler de son passé.

— … Je suis fille unique.

Cela avait dû être difficile. Malgré tous ses problèmes avec sa propre famille et son statut de « mouton noir » parmi les Arceneaux, Rémy ne s'était jamais senti seul étant garçon. Les Cajuns aimaient les familles nombreuses et unies.

C'était lui qui était parti.

Par un accord tacite, Dana et lui se turent, se concentrant sur la piste presque invisible qui serpentait entre les genêts. Ils contournèrent le lac du Matou, autour duquel des racines aériennes de cyprès se dressaient un peu partout. Enfin, Rémy reconnut l'odeur de métal chauffé au soleil, de pieds de tomates et de bois de cyprès qui flottait autour de sa maison.

Il était temps d'avertir Tris.

— Attendez-moi ici, annonça-t-il en retenant Dana par le bras. Je dois vérifier quelque chose.

Dana leva les yeux vers le ciel qui s'assombrissait, mais ne protesta pas. Rémy disparut derrière un bosquet de saules, puis courut encore pendant quelques centaines de mètres, pour s'assurer qu'elle ne puisse pas le retrouver si elle partait à sa recherche.

Dans la lumière du crépuscule, il inspira profondément, rejeta la tête en arrière et poussa un long hurlement.

Il savait que Tris l'entendrait. Il avait été très clair en partant : s'il donnait le signal, cela signifiait que Tris devait quitter le bateau jusqu'à nouvel ordre. Tris ne craignait pas de passer la nuit dans le marécage, mais Rémy espérait que la curiosité de son jeune frère ne serait pas la plus forte.

Après avoir entendu la réponse de Tris, Rémy revint rapidement sur ses pas. Dana n'avait pas bougé et scrutait l'obscurité d'un air inquiet, les bras croisés sur la poitrine. Elle poussa un soupir en le voyant.

— Où étiez-vous parti ? demanda-t-elle.

— Je vous ai manqué, ma chère ?

— N'avez-vous pas entendu quelque chose… d'inhabituel, il y a quelques minutes ?

Rémy prit l'air surpris :

— Vous parlez de ce hurlement ? Sans doute un coyote qui pourchassait un raton laveur.

— Je ne crois pas que c'était un coyote. Y a-t-il des loups en Louisiane ?

C'est qu'elle était maligne, en plus !

— Il n'y en a plus. Le dernier a été tué il y a des années. En route.

S'assurant qu'elle le suivait bien, il la guida sur quelques centaines de mètres jusqu'aux berges où la péniche était amarrée. Le soleil s'était couché, mais les lanternes allumées sur le pont permettaient de guider les voyageurs égarés.

Tu as intérêt à avoir fichu le camp, Tris, pensa Rémy.

— Voici ma maison, annonça-t-il. Je peux presque déjà sentir l'odeur du poisson grillé.

— Une péniche ! s'exclama Dana, stupéfaite.

— Ne vous inquiétez pas, c'est moi qui l'ai construite.

Avec un regard méfiant, elle s'arrêta devant la rampe d'accès pour examiner la coque de métal de la vieille péniche, la petite cabine au toit de planches et l'énorme bac planté de tomates et de poivrons sur le pont.

— C'est très solide, ne vous inquiétez pas, assura-t-il en la prenant par la main. Je ne sais pas pour vous, mais moi, j'ai une faim de loup.

Elle le surprit en acceptant de se laisser guider en haut de la rampe. Sentant que la péniche tanguait à peine sous leurs pieds, elle retrouva un peu d'assurance. Aucune trace de Tris aux alentours.

Rémy invita Dana à s'asseoir à la petite table de la cuisine, près d'un poêle à gaz. Tandis qu'il préparait du café, elle observa la pièce avec une curiosité à peine dissimulée.

— Vous vivez seul ici ?

— A votre avis ? lança-t-il par-dessus son épaule.

— Sans avoir vu le reste de la maison, je dirais que oui.

— Qu'est-ce qui vous fait dire ça ?

Il lui versa du café fraîchement passé dans une tasse décorée d'une carte de la Louisiane.

— C'est utilitaire. Spartiate. Les femmes peuvent vivre de cette façon, mais elles préfèrent en général apporter une touche personnelle.

— Ah, ma chère, se plaignit-il avec une moue déconfite. A présent, vous connaissez ma triste histoire : aucune de ces dames n'a jamais voulu de moi.

— Vous voulez dire que votre charme ne suffit pas ?

Il s'assit en face d'elle et la regarda droit dans les yeux.

— Vous voulez dire que mon charme surpasse mon arrogance naturelle ?

Elle se plongea dans l'étude de sa tasse.

— Merci pour le café. Il est très bon.

Il se releva avec un petit rire et se mit à préparer la perche qu'il avait pêchée le matin pour le dîner. Lorsqu'elle lui proposa de l'aider, il refusa tout net.

— Tout Cajun qui se respecte sait cuisiner le poisson. En plus, je suis sûr que vous ne cuisinez pas.

— Je…

De nouveau, ce ton guindé et méfiant.

— … Je n'ai pas le temps, en général.

— Moi, au contraire, j'ai tout mon temps.

— Vous ne m'avez pas encore dit ce que vous faites dans la vie.

— Oh, un peu de tout. Je connais les meilleurs coins pour les pêcheurs et j'empêche les touristes de se perdre.

— Les touristes comme moi ?

— Est-ce donc ce que vous êtes venue faire ici, Dana ? Du tourisme ?

Elle joua un instant avec sa tasse.

— Je vous l'ai déjà dit : j'ai de la famille par ici.

— En effet…

Il fit glisser les filets de poisson dans une poêle.

— … En revanche, vous ne m'avez pas encore dit ce que vous êtes venue faire dans le bayou aujourd'hui.

Elle resta si longtemps silencieuse qu'il eut le temps d'émincer des oignons et un piment. Pourtant, elle finit par répondre :

— Je cherche l'endroit où Sally Daigle est morte.

5

Dana avait maintes fois vu des visages subir des transformations majeures, souvent même sous son bistouri, mais le changement radical qui s'opéra sur le visage de Rémy Arceneaux dépassait l'entendement.

Lui qui était encore à l'instant affable, charmeur et, oui, séduisant, la regardait à présent comme si elle était son ennemie jurée. C'était le même regard qu'il lui avait lancé lors de leur première rencontre sur le bord de la route, même si elle avait depuis oublié ce moment déconcertant. De nouveau, un mur de glace s'était dressé entre eux.

— Je vous avais pourtant dit de ne pas venir ici, marmonna-t-il.

— Vous m'avez conseillé de ne pas rester dans le canton de Beaucœur, pour être exacte.

— Absolument.

Lui tournant le dos, il se remit à cuisiner, entrechoquant plus que nécessaire ses ustensiles. Dana se crispa. Qu'avait-elle dit ? Quelque chose à propos de Sally Daigle ou de la mort de celle-ci semblait avoir provoqué cette étrange réaction. Chad Lacoste l'avait pourtant bien avertie de ne pas s'approcher de cet homme. Pourquoi Rémy avait-il réagi aussi vivement à la simple mention du nom d'une femme morte ? Qui plus est, un nom prononcé par une femme qui lui ressemblait comme deux gouttes d'eau.

Mille questions se pressaient dans l'esprit de Dana, mais l'attitude de Rémy semblait avoir jeté un voile étouffant sur la pièce. Elle mangea du bout des lèvres, ne parvenant pas à apprécier le poisson pourtant délicieux. A peine le repas terminé, Rémy disparut dans le couloir et revint quelques minutes plus tard pour lui annoncer d'un ton morne que sa chambre était prête.

Un instant, Dana fut tentée de partir sur-le-champ pour le laisser à sa mauvaise humeur, mais elle était morte de fatigue, couverte de boue et avait besoin de se retrouver un peu seule. Rémy lui indiqua la salle de bains, qui comprenait un lavabo, une cabine de douche et des toilettes, sur lesquelles trônait un moteur de hors-bord. Lorsqu'il lui proposa de rendre à l'installation son usage premier, elle refusa. Il lui tendit alors une lampe de poche et lui expliqua comment gagner les toilettes situées à une dizaine de mètres de la péniche, dans le bayou. Dana n'était pas enchantée à l'idée de sortir ainsi la nuit, mais au moins la pleine lune lui servirait de lanterne.

Après quelques paroles de politesse, Rémy la laissa seule. Elle l'entendit s'affairer encore quelques minutes, puis un silence de mort s'abattit sur la péniche. Le minuscule hublot n'offrait qu'un maigre rempart contre les mille bruits de la nuit : les grenouilles chantantes dont avait parlé Rémy s'en donnaient à cœur joie ; des cris rauques s'élevaient de temps en temps, peut-être ceux d'un alligator ; puis encore une fois... ce sinistre hurlement.

Dana s'assit sur le lit, une simple banquette une place. C'était sans doute la chambre de Rémy, car elle était aussi spartiate que la cuisine. La décoration se résumait à une vieille canne à pêche accrochée au mur et une peinture à l'huile très colorée dans un cadre étrangement orné.

Dana se leva pour observer la peinture de plus près, se demandant s'il pouvait s'agir d'une œuvre de jeunesse de Rémy. Le tableau représentait le bayou et, même si son auteur ne semblait pas doué d'une grande technique, on sentait un amour évident du sujet dans la représentation des eaux brunes, des arbres verdoyants et des fleurs sauvages marquées par des taches de couleur vive. Au bas du tableau, un nom était griffonné : Tristan.

Un membre de sa famille, peut-être. Au moins, Rémy semblait capable d'éprouver suffisamment d'affection à l'égard de quelqu'un pour accrocher un de ses tableaux dans sa chambre.

Après un rapide coup d'œil dans le couloir, Dana alla faire un brin de toilette, puis se rendit en toute hâte aux toilettes à l'extérieur. L'expérience ne fut pas aussi terrifiante qu'elle l'avait pensé, même si elle ne fut pas mécontente de retrouver le bateau et la sécurité relative de sa chambre.

Sur le lit, elle trouva un T-shirt rouge trop grand pour elle, orné d'un crocodile coiffé d'une casquette de base-ball. Elle hésita, se demandant s'il était raisonnable de porter un vêtement qui appartenait sans aucun doute à Rémy. Finalement, elle l'enfila, préférant ne pas se retrouver nue dans un lit étranger, avec un inconnu qui dormait à quelques mètres à peine.

Après avoir suspendu ses vêtements boueux au dossier de l'unique chaise, elle se glissa sous les couvertures et ferma les yeux. Evidemment, il lui fut impossible de dormir. Les draps et le T-shirt, bien que propres, conservaient une discrète odeur masculine qu'elle avait bien du mal à ignorer. Les bruits de la nuit s'étaient faits plus marqués et rien ne lui permettait de savoir si Rémy était encore éveillé ou non.

Rémy. C'était lui la cause de son insomnie — lui et son sourire, son regard envoûtant et ses sautes d'humeur. *Allez, admets-le*, pensa-t-elle en fixant le plafond. *Tu es sous le charme.*

Quelle femme ne le serait pas ? Pourtant, elle ne se faisait aucune illusion. Elle avait plus de chances de rencontrer un alligator dans les rues de San Francisco que d'entamer une relation amoureuse avec Rémy Arceneaux.

Charmant tableau... Avec un soupir, Dana repoussa les couvertures. Il faisait toujours chaud et, à présent que le soleil était couché, les moustiques seraient sans doute plus cléments. Peut-être qu'une petite promenade sur le pont...

Elle posa un pied par terre et sentit quelque chose de froid et lisse la frôler. Elle poussa un petit cri étranglé et bondit vers la porte. L'objet de sa terreur la contemplait en sifflant.

— Dana ?

La porte s'ouvrit en trombe et Rémy entra, scrutant la chambre d'un air inquiet. Pourtant, lorsqu'il aperçut le serpent, il sembla se détendre. Avec une vivacité incroyable, il saisit le reptile juste derrière la tête.

— C'est pour *ça* que vous m'avez réveillé ? demanda-t-il.

— Je croyais que le bateau était un endroit tranquille ! protesta-t-elle en rougissant.

— Ce n'est qu'un petit faux corail, expliqua-t-il en soulevant le serpent à hauteur d'yeux, comme pour mieux le faire profiter de la conversation. Si c'était un mocassin d'eau, par contre, vous auriez de quoi avoir peur.

— Et c'est censé me rassurer ?

— Vous ne devez pas en voir tous les jours, des comme ça, à San Francisco !

Dana se glissa doucement derrière le lit. La chambre

semblait dix fois plus petite, à présent que Rémy s'y trouvait.

— Je ne croise pas non plus d'alligator ni de loup en me rendant aux WC.

— Je vous ai dit que...

Il laissa sa phrase en suspens, comme s'il venait d'oublier ce qu'il voulait dire. Son regard avait glissé vers le T-shirt de Dana, qui lui arrivait en haut des cuisses. Elle avait complètement oublié ce qu'elle portait... et ce qu'elle ne portait pas.

En quelques heures à peine, elle avait rougi plus souvent qu'en trente ans d'existence, mais elle ne fit aucun effort pour se couvrir. Rémy aurait pu interpréter ça comme une victoire.

— Vous devriez remettre cette pauvre bête dehors, suggéra-t-elle.

Rémy regarda le serpent avec surprise.

— Vous avez raison. Il est à moitié mort de peur.

En toute hâte, il tourna les talons et sortit de la pièce. Malheureusement, la porte ne fermait pas à clé. Dana se précipita dans son lit et remonta la couverture jusqu'au menton. Un peu plus tard, elle entendit des pas sur le pont, puis un long silence. Elle imaginait des serpents de toutes les tailles en train de grouiller sur le sol de la chambre. Qu'avait dit Rémy à propos des mocassins d'eau ?

Poltronne ! Tu sursautes vraiment pour un rien, ce soir. Tu pourrais...

Un visage apparut au hublot, pâle et incertain dans la lueur de la lune. Dana se redressa brusquement, serrant la couverture contre elle.

La seule chose dont elle était sûre, c'est qu'il ne s'agissait pas de Rémy. Les cheveux étaient plus sombres et les grands yeux un peu fous la regardaient sans ciller.

Dana n'avait pas l'âme d'une héroïne de film d'horreur pour ado. Elle s'arracha à la contemplation de la fenêtre pour chercher une arme de fortune. Lorsqu'elle regarda de nouveau, le visage avait disparu.

Elle se tint immobile, guettant chaque mouvement, chaque bruit, mais elle n'entendit que les battements de son propre cœur. Elle avait dû rêver. Après l'incident avec le serpent, elle n'avait pas trop envie de courir réveiller Rémy.

L'aube était encore loin. Epuisée, Dana s'était de nouveau assoupie lorsque le hurlement se fit entendre une troisième fois : sinistre, interminable et si implorant qu'elle sentit son cœur se serrer malgré elle. Un pressentiment la fit se lever pour enfiler son jean maculé de boue et ses tennis, puis elle se glissa sur le pont, le long du mur de la cabine.

Le hurlement s'était arrêté, mais la curiosité de Dana n'avait pas été vaine. A la lueur d'une des lanternes, elle aperçut un éclair de cheveux brun-roux : Rémy descendait la rampe d'accès, si silencieux qu'il semblait flotter dans les airs.

Ce n'est pas l'instinct qui poussa Dana à le suivre. Non, l'instinct pouvait être considéré comme un mécanisme de survie et ce qu'elle fit était de la stupidité pure. Elle courut jusqu'à la chambre pour s'emparer de la lampe torche et se précipita à la poursuite de Rémy, priant pour qu'il n'ait pas déjà disparu entre les arbres.

La pleine lune était déjà basse dans le ciel, mais sa lueur était telle que Dana n'eut pas besoin de lampe. Elle aperçut Rémy au loin et le suivit aussi silencieusement que possible, s'attendant à tout moment à ce qu'il découvre sa présence.

Pourtant, il semblait penser à autre chose. Soudain, il

se mit à courir sur le chemin étroit et Dana eut toutes les peines du monde à ne pas le perdre. Il disparut derrière une rangée de cyprès et, lorsque Dana le rejoignit, elle ne sut si elle devait se sentir soulagée ou horrifiée.

Un homme était allongé en travers du chemin détrempé. Rémy était agenouillé à ses côtés et lui parlait doucement, sans même remarquer Dana qui s'approchait. Après quelques pas, elle vit que l'autre homme n'était pas simplement en train de se reposer. De façon incompréhensible, il était nu comme un ver et avait la jambe coincée dans une sorte de piège à loups, dont Rémy tentait d'ouvrir les mâchoires à mains nues.

Lorsque l'homme poussa un gémissement à peine audible, Dana s'ébroua et se précipita aux côtés de Rémy. Celui-ci leva les yeux, une expression de chagrin mêlé de peur et de soulagement sur le visage. Dana comprit tout de suite que l'homme prisonnier du piège était celui qu'elle avait aperçu derrière le hublot.

Il était jeune, plus jeune que Rémy, mais la fragilité qu'elle lut sur son visage n'était pas simplement due à sa jeunesse, ni même à la douleur. Il la regardait droit dans les yeux, avec la même intensité que sur le bateau. Le malaise de Dana ne venait pas de la nudité de cet homme ; elle avait déjà vu des corps nus auparavant, de toutes proportions et de tous âges. Les choses auraient été différentes si cela avait été Rémy…

Concentre-toi un peu. Peu importait pourquoi ce jeune homme s'était retrouvé pris dans un piège, alors qu'il courait nu dans le bayou. Ce qui comptait, c'était bien sa blessure à la jambe. Elle était médecin, après tout. Elle devait bien pouvoir faire quelque chose.

Et depuis combien de temps n'as-tu pas réduit une fracture ou recousu une plaie en dehors d'un bloc opéra-

toire stérile? Dana se rapprocha de Rémy, le frôlant au passage, tandis que celui-ci ouvrait en grand les dents du piège et jetait au loin l'horrible mécanisme. Le jeune homme gémit de nouveau.

— Rémy? murmura-t-il.

— Tout va bien, Tris.

Le visage fermé, Rémy jeta un rapide coup d'œil à Dana.

— Il faut le ramener à la péniche.

— Il est blessé, protesta Dana en se penchant pour examiner la jambe à la lueur de la torche. La blessure est profonde et sa jambe est peut-être brisée. Il faut absolument le transporter à l'hôpital le plus...

— Pas besoin d'hôpital, trancha Rémy.

Avec douceur, Rémy prit le jeune homme dans ses bras et se dirigea vers la péniche d'un pas décidé.

— Vous êtes fou! lança Dana en le rattrapant. Il faut absolument qu'il consulte un médecin.

— Vous êtes médecin, non?

— Je parle d'un médecin avec du matériel, dans des conditions sanitaires acceptables! Nous ne sommes plus à l'âge de pierre!

— Je sais ce qui est bon pour lui.

— Vraiment? Qui est-il, d'abord?

Rémy marchait sans s'arrêter, les yeux brillants sous la lune.

— Tristan est mon frère.

Dana St. Cyr resta silencieuse jusqu'à la péniche et Rémy lui en fut reconnaissant. Plus tard, elle aurait certainement des questions à lui poser; il devait trouver des réponses rapidement.

Il porta Tris jusqu'à la péniche, poussa du pied la porte de la chambre de son frère et déposa doucement celui-ci sur son lit. Si Dana avait vu cette seconde chambre auparavant, elle aurait su qu'il ne vivait pas seul sur le bateau.

Pourtant, à cet instant, la jeune femme ne semblait penser qu'à l'état de Tris. Les cachotteries de Rémy ne l'intéressaient pas. Elle disposa les draps et la couverture de façon à bien couvrir le jeune homme, tout en laissant sa jambe libre, puis elle se tourna vers Rémy.

— J'ai besoin d'un linge propre pour nettoyer la plaie... quelque chose qui se déchire facilement. Et puis de l'eau bouillante, dans deux récipients différents.

Elle parlait à toute allure, sans la moindre hésitation.

— Du savon, également... et de l'alcool à quatre-vingt-dix degrés, si vous en avez. Sinon, du whisky fera l'affaire. Je vais peut-être devoir faire une attelle, si sa jambe est brisée. Heureusement, je ne vois pas d'os sortir...

Sans attendre pour constater si Rémy obtempérait, elle se pencha sur Tris et lui toucha doucement la joue.

— Comment ça va, Tristan? Pouvez-vous parler?

Tris la regarda comme s'il venait de retrouver un vieux fantôme dont la visite lui faisait plaisir.

— Ça va... Tu... Tu vas rester avec moi?

— Bien sûr. Et dès que vous serez transportable, nous vous emmènerons à l'hôpital.

Rémy sortit de la chambre. S'il ne lui apportait pas ce qu'elle avait demandé, elle le prendrait pour une brute sans cœur. Pourtant, elle se rendrait compte bien assez tôt que ses inquiétudes étaient vaines.

Ensuite, les questions suivraient. Rémy pria en silence pour que Tris n'aggrave pas les choses. Lorsqu'il revint dans la chambre avec le linge et l'eau chaude, Dana avait tiré une chaise près du lit et examinait la jambe de Tristan.

— Aucune fracture. Votre frère a beaucoup de chance.

Elle sourit à Tris, qui ne la quittait pas des yeux.

— Je pourrai me faire une meilleure idée de votre état une fois que nous aurons nettoyé tout ce sang.

Elle laissa l'eau refroidir un peu, avant de se laver soigneusement les mains dans l'un des récipients. Puis, elle trempa un linge propre dans le second et commença à essuyer doucement les plaies.

— Je ne comprends pas..., murmura-t-elle, l'air perplexe. Ce piège aurait dû faire beaucoup plus de dégâts. Ces plaies semblent superficielles. On dirait même qu'elles ont déjà commencé à cicatriser...

Elle leva les yeux vers Rémy.

— Comment le saviez-vous ?

— J'ai vu que ce n'était pas grave, répondit Rémy en détournant les yeux. Tris est toujours en train de se blesser.

— Cela fait bien longtemps que je n'ai pas pratiqué de soins d'urgence...

Elle posa une main rassurante sur l'épaule de Tris.

— Avez-vous mal, Tristan ? Si nous allions chez un médecin, nous pourrions nous assurer que tout va bien.

Il y avait quelque chose d'admirable dans la façon dont Dana s'occupait de Tris et veillait à son bien-être, malgré leur rencontre incongrue. La jeune femme allait même jusqu'à s'adresser à son frère comme si elle sentait que celui-ci devait être traité avec douceur.

Décidément, cette Dana St. Cyr lui réservait bien des surprises. Cela ne changeait pourtant rien : elle devait quitter le bayou et la région.

— Je vais vous faire une proposition, Dana. Si vous pensez qu'il a toujours besoin d'aller à l'hôpital demain matin, je l'emmènerai moi-même.

Dana acheva de nettoyer la jambe de Tris avec de l'alcool et banda la plaie avec un vieux drap déchiré.

— Il y a un risque d'infection. Je serai intraitable sur ce point.

— Je pense qu'il est temps de laisser mon frère se reposer.

— D'accord.

Dana rassembla son matériel médical de fortune et couvrit la jambe de Tristan.

— Je suis juste à côté, si vous avez besoin de moi, Tristan. Appelez-moi si votre jambe vous fait trop souffrir, d'accord?

Tris acquiesça, sombrant déjà dans le sommeil. Rémy savait qu'une fois endormi, il ne se réveillerait pas avant des heures. Il sortit en dernier et ferma la porte derrière lui.

— Pourquoi craignez-vous tant l'hôpital, Rémy? demanda Dana dès qu'ils furent dans la cuisine.

Rémy mit la cafetière sur le feu.

— Je n'ai pas peur de l'hôpital, ni des docteurs. C'est juste que nous n'avons pas besoin d'eux.

— Nous? Vous voulez dire votre frère et vous? Vous n'avez jamais été malades, j'imagine?

— Vous êtes venue pour découvrir ce qui est arrivé à Sally, n'est-ce pas?

— Oui, mais je ne vois pas le rapport.

Il se tourna vers elle, le visage fermé et les poings serrés.

— Il semble que vous ne soyez pas en ville depuis assez longtemps pour avoir eu vent des rumeurs. Ne savez-vous donc pas que les frères Arceneaux sont les principaux suspects dans la disparition de Sally?

6

— Quoi?

— Vous avez bien entendu, répliqua sèchement Rémy en se versant du café. Tout le monde est persuadé que c'est l'un de nous deux qui a fait le coup. Malheureusement, il leur manque juste quelques preuves…

Il s'essuya la bouche du revers de la main.

— Je n'ai pas envie que d'autres rumeurs fleurissent à cause de vous.

Dana posa les mains à plat sur la table.

— Est-ce la vérité?

Il éclata de rire.

— Pourquoi croiriez-vous une seule de mes paroles?

— Je ne sais pas. J'ai bien vu que vous essayiez de protéger votre frère de quelque chose, même de moi.

— Tris n'est pas comme les autres. C'est quelqu'un de sensible, un rêveur. Il a eu des ennuis à l'école et plus tard, il…

Bon sang, il n'allait quand même pas lui révéler des choses qu'il n'avait jamais dites à personne!

— Ils pourraient le détruire.

Il s'attendait à d'autres questions, pour lesquelles il n'avait pas de réponse, mais Dana resta silencieuse, les yeux perdus dans le vague. Si elle avait peur, elle n'en montrait rien. Elle faisait la brave.

— Je me suis souvent demandé, murmura-t-elle

soudain, ce que ça aurait changé d'avoir quelqu'un à chérir comme vous chérissez Tristan.

Il se refusa à réfléchir aux aspects profonds d'une telle révélation.

— Vous ne pensez pas que je suis un monstre irresponsable et sans cœur de ne pas l'avoir emmené à l'hôpital ?

— Je ne vous comprends pas, Rémy. Est-ce mon approbation que vous cherchez ? Je croyais que vous vouliez vous débarrasser de moi…

Aïe ! Ses coups de scalpel étaient d'une précision redoutable !

— C'est exact. Vous n'avez rien à faire par ici. Tout le monde en ville vous dira la même chose. Lacoste vous le confirmera… si ce n'est déjà fait.

— Je pourrais disparaître dans le bayou aussi facilement que Sally…

Elle avait parlé d'un ton calme, presque détaché, qui mit Rémy mal à l'aise. Il avait envie de se confier à elle et cela le rendait fou de rage en même temps. La vérité le rendrait sans doute encore plus fou que Tris.

— Vous feriez mieux d'aller vous reposer, si vous voulez être en forme pour rentrer en ville demain, conseilla-t-il.

— Mais qui me dit que vous n'allez pas m'assassiner dans mon sommeil ?

— C'est un risque, en effet… Voulez-vous que je refasse du café bien noir ?

Elle se leva pour gagner le couloir, mais s'arrêta sur le pas de la porte.

— Ce qui est arrivé à Sally n'est pas une plaisanterie. Pas pour moi. J'ai l'intention de découvrir ce qui s'est passé, d'une façon ou d'une autre.

*
* *

Le lendemain matin, il ne restait presque aucune trace de la blessure de Tristan.

Dana examina encore une fois la jambe sous les bandages, mais elle dut se rendre à l'évidence. D'une façon ou d'une autre, le jeune homme avait miraculeusement guéri pendant la nuit. Il ne restait que de fines marques pâles, là où les dents du piège avaient mordu ses chairs. C'était tout.

Elle s'attendait à ce que Rémy lui rebatte les oreilles d'un « Je vous l'avais bien dit », mais celui-ci semblait ailleurs. Il avait préparé un petit sac avec des provisions, de l'eau et quelques objets utiles pour le trajet jusqu'à la ville, même si une bonne partie du retour se ferait sur l'eau. Il ne lui avait pas montré de carte. De toute évidence, il ne souhaitait pas qu'elle retrouve son chemin jusqu'à son sanctuaire.

Dana insista pour que Tris garde le lit. Celui-ci la regardait avec des yeux de chien battu, comme s'il avait quelque chose d'important à lui dire. Soit il était d'une timidité maladive, soit quelque chose le retenait. Après avoir surpris un regard sévère de Rémy adressé discrètement à son frère, elle pensa avoir compris.

Rémy protégeait son frère. Pourquoi ? Qu'essayait-il de cacher ? Existait-il une part de vérité dans leur implication dans la disparition de Sally ?

Elle avait beau tourner le problème dans tous les sens, elle ne pouvait se résoudre à croire que Rémy ou Tristan puissent être impliqués dans un meurtre. Pourtant, elle avait fait la fière, la veille au soir ; en réalité, elle se sentait plutôt soulagée de partir.

Lorsque Rémy annonça qu'il était temps de se mettre en route, elle le suivit en silence. Il l'aida à monter à bord d'un petit bateau en aluminium amarré à un ponton de bois et ils s'enfoncèrent dans le bayou. Ils parcoururent ainsi quelques kilomètres à travers des canaux sinueux, avant que Rémy accoste et tire l'embarcation sur la terre ferme. Il les guida ensuite à travers la broussaille, jusqu'à une étendue qu'elle crut reconnaître pour l'avoir traversée la veille avec Chad.

La seule différence était que l'endroit grouillait à présent d'hommes, certains en uniforme, d'autres en civil.

Rémy s'arrêta derrière un rideau de saules, le nez au vent.

— Je dois partir. Vous êtes hors de danger, à présent.

Quel danger ? Vous ? se demanda-t-elle. Elle aperçut soudain Chad parmi les hommes et comprit que l'heure n'était plus aux questions. Lorsqu'elle se tourna vers Rémy pour lui dire au revoir, celui-ci avait disparu. Elle s'avança vers le groupe d'hommes. Aussitôt, Chad se précipita vers elle.

— Dana ! Dieu merci, vous êtes vivante ! Vous ne croirez jamais ce qui m'est arrivé…

— Vous vous êtes perdu. Ne vous inquiétez pas, Chad, je vais bien. En revanche, je n'ai pas la moindre idée de l'endroit où se trouve votre hors-bord.

— Oubliez le hors-bord…

Chad s'avança vers elle comme pour la prendre dans ses bras, mais, à la dernière seconde, il s'arrêta et regarda les saules d'un air méfiant.

— Comment êtes-vous revenue jusqu'ici ?

— J'ai rencontré un vieux pêcheur qui m'a montré le chemin.

Pourquoi se sentait-elle obligée de mentir ?

— Dites-moi… Tous ces gens sont là pour moi ?

— Je ne voulais prendre aucun risque, expliqua Chad en s'emparant de sa main. Il en allait de votre vie. Le marécage peut être dangereux pour ceux qui ne le connaissent pas.

Dana se retint de lui faire remarquer qu'il n'y connaissait pas grand-chose, lui non plus.

— Je vais bien, je vous assure. Si vous voulez me présenter au responsable, je voudrais le remercier pour ses efforts.

— C'est l'inspecteur Landry, de la police de Beaucœur. Venez avec moi.

Elle se laissa guider par Chad, remarquant au passage avec un intérêt clinique que son contact la laissait indifférente. Elle ne ressentait rien du tout. Ce n'était pas simplement de l'agacement à cause de la veille. Non, il y avait autre chose.

Rémy Arceneaux.

Dana remercia l'inspecteur Landry et les volontaires qui avaient accepté de participer aux recherches et s'excusa de les avoir tirés de leur lit à une heure si matinale. Landry fut très poli, mais il l'observait avec une insistance presque gênante.

— Vous n'avez pas croisé les frères Arceneaux, par hasard? demanda-t-il.

Il était bien plus aisé de mentir à Chad qu'à cet inspecteur aux yeux inquisiteurs, mais Dana ne put se résoudre à dire la vérité.

— Comme je l'expliquais à Chad, c'est un pêcheur qui m'a aidée à retrouver mon chemin. J'avoue ne pas avoir bien saisi son nom.

— Je vois, marmonna Landry, en regardant Chad en coin. Bon, vous êtes en vie, c'est tout ce qui compte. A moins que vous n'ayez besoin de consulter un médecin, je vais vous raccompagner chez vous.

— Ne vous embêtez pas, inspect..., commença Chad.

— Je pense qu'il vaut mieux que la demoiselle vienne avec moi.

— Ne vous inquiétez pas, Chad. Je vous appellerai demain.

Chad la regarda, l'air profondément blessé.

— Vous êtes en colère contre moi.

— Absolument pas, répondit-elle, en libérant sa main. J'ai juste besoin d'une bonne nuit de sommeil. Ne vous en faites pas pour moi.

— Je ferai tout pour me faire pardonner. Nous pourrions aller jusqu'à La Nouvelle-Orléans. Je connais un petit restaurant…

— Merci, Chad. Je vais y réfléchir.

— Pas trop longtemps, quand même, dit-il avec son sourire le plus charmeur. J'insiste.

Après un dernier sourire poli, Dana ouvrit la portière de la voiture de Landry, mais Chad la retint encore une fois par le bras.

— Avez-vous découvert quoi que ce soit… à propos de Sally ?

Dana hésita une fraction de seconde.

— Vous plaisantez ? Je ne savais même pas où j'allais, la plupart du temps !

— Heureusement que vous n'avez pas croisé les Arceneaux.

Landry claqua la portière et Chad poursuivit en se penchant à la fenêtre.

— N'oubliez pas ce que je vous ai dit sur lui et son frère. Ne revenez pas ici seule, Dana.

Le reste de ses paroles se perdit dans le bruit du moteur. Landry s'engagea sur la piste, à la tête du cortège des autres voitures.

Lorsqu'il se gara devant chez tante Gussie, celle-ci sortit précipitamment sur le perron.

— Te voilà enfin ! s'écria-t-elle en tordant son tablier. Dieu merci, tu n'as rien. Merci beaucoup, inspecteur. S'il lui était arrivé quoi que ce soit…

— Tout va bien, madame Daigle, la rassura Landry. Nous n'avons même pas eu à partir à sa recherche. Elle a retrouvé son chemin toute seule.

— Eh bien, tu es dans un bel état ! s'exclama Gussie avec un grand sourire. Viens boire quelque chose de chaud, puis tu iras te laver. Inspecteur, vous prendrez bien une tasse de thé avec nous ? Je viens juste de faire une tarte aux noix de pecan.

— Merci. Une autre fois, peut-être… Reposez-vous bien, docteur.

— Merci encore, inspecteur, répondit Dana en lui serrant la main.

Gussie adressa un petit salut au détective, puis entraîna Dana à l'intérieur. Bientôt, celle-ci barbotait dans un bain bien chaud ; ses vêtements boueux avaient atterri directement dans la machine à laver de tante Gussie.

Ce n'est qu'une fois installée devant une tasse de thé et une part de tarte que Dana s'aperçut qu'elle était affamée. Lorsqu'elles passèrent dans le salon, Gussie lui proposa une petite larme de bourbon qu'elle accepta de bon cœur. Cette journée avait été plus éprouvante qu'elle ne l'avait pensé. L'alcool lui donna la force d'aborder le sujet qui la préoccupait :

— Que sais-tu sur les frères Arceneaux ?

— Les as-tu croisés dans le bayou ? demanda Gussie, qui s'était emparée de son tricot.

— J'ai… j'ai entendu parler d'eux, répondit-elle

prudemment. J'ai cru comprendre qu'ils avaient mauvaise réputation en ville.

— « Mauvaise réputation », marmonna Gussie en tricotant furieusement. Tous les Arceneaux de cette région ont « mauvaise réputation ». Même si on ne les voit pas souvent. La plupart d'entre eux vivent comme des ermites et ne viennent presque jamais en ville. On dit qu'ils sont… bizarres. Différents. Certains pensent qu'il faut se méfier d'eux, qu'ils sont dangereux.

Gussie parlait-elle d'expérience? Soupçonnait-elle Rémy ou Tristan d'être impliqués dans la disparition de sa petite-fille? Dana ne savait comment le lui demander.

— Certains disent même, reprit Gussie, comme si elle avait lu dans ses pensées, que ces deux frères sont peut-être les derniers à avoir vu Sally vivante.

— Tu penses que c'est vrai?

— Je ne sais pas, soupira Gussie en reposant son tricot. Personne n'a jamais pu prouver quoi que ce soit. Ce ne sont que des bavardages.

Elle ferma les yeux un instant.

— Quand Sally allait à l'école, l'un des deux garçons avait un faible pour elle. Il la suivait partout, mais il ne lui a jamais fait de mal. Elle était toujours gentille avec lui. Il lui faisait un peu pitié, je crois. Puis, Chad Lacoste est arrivé et ç'a été le grand amour.

— Chad?

— Tu ne savais pas? demanda Gussie avec un pauvre sourire. Ils ont même été fiancés, mais Sally a rompu et est partie faire ses études à la ville. Chad s'en est allé de son côté, mais il était déjà revenu lorsque Sally est rentrée pour étudier cet oiseau. J'ai même cru qu'ils se remettraient ensemble.

— Et alors?

— Qui sait… C'est à ce moment-là que Sally a disparu.

Chad et Sally ?

Dana se laissa aller dans son fauteuil pour digérer cette nouvelle surprenante.

7

La tante Gussie n'avait pas menti à propos des Arceneaux.

Dana parla avec plusieurs personnes en ville, y compris le pompiste qui l'avait confondue avec Sally. Il fut le premier d'une longue série à se fermer comme une huître en entendant le nom de Rémy et Tristan Arceneaux.

D'autres furent plus bavards. Le couple de personnes âgées qui tenaient l'épicerie-bazar sur la grand-rue se fit une joie de la régaler de superstitions extravagantes sur des hommes qui pouvaient se changer en loup et chassaient les soirs de pleine lune. La seule et unique coiffeuse de Grand Marais raconta à Dana que toutes les filles couraient après Rémy à l'école, malgré les avertissements répétés de leurs parents. De toute façon, aucune ne l'avait jamais intéressé. Non, il ne pensait qu'à s'échapper de Beaucœur. C'était d'ailleurs ce qu'il avait fait… pendant quelque temps. Puis, Sally avait disparu et les rumeurs avaient commencé ; Tristan et lui étaient alors partis vivre dans le bayou, ce qui n'avait fait qu'aggraver les racontars à leur sujet.

Après avoir discuté avec une dizaine de personnes, Dana ne se formalisa plus d'être accueillie comme si elle était une revenante. Elle apprit que Rémy avait abandonné une carrière en ville pour venir s'occuper de son frère, même si elle ne savait pas encore bien pourquoi.

Tout semblait ramener à Sally Daigle et aux soupçons

qui pesaient sur les frères Arceneaux. En revanche, personne n'était en possession de faits tangibles. Aucune preuve n'avait jamais été trouvée, pas même le cadavre de Sally. On savait qu'elle avait parlé à l'un des deux frères quelques heures à peine avant sa disparition. La réputation des Arceneaux à Grand Marais avait suffi à rendre ces derniers coupables aux yeux de tous.

Pour Dana, c'était cependant loin d'être suffisant. Toute sa vie, elle s'était fiée à son propre jugement. C'était d'ailleurs ainsi qu'elle avait décidé de quitter San Francisco, de fuir sa petite routine pour partir à la recherche de l'élément essentiel qui manquait à sa vie bien ordonnée. Si elle voulait encore pouvoir faire confiance à son instinct, il fallait qu'elle découvre la vérité. Pour sa cousine et pour elle-même.

Perdue dans ses pensées, Dana eut soudain l'impression que quelqu'un la suivait sur la Grand-Rue. Elle sentit ses cheveux se dresser sur sa tête, mais lorsqu'elle se retourna, elle ne vit que les habituels passants qui marchaient dans la chaleur de l'après-midi.

Elle était sur le point de rentrer chez Gussie, lorsque Tristan apparut au coin d'un bâtiment et s'approcha d'elle en regardant craintivement autour de lui.

— Tristan? Est-ce moi que vous cherchez?

— ... Sally? demanda-t-il d'une voix hésitante.

— Je suis désolée, Tristan, je ne suis pas Sally. Je suis sa cousine, Dana. Nous nous sommes rencontrés hier, vous vous souvenez?

Elle fit un pas vers lui.

— Comment vous sentez-vous, aujourd'hui?

— Bien, répondit-il en baissant la tête. Rémy m'a dit que vous m'aviez aidé.

Il ne se souvenait donc de rien. Peut-être ses problèmes étaient-ils plus graves qu'elle ne l'avait cru.

— Rémy sait que vous êtes ici ?

Tristan sembla soudain paniquer et elle crut tout d'abord que sa question l'avait effrayé. Puis, entendant des bruits de pas derrière elle, elle se retourna pour voir ce qui inquiétait ainsi Tristan.

— Inspecteur Landry ! lança-t-elle. J'étais justement...

— Je t'ai déjà dit de ne pas venir en ville ! lança Landry à Tristan, sans prêter attention à Dana. Rentre chez toi. Allez !

— Attendez une minute, intervint Dana. Il n'a rien fait de mal.

Le temps qu'elle se tourne de nouveau vers Tristan, celui-ci avait déjà disparu.

— Je vous ai à l'œil, docteur St. Cyr. On vous a déjà dit de vous méfier des frères Arceneaux. Vous feriez bien de prendre ces avertissements au sérieux.

— Inspecteur, si vous avez quelque chose à me dire à propos de Sally... Quoi que ce soit...

Mais Landry s'éloignait déjà. Dana étouffa un cri de rage impuissante. Qu'avaient-ils donc tous à Grand Marais ? Etaient-ils complètement fous ? Ou bien était-ce elle qui était folle de se mêler des coutumes de ce pays étrange ?

Non, elle n'était pas folle ; juste un peu plus téméraire que d'habitude. Elle poursuivit son chemin en ruminant les paroles de Landry. Elle ne pouvait s'empêcher de penser à Tristan. Etait-il en danger ?

Soudain, elle aperçut de nouveau la silhouette du jeune homme au détour d'une contre-allée. Elle se dirigea vers lui, espérant qu'il n'était pas effrayé au point de fuir comme il l'avait fait devant Landry. Mais il s'avança immédiatement vers elle, avec un sourire qui illuminait son visage si beau et étonnamment viril.

— Mademoiselle Dana?

Dana poussa un soupir.

— Tristan, comment êtes-vous venu jusqu'en ville? En voiture?

— A pied. Ce n'est pas loin.

Elle se doutait que ce qui n'était « pas loin » pour les frères Arceneaux devait en réalité faire une sacrée trotte pour elle.

— Je vois. Je vais vous raccompagner chez vous. D'accord?

Elle le conduisit jusqu'à la Lexus, garée le long du trottoir à quelques rues de là. Des gens s'arrêtaient sur leur passage et des visages apparaissaient aux fenêtres pour mieux les voir. Dana commençait à comprendre pourquoi Rémy protégeait autant son frère.

Elle n'eut aucun mal à retrouver le chemin qu'avait emprunté Chad jusque dans le bayou : d'abord la route goudronnée, puis les petits chemins de terre et enfin, la piste défoncée. La Lexus avançait tant bien que mal et Dana se rendit compte qu'elle avait été bien stupide de proposer à Tristan de le ramener chez lui. Elle n'avait qu'une vague idée de l'endroit où était amarrée la péniche de Rémy.

— Arrêtez-vous ici, dit Tristan. Je connais le chemin.

Dana gara la voiture sur une étendue plane et sèche.

— Puis-je être de retour avant le coucher du soleil?

— Vous n'êtes pas obligée de venir...

— J'aimerais venir, Tristan... Si vous êtes d'accord.

Il lui sourit avec un plaisir évident et lui tendit sa main, qu'elle accepta. Cette fois, elle avait bien l'intention de faire attention, afin de pouvoir retrouver son chemin la prochaine fois. Car elle ne doutait pas qu'il y en ait une.

Tristan fut très attentionné. Tandis qu'ils avançaient parmi les arbres, il s'arrêtait fréquemment pour s'assurer qu'elle suivait bien. Après une demi-heure de marche, ils atteignirent une clairière aux apparences familières.

Ce fut alors que Dana aperçut le loup. Immobile au beau milieu du champ, il était d'une taille extraordinaire et son pelage roux sombre luisait au soleil. La bête semblait les attendre, les oreilles dressées, tous les sens en alerte. Elle savait parfaitement que Tristan et elle approchaient.

Rémy n'avait-il pas dit qu'il n'y avait pas de loups en Louisiane ? L'animal s'était-il échappé d'un zoo ou bien était-ce le compagnon exotique d'un voisin ? Pourtant, elle savait que les loups faisaient de piètres animaux de compagnie. Elle savait aussi qu'ils n'attaquaient pas les humains, même si cela n'avait rien de particulièrement rassurant pour l'instant.

Tristan, lui, ne montrait pas le moindre signe de frayeur ou de méfiance. Il s'avança avec confiance vers le loup, mais Dana le retint par le bras.

— Tristan ! Ce pourrait être dangereux.

Le rire de Tristan la surprit autant qu'il sembla surprendre le loup.

— N'ayez crainte, mademoiselle Dana. Ce n'est que Rémy.

Fini de jouer.

En entendant le ton nonchalant de Tristan, Rémy comprit qu'il n'avait pas vraiment le choix. Il pouvait décider de rester loup pour effrayer Dana, mais il risquait alors de voir débarquer une foule d'intrus aussi hostiles qu'indésirables ; il pouvait disparaître dans le bayou et espérer que Dana continuerait à prendre son frère pour un fou ; il pouvait enfin choisir de faire confiance à cette femme.

— Tout va bien, Rémy, cria Tristan, prenant la décision à sa place. Tu peux tout dire à Mlle Dana. Elle comprendra.

Rémy leva les yeux au ciel, ce qui n'est pas chose facile pour un loup, et poussa un chapelet de jurons qui ressembla plus à un grondement sourd qu'à autre chose. Fascinée, Dana tenait toujours Tristan par le bras, les yeux écarquillés.

Dana St. Cyr avait la tête bien posée sur les épaules ; elle était également intelligente et particulièrement têtue. Elle n'aurait d'autre choix que de croire ce qu'elle était sur le point de voir de ses propres yeux. Pour le pire ou le meilleur.

Rémy rabattit les oreilles, s'ébroua et invoqua la Transformation. Lorsque ce fut fini, il trouva Dana assise par terre, bouche bée et très pâle. Tristan lui tapotait gentiment l'épaule.

— Je vous avais dit que Rémy ne vous ferait aucun mal.

— Il a raison, confirma Rémy en se relevant. Toutes ces histoires de loups-garous mangeurs d'hommes sont de pures affabulations.

— Vous… vous croyez ? balbutia tant bien que mal Dana.

— Evidemment.

Il savait très bien que l'herbe n'était pas assez haute pour couvrir son anatomie au-dessus des cuisses. Mais après tout, elle était médecin, non ? La pudeur devait être le cadet de ses soucis.

— Oh, mon Dieu, souffla Dana.

Puis, comme Rémy l'avait prédit, elle se reprit et se remit lentement debout avec l'aide de Tristan.

— Ce n'est pas une farce, n'est-ce pas?

— Non.

Elle se raidit lorsqu'il fit un pas vers elle, mais ne recula pas.

— Vous... vous êtes un loup?

— Oui.

— Vous n'avez même pas besoin de la pleine lune?

Soit elle avait un sens de l'humour à toute épreuve, soit elle commençait à accepter l'impossible.

— Ce n'est qu'une légende. Tout comme les balles d'argent et l'aconit tue-loup.

— Je vois...

L'air songeur, elle se tourna soudain vers Tristan en se mordillant la lèvre. Fasciné, Rémy ne parvenait pas à détacher son regard de cette bouche.

— Est-ce que Tristan...?

Soudain, son visage s'éclaira.

— Lorsque nous avons trouvé Tristan pris au piège, il venait de... faire ce que vous avez fait, n'est-ce pas?

La question le força à interrompre sa contemplation.

— Vous comprenez vite, Dana. Je crois que nous serions plus à l'aise sur la péniche pour parler.

— Est-ce là que vous avez laissé vos vêtements?

— Vous semblez déçue, ma chère, répondit-il avec un grand sourire carnassier. Je peux envoyer Tristan et nous pourrions rester ici tous les deux, si vous préférez.

— Et si je voulais retourner en ville?

— Je crains que ce ne soit impossible. Pas encore. Nous n'aimons pas trop que nos petits secrets se répandent, vous voyez.

— Et si je refuse d'obéir? demanda-t-elle, les bras croisés sur la poitrine.

— Vous avez une façon si élégante de dire les choses,

ma chère ! s'exclama-t-il, avec une petite révérence, ridicule dans son état. Tristan et moi-même aurions le cœur brisé si vous refusiez de rester dîner.

— C'est vrai ! s'écria Tris avec sincérité. Il faut venir, mademoiselle Dana.

— Les gens vont se poser des questions si je ne rentre pas. Ma grand-tante va s'inquiéter et plusieurs personnes m'ont vue en compagnie de Tristan.

Cela pouvait poser problème, en effet. Pourtant, Rémy n'avait pas l'intention de la laisser repartir avant de lui avoir donné plus d'explications.

— Il ne vous arrivera rien, promit Rémy, soudain sérieux. Vous voulez en apprendre plus, oui ou non ? Sur ce que nous sommes…

— Et Sally ?

— Vous ne saurez rien si vous ne venez pas.

Elle le défia du regard, ce qui aurait dû lui hérisser le poil. Etrangement, cela ne fit que renforcer cette attirance qu'il avait ressentie la première fois qu'il l'avait vue. Cette femme aurait très bien pu être des leurs…

— D'accord, dit-elle enfin. Si vous me promettez de vous couvrir…

— Je vois. Peut-être pourrez-vous me soigner, moi aussi, doc…

— Je ne connais pas de remède à votre… problème.

Un problème de taille, d'ailleurs ! Rémy brûlait de désir et cette affliction particulière se manifestait de façon très indiscrète.

— C'est bien dommage, ma chère. Peut-être en trouverez-vous un, en cherchant bien…

— Quand l'eau du bayou gèlera et que les poules auront des dents, répliqua-t-elle, avant de se tourner vers Tristan.

Rémy fut un instant tenté de se mettre à courir à toute allure, avec le mince espoir de calmer ses ardeurs, mais il se contenta de partir en avant pour atteindre la péniche et enfiler un jean et un T-shirt avant que Dana et Tristan n'arrivent. Il était assis sur l'une des chaises longues maintes fois réparées lorsque Dana grimpa à bord.

Peut-être était-ce parce qu'elle avait accepté sa véritable nature si rapidement ou bien était-ce à cause de son courage implacable face à une situation improbable, mais il la trouvait bien plus attirante à présent que lorsqu'il l'avait vue dans ses vêtements chic sur le bord de la route. En parlant de vêtements, Rémy constata d'ailleurs que le fait d'enfiler un jean n'avait en rien réglé son « problème ».

Il lui tendit la main pour l'aider à monter, se lançant un pari à lui-même. Si elle passait à côté de lui sans s'arrêter, il se résoudrait à garder ses distances, à écouter son bon sens et à ignorer cette attirance stupide.

Mais si elle acceptait… si elle le regardait…

Dana contempla un instant cette main tendue, puis leva les yeux vers lui. Lentement, elle glissa sa main dans la sienne.

Rémy ne savait pas s'il devait hurler comme un fou ou se maudire en silence.

8

Je suis prisonnière d'un homme-loup complètement nu. Enfin, plus maintenant… Dana s'assit à la table de la cuisine en face de Rémy. Tristan s'affairait encore sur le pont.

A vrai dire, les vêtements de Rémy ne changeaient pas grand-chose. Même s'il avait été habillé comme pour une expédition au pôle Nord, elle n'aurait pu oublier sa véritable nature ni la scène dont elle avait été le témoin.

Elle se souvenait des moindres détails : l'apparition du loup, l'incroyable transformation de celui-ci en être humain dans un nuage de brume rougeâtre, puis l'apparition de Rémy, que sa nudité glorieuse n'avait pas semblé mettre mal à l'aise.

Lors de leur première rencontre, Rémy lui avait rappelé les statues grecques. Elle avait tort : certaines parties de son anatomie étaient bien plus intéressantes que toutes les statues qu'elle avait pu voir.

Assise dans la cuisine, elle s'efforçait de calmer le désir qui fleurissait en elle; son esprit tentait tant bien que mal de reprendre le dessus et de répondre aux questions que son corps préférait ignorer. Si les loups-garous existaient et si Rémy était l'un d'entre eux, devait-elle également oublier tout ce que racontaient les légendes et les films? Devait-elle exclure la possibilité que Sally ait été la proie de ces êtres qui n'étaient pas complètement humains?

— J'ai déjà mangé.

La voix de Rémy la fit sursauter.

— Pardon ?

— Je voulais juste vous rassurer : je ne vais pas vous manger. Enfin, pas de cette façon…

Une vague brûlante prit naissance au creux de son estomac et déferla sur tout son corps.

— Je croyais que les loups-garous ne tuaient pas les humains.

— En principe, non.

Il s'accouda nonchalamment à la table, le menton dans la main, et plongea ses yeux turquoise dans les siens. A cette distance, elle aperçut une lueur sauvage qui dansait dans ses yeux.

Des yeux de loup.

— Allez-y, vous devez avoir des questions.

— Très bien. Existe-t-il d'autres loups-garous comme vous ?

— Oui, nous sommes nombreux, mais en général, nous ne faisons pas trop de publicité.

Etait-ce bien utile ? Peut-être les gens percevaient-ils confusément la vérité.

— Vos parents ? Votre famille ?

— La plupart des membres de ma famille vivent dans le canton ou dans les cantons alentour. Mais nous ne sommes pas les seuls.

— En Louisiane, vous voulez dire ?

— Dans ce pays, même à San Francisco. Peut-être même dans d'autres pays.

— Vous êtes sérieux ?

— Toujours, sur ce sujet. Je vous l'ai déjà dit : nous essayons de rester discrets.

Ce qui voulait dire qu'elle, Dana St. Cyr, faisait partie

des privilégiés. Qu'arriverait-il si elle ne parvenait pas à convaincre Rémy ? Il fallait absolument qu'il lui fasse confiance.

— Vous m'avez dit que vous pouviez vous transformer quand vous vouliez ?

— Oui. Nous naissons avec ce pouvoir, comme d'autres naissent avec les yeux bleus ou marron.

Oh non, ce n'était pas aussi simple.

— Vous ne vous considérez pas comme humains ?

— Les avis sont partagés, répondit-il avec un sourire.

— D'où venez-vous ?

— Nous l'ignorons. Notre lignée vient du Canada, puis avant ça, d'Europe. Nous savons qu'il en existe d'autres…

Il observa un instant ses mains.

— Nous guérissons vite... comme vous avez pu le constater sur Tris. Nous sommes aussi plus forts et plus rapides. Nous conservons certains instincts animaux, même sous notre forme humaine.

— Mais, lorsque vous vous transformez… pensez-vous toujours comme un humain ?

— En général, oui. Nous conservons notre intelligence et tous nos souvenirs.

Il jeta un regard hésitant vers la porte.

— Tris… c'est différent, dit-il en se levant brusquement. Disons… qu'il y a toujours des exceptions.

Qu'avait-il été sur le point de révéler à propos de Tristan ? Quelque chose n'allait-il pas avec la mémoire de son frère ?

— Il reste encore une question que vous n'avez pas posée.

— Une seule, vous êtes sûr ? demanda-t-elle, en essayant vaguement de faire de l'humour.

— Ne voulez-vous pas savoir d'où viennent toutes ces

histoires de loups-garous tueurs d'hommes ? Ou ce qui se passe si nous perdons la maîtrise de la part lupine qui demeure en nous ?

Il arpentait à présent la cuisine d'un pas nerveux.

— Nous sommes comme tout le monde : tous différents, tous uniques. Ma famille n'a jamais aimé se mêler aux humains normaux. Mes proches restent entre eux et ne quittent pas le canton. La plupart d'entre eux n'en sont jamais partis, même pour quelques jours.

— Mais vous, oui.

— Je vois que vous avez mené votre petite enquête en ville. La curiosité est un vilain défaut.

— J'aime savoir à qui j'ai affaire.

— Moi aussi, avoua-t-il avec un sourire en coin. Oui, j'ai quitté la région pour faire des études à l'université de Baton Rouge. Tout le monde ici pensait que j'étais fou.

— Est-ce pour cela que vous et Tristan vivez seuls ? Pourquoi êtes-vous revenus à Grand Marais ?

Son sourire se fit glacial.

— Limitez-vous aux questions sur les loups-garous. Ma vie personnelle ne vous regarde pas.

— Et Sally Daigle ?

Elle comprit immédiatement qu'il ne répondrait pas, mais elle refusait de céder.

— Vous m'avez dit que Tristan et vous étiez les principaux suspects dans la disparition de Sally. Vous m'avez plusieurs fois conseillé de partir, pourtant vous êtes en train de me confier votre plus grand secret.

Elle hésita un instant.

— Je dois savoir, Rémy. Avez-vous quoi que ce soit à voir avec la disparition de Sally ?

Un silence pesant s'abattit sur la cuisine.

— Non, répondit enfin Rémy, après de longues minutes.

Dana ferma les yeux. *Je le savais.*

— Il fallait que je sois sûre. Savez-vous qui… ?

— Je ne sais rien du tout, coupa-t-il. Laissez tomber, Dana.

Il mentait. Rémy en savait plus long qu'il ne voulait l'admettre, mais elle n'obtiendrait rien de lui en l'abordant de front. Le sujet était encore trop sensible.

— Bon, conclut-elle, à présent que vous avez bien voulu me fournir quelques vagues explications, suis-je libre de partir ?

— Vous plaisantez ?

— Je garderai votre secret. Vous avez ma parole. Personne ne m'entendra parler de loups-garous en ville.

— Je vous crois, répondit-il en tirant une chaise pour s'asseoir près d'elle, reprenant son attitude charmeuse. D'autres questions ?

— Pour l'instant, non.

Il tendit la main pour lui caresser le bout des doigts.

— Vous voulez vraiment rentrer ?

— On va me chercher.

Rémy jouait avec ses doigts, les caressant avec une sensualité délibérée.

— Et si je refuse de vous laisser partir ?

Le plus raisonnable aurait été de retirer tranquillement sa main, de se lever et de retourner gentiment jusqu'à la Lexus. Le risque que Rémy la retienne véritablement était mince. Il s'était confié à elle et une telle marque de confiance la flattait, alors qu'elle aurait dû se méfier.

C'est un loup-garou, bon sang! Pourquoi se sentait-elle aussi attirée par cet homme qu'elle ne connaissait que depuis deux jours ? Etait-ce cela qu'on appelait le « magnétisme animal » ? Ou était-ce la simple idée du danger qui la poussait à se noyer délibérément dans la mer turquoise de ses yeux?

— Voilà, chuchota Rémy, qui traçait à présent des petits cercles paresseux dans le creux de sa main. Détendez-vous, ma belle. Pourquoi se presser?

— Vous ne voulez quand même pas que des gens viennent jusqu'ici…

— Ils ne viendront pas.

Il commença à lui caresser le poignet, juste sous la manche de sa chemise de coton.

— Vous avez pensé à un remède, doc?

Dana commençait à avoir l'impression d'avoir bu plusieurs cocktails, elle qui ne buvait jamais.

— Un remède?

— Pour mon « problème »…

Il n'était plus question de loup-garou. Oh non… Elle n'avait jamais vu d'homme plus décidé que lui, lorsqu'il s'était dressé devant elle après sa Transformation. Dana sentit sa bouche devenir sèche. Si elle tendait la main sous la table, elle savait très bien ce qu'elle trouverait.

Et cette idée l'excitait.

Qu'est-ce qui te prend? se demanda-t-elle, dans un dernier sursaut de lucidité. A vrai dire, plus rien ne la surprenait depuis qu'elle avait annulé ses rendez-vous professionnels, fait sa valise et quitté San Francisco, sans savoir vraiment où elle allait ni même ce qu'elle cherchait.

Pour la première fois depuis son adolescence, elle nageait en pleine incertitude. Elle se sentait prête à se jeter la tête la première dans un abîme qui était peut-être tout simplement sans fond.

Soudain, tout devint limpide.

— Vous avez l'air bien sûr de vous… Qui vous dit que je dispose d'un tel remède? demanda-t-elle.

Il lui prit la main pour l'embrasser.

— L'instinct, ma jolie. J'ai appris à ne jamais en douter.

— Si j'écoutais le mien…, dit Dana en frissonnant.

— Surtout pas, ma belle. Le mien suffira pour nous deux.

Ouvrant la bouche, il laissa sa langue glisser doucement vers le creux de son bras.

— Hmm… Ce serait dommage de laisser un tel bouquet dormir dans son coin et se perdre.

Elle tenta de se libérer, en vain.

— Je… Je ne suis plus vierge, vous savez. Je n'ai pas fait que dormir…

— Mais ça fait longtemps, n'est-ce pas ?

Il rapprocha de nouveau sa chaise, qui vint cogner contre le bord de la sienne.

— Trop longtemps. Et puis, vous n'avez jamais connu quelqu'un comme moi.

— Non, jamais. Je…

Le contact de ses lèvres sur son cou acheva de lui couper le souffle.

— … Je n'ai jamais rencontré de loups-garous avant vous.

— Alors, vous ne savez pas ce qui vous attend, ma belle.

— J'ai peur de poser la question.

— Ne t'inquiète pas, chuchota-t-il, sa bouche tout contre la sienne. Nous faisons l'amour comme vous. Nous sommes juste plus doués.

— Tu es vraiment arrogant, tu sais ça ?

— Je croyais que nous étions déjà d'accord sur ce point.

Il se recula un peu et lui lança un sourire carnassier.

— Comme tu as les dents blanches ! murmura Dana.

— C'est pour mieux te manger, mon enfant.

Il se pencha vers elle pour l'embrasser, lui maintenant

la nuque d'une main douce, mais ferme. Dana sentit son corps s'embraser ; un incendie à peine contenu, aussi sauvage et farouche qu'une créature de la nuit. Elle ouvrit la bouche pour l'accueillir et sentit qu'il glissait les doigts dans sa chevelure, l'embrassant de plus belle, comme s'il avait voulu la dévorer. Elle perdit toute notion du temps.

Une plainte déchirante retentit soudain, ramenant brusquement Dana à la réalité. Rémy bondit sur ses pieds, l'air inquiet. Un hurlement. Aucun doute là-dessus. Comme le cri d'un cœur qui vient de voler en éclats.

Rémy jura plusieurs fois à voix basse.

— Que se passe-t-il ? demanda Dana, en refoulant le désir incendiaire qui consumait son corps. Rémy ?

— C'est Tris. Il a dû nous voir.

Tristan ! Elle l'avait complètement oublié !

— Mais pourquoi… ?

Rémy se retourna brusquement. Il avait l'air furieux, mais Dana sentit que c'était plus contre lui-même que contre elle.

— N'as-tu pas encore compris ? Il était amoureux de Sally Daigle. Il ne s'en est jamais remis.

Bien sûr. C'est ce que la tante Gussie avait dit : l'un des frères Arceneaux était amoureux de Sally.

Et je ressemble à Sally. Tristan m'a même appelée par son nom.

— Qui sait ce qu'il va faire, à présent, dit Rémy. Il faut que je le retrouve.

— Je viens avec toi.

— Certainement pas. Après… après ce qui vient de se passer entre nous, je vais déjà avoir bien du mal à le persuader de rentrer.

Rémy se dirigea vers la porte, mais s'arrêta au dernier moment, la main sur la poignée. Il était blême.

— Tu sauras retrouver ton chemin ?

— Je crois que oui…

— Fais attention. La nuit ne va pas tomber tout de suite, mais ne t'arrête pas avant d'avoir rejoint ta voiture.

Il sembla hésiter, puis ajouta :

— Et merci d'avoir ramené Tristan. Il ne devrait pas aller en ville. J'ai toujours peur qu'il lui arrive quelque chose.

Et tu penses qu'il court un danger, à présent. A moins que lui-même ne soit un danger pour les autres ? Dana sentit son cœur se serrer.

— Fais attention, toi aussi.

— Promis, répondit-il avec un petit sourire ironique. Nous n'en avons pas fini, tous les deux.

Il sortit. Elle l'imagina en train de se déshabiller pour se transformer en loup, avant de s'élancer à la poursuite de son frère. Elle, en revanche, était condamnée à sa forme humaine.

Un peu secouée, elle prit le chemin du retour, guettant un hurlement dans le lointain ou des traces du passage de Rémy, mais seuls quelques chants d'oiseaux l'accompagnèrent à travers les cyprès jusqu'à sa voiture.

Une fois assise au volant, elle prit le temps de réfléchir. Elle dut bien admettre qu'elle était soulagée que les choses ne soient pas allées plus loin avec Rémy. Elle avait été à deux doigts de s'engager sur une voie qu'elle n'était pas sûre de vouloir emprunter.

Qu'arriverait-il ensuite ? Reprendraient-ils cette histoire là où ils l'avaient laissée, comme Rémy l'avait promis ? Elle n'avait aucune réponse.

Lorsqu'elle arriva chez Gussie, elle apprit que Chad avait appelé plusieurs fois.

— Il semblait bien pressé de te voir. Il n'a pas cessé de demander où tu étais et quand tu rentrerais.

Elle secoua la tête d'un air réprobateur.

— Il a toujours été très gentil avec Sally... Un vrai gentleman... Pourtant, je ne peux m'empêcher de penser que...

Elle laissa sa phrase en suspens, mais Dana n'eut aucune peine à lire dans ses pensées.

... que c'est peut-être parce que je ressemble tellement à son amour perdu ? Peut-être est-ce pour cela qu'il semblait si désireux de m'aider ? Mais je ne suis pas Sally. Et s'il est toujours aussi obsédé par elle que Tristan, il va falloir que je mette les choses au clair très rapidement.

Pas ce soir, pourtant. Elle avait eu son compte de drames pour la journée, même si elle avait l'impression que ce n'était pas fini.

Elle se coucha de bonne heure, mais le sommeil la fuyait. Elle s'inquiétait pour Tristan ; pour Rémy, aussi, bien qu'il n'ait certainement pas besoin qu'on s'inquiète pour lui. Elle se retourna dans son lit jusque tard dans la nuit. Lorsqu'elle entendit l'horloge du salon sonner une heure, quelqu'un gratta à la fenêtre de la chambre.

9

Dana crut mourir de peur en voyant des mains ouvrir la fenêtre de sa chambre. Elle s'était redressée brusquement dans son lit, prête à défendre chèrement sa vie, lorsque la tête de Rémy apparut dans l'encadrement. D'un coup de reins, il se hissa dans la pièce, atterrissant sur le plancher avec la souplesse d'un chat.

— Rémy ! s'exclama Dana en tombant à la renverse. Tu m'as fichu une de ces trouilles !

— Je n'ai pas retrouvé Tristan, répondit-il, sans lui offrir un de ces sourires mi-confus, mi-charmeur dont il avait le secret.

Il était mort d'inquiétude pour son frère et il faisait suffisamment confiance à Dana pour venir chercher un peu de… réconfort ? Etait-ce le terme correct ? Un homme de la trempe de Rémy avait-il besoin d'être réconforté par une femme comme elle ?

— Je ne comprends pas, soupira-t-il en se laissant tomber dans le fauteuil à bascule. Tris n'est pas très subtil et je suis un bon pisteur. Le meilleur, même. Il ne peut pas avoir disparu.

Dana sortit de son lit, se félicitant d'avoir pensé à enfiler un pyjama, malgré la chaleur. Hésitante, elle s'approcha de Rémy, puis finit par s'asseoir sur le sol à côté de lui.

— C'est terrible, Rémy. Il va finir par revenir, non ?

Il la regarda avec douceur.

— J'ai pensé qu'il viendrait peut-être ici… Tu ne l'as pas vu ?

— Non.

Elle aurait voulu lui prendre la main.

— De quoi as-tu peur, Rémy ?

Loin de se sentir offensé, il soupira et reposa la tête sur le dossier du fauteuil.

— Mon frère… Tu m'as demandé pourquoi j'étais revenu ici. C'était à cause de Tris. Il avait besoin de quelqu'un pour s'occuper de lui.

— N'y avait-il personne d'autre ?

— Non. Même dans ma famille… ils n'ont jamais été très à l'aise avec lui.

Ainsi donc, les choses n'étaient pas si différentes chez les loups-garous.

— Tu as abandonné ta vie pour revenir ici. C'est un grand sacrifice.

— J'avais un bon travail… J'étais trader dans une grande banque d'affaires, mais mon frère a toujours été plus important à mes yeux.

Cet homme lui réservait-il encore beaucoup de surprises ? Trader… Et sans doute compétent, avec ça ! A présent, il vivait dans le bayou pour prendre soin de son frère.

— Lorsque j'étais plus jeune, je m'inventais des frères ou des sœurs, murmura Dana. Ma relation avec mes parents… n'a jamais été des plus satisfaisantes.

— Cela a dû être difficile.

— Peut-être… En revanche, cela m'a donné la motivation nécessaire pour réussir.

— Ma seule motivation était de quitter la région. Pourtant, depuis que je suis revenu…

Il lui serra la main, mais elle sentit qu'il était perdu dans ses pensées.

— J'ai appris à apprécier des choses que je ne voyais pas auparavant. Le voile rouge des coquelicots dans les champs, les nids d'aigrettes à la cime des arbres en été, les coups de tonnerre assourdissants pendant les gros orages, le chant des grenouilles… toutes ces choses qu'on ne peut ni voir ni entendre en ville. J'ai même appris à aimer les tornades.

— Cela a l'air si beau quand tu en parles.

— Tu dois avoir du mal à comprendre. Parfois, il faut du temps aux étrangers pour voir toutes ces choses.

— Oui, je suis une étrangère, acquiesça-t-elle, un peu blessée. Je crois que je l'ai toujours été, même à San Francisco.

Il l'attira un peu contre lui.

— Peut-être est-ce ici que tu te sentiras enfin chez toi.

Dana resta d'abord muette, au bord des larmes. Elle venait de découvrir une nouvelle facette de Rémy, c'était un homme compatissant et compréhensif. Elle se rendit compte qu'elle éprouvait plus qu'un désir certain pour Rémy Arceneaux. Elle l'appréciait. Elle l'appréciait vraiment beaucoup.

— Il est encore possible que Tris vienne ici, dit-elle. A moins qu'il ne rentre tout simplement à la péniche, lorsqu'il sera fatigué de courir. Laisse-lui un peu de temps, Rémy. Parfois, il faut savoir lâcher prise.

— J'espère que tu as raison.

Il se pencha, posant son front contre le sien, comme si elle était une amie chère. Ce contact à la fois apaisant et stimulant la fit frissonner des pieds à la tête, faisant naître en elle un profond sentiment de manque. Le même qu'elle avait ressenti quelques heures plus tôt sur la péniche.

Rémy éprouvait la même chose. La présence du corps nu et chaud de Dana sous la fine soie de son pyjama l'obsédait. Le tissu, le lit, l'air même de la chambre étaient emplis du parfum de la jeune femme ; un parfum unique auquel se mêlait à présent une fragrance particulière qu'il ne parvenait pas à ignorer, malgré ses efforts : celle du désir.

Oh, il l'avait déjà bien senti sur elle auparavant — une aura de molécules suspendues dans les airs autour d'elle, comme une brume invisible émanant de son corps à son insu. Pourtant, elle ne pouvait ignorer ce flot qui montait en elle, tout comme elle était trop perspicace pour ne pas percevoir sa réaction à lui.

Bon sang, il fallait qu'il parte. Tout de suite ! Il se redressa.

— Tu ferais mieux de me chasser d'ici.

Tandis qu'elle le regardait en silence, une mèche de cheveux glissa sur son front. Rémy mourait d'envie d'enfouir les doigts dans cette cascade blonde, mais il se força à se lever, les poings serrés.

— J'y vais. Ferme bien la fenêtre derrière moi.

Dana le rattrapa par la main.

— Si tu essaies encore de me faire peur, c'est raté, Rémy.

— Ne joue pas avec le feu...

— Peut-être aurais-je dû le faire plus souvent dans ma vie. On dirait que la chaleur torride de la Louisiane me réussit plutôt bien.

Surpris, Rémy la regarda. Tentait-elle de le séduire ? Cela ne lui ressemblait pourtant pas. A vrai dire, il ne savait rien d'elle, même s'il avait l'impression de la connaître depuis toujours. Un loup-garou qui trouvait l'âme sœur parmi ses semblables restait lié à elle pour la vie. Dana, elle, était humaine, ce qui signifiait que ce qu'il ressentait pour elle ne pouvait être aussi fort. C'était ce qu'on lui avait toujours répété, en tout cas.

Autrefois, ses parents étaient bien décidés à l'unir, selon la tradition, à l'une de ses cousines, mais il avait refusé et s'était enfui. A présent, le destin semblait bien décidé à leur jouer un tour, tous autant qu'ils étaient.

Avec un petit rire gêné, Dana lui lâcha la main.

— Je t'ai choqué ? Je ne suis pas exactement experte en... A vrai dire, cela fait tellement de temps que je suis hors circuit que je ne sais même plus comment on appelle ça, de nos jours.

Rémy se força à répondre d'une voix dure.

— On appelle toujours ça le sexe.

— Je... sans doute.

— C'est ça que tu attends de moi ? demanda-t-il en s'agenouillant devant elle, avec un sourire féroce. Une petite roulade dans le foin ? Es-tu toujours curieuse de savoir comment les loups-garous s'y prennent, ma belle ?

La plupart des humains ne parvenaient pas à soutenir le regard d'un loup-garou, mais Dana ne cilla pas.

— Y a-t-il quelque chose que je doive savoir ? demanda-t-elle. Est-ce contagieux ?

Eh bien, elle semblait garder son sang-froid ! Il ne pouvait pas en dire autant de lui-même.

— Tu n'as pas à t'en faire, assura-t-il, en lui caressant la lèvre inférieure du bout du pouce. Nous ne sommes pas des animaux. Je suis un homme et si tu ne veux pas que je reste, tu ferais mieux de me le dire tout de suite.

— Reste, chuchota-t-elle d'une voix à peine audible.

Jamais il n'avait reçu d'invitation aussi directe de sa vie. Pourtant, il n'était pas resté inactif en ville et avait même connu quelques amantes dans la région. Aucune n'avait jamais eu à se plaindre, mais elles savaient toutes que c'était sans lendemain.

Dana le savait-elle ?

— Y a-t-il déjà eu quelqu'un d'important dans ta vie ? demanda-t-elle.

Il laissa glisser ses doigts vers sa poitrine.

— Si ce sont des promesses que tu veux, ma belle, tu te trompes de bonhomme, dit-il, en lui caressant le sein à travers la soie.

— Je ne me trompe pas, répondit-elle en le regardant droit dans les yeux. C'est toi que je veux.

Il poussa un gémissement sourd. Dernière chance.

— Aussi séduisant que je puisse être, je ne me promène pas avec mon kit de protection sur moi. A moins que tu…

— J'y ai pensé, j'ai ce qu'il faut, annonça-t-elle en rougissant. A moins, bien sûr… que tu ne veuilles pas de moi.

La jeune femme professionnelle et sûre d'elle avait disparu. Sa lèvre tremblait très légèrement, trahissant son émoi. La belle et intelligente Dana craignait donc d'être rejetée et se préparait à encaisser l'humiliation d'un refus. Il s'empressa de la rassurer en l'embrassant doucement, tandis qu'ils s'agenouillaient sur le sol, l'un contre l'autre. Dana avait prétendu être « hors circuit », mais sa réaction n'avait rien d'hésitant, ni de virginal. Elle répondit à son baiser comme si elle libérait soudain des siècles de désir inassouvi.

On se calme, Rémy. Il devait garder la tête froide. Ou du moins, essayer.

— Doucement, ma belle, chuchota-t-il en déposant un baiser sur son cou. Je ne vais pas m'enfuir.

Avec lenteur, il défit le premier bouton de sa veste de pyjama, puis le second et le troisième. Ses seins étaient fermes au toucher. Elle tendit le buste vers lui, souple comme une danseuse, et il sentit qu'elle cherchait à tâtons le bouton de son jean.

Il la prit dans ses bras, lui embrassant les seins l'un après l'autre, et la porta jusqu'au lit. Lorsqu'elle tenta de se dégager, il crut un instant qu'elle était prise de remords au pire moment possible, mais elle tendit simplement la main vers le tiroir de la table de nuit pour en sortir un petit étui carré. Après l'avoir contemplé un instant, elle jeta un regard perplexe à Rémy et éclata de rire sans pouvoir se contrôler. C'était la première fois que Rémy l'entendait rire de façon aussi spontanée.

— Tu trouves ça drôle? On va voir si tu ris encore quand j'en aurai fini avec toi.

Il lui arracha le préservatif des mains, le posa sur la table de nuit et entreprit de déboutonner sa propre chemise avec une lenteur provocante. Dana tentait d'étouffer ses éclats de rire derrière sa main, mais ses yeux suivaient chacun de ses gestes avec une attention flatteuse.

Bon sang, il était aussi nerveux qu'elle! Lorsqu'il eut fini de déboutonner sa chemise, il l'enleva en roulant des épaules de façon exagérée, se demandant si sa peau était vraiment aussi brûlante qu'il le croyait.

— Alors, qu'est-ce que tu en dis, bébé? ironisa-t-il avec un sourire aguicheur. Tu veux que je t'apprenne un peu la vie?

Le rire de Dana s'estompa, mais ses yeux brillaient dans la pénombre. D'un geste, elle l'invita à s'approcher du lit.

Fini la comédie. L'heure n'était plus à la plaisanterie. Debout devant elle, il baissa les yeux vers son visage à la beauté solennelle. D'une main tremblante, elle défit sa fermeture Eclair pour s'emparer aussitôt de son membre, qu'elle caressa doucement avant de mettre le préservatif en place.

Il cessa alors de réfléchir. Il savait, à son parfum, qu'elle était plus que prête à l'accueillir en elle sans aucuns préliminaires, mais il ne voulait pas que cela se passe ainsi. Pas avec elle. Il s'étendit à ses côtés et glissa la main sous la ceinture de son pantalon de pyjama.

Nue sous la soie, elle s'abandonnait à ses caresses les yeux fermés. Sa peau était douce et chaude, humide et accueillante. Il l'effleura du bout des doigts, cherchant le rythme qui lui donnerait le plus de plaisir. Quand elle répondit en ondulant des hanches, il poursuivit ses caresses, tout en lui embrassant le ventre.

— Rémy..., murmura-t-elle.

— Laisse-moi te goûter.

Elle frissonna lorsqu'il lui retira son bas de pyjama, faisant glisser le tissu contre ses cuisses et ses jambes.

— Jolie blonde, chuchota-t-il avec tendresse.

Il déposa un chapelet de baisers sur son ventre, jusqu'à atteindre ses boucles dorées. Jamais parfum ne lui avait paru plus enivrant.

Dana se souvenait bien de ses dernières expériences sexuelles, mais elle savait à présent qu'elle n'avait jamais fait l'amour. La façon dont Rémy la caressait ne relevait pas seulement de l'expertise. Il y avait également une profonde tendresse dans ses gestes, une douceur qui prenait autant de plaisir à donner qu'à recevoir.

Elle aurait pu décider de se laisser aller et ne pas l'attendre, mais elle ne voulait pas que cela se passe ainsi entre eux. Elle l'attira doucement contre lui, se délectant du poids de son corps sur le sien.

Cuisses contre cuisses, les mains jointes, ils s'embrassèrent longuement. Puis, Dana enroula ses jambes autour des hanches de Rémy. Il ne lui en fallut pas plus. Il s'abandonna en elle, la pénétrant avec une puissance maîtrisée avant de se retirer, pour lui procurer le maximum de plaisir à chaque va-et-vient.

Elle perdit tout contrôle d'elle-même. Seule comptait la sensation fabuleuse de ce corps sur elle et en elle, de ses muscles puissants et de son souffle sur sa peau. C'est dans un parfait ensemble qu'ils atteignirent le ciel étoilé. Agrippée à ses épaules, le corps tout entier tendu vers lui, elle chuchota son nom avec délices.

Il se retint encore jusqu'à la sentir frissonner de plaisir, puis laissa libre cours à sa propre extase. Elle l'accueillit de tout son cœur.

Lorsqu'elle reprit lentement ses esprits, le souffle court, Rémy lui murmurait des paroles douces en lui embrassant le cou. Elle avait envie de pousser un véritable hurlement de loup.

— On recommence ? demanda Rémy, en lui mordillant le menton.

Elle éclata d'un rire cristallin, léger comme des bulles de champagne.

— Que se passe-t-il ? Qu'y a-t-il de si drôle ?

Elle sourit et embrassa la fossette sur son menton. Rien, il n'y avait absolument rien de drôle. Elle venait juste de découvrir que les loups-garous faisaient l'amour exactement comme les humains. Pourtant, elle avait la certitude que plus aucun homme, humain ou pas, ne trouverait grâce à ses yeux après Rémy Arceneaux.

10

Le radio-réveil indiquait un peu plus de 3 heures du matin lorsque Rémy leva enfin la tête pour regarder. Il avait du mal à bouger, encore plus à penser, avec les cheveux de Dana étalés sur sa poitrine et les poumons emplis du parfum de leurs ébats amoureux.

Il sentait le souffle tiède de Dana sur son torse moite et la jeune femme lui caressait l'avant-bras d'un geste hypnotique. Il avait oublié de l'avertir que les loups-garous possédaient un avantage majeur sur les humains : ils pouvaient recommencer toute la nuit.

Mais pas ce soir. Pas alors que Tristan était toujours introuvable et que la grand-tante de Dana ronflait dans la chambre proche.

— Ça va ? murmura Dana en lui embrassant l'épaule. Tu n'as pas été trop déçu, j'espère ?

Il se redressa sur un coude et se pencha vers elle, suivant du doigt le contour de sa mâchoire.

— Allons, allons. Comment une jeune femme aussi intelligente et raffinée que toi peut-elle parler ainsi ?

— Disons que je suis observatrice, répondit-elle avec un délicieux petit sourire. Bien sûr, je n'ai pas eu autant de partenaires que toi. Il me faudra peut-être du temps pour rattraper mon retard…

— N'y pense même pas…

Il s'interrompit en entendant le grondement dans sa

voix. Cela ne faisait qu'une heure qu'il était allongé à ses côtés et déjà, il se comportait comme le dernier des jaloux. Le simple fait de penser à Dana dans les bras d'un autre lui nouait l'estomac.

— Ce que je veux dire, reprit-il d'un ton plus doux, c'est qu'il ne faut jamais suivre mon exemple, ma belle. Et qu'il ne faut pas prendre de risque inconsidéré.

— Comme je l'ai fait avec toi, par exemple?

— Exactement, répondit-il en attrapant son jean. Ecoute-moi bien : ne t'approche pas de Chad Lacoste. Quoi qu'il arrive, ne lui fais pas confiance.

Dana s'assit dans le lit, remontant ses genoux sous les couvertures.

— Il a dit exactement la même chose à propos de toi.

— Ça ne m'étonne pas…

Il s'habilla à la hâte, lui tournant le dos pour ne pas affronter ses grands yeux.

— Pourquoi parles-tu de Chad maintenant? Tu crains que je ne tente de le séduire après toi?

Il méritait son mépris. Il aurait pu se maîtriser, mais ne l'avait pas fait. Il devait remettre un peu de distance entre eux, mais pas au point de perdre sa confiance.

— Je parle de Chad, expliqua-t-il en enfilant sa chemise, parce qu'il est là.

— Quoi?

— Juste devant la porte d'entrée, en bas.

— Comment le sais-tu?

— Je peux le sentir.

— Mais… que viendrait-il faire ici à une heure pareille?

Rémy fut soulagé d'entendre de la méfiance dans sa voix. Si elle était sur ses gardes, c'était déjà ça.

— Savais-tu que Sally et Chad étaient ensemble, il y a quelques années?

— Oui, Gussie m'a raconté…

Elle repoussa les couvertures, sortit du lit et s'avança vers la coiffeuse, sans se soucier de sa nudité.

— Elle m'a dit que Chad avait failli épouser Sally.

— T'a-t-elle également raconté que Chad était furieux lorsque Sally a refusé de se remettre avec lui il y a cinq ans ? Il pensait qu'elle lui appartenait, mais elle n'était pas du même avis. Elle avait une vie bien à elle, mais Chad refusait de l'admettre.

Dana sortit une culotte en coton d'un tiroir.

— Qu'essaies-tu de me dire… ?

Déjà, Rémy reculait vers la fenêtre.

— Je ne serai pas loin.

— Attends ! Rémy, tu ne peux…

Au moment où il sortait, quelqu'un frappa trois petits coups discrets, mais décidés, à la porte d'entrée. Depuis le jardin, Rémy entendit Dana s'habiller à la hâte et traverser le couloir. Il y eut un long silence, puis la porte d'entrée s'ouvrit pour laisser entrer Chad. De sa cachette, près de la fenêtre ouverte, Rémy put écouter la conversation.

— Chad ? s'exclama Dana en feignant la surprise. Que se passe-t-il de si important pour que vous veniez à une heure pareille ?

— Vous ne m'avez pas appelé, reprocha-t-il sur le ton de la plaisanterie. J'ai beaucoup pensé à vous, Dana. Tous les jours.

— Cela ne fait que quelques jours que je suis ici, pourtant.

— Et vous n'avez pas perdu votre temps, n'est-ce pas ? poursuivit Chad en s'avançant sur le parquet grinçant du salon. Vous vous êtes renseignée sur les frères Arceneaux. Plus que ça, même : on vous a vue en ville avec Tristan.

— Il ne m'a fait aucun mal. Je ne pense pas qu'il soit dangereux.

— Dana, Dana… J'ai pourtant essayé de vous faire comprendre.

Rémy entendit un léger bruit, comme deux morceaux de bois que l'on frotte l'un contre l'autre.

— Pauvre Sally. Si belle. Je suis surpris que votre tante conserve encore toutes ces photos dans la maison. J'aurais cru que cela lui rappellerait des souvenirs trop douloureux.

— Et vos souvenirs à vous, Chad ? Vous étiez amoureux d'elle…

— Tout le monde le savait, dit-il en reposant le cadre. Oui, je l'aimais. J'aurais tout fait pour elle.

Le silence qui s'ensuivit fut si pesant que Rémy fut sur le point de retourner dans la chambre. Il percevait l'inquiétude de Dana, qui ne savait pas trop si elle devait fuir ou faire face au danger. Mais Chad Lacoste ne la menaçait pas. Pas encore.

— Je pense que vous feriez mieux de partir, dit enfin Dana.

— Je crois que vous ne m'avez pas bien compris, Dana. Je ne veux pas que nous en restions là. Vous et moi…

— Une autre fois, peut-être. Bonne nuit, Chad.

Le pas de Chad se rapprocha de la porte.

— Bonne nuit, Dana, chuchota-t-il. Faites de beaux rêves.

La porte s'ouvrit, puis se referma. D'un bond, Rémy fut de nouveau dans la chambre. Dana entra ; elle avait enfilé un jean et une chemise et ne semblait pas troublée outre mesure par sa conversation avec Lacoste, mais Rémy n'était pas dupe. Il s'approcha d'elle, écœuré par l'odeur de Lacoste qui flottait encore autour d'elle.

— Ça va? s'enquit-il.

— Ça va… Je ne comprends pas ce qu'il est venu faire ici à une heure pareille. Il ne m'a pas semblé très… sûr de lui. Pourtant, il ne m'a rien fait… si on oublie la façon dont il m'a regardée.

Rémy sentit ses cheveux se hérisser sur sa nuque.

— C'est-à-dire?

— Je préfère ne pas m'étendre sur le sujet. J'ai pris ton avertissement au pied de la lettre. Qu'allais-tu me dire à propos de Chad avant que celui-ci n'arrive?

— Cela devra attendre. Tristan est toujours dans la nature.

— Tu me caches quelque chose, Rémy.

Rémy hésitait à se confier à Dana. Elle avait le droit de connaître ses soupçons, de savoir ce qu'il redoutait le plus, mais le moment était mal choisi. Il n'avait toujours aucune certitude et n'en aurait peut-être jamais.

— Reste ici. Ne sors pas avant que je vienne te chercher.

— Je suis de votre côté, à toi et à Tristan. Pourquoi ne le comprends-tu pas?

Les paroles rassurantes qu'il aurait voulu lui dire se perdirent en chemin.

— Je suis désolé, Dana.

Il disparut dans la nuit. Elle ne tenta pas de le retenir.

Il avait espéré apaiser ses sentiments tumultueux entre les bras de Dana, mais il n'en était rien. Pourtant, lorsqu'il perçut l'odeur de Chad dans l'air chaud de la nuit, il se dit qu'il pourrait peut-être trouver l'apaisement d'une autre façon. L'apaisement… et peut-être la vérité.

Chad n'était pas parti bien loin. Rémy le trouva près de sa BMW, garée à quelques centaines de mètres de là, le long du trottoir. La lune se couchait déjà et seul brillait dans la nuit le bout incandescent de sa cigarette. Ses mains agrippaient convulsivement le volant, comme s'il tentait de prendre une décision difficile et désagréable. Rémy s'avança devant la voiture et s'appuya nonchalamment contre le capot encore tiède.

— Hé, Lacoste ! Tu as perdu ton chemin ?

Avec un juron, Chad lâcha sa cigarette. Il se précipita pour rattraper le mégot rougeoyant avant que celui-ci n'abîme le tissu des sièges. Après l'avoir jeté par la fenêtre, il porta à sa bouche ses doigts brûlés. L'espace d'une seconde, ses yeux trahirent la peur que Rémy avait perçue en lui, puis sa bouche se tordit en un sourire méprisant.

— On pourrait dire la même chose de toi…, répliqua-t-il. Qu'est-ce que tu fiches par ici ?

— Je veille sur une jeune demoiselle que tu persistes à ne pas laisser en paix.

— Qu'est-ce que tu lui veux, Arceneaux ? Elle est dix fois trop bien pour toi.

— Possible, répondit Rémy en se penchant un peu plus pour sourire à Lacoste à travers le pare-brise. Mais, elle est parfaite pour toi, n'est-ce pas ? Une réplique exacte de Sally Daigle. Seulement, elle n'est pas dupe, Lacoste, tout comme Sally à la fin. Elle a compris qu'elle ne devait pas te faire confiance.

— C'est ce que tu lui as conseillé ? demanda Lacoste en éclatant de rire. Tu crois qu'elle te fait confiance, à toi ? Oh, je sais bien que vous vous êtes croisés plus d'une fois, pendant qu'elle fouinait pour savoir ce qui était arrivé à Sally. Je suis certain qu'elle a eu vent de toutes les rumeurs, à présent.

Il sortit une nouvelle cigarette du paquet et la contempla longuement.

— Je ne suis pas sûr que ce soit le genre de femme à

ignorer une vérité qui crève les yeux, quand toutes les preuves convergent…

— Vraiment? Alors, pourquoi vient-elle juste de te mettre à la porte?

Chad s'agita sur son siège.

— C'est à cause de toi, Arceneaux. Quand j'aurai échangé deux ou trois mots avec les bonnes personnes, Dana n'aura plus à se soucier de tes mensonges.

— Je te fais confiance. Tu vas gentiment bavarder avec les copains de ton père et tu nous feras chasser de la ville, Tris et moi.

Rémy frotta pensivement une tache imaginaire sur le capot de la BMW.

— Pourtant, tu ne peux pas vraiment te débarrasser de moi, pas vrai? Je sais ce que j'ai vu, ce jour-là. Je sais qui haïssait Sally au point de la tuer.

— Tu sais ce que tu as vu? Ton propre frère avec du sang sur les mains en train de délirer à propos de Sally… Ton pauvre frère, fou à lier, rejeté par la femme qu'il aimait en secret.

Lacoste alluma sa cigarette.

— Tu ne peux pas te débarrasser de moi non plus. Cela te ronge tout le temps, n'est-ce pas? La possibilité que ce soit Tristan qui ait tué Sally et que je dispose d'assez de preuves pour le faire enfermer si jamais tu portes la moindre accusation contre moi.

Rémy s'efforça de rester indifférent, malgré l'écœurement qui le gagnait. Cette ordure avait raison. La peur le rongeait — il avait peur pour son frère, mais aussi peur de ce dont son frère n'avait jamais été capable de se souvenir.

— Peut-être que si le Dr St. Cyr n'était pas venue par ici, cela aurait pu durer éternellement ainsi, dit Rémy en grattant du pouce le capot de la voiture. Une sorte de statu quo. Mais tu as commis l'erreur de lui courir après, Lacoste.

— Je n'ai pas besoin de leur courir après, murmura Lacoste, les yeux rivés sur l'éraflure. Elles finissent toujours par venir à moi. J'ai de la pitié pour toi, mon pauvre vieux. Pour la première fois de ta vie, tu as agi comme un gentleman pour les beaux yeux d'une dame. Dommage que cela n'ait servi à rien.

— Cela n'aura pas été inutile si je te dénonce.

— Tu prendrais le risque de mener ton frère droit au tribunal? De le voir perdre en prison le peu de santé mentale qui lui reste?

Il rejeta sa fumée par-dessus le pare-brise.

— Tu sais qu'il me suffit d'un mot. Les gens d'ici sont déjà plus qu'à moitié convaincus de sa culpabilité.

— Tu ne pourras accuser personne si tu disparais.

— Si je meurs, tu veux dire? demanda Chad avec un petit rire. Penses-tu vraiment pouvoir me tuer et t'en tirer à si bon compte?

Rémy poussa un grondement sourd. Chad avait toujours compté sur l'influence de son père, persuadé que Rémy n'oserait jamais le toucher. Toute sa vie, Rémy avait préféré éviter les complications, aussi bien sur le plan affectif que pour le reste. Il ne s'était jamais battu pour quoi que ce soit jusqu'à ce qu'il parte en ville. Rien n'avait jamais eu assez de valeur à ses yeux.

Même ce qui était arrivé à Sally n'avait pas suffi à le mettre hors de lui. Trop de doutes planaient encore et ces doutes l'avaient retenu chaque fois qu'il avait vu le visage ricanant de Lacoste.

Cette fois-ci, pourtant, Lacoste avait été trop loin. Il avait non seulement menacé Tris, mais il avait également tenté de s'en prendre à Dana. Le loup s'était réveillé… une bête sauvage que rien n'arrêterait pour protéger sa compagne.

Rémy se figea. Sa compagne. L'idée s'était immiscée dans son esprit avec tant de discrétion qu'il ne l'avait tout d'abord pas remarquée. Lorsqu'il essaya de l'en déloger, elle s'accrocha de toutes ses forces, refusant de lâcher prise.

Les loups-garous formaient en général des couples pour la vie. Peu des membres de sa famille s'étaient mariés à des humains. Pourtant, c'était un sujet sérieux parmi les siens, une des pulsions primaires qui parvenait à maîtriser la bête en eux.

Rémy sentit cette force bouillonner en lui. Malgré toutes les légendes, les loups-garous n'étaient pas des tueurs nés, pas plus que les humains. Mais leur force, leur rapidité, ainsi que leur instinct les rendaient bien plus efficaces lorsqu'ils n'avaient pas d'autre choix que de tuer.

Rémy sentit la Transformation frémir dans ses veines. Il mourait d'envie d'effacer ce sourire du visage de Lacoste, de l'entendre supplier, tout comme il imaginait que Sally avait dû supplier.

Il aurait pu achever Lacoste sur place, sans que personne ne soupçonne un meurtre. La police se demanderait simplement quelle sorte d'animal pouvait ainsi déchirer un homme comme du vulgaire tissu.

— Tu n'es pas le seul à pouvoir cacher un corps, chuchota-t-il.

Chad perdit de sa nonchalance. Il se redressa sur son siège, tirant nerveusement sur sa cigarette.

— Tu es fou, murmura-t-il, en manquant s'étouffer.

— Il n'y a rien de fou à vouloir s'assurer que tu ne feras pas subir à Dana ce que tu as fait à Sally.

— C'est de ton frère que tu devrais la protéger.

D'un geste vif, Rémy contourna le pare-brise et attrapa Lacoste par le col de sa chemise.

— Maudit chien !

— Tu ferais mieux de le retrouver, siffla Lacoste. A moins que…

Il laissa soudain échapper un gloussement étouffé.

— … On dirait bien que la cavalerie arrive toujours à temps. Pourquoi n'irais-tu pas lui dire bonjour ?

Rémy se retourna en jurant. Un véhicule banalisé, qu'il reconnut pour être celui de l'inspecteur Landry, venait de s'arrêter au croisement et se dirigeait lentement vers eux, tous feux allumés.

Rémy lâcha Lacoste et recula jusqu'à l'arrière de la voiture. Une partie de lui-même était soulagée d'avoir évité un probable bain de sang, mais une autre hurlait de rage contenue et de désespoir.

Ne le laisse pas s'échapper ! Ce ne peut être que lui le coupable. Pas Tris. Jamais. Prouve-le une bonne fois pour toutes.

Un crissement de pneus déchira la nuit et Rémy ressentit un choc atroce contre sa hanche, avant de tomber à la renverse. La décapotable s'éloigna dans un rugissement, tandis qu'il roulait contre le trottoir.

Je te l'avais dit ! hurla le loup au fond de lui-même.

Le silence de la nuit se referma sur lui.

11

Lorsque Rémy reprit connaissance, sa tête reposait sur quelque chose de moelleux et une odeur délicieusement féminine flottait autour de lui.

— Rémy ? Rémy, est-ce que tu m'entends ?

Il ouvrit les yeux. Un visage encadré de cheveux blonds était penché sur lui. Il distingua petit à petit des yeux écarquillés par la peur et une bouche tordue en un sourire inquiet.

Dana. Il se trouvait dans sa chambre chez Gussie, allongé sur le lit, la tête reposant sur ses genoux.

— Rémy ?

— Je… Ça va.

Ce n'était pas la stricte vérité, mais s'il était encore en vie, il finirait bien par guérir. La mémoire lui revint peu à peu : la dispute avec Chad, le combat intérieur sur la vie et la mort, l'arrivée de Landry, puis la chute… la douleur atroce… et les ténèbres.

L'aube était encore loin. Personne n'avait vu Chad faire marche arrière et percuter une ombre furtive, apparemment pas même Landry. Et d'ailleurs, que faisait donc l'inspecteur à patrouiller ainsi en ville la nuit ? Ce n'était pas son travail…

Se tenant les côtes, Rémy tenta de s'asseoir, mais Dana le força à s'allonger de nouveau.

— Ça va, mon œil, rétorqua-t-elle en rajustant la couverture. J'aurais dû te conduire tout de suite à l'hôpital.

Elle poussa un soupir.

— C'est ce que j'ai failli faire en voyant que tu ne te réveillais pas, mais j'ai eu peur de ce qu'ils auraient découvert en t'examinant. Tu m'as dit que vous guérissiez vite, mais tu es resté sans connaissance si longtemps. Tu comprends ce que je dis ?

Il lui fit signe que oui.

— Tu as eu raison de ne pas aller chercher de l'aide.

Elle marmonna quelque chose, puis ordonna :

— Regarde-moi.

Il sursauta lorsqu'elle dirigea une petite torche vers son œil gauche, puis vers le droit.

— Bien. A présent, suis mon doigt… Non, ne bouge pas la tête. Excellent. Encore quelques tests pour être sûre.

— Comment suis-je arrivé ici ?

Le laissant seul quelques instants, elle revint avec un verre d'eau et lui expliqua :

— Cela ne faisait qu'une vingtaine de minutes que tu étais parti, lorsque j'ai entendu un bruit dans le jardin. Je t'ai trouvé gisant sur la pelouse, couvert de sang et à peine capable de parler. J'ai dû te traîner jusqu'ici en faisant attention à ne pas réveiller Gussie. Tiens, bois.

Rémy but avidement, tout en examinant mentalement chaque partie de son corps. Dana avait enlevé ou desserré la plupart de ses vêtements et il sentait des bandages le contenir à certains endroits. Son dos, sa nuque et ses membres étaient douloureux, mais semblaient intacts. Portant la main à sa tête, il s'aperçut que celle-ci était bandée, ainsi que sa poitrine. Quelques côtes cassées, qui se ressouderaient d'elles-mêmes. La bosse sur sa tempe désenflait déjà : dans quelques heures, il n'y paraîtrait plus.

Que Chad ait agi avec préméditation ou sur un coup de tête, il n'avait pas réussi à mettre Rémy hors d'état. Ce qui aurait pu tuer un être humain normal n'avait fait que le blesser.

C'était son côté loup qui l'avait sauvé et son instinct l'avait ramené tout droit dans les bras de Dana.

— Combien de temps suis-je resté sans connaissance ?

— Une heure ou deux. Si tu avais été un homme comme les autres, je n'aurais pas couru le risque. Les gens qui restent inconscients aussi longtemps ne se réveillent souvent jamais. En plus, tu étais couvert de sang. Il m'a fallu plusieurs minutes pour comprendre que tu n'avais aucune blessure grave. Tu as juste reçu un choc et tu n'as aucune fracture, à part quelques côtes.

Elle l'aida à finir son eau, puis posa le verre sur la table de chevet. Rémy remarqua alors que ses mains tremblaient.

— Tu as fait ce qu'il fallait, Dana, assura-t-il en lui prenant la main.

Petit à petit, ses tremblements s'apaisèrent.

— J'espère ne jamais revivre une situation pareille. Comment est-ce arrivé ?

— C'est Chad. Il a essayé de m'écraser.

Dana se leva d'un bond.

— Il a essayé de te tuer ?

— Il a peur. Il est prêt à tout à présent.

Dana fit volte-face, avec la férocité d'une louve.

— Tu ne crois pas qu'il serait temps de me dire exactement ce qui se passe ? Tu n'arrêtes pas de suggérer que Chad a quelque chose à voir avec la disparition de Sally et ce qui vient de se produire semble indiquer que tu as raison. Pourquoi n'es-tu pas allé voir la police?

Rémy ferma les yeux. S'il ne lui faisait pas confiance à cent pour cent, les mensonges creuseraient bientôt entre eux un fossé infranchissable.

— Parce que la vérité, quelle qu'elle soit, risque bien de détruire mon frère.

Dana s'assit dans le fauteuil à bascule, se demandant si elle aurait la force d'affronter d'autres « surprises » de ce genre dans la même journée.

— Détruire Tristan? De quoi me parles-tu?

Dans les yeux de Rémy, elle lut une immense lassitude qui n'était due ni à une simple tristesse ni à son accident.

— Promets-moi, Dana St. Cyr… promets-moi de ne jamais parler à quiconque de ce que je vais te raconter.

— Bien sûr. Je…

— Jure-moi que tu n'iras pas non plus à la police.

L'affaire semblait sérieuse. Dana écouta la voix de sa conscience, puis celle de son cœur. Les deux auraient dû être en conflit, mais, en regardant Rémy, elle sut qu'ils trouveraient une solution.

— Tu as ma parole.

Rémy se laissa retomber sur l'oreiller.

— Je ne t'ai pas dit de te méfier de Chad sans raison, mais je n'ai aucune preuve que c'est lui le meurtrier de Sally.

Sa voix s'était faite distante et monotone, comme s'il racontait une histoire qui ne le concernait pas.

— Il y a cinq ans, le jour où Sally a été aperçue pour la dernière fois dans Grand Marais, j'étais dans le bayou à la recherche de Tris. J'avais vu Sally Daigle aux abords de la ville la veille. Elle se disputait avec Chad… une sacrée dispute, même si Chad faisait tout pour rester discret. Je n'y ai plus repensé, même lorsque Tris m'a annoncé qu'il emmenait Sally dans le bayou pour chercher un oiseau particulier.

Dana posa les mains sur son ventre, comme pour contenir le malaise qui croissait en elle.

— Continue…

— A la tombée de la nuit, lorsque j'ai vu que Tris ne rentrait pas, je suis parti à sa recherche. Je l'ai trouvé en train d'errer dans un état de stupeur. Il répétait que Sally était morte.

— Oh, mon Dieu!

Rémy resta impassible.

— Il n'a rien voulu me dire de plus, mais j'ai trouvé des lambeaux de sa chemise un peu plus loin. Elle était couverte de sang. Quelque chose de terrible venait d'avoir lieu, je pouvais le sentir. J'ai raccompagné Tris à la péniche, puis je suis parti à la recherche de Sally.

— Mais… tu ne l'as pas trouvée.

— J'ai levé une autre piste… celle de Chad. Son odeur trahissait qu'il était terrorisé. Je l'ai découvert en train de courir dans le bayou, à moitié nu et couvert de boue. L'odeur de Sally était sur lui. Je me rappelle avoir pensé que je n'avais plus à m'inquiéter, parce que c'était sans doute lui le coupable.

— Tu avais peur que ce soit Tris, murmura Dana en agrippant l'accoudoir du fauteuil.

— Oui, répondit Rémy, le regard fixé sur le mur. Je suis allé voir Chad. Il a commencé à essayer de justifier sa présence dans le bayou, mais, quand il a vu que je n'étais pas dupe, il a changé de tactique. Il m'a dit qu'il avait suivi Tris et Sally dans le marécage et qu'il avait vu le corps de Sally. Elle était bel et bien morte. Il aurait peut-être du mal à expliquer ce qu'il faisait dans le bayou, mais l'histoire de Tristan paraîtrait encore plus louche lorsque tout le monde apprendrait qu'il aimait Sally depuis longtemps, mais qu'elle n'avait jamais voulu de lui.

— C'est Chad dont elle ne voulait plus…

— Oui. Il n'a jamais nié avoir fait du mal à Sally, mais il a été très clair sur un point : si jamais je tentais de l'impliquer de quelque manière que ce soit, même si je disais simplement que je l'avais vu dans le bayou, il ferait en sorte que Tristan soit accusé de la mort de Sally. Il avait assez de preuves pour impliquer Tris. Je l'ai cru. Son père avait tout le canton à sa botte, à l'époque. Je savais aussi bien que lui qui la police croirait en priorité.

Dana aurait voulu se précipiter vers Rémy pour le réconforter, mais elle se retint. Ce n'était pas de réconfort dont Rémy avait besoin pour l'instant. Cela faisait cinq longues années que ce secret distillait son poison en lui.

— Après le départ de Chad, j'ai longtemps cherché le corps, mais en vain. La pluie s'est mise à tomber à verse, noyant toute preuve du passage de Sally. Aucune trace de violence. Rien. Alors, je suis rentré retrouver Tris. Il ne se souvenait plus de rien. Lorsque j'ai essayé de le faire parler, il… J'ai eu peur qu'il ne se fasse du mal.

Voilà qui expliquait beaucoup de choses. Dana pensa au doux visage de Tristan, à son air perdu et à sa réaction lorsqu'il l'avait vue la première fois.

— Tu n'avais pas simplement peur de ce que Chad ferait à Tris si tu allais voir la police…

— Non.

Elle pouvait lire sur le visage de Rémy l'angoisse qui le rongeait.

— Je n'avais aucun moyen de savoir… d'être vraiment sûr. Je voulais croire que Chad était coupable, mais Tris… Tris avait du sang sur ses vêtements.

Dana ne trouva rien à répondre. L'horreur absolue du dilemme de Rémy la prit à la gorge comme un étau, faisant taire toutes paroles futiles et inutiles. Elle vint s'agenouiller près de lui.

— Si Chad a tué Sally, chuchota-t-il, j'ai laissé un meurtrier en liberté pour protéger mon frère. Mais si Tris a quoi que ce soit à voir avec...

— Je n'y crois pas. Tris ne pourrait jamais tuer quelqu'un.

Il tourna la tête vers elle et la brume devant ses yeux s'estompa.

— A présent, tu comprends pourquoi je le garde avec moi sur la péniche. C'est ma responsabilité. Quoi qu'il lui arrive et quoi qu'il fasse, c'est ma responsabilité.

Dana se rendit compte qu'il croyait vraiment ce qu'il disait. Il s'accusait non seulement d'avoir échoué à démasquer le meurtrier, mais aussi d'avoir été absent pendant que son jeune frère sombrait peu à peu dans la folie, au point peut-être de devenir un meurtrier. En pénitence, il avait abandonné sa carrière en ville pour venir vivre avec cette terrible culpabilité dans un endroit où lui et Tristan étaient considérés avec méfiance et avec crainte.

— Tu as tort, Rémy. Personne ne peut être responsable des actes d'une autre personne, pas même d'un être aimé.

— Et que ferais-tu à ma place? demanda-t-il dans un souffle. Si je ne t'avais pas fait jurer, irais-tu le dénoncer?

— Peu importe ce que je ferais. Mais si tu veux pouvoir continuer à vivre en paix avec toi-même et offrir une chance à ton frère, tu dois connaître la vérité, Rémy. Et l'accepter. Mais tu n'es pas obligé d'affronter cela tout seul.

— Resteras-tu à mes côtés?

Il tenta de dissimuler sa douleur derrière un petit

sourire moqueur, mais le résultat ne fut pas convaincant. Dana sentit son cœur se serrer.

— Je ne connais peut-être pas bien Tristan, mais j'ai de l'affection pour lui. Comme pour toi, Rémy. Je... je ferais n'importe quoi pour vous aider tous les deux.

— Alors, je ne te demande qu'une seule chose... reste ici jusqu'à ce que j'aie retrouvé Tris et que je l'aie ramené chez nous.

— Tu viens juste de m'avouer que Chad avait tenté de te tuer. Tu ne peux pas repartir dans cet état.

Avec une grimace de douleur, il se releva sur un coude.

— Tout ce que j'ai à faire, c'est me transformer et le reste guérira tout seul.

— Peux-tu te transformer maintenant?

Sa mâchoire se crispa sous l'effet de la concentration, puis il laissa échapper un long soupir.

— Pas encore.

— Alors, tu n'as pas beaucoup le choix : soit tu restes ici pour reprendre des forces en attendant de pouvoir te transformer, soit tu emmènes ton médecin personnel.

Les mâchoires serrées, il refusa tout net, mais elle lut dans son regard qu'elle avait déjà gagné la bataille.

— Si je ne te laisse pas venir avec moi, tu vas sans doute aller trouver Chad toi-même, répondit-il, de guerre lasse. Nous allons d'abord retourner à la péniche, au cas où Tris serait rentré.

— D'accord. Attends, je vais t'aider.

Lui passant un bras autour des épaules, elle l'aida à s'asseoir. Qui aurait pu croire qu'il avait été victime d'un accident de voiture voilà seulement quelques heures? A vrai dire, Dana avait bien du mal à croire tout ce qui lui était arrivé depuis sa venue à Grand Marais.

Cependant, ce qui l'étonnait le plus n'était pas d'avoir

découvert l'existence de loups-garous, ni même de se retrouver mêlée à une histoire de meurtre. Non, c'était le simple fait que, aussi improbable et miraculeux que cela puisse paraître, elle était tombée amoureuse. Et l'amour lui donnait le courage de faire face à tout ce qui les attendait.

Après s'être assurée que Gussie dormait toujours tranquillement dans sa chambre — Dieu merci, la vieille dame dormait comme un loir — Dana rassembla rapidement les quelques affaires qu'elle avait préparées en vue d'expéditions futures dans le bayou et y ajouta quelques barres de céréales et une puissante torche. Elle gribouilla rapidement un petit mot pour sa grand-tante, l'informant qu'elle était partie très tôt pour une randonnée et ne serait sans doute pas de retour avant l'après-midi.

En retournant à sa chambre, elle s'arrêta devant le piano pour caresser du doigt la photo de Sally.

Si tu m'entends, Sally… aide-moi à découvrir la vérité. Aide-moi à apporter la paix aux vivants et le repos aux disparus.

Dana sentit que l'esprit de Sally l'accompagnait lorsqu'elle conduisit Rémy jusqu'au ponton où était amarré le bateau. Lorsqu'ils levèrent l'ancre, Rémy se déplaçait déjà sans aucune difficulté apparente, même s'il prenait sans doute sur lui, comme s'il regrettait de s'être montré vulnérable.

Elle avait failli lui avouer qu'elle l'aimait. Que se serait-il passé alors ? Il n'était pas prêt à entendre de telles paroles. Peut-être ne le serait-il d'ailleurs jamais. Même si leur histoire devait se limiter à une aventure d'une nuit, elle était prête à aller jusqu'au bout.

Le bayou était plongé dans l'obscurité, mais Rémy trouva sans hésiter son chemin jusqu'à la péniche. Une seule lampe brûlait sur le pont. Rémy franchit la rampe d'un bond et disparut dans la cabine. Une seconde lampe s'alluma bientôt dans la cuisine.

Dès que Dana pénétra dans la cabine, elle sut que Tristan n'était pas là. Le visage de Rémy était de marbre.

— Il est venu ici, il y a quelques heures. Sa piste est encore chaude.

— Ne devrions-nous pas attendre, au cas où il reviendrait ? Il te cherchait sans doute.

— Non, quelque chose ne va pas, je le sens.

Tête baissée, il s'appuya lourdement sur la table de la cuisine.

— Tu ne pourras pas me suivre, Dana.

— Tu veux dire que tu as l'intention de me laisser ici ?

— Je suis désolé, dit-il en défaisant le premier bouton de sa chemise. Je pourrais remonter la piste de Tristan beaucoup plus rapidement si je me transforme.

Il releva la tête.

— Je ne veux pas qu'il t'arrive quoi que ce soit. Reste ici. S'il te plaît.

Dana eut bien du mal à refuser.

— Il ne me reste qu'à retourner en ville…

Rémy se détendit et la regarda avec gratitude.

— Si je ne suis pas de retour dans quelques heures…, commença-t-il en posant sa chemise sur le dossier d'une chaise.

— Ne t'inquiète pas pour moi. Concentre-toi sur Tristan… Et fais attention à toi.

— Tu devrais commencer à comprendre qu'on ne se débarrasse pas d'un loup-garou aussi facilement.

— J'espère bien.

Il acheva de se déshabiller et Dana sentit une certaine gêne entre eux, comme s'ils n'avaient pas déjà partagé le même lit et de dangereux secrets. Elle contourna la table et vint poser sa tête contre sa poitrine. Il n'était pas question de se lancer dans des adieux déchirants et l'envie qu'elle éprouvait de se lover contre lui était tout aussi déplacée.

Elle se contenta de l'embrasser et il lui répondit avec une férocité contenue, l'attirant fiévreusement contre lui, avant de la relâcher aussi brusquement. Il sortit sans se retourner.

Dana courut sur le pont juste à temps pour voir le loup disparaître dans les premières lueurs de l'aube. Elle se laissa glisser à terre le long du mur pour regarder la brume monter sur l'eau, lumineuse comme une flamme spectrale.

Soudain, un homme apparut sur le chemin du marécage. Dana sauta sur ses pieds en le reconnaissant : c'était l'inspecteur Landry, qui avait la fâcheuse tendance de surgir lorsqu'on s'y attendait le moins.

— Bonjour ! lança-t-elle comme si elle n'avait rien à cacher. Puis-je vous aider ?

— Mademoiselle St. Cyr, salua Landry en retirant son chapeau. Je voudrais parler à Rémy Arceneaux.

— Je suis désolée, mais il n'est pas là pour l'instant.

Elle fit quelques pas sur la rampe en souriant le plus innocemment possible.

— Voulez-vous lui laisser un message ?

Landry était aussi doué que Rémy pour fixer les gens sans broncher.

— Savez-vous où il est allé ?

— J'ai bien peur que non. Il est parti juste avant l'aube.

— Je vois. Vous n'auriez pas entendu parler d'un accident de la route ce matin, par hasard ?

Dana se figea.

— Un accident ?

— Oui, un chauffard qui a pris la fuite.

— Y a-t-il des blessés ?

Landry soupira, en se frottant le menton.

— Mme Daigle vous a entendus, Rémy et vous, en train de parler de venir dans le marais. On vous a vus tous les deux quitter la ville il y a quelques heures, à bord de votre voiture. Je pense que vous en savez plus long que vous ne voulez le faire croire.

Ainsi donc, Gussie n'avait pas le sommeil aussi lourd que Dana l'avait cru...

— Est-ce un crime en Louisiane de conduire en compagnie d'une personne du sexe opposé ?

— Seulement s'il y a entrave à la justice, répondit-il en montant à son tour sur la rampe d'accès, tandis que Dana battait en retraite vers la cabine. Je pense qu'il est temps de jouer cartes sur table, docteur. Je sais que Tristan Arceneaux est porté disparu et que Rémy est parti à sa recherche. Je sais que quelqu'un a tenté de blesser Rémy ce matin. Je sais qu'il était avec vous juste après. Et je pense que vous savez exactement où il se trouve.

12

Dana s'efforça d'ignorer son cœur qui battait à tout rompre.

— Suis-je soupçonnée de quelque chose, inspecteur?

— Docteur St. Cyr… J'essaye de vous aider, mais vous ne me facilitez pas la tâche. Vous êtes la cousine de Sally, c'est pour cela que j'ai gardé un œil sur vous. Beaucoup de gens par ici tireraient des conclusions hâtives, s'ils apprenaient que Rémy et Tristan sont des loups-garous.

Il sembla soudain inquiet.

— Vous êtes bien pâle, tout à coup. Venez, vous feriez peut-être mieux de vous asseoir.

Dana se refusa cette faiblesse et tint à rester debout.

— Vous… vous êtes au courant?

— Oui, répondit-il avec le plus grand sérieux. C'est pour cela que je suis venu parler avec Rémy. Les choses sont allées assez loin comme ça.

— Je ne comprends pas.

— Je suis parti du principe que vous n'étiez pas stupide, docteur, et j'apprécierais que vous ayez la même courtoisie à mon égard. Si j'avais pensé que Rémy représentait un réel danger, je vous aurais tenue à l'écart de lui. Je pense qu'il vous a parlé de Sally et des rumeurs qui courent sur Tristan. Vous avez rencontré Chad Lacoste et vous savez qu'il a essayé de s'en prendre à Rémy. Vous avez eu la sagesse de ne pas lui faire confiance.

Dana poussa un gros soupir.

— Si vous soupçonnez Chad, pourquoi ne pas l'avoir tout simplement arrêté ?

— Je ne m'attends pas à ce que vous compreniez la complexité de la situation, mais je compte sur votre coopération.

— Vous avez chassé Tristan de la ville comme un vulgaire criminel.

— Jusqu'à ce que cette affaire soit résolue, il est de mon devoir de le protéger comme n'importe quel citoyen. Si Rémy a des ennuis…

— C'est Chad que vous devriez pourchasser, pas Rémy !

— Avez-vous imaginé une seconde que Rémy pouvait s'en prendre à Chad ? demanda Landry avec sévérité.

Non. Elle s'était convaincue que Rémy et Tristan n'avaient rien à voir avec la mort présumée de Sally. Pourtant, Rémy avait toutes les raisons du monde de haïr Chad.

— Il est parti à la recherche de son frère, assura-t-elle. C'est tout ce qui compte à ses yeux pour l'instant.

— J'espère que vous avez raison, parce que je n'arrive pas à mettre la main sur Chad non plus. Il commence à y avoir un peu trop de disparus à mon goût.

— Tout ce que je peux vous dire, c'est que Rémy est parti dans le bayou. Si je savais où il se trouve, je serais à ses côtés à l'heure qu'il est.

— Ça, je veux bien vous croire, dit Landry, avec un petit sourire. Il vaudrait mieux pour Rémy que je…

Il s'interrompit et tendit l'oreille.

— J'ai un appel sur la radio de la voiture, docteur. Je vous recommande fortement de rentrer chez vous et d'attendre. Je vous recontacterai.

Sans plus attendre, il rebroussa chemin. Dana patienta

quelques minutes, puis s'engagea elle-même sur le chemin. Elle entendit le grondement lointain d'un moteur, puis seul le chant des oiseaux vint troubler le silence du matin.

L'inspecteur Landry avait sans doute été appelé ailleurs. Tant mieux. En revanche, sa propre situation n'avait pas beaucoup évolué : elle était toujours coincée comme une brave femme au foyer, attendant que son homme rentre à la maison.

Elle n'allait tout de même pas rester assise à ne rien faire ! Elle retourna à la hâte sur la péniche pour récupérer son sac et s'enfonça à son tour dans le bayou. Bien sûr, il n'y avait aucune trace du passage de Rémy ; un pisteur chevronné aurait sans doute eu du mal à le suivre.

Je ne m'éloigne pas, se promit-elle. *C'est toujours mieux que de ne rien faire.* Elle savait qu'elle connaissait le chemin jusqu'à l'endroit où Chad l'avait laissée, le jour où Rémy était venu à sa rescousse. Avec un peu de chance, elle trouverait peut-être un indice.

Au bout d'environ un kilomètre, un miracle se produisit : quelqu'un avait attaché un petit morceau de tissu rouge à une branche, au croisement de plusieurs pistes. Cela ne pouvait être l'œuvre d'un randonneur, car peu de gens s'aventuraient sur les terres des Arceneaux. Rémy ? Non, il n'aurait certainement pas marqué son chemin pour qu'elle puisse le suivre.

Tristan, peut-être ? Il lui faisait confiance. Peu importait : elle était prête à accepter la moindre lueur d'espoir. Elle suivit le ruban rouge.

Dana progressait avec peine sur le chemin. Elle cessa bientôt d'enlever les feuilles et les branches qui se prenaient dans ses cheveux et ses vêtements pour se concentrer sur la piste et ne pas manquer le ruban suivant. Celui-ci avait été noué autour de la branche d'un arbre déraciné qui pourrissait sur le sol.

Quelqu'un avait laissé ces indices et il ne s'agissait pas de Rémy. Tristan était revenu à la péniche; si c'était lui qui avait accroché les rubans, cela signifiait qu'il voulait qu'on le retrouve.

Priant en silence, Dana pressa le pas.

Personne n'avait jamais comparé la vitesse d'un vrai loup à celle d'un loup-garou, mais Rémy courait plus vite que jamais, filant dans le marais le nez au vent.

La piste de Tristan le mena jusqu'aux abords d'un étang sans nom, où il découvrit des empreintes des pieds nus de Tristan encore visibles dans la boue. C'est là qu'il aperçut le ruban rouge. Il s'arrêta un bref instant, le temps de s'assurer que le tissu portait bien l'odeur de Tristan, puis il contourna d'un bond l'étang et repartit, infatigable. Il reconnaissait le chemin, pour l'avoir déjà emprunté cinq ans plus tôt, lorsqu'il avait retrouvé Tristan à moitié fou en train de délirer sur la mort de Sally. Un meurtre que personne n'avait pu confirmer, car le corps n'avait jamais été retrouvé.

Le corps, pensa Rémy en redoublant de vitesse. A présent, ses pattes touchaient à peine le sol. Il savait, avec une certitude qui dépassait toute logique, où s'était réfugié Tristan.

Tristan savait où se trouvait le corps.

Tris n'a pas tué Sally. Il ne l'a pas tuée. Rémy se répétait ces mots encore et encore, mais ils ne lui apportaient aucun réconfort.

Au moins, Dana était en sécurité.

Le soleil levant baignait les cyprès d'une lueur rosée,

incitant Rémy à se hâter davantage. Sur son passage, les oiseaux poussaient des piaillements effrayés et un alligator disparut sous l'eau avec un claquement de mâchoire indigné. La piste se fit plus précise, avant de couvrir tout le reste.

Tristan. Et il n'était pas seul.

Rémy s'arrêta brutalement derrière un bosquet bordant une fondrière peu profonde. Tristan était agenouillé sur l'autre rive ; Chad Lacoste se tenait derrière lui, une main posée sur son épaule avec une bienveillance fraternelle. Au pied de Tristan, à côté d'une souche détrempée, se trouvait un squelette humain.

Des lambeaux de tissu et de corde pourris étaient encore attachés aux os, mais ce ne fut pas ce qui retint l'attention de Rémy. Près du crâne, emmêlée autour des vertèbres cervicales, se trouvait une chaîne, au bout de laquelle pendait un anneau d'argent orné d'une pierre. Malgré toutes ces années passées sous l'eau, celle-ci brillait toujours, étincelante de souvenirs.

La bague de leur mère qui l'avait offerte à Tris le jour de ses dix-huit ans, juste avant de mourir. Son frère l'avait accrochée à une chaîne qui ne l'avait jamais quitté… jusqu'à la disparition de Sally. Il avait alors affirmé qu'il ne savait pas comment ni où il l'avait perdue.

A présent, la bague se trouvait sur le cadavre de Sally, comme une accusation muette. Le visage baigné de larmes, Tristan pleurait en silence. Il tendit une main tremblante vers la bague.

— Cela ne te suffit pas comme preuve ? demanda Chad avec une gentillesse écœurante. Tu savais exactement où se trouvait le corps. Comment aurais-tu pu le savoir, Tristan, si tu n'étais pas là au moment de sa mort ?

Rémy sentit un hurlement de rage monter dans sa

gorge, mais il s'efforça de le ravaler. *Attends. Ecoute.* Chad avait tenté de tuer Rémy et n'hésiterait pas à faire du mal à Tristan. Il n'était pas venu ici par hasard. Soit il avait suivi Tris, soit il était venu par ses propres moyens. Ce qui allait se passer au cours des prochaines minutes résoudrait peut-être un mystère vieux de cinq ans et libérerait peut-être Tris… Ou le condamnerait définitivement.

— Tu te sentiras beaucoup mieux après avoir avoué, Tristan. Tu aimais Sally, tout comme moi. Tu lui dois la vérité.

Tristan ferma les yeux.

— Je… Je ne me souviens pas.

— Tu ne veux pas te souvenir. Je comprends. Mais tout ira de travers tant que tu n'auras pas soulagé ta conscience.

Chad se pencha vers lui, posant doucement la main sur son bras.

— C'est très facile. Tout ce que tu as à faire, c'est te dénoncer. Je ferai en sorte que tu aies un procès équitable. Je connais quelques bons médecins qui pourraient même alléger la peine. Après tout, tu ne savais pas vraiment ce que tu faisais, n'est-ce pas?

— Je vous en prie…, chuchota Tristan.

Rémy se retenait, les muscles tressaillants. Il brûlait d'envie de se jeter sur Chad pour le saisir à la gorge et l'étrangler, le mordre, le déchirer…

— Laisse-moi t'aider, susurrait Chad. Souviens-toi : tu t'es disputé avec Sally. Tu t'es servi de ton couteau de chasse, n'est-ce pas? Puis, tu as eu peur que quelqu'un découvre le corps, alors tu l'as coincé sous cette souche après l'avoir ligoté, afin que les os ne soient pas emportés par le courant.

Sous l'eau. Voilà pourquoi Rémy n'avait jamais pu retrouver le corps : l'odeur avait été masquée par l'eau. Une ruse digne d'un loup-garou.

— Tu t'es forcé à oublier, poursuivit Chad. Jusqu'à aujourd'hui. Et tu es revenu ici, parce qu'au fond de toi-même, tu savais qu'il fallait en finir une bonne fois pour toutes. Tu as ramené Sally à la surface.

— Je... je l'ai trouvée.

— Et tu ne pourras plus la cacher. Tout le monde à Grand Marais t'a vu porter cette bague depuis le lycée. Je l'ai aperçue au cou de Sally la veille de sa mort... c'est toi qui la lui avais donnée. Et la voici sur son cadavre.

— Oui, gémit Tristan en pleurant.

Avec un rugissement, Rémy surgit des fourrés et franchit le bourbier d'un bond. Chad poussa un cri rauque et tomba à la renverse. Déjà, Rémy se jetait sur lui et le clouait au sol. Poussant un cri aigu et fermant les yeux pour ne pas voir les crocs qui luisaient à quelques centimètres de sa gorge. Malgré la rage qui l'aveuglait, Rémy se rendit compte que Tris n'avait même pas levé la tête dans leur direction.

La santé mentale de Tris était mille fois plus importante que ses propres rêves de vengeance. Rémy se recula en grondant et se transforma.

Il ne prit même pas la peine de guetter la réaction de Chad; il savait que le choc suffirait à le faire taire pendant quelques minutes. Tournant le dos à son ennemi, Rémy s'accroupit à côté de Tris et le prit par les épaules.

— Tris, tu m'entends? Regarde-moi, frérot!

Tristan ne sembla même pas le reconnaître. Se repliant sur lui-même, il commença à se balancer doucement d'avant en arrière, comme un enfant inconsolable.

— Je me souviens. C'est moi qui ai trouvé Sally. C'est moi…

— Non, dit Rémy, en l'attirant contre lui. Non, Tris.

— Cela ne te suffit-il pas comme preuve ? haleta Chad.

Il s'était adossé contre un cyprès, les bras le long du corps, agité de tremblements.

— Tu… quel genre de monstre es-tu ?

Il eut un rire mauvais.

— C'est donc pour ça que tu n'es pas à l'hôpital ? Tu n'es même pas humain ?

Rémy leva les yeux vers lui.

— Toi, tu n'auras peut-être même pas la chance d'aller à l'hôpital…

— Tu préfères me tuer plutôt que d'admettre la vérité, c'est ça ? Tu viens d'entendre ton frère avouer son crime. Bien sûr, cela ne veut probablement rien dire pour un monstre comme toi… Tout cela est très logique. Je suis juste étonné que ton frère se soit servi d'un couteau plutôt que de ses propres dents.

— Tais-toi, menteur ! C'est ta faute. C'est toi qui lui as fait croire toute cette histoire !

— Vraiment ? Si tu es persuadé de son innocence, pourquoi m'avoir laissé tranquille toutes ces années ?

Son rire devenait de plus en plus hystérique.

— A moins, bien sûr, que tu n'aies d'autres petits secrets à garder ?

Rémy était franchement stupéfait que Chad n'ait pas perdu la raison après ce qu'il avait vu. Malgré sa terreur évidente, il n'avait pas cédé à la panique. Il s'accrochait à sa raison avec entêtement, ce qui le rendait encore plus dangereux. Il n'y avait qu'un seul moyen de faire taire Chad Lacoste, de l'empêcher de détruire Tristan et de dévoiler le secret des Arceneaux.

— As-tu l'intention de me tuer ? demanda Chad. Oui, c'est ça. Tue-moi de tes propres mains.

Riant aux larmes, il rejeta la tête en arrière, les doigts plantés dans la terre humide.

— Tu es un tueur né, comme ton frère.

— C'est là que vous vous trompez, Chad.

Dana se tenait sur l'autre rive, le souffle court, les cheveux en bataille.

— Rémy n'est pas un assassin. Tristan non plus.

Le premier réflexe de Rémy fut de maudire cette tête de mule de Dana. Par quel moyen ou quel hasard était-elle arrivée jusqu'ici ? Pourtant, lorsqu'il croisa son regard, il ne put s'empêcher de se sentir soulagé.

— Venez donc vous joindre à nous, docteur St. Cyr, l'invita Chad. Même si vous n'êtes pas habillée pour l'occasion… Peut-on seulement appeler ça être habillé, d'ailleurs ?

En un clin d'œil, Rémy avait sauté sur Chad, mais Dana franchit le fossé avec une aisance surprenante.

— Ne t'abaisse pas à son niveau, Rémy. Je te connais trop bien.

Elle jeta un regard venimeux à Chad.

— J'imagine qu'il sait… J'aurais aimé voir son visage quand tu t'es transformé. Comment va Tristan ?

— Il ne reconnaît personne. Il est en état de choc.

— J'ai peut-être un moyen de le ramener à la réalité.

— Dana…

— Fais-moi confiance.

Elle baissa les yeux vers Chad, telle une déesse antique prête à déchaîner sa colère divine.

— Je sais que vous avez tenté de tuer Rémy hier soir. Etes-vous venu ici tout de suite après, pour vous assurer que le corps était toujours caché ?

— Dana, Dana, soupira Chad avec tristesse. Comment pouvez-vous proférer de pareilles accusations, alors que vous connaissez le secret des frères Arceneaux ? Je vous assure que lorsque je suis arrivé, Tristan avait déjà dégagé le corps. Cela ne vous suggère-t-il rien ?

— Vous saviez exactement où aller, Chad. J'ai du mal à croire que vous ayez retrouvé Tristan ici par hasard... quand on connaît votre manie de vous perdre dans le bayou, c'est plus qu'improbable.

Elle soupira d'un air excédé.

— Je pense au contraire que vous saviez exactement où se trouvait Sally. Vous l'aimiez et elle vous a rejeté...

— Comme vous, ma chérie. Et pour quoi ? Pour cette bête... ce monstre...

Dana posa la main sur le bras de Rémy, qui tressaillit à ce contact.

— Homme ou bête, il vaudra toujours cent fois mieux que vous. Vous, en revanche, n'avez plus rien d'humain.

— Peut-être n'avez-vous pas entendu les aveux de Tristan ?

— Des aveux arrachés, gronda Rémy. Tu l'as forcé à parler en lui torturant l'esprit, espèce de fumier !

— Si j'étais vous, Chad, dit Dana, je commencerais à dire la vérité. Je ne suis pas certaine de parvenir à maîtriser Rémy s'il décide de vous tuer.

13

Chad n'opposa qu'une vague résistance, lorsque l'inspecteur Landry lui passa les menottes. Il fit bien sûr des allusions discrètes à des pots-de-vin et proféra des menaces à peine masquées, rappelant à Landry qu'il avait des amis dans la police, sans parler de ses contacts dans l'entourage du gouverneur. N'importe quel imbécile aurait compris qu'on lui avait tendu un piège. Landry devait avoir perdu la tête pour laisser les frères Arceneaux en liberté. Il veillerait personnellement à ce que l'inspecteur soit mis à pied et il n'était pas près de retrouver du travail dans le coin…

Sans se laisser impressionner, Landry poussa Chad à l'arrière de sa voiture, avant de se pencher pour avoir une petite conversation avec le prisonnier. Ce dernier était étrangement calme lorsque l'inspecteur claqua la portière.

— Rémy, viens un peu par ici, appela ensuite Landry.

Ajustant la mince couverture posée sur ses épaules, Rémy jeta un regard vers Dana. Celle-ci avait juste eu le temps de lui résumer la conversation qu'elle avait eue avec Landry près de la péniche. A présent, Rémy savait que Landry savait, mais il restait néanmoins sur ses gardes. Tête baissée, mâchoires serrées, il s'avança vers l'inspecteur.

Ils s'entretinrent un long moment à voix basse. Dana

ne parvint pas à saisir un mot de leur conversation, mais elle vit le visage de Rémy passer de la méfiance à l'étonnement, puis à la stupéfaction. Quelques minutes plus tard, Landry s'excusa pour aller passer un appel sur sa radio.

— Alors? s'enquit aussitôt Dana.

— Nous sommes parents, c'est incroyable! Apparemment, son propre père était un loup-garou et il savait pour Tris et moi depuis le début. Je n'aurais jamais cru qu'il était l'un des nôtres. Il n'a pas voulu s'étendre sur le sujet; il m'a juste expliqué qu'il avait gardé le secret de sa véritable nature jusqu'à aujourd'hui. Il a vaguement évoqué une promesse faite à sa mère.

— Un inspecteur loup-garou, marmonna pensivement Dana. C'est une chance…

— Plus que ça : Landry était l'un des inspecteurs affectés à la disparition de Sally. Il a eu vent de toutes les rumeurs sur Tris, mais n'y a jamais vraiment cru. La plupart des loups-garous ne sont pas des assassins, mais il savait aussi qu'aucun ne s'attarderait dans le voisinage après avoir commis un meurtre. Il soupçonnait Lacoste depuis le début, mais ne pouvait l'accuser, faute de preuves. Il est convaincu que ces nouvelles preuves vont disculper Tris et que Lacoste sera reconnu coupable du meurtre de Sally.

— Dieu merci, soupira Dana en jetant un regard vers Tris.

Celui-ci était resté dans son coin depuis l'arrivée opportune de Landry. Il semblait perdu dans ses pensées, mais tout dans son attitude suggérait qu'il avait complètement retrouvé ses esprits.

— Pauvre Sally, avait-il soupiré en accompagnant Dana

à la voiture de l'inspecteur. Tout ce qui l'intéressait, c'était son oiseau. J'aurais tellement aimé l'aider à le trouver!

— Il n'est pas trop tard, avait répondu Dana en lui posant la main sur l'épaule. Quand tout ceci sera fini... Je crois que cela lui aurait fait plaisir.

Il s'était ensuite tenu à l'écart, comme pour méditer sur les événements de ces dernières heures. Rémy l'avait observé du coin de l'œil avec inquiétude, même s'il avait remarqué que l'état de son frère s'était amélioré.

— Nous allons être interrogés, dit Rémy, en suivant le regard de Dana, mais Landry pense pouvoir éviter que l'on s'intéresse de trop près à Tristan.

Il baissa la voix, avant d'ajouter :

— Il a suggéré de reprendre la chaîne et la bague. Les loups-garous se protègent les uns les autres.

Et les humains ordinaires dans tout ça?

— Je suis heureuse que tout cela soit fini. Sally est enfin vengée et Tristan va pouvoir reprendre le cours de sa vie.

Et nous aussi. Elle s'efforça d'ignorer la boule qui lui nouait la gorge. L'épreuve était finie pour elle, mais les prochains jours promettaient d'être rudes pour Tristan. Il y avait toujours le risque que Chad s'en tienne à sa propre version des faits et tente d'impliquer Tris dans l'affaire. Il allait sans doute faire appel au meilleur avocat de Louisiane. Pourtant, tout était contre lui, à présent, et il n'en faudrait pas beaucoup pour qu'il perde de sa confiance maladive en son propre pouvoir. Même si Chad se mettait à parler d'hommes-loups, personne ne le croirait... du moins, pas ouvertement.

— Tu as été merveilleuse.

La voix de Rémy la tira de ses pensées.

— Tu trouves?

— Ces sinistres allusions à la vengeance des loups-garous, comme si tu étais l'une des nôtres. Je n'y aurais pas pensé moi-même. En général, nous évitons de nous forger une réputation de « monstres malfaisants », mais tu l'as poussé à bout… Tu ne m'aurais pas caché quelque chose, par hasard ? Une arrière-grand-mère loup-garou, par exemple ?

Dana soupira.

— Lorsque je suis arrivée, je ne savais plus qui j'étais. Je pensais que je trouverais peut-être ici cette part de moi-même qui manquait. Et je l'ai bel et bien trouvée, même s'il n'y a aucun loup-garou parmi mes ancêtres.

Elle dissimula la tristesse qui lui tordait le cœur derrière un petit sourire sans joie.

— Désolée de te décevoir…

— Me décevoir ? Es-tu folle, femme ?

Sous les yeux des occupants de la voiture, il la prit dans ses bras.

— J'ai cru mourir de peur tout à l'heure. Lacoste aurait pu te tuer…

— Mais il ne l'a pas fait. C'était autant ton combat que le mien. Sally était ma cousine. Je crois que… je crois que j'ai été appelée ici pour l'aider à trouver le repos.

— Tu as réussi, ma belle, murmura-t-il en lui caressant les bras. Tu es bien plus courageuse que je ne le serai jamais.

— Ah oui ? C'est pour ça que tu as tenté de me tenir à l'écart et que tu as demandé à Chad de tirer sur toi, plutôt que sur moi ?

— Je n'aurais jamais dû le laisser filer après ce qu'il avait fait.

— Tu voulais protéger Tris et ta famille. Tu as peut-être eu tort d'agir comme ça, mais c'est fini.

— Je l'espère. Je n'aurais quand même pas dû te mêler à tout ça…

— Je ne sais pas si cela va te rassurer, mais je ne me suis jamais autant amusée de ma vie.

— Tu appelles ça t'amuser? demanda-t-il en faisant mine de la secouer. Si c'est comme ça que vous vous amusez, docteur St. Cyr, je ne suis pas sûr de survivre!

— Et c'est toi le gars de la campagne habitué à la rude vie du bayou! le gronda Dana avec une moue faussement sévère. Moi, je ne suis qu'une fille de la ville, perdue dans Grand Marais avec chemisier Prada et rang de perles. Ne me dis pas que cette petite aventure t'a rendu froussard!

— J'ai toujours peur pour toi.

— Eh bien, monsieur Arceneaux, dit-elle avec une petite révérence, tant de galanterie me laisse sans voix. Je ne sais que répondre…

D'un geste doux, il la força à le regarder.

— Il n'y a qu'une seule solution, ma chère. Tu as l'impression d'avoir été appelée ici pour libérer Sally… Est-ce bien la seule raison?

— Devrait-il y en avoir une autre? demanda Dana.

— Peut-être… peut-être était-il écrit que tu devais venir ici. Pas seulement pour sauver Sally et trouver tes racines, mais aussi pour… Bon sang!

Il la souleva du sol et l'embrassa avec fougue.

— T'ai-je dit que Landry était à moitié humain?

Elle crut d'abord qu'elle n'avait pas bien compris.

— Tu veux dire que l'un de ses parents était…

— Oui! Qu'en déduis-tu?

Que les loups-garous et les humains pouvaient…

D'où lui venait cette timidité soudaine? Elle était médecin, après tout! Combien d'hommes nus avait-elle vus au cours de sa carrière? Il y en avait même eu quelques-uns dans son lit.

— Notre peuple n'aurait jamais pu survivre aussi longtemps s'il s'était complètement isolé. Quoi qu'en disent les anciens, nous ne pouvons vivre sans les humains, même si ces derniers n'apportent souvent que des ennuis.

Dana se sentit prise de vertiges.

— Je suis sûre que de nombreuses femmes seraient prêtes à… contribuer à la diversité génétique de ta famille.

— Tu ne veux pas d'enfants? murmura-t-il près de son oreille. Je comprends…

Oh, mon Dieu.

— Je veux…

Je veux des enfants de toi.

— … Seraient-ils capables de se transformer?

— C'est un trait dominant, expliqua-t-il en lui mordillant le cou. Alors, qu'en penses-tu?

— Qu'essaies-tu de me dire, Rémy?

— Je ne peux pas vivre sans toi, Dana St. Cyr. Si tu penses pouvoir me supporter…

— Tu veux que je reste avec toi?

— Je veux que tu deviennes ma femme et que tu restes vivre ici, en Louisiane.

Tu dois être sûre de ta réponse, Dana. Absolument sûre, pensa Dana, incapable de maîtriser la joie irrationnelle qui dansait en elle. Elle le regarda bien en face :

— Je croyais que tu voulais mener une vie de plaisirs et de défis dans une grande ville. Rien ne t'empêche de retourner à La Nouvelle-Orléans, maintenant que Tristan ne risque plus rien.

— C'est vrai. Mais, tu vois, j'ai appris à apprécier certaines choses. Le bayou fait partie de moi, à présent… Tout comme toi.

— Cela suffira-t-il, Rémy ? Je ne suis qu'humaine. Je ne serai jamais aussi forte qu'un loup-garou.

— Tu sais soigner, Dana. Toi aussi tu as des dons. Si tu peux envisager de soigner des gens simples à la campagne plutôt que des riches de la ville…

Il hésita.

— La plupart des gens ici vivent au jour le jour. Je ne suis pas certain qu'il y ait beaucoup de candidats à la chirurgie esthétique. Peut-être devrais-tu…

— J'ai abandonné cette vie en venant en Lousiane, affirma-t-elle. Je ne veux plus rentrer. Je crois que j'ai peut-être même trouvé le courage de pratiquer de nouveau une médecine que j'avais abandonnée en sortant de l'université. Pas pour l'argent, mais pour autre chose…

— Par amour, répondit Rémy en prenant son visage entre ses mains. Tu pourrais aimer cet endroit et ses habitants. Ma famille et des gens comme Gussie. Ce ne sont pas de mauvais bougres, au fond. Ils sont juste ignorants.

— Avec une humaine à tes côtés, peut-être pourras-tu tenter de vaincre un peu cette ignorance.

— C'est un début, chuchota-t-il, appuyant le front contre le sien. Mais pas n'importe quelle humaine. Il faut que ce soit celle que j'aime. Ma femme.

Dana ferma les yeux pour mieux goûter ses paroles, s'en emplir jusqu'à exploser.

— Heureusement que je t'aime : j'aurai ainsi un peu moins de mal à supporter tes railleries incessantes.

— Tu m'aimes ? demanda Rémy en la soulevant par la taille. Répète un peu si tu l'oses ?

— Je t'aime.

Un sourire radieux apparut sur le visage de Rémy. Incapable de contenir plus longtemps son bonheur, il rejeta la tête en arrière et poussa un long hurlement de loup. Des oiseaux s'envolèrent en piaillant d'effroi et Landry sortit d'un bond de sa voiture.

— Un peu de calme, Arceneaux, pesta-t-il. Tu fais peur au prisonnier.

Rémy prit Dana par la main pour l'entraîner dans une ronde folle, jetant au loin la couverture qui atterrit dans une mare de boue.

— Viens, Dana, éloignons-nous, dit-il en riant. Je m'en voudrais d'effrayer ce pauvre garçon.

NOCTURNE

Si « Le visiteur de la nuit » vous a séduite, laissez-vous envoûter par le 2e titre de la collection Nocturne : « Une fascination dangereuse », également en vente le 1er mars.

Le cœur battant, l'esprit envahi par mille pensées contradictoires, Dess tente en vain d'ignorer l'irrésistible élan qui le pousse vers Jessica, la jeune archéologue qu'il vient d'arracher aux griffes d'une bande de démons. Comment peut-il éprouver un tel désir pour une humaine, lui le Chevalier Blanc immortel et solitaire ?

Pourtant, malgré la force de son attirance, il sait qu'il n'a pas le droit de céder à la tentation de l'aimer. Car il porte en lui une part d'ombre. Une zone maléfique où se terre la Bête qu'il doit sans cesse maîtriser. Faute de quoi la Bête assouvira sur Jessica ses appétits monstrueux...

Une fascination dangereuse, de Lisa Renee Jones

NOCTURNE n° 29

NOCTURNE

Votre prochain rendez-vous le 1er avril

LES AMANTS DE L'OMBRE, **de Lisa Renee Jones - n° 31**

***- 3ème volet de la série :* Les chevaliers des ténèbres -**

Epouvantée, le cœur battant à tout rompre, Sarah Meyer s'arrache brutalement à l'étreinte de Max. Se peut-il qu'elle ait repéré la présence d'un démon chez celui en qui elle croyait avoir trouvé l'âme sœur ? Comment a-t-elle pu se laisser piéger ainsi, elle qui, grâce à un don de prescience extraordinaire, sait depuis toujours reconnaître et traquer les bêtes de l'enfer ? Déchirée entre la réalité terrifiante de sa vision et l'irrésistible attirance que Max exerce sur elle, Sarah pourtant ne s'enfuit pas. Car elle sent au plus profond d'elle-même que son destin est auprès de cet homme dont la force et la beauté altière l'ont séduite dès le premier regard. Et elle veut croire que leur amour sera assez fort pour triompher du monstre qui l'habite...

LA TENTATION INTERDITE, **de Vivi Anna - n°32**

Les yeux plissés, un sourire ironique aux lèvres, Cale Braxton détaille Olena avec impudence, l'air visiblement satisfait de son examen. Troublée malgré elle, Olena tente de résister au désir insensé qui la pousse vers l'inspecteur au regard de braise avec lequel elle va devoir travailler des jours durant… Jamais elle n'a ressenti une telle attirance pour un humain, elle, l'immortelle, membre du peuple des vampires, qui a tant aimé au cours de sa longue existence. Pourtant, elle doit mettre fin au plus vite à cet amour naissant. Et qu'importe la souffrance imposée par son sacrifice : Cale et elle appartiennent à deux mondes différents et leur amour est impossible.

BestSellers

A paraître le 1er mars

Best-Sellers n°455 • suspense

Le secret de Black Falls - Carla Neggers

De retour dans son village natal de Black Falls pour fuir un scandale qui menace sa carrière d'agent secret, Jo Harper vient chercher un peu de calme et de sérénité sous le rideau neigeux des montagnes de son enfance. Mais au lieu du havre de paix dont elle rêve, elle retrouve son village en état de choc : une adolescente a mystérieusement disparu dans la montagne. Incapable de laisser cette jeune fille seule en pleine tempête, Jo propose de participer aux recherches... pour découvrir qu'il lui faudra s'associer à Elijah Cameron, l'homme qui lui a brisé le cœur quinze ans auparavant. Malgré ses douloureux souvenirs, Jo se résigne à faire équipe avec Elijah. D'autant plus que des indices la conduisent à soupçonner l'adolescente disparue de ne pas s'être seulement perdue, mais aussi et surtout de fuir un danger – un danger redoutable qui pourrait bien les placer eux aussi dans la ligne de mire d'un tueur.

Best-Sellers n°456 • suspense

L'ombre du soupçon - Laura Caldwell

Izzy McNeil n'en revient pas : la voilà présentatrice d'une nouvelle chaîne de télévision. Après des mois particulièrement difficiles, la chance semble enfin lui sourire à nouveau. Il ne lui reste plus qu'à retrouver confiance en elle et à remettre de l'ordre dans sa vie sentimentale. Mais tout cela passe d'un seul coup au second plan quand elle retrouve Jane, sa meilleure amie, sauvagement assassinée. Anéantie, Izzy doit en outre affronter les attaques d'un odieux inspecteur de police qui la soupçonne du meurtre de son amie. Comment se défendre face à ces accusations quand des coïncidences incroyables la désignent comme la coupable idéale – tandis que de sombres secrets que Jane aurait sans doute voulu emporter dans la tombe commencent à remonter à la surface ?

Best-Sellers n°457 • thriller

Au cœur du danger - Alex Kava

Des cauchemars, qui la hantent nuit après nuit... Des insomnies, de plus en plus fréquentes. Maggie O'Dell n'aurait jamais imaginé que son travail de profiler du FBI s'insinuerait de la sorte dans sa vie privée, jusqu'à troubler son sommeil. Déstabilisée mais décidée à conserver son sang froid, elle n'hésite pas un instant à se rendre en Floride pour une nouvelle enquête qui se révèle ardue. D'étranges paquets non identifiés ont en effet été repêchés par les garde-côtes, dans les eaux de Pensacola. Des paquets qui ne laissent hélas aucun doute sur le fait que des meurtres ont eu lieu. Sur place, Maggie ne tarde pas à trouver une piste, celle d'un trafic terrifiant. Mais son enquête se complique quand un terrible ouragan se déclare. Au cœur de la tourmente, elle est alors soulagée de pouvoir compter sur l'aide du médecin militaire Benjamin Platt, un homme qu'elle connaît de longue date et à qui elle accorde une confiance absolue. Car ils ne seront pas trop de deux pour exhumer la vérité... au risque d'être ensevelis avec elle.

Best-Sellers n°458 • roman

La baie des promesses - Debbie Macomber

C'est dans la petite ville de Cedar Cove qu'elle ne quitterait pour rien au monde qu'Olivia Lockhart exerce avec passion son métier de juge aux affaires familiales. Un métier qui réserve souvent bien des surprises, comme par cette belle matinée d'été, où elle a affaire à un jeune couple décidé à divorcer alors que leur amour semble encore possible. Mais des surprises, la vie en réserve aussi en dehors du tribunal. Ce journaliste, par exemple, qu'Olivia vient de rencontrer et qui lui fait une cour assidue. Et puis, il y a sa fille, Justine, qu'elle aimerait aider dans ses choix de vie ; sa mère, Charlotte, qui a toujours un nouveau projet en tête ; et sa meilleure amie Grace, qui cherche son mari mystérieusement disparu. Bref, des gens qu'elle aime et qui ont besoin de toute son affection. Des gens qui ne peuvent que se croiser et se retrouver car à Cedar Cove, on n'est jamais loin les uns des autres…

Best-Sellers n°459 • paranormal

Le piège des ténèbres - Gena Showalter

Immortelle dotée de pouvoirs maléfiques qu'elle a toujours rejetés, Gwendolyn désespère d'échapper un jour aux hommes impitoyables et cruels qui la retiennent prisonnière. Pourtant, elle nourrit encore l'espoir secret de voir son père, cet ange aux yeux d'azur et aux grandes ailes blanches dont elle conserve précieusement le portrait depuis son enfance, la libérer de ses ravisseurs – et surtout de la moitié sombre de son être. Mais au lieu de cela, c'est Sabin, un guerrier ténébreux, un prince des seigneurs de l'ombre, qui se présente à elle pour la délivrer. Et semer le trouble dans son esprit. Car comment accorder sa confiance à cet immortel qui ne songe qu'àse battre et dont la violence est légendaire ? N'est-il pas en train de lui tendre un piège encore plus redoutable que celui dans lequel elle est déjà enfermée ? Suivre Sabin, n'est-ce pas prendre le risque de renoncer à jamais au monde dont elle a toujours rêvé ?

Best-Sellers n°460 • suspense

Le silence des anges - Dinah McCall

« Dors, mon ange, dors. » L'inscription, gravée sur le pendentif, est de celles qui vous glacent le sang. Car l'enfant que l'on vient de retrouver, portant ce collier, a été assassinée…
A l'annonce de cette nouvelle, Olivia Sealy est sous le choc. Car la petite fille est morte vingt-cinq ans plus tôt – au moment même où Olivia était enlevée, séquestrée, puis libérée contre rançon. Plus troublant encore : comme Olivia, la petite fille assassinée a une légère déformation à la main… Pour la première fois de sa vie, Olivia se sent en danger, à la merci d'une vérité sur laquelle elle n'a aucune prise. Car il est possible que, vingt-cinq ans plus tôt, on l'ait confondue avec la petite morte…

Best-Sellers n°461 • historique

La duchesse scandaleuse - Nicola Cornick

Angleterre, Régence

Depuis le décès de son mari, Laura, duchesse de Cole, est déterminée à rester libre et sans attaches, excepté ce lien fort qui l'unit à Hattie, sa fille adorée. Une décision irrévocable, croit-elle, jusqu'au jour où elle apprend l'arrivée en ville de Dexter Anstruther. Dexter, le véritable père de son enfant. Le seul homme qu'elle ait jamais aimé et avec lequel elle a passé, jadis, une scandaleuse nuit d'amour… avant de se résoudre à le quitter, dans l'espoir de l'oublier. Peine perdue : quatre ans plus tard, les souvenirs de Laura sont plus vivaces que jamais, tout comme l'attirance irrépressible qu'elle éprouve pour Dexter. Pourtant, cette fois, elle devra tout faire pour l'éviter. Car non seulement Dexter n'a manifestement jamais digéré l'affront qu'elle lui a fait, mais en plus, il ignore tout de sa paternité. Et s'il venait à découvrir la vérité, nul doute qu'il s'en servirait pour se venger d'elle…

Composé et édité par les
éditions Harlequin
Achevé d'imprimer en février 2011

BRODARD & TAUPIN

La Flèche
Dépôt légal : mars 2011
N° d'imprimeur : 61402

Imprimé en France